KB101879

이보나, 부르군드의 공주
결혼식
오페레타

DRAMATY
by Witold Gombrowicz

비톨트 곰브로비치
이보나, 부르군드의 공주
결혼식
오페레타

정보라 옮김

wo
rk
──
ro
om

일러두기

이 책은 2012년 폴란드 문예 출판사(Wydawnictwo Literackie)에서 출간된
비톨트 곰브로비치(Witold Gombrowicz)의『희곡집(Dramaty)』을 한국어로 옮긴
것이다. 각 작품이 처음 수록된 곳은 다음과 같다.

—「이보나, 부르군드의 공주(Iwona, księżniczka Burgunda)」
1938년 4~6월 폴란드 문예지『스카만데르(Skamander)』93~95호에 게재됨.
1958년 바르샤바 국립출판사(Państwowy Instytut Wydawniczy)에서 단행본으로
출간됨.

—「결혼식(Ślub)」
1948년 스페인어 판본 출간(이 책 495쪽 참조) 이후 1953년 프랑스 파리 문학
연구소(Institut Littéraire)에서 폴란드어 판본이 출간됨(『대서양 횡단선. 결혼식』).

—「오페레타(Operetka)」
1966년 프랑스 파리 문학 연구소에서 출간됨((『일기: 1961~6년.
오페레타[Dziennik 1961-1966. Operetka]』). 곰브로비치가 살아 있을 때
폴란드어로 출간된 유일한 버전.

—「역사-이야기(Historią)」
콘스탄티 A. 옐렌스키(Konstanty A. Jeleński)가 유고를 재구성해 1975년
『쿨투라(Kultura)』제10호에 게재함(이 책 서문의 말미와 부록의 서두 내용 참조).

본문의 주(註)는 옮긴이 또는 편집자가 작성했다.

원문에서 이탤릭체로 강조된 부분은 방점을 찍어 구분했고, 대문자로 표기된 것은
고딕체로 옮겼다.

원문에는 없지만 문맥상 필요하거나 원본 편집자가 추가한 내용의 경우 대괄호로
구분했다.

이 책에서 고유명사와 지명 등 폴란드어 원어는 최대한 원래의 발음에 가까운
쪽으로 표기하였다. 예를 들어 'cy(쯰)', 'ci(치)', 'czy(취)'는 실제 발음이 모두
다르며, 한글 자모로 그 차이를 반영한 원래의 발음을 비교적 정확하게 표기할
수 있다. 그러므로 (국립국어원 외래어 표기법에 따라 이 세 가지를 모두 '치'로
통일하는 대신) 원어 발음을 반영해 적고자 했다. 다만 '비톨트 곰브로비치'의
경우 국내에 이미 알려진 작가명이기에 (원래 발음은 '츄'와 '츠'의 중간이지만)
'치(cz)'로 표기했다. — 옮긴이

차례

작가에 대하여

본명은 마리안 비톨트 곰브로비치(Marian Witold Gombrowicz).
1904년 폴란드 동남부 산도미에시 근처의 작은 마을 마워쉬쩨에
서 귀족 가문 4남매 중 막내로 태어났다. 바르샤바 김나지움에 이
어 바르샤바 대학교 법학과를 졸업한 그는 이후 파리로 건너가 파
리 국제 관계 대학원에 진학한다. 법원에 자리를 얻는 데 실패하
자 문학에 대한 관심을 살려 1933년 첫 단편집 『성장기의 회고록
(Pamiętnik z okresu dojrzewania)』을 출간하고(이 책은 1957년 '바
카카이[Bakakaj]'라는 제목으로 재출간된다), 이어 1937년 첫 장편
『페르디두르케(Ferdydurke)』를, 1938년 희곡 「이보나, 부르군드의
공주(Iwona, księżniczka Burgunda)」를, 1939년 장편 『악령 들린
사람들(Opętani)』을 발표한다. 그해 취재차 폴란드 여객선 흐로브리
호에 탑승한 곰브로비치는 제2차 세계대전이 발발해 귀국하지 못하
게 된다. 부에노스아이레스에 정착한 그는 은행원 등으로 일하며 가
난하고 힘겨운 생활 속에서 집필 활동을 계속한다. 그리하여 1953
년 장편 『대서양 횡단선(Trans-Atlantyk)』과 희곡 「결혼식(Ślub)」
을 발표한 곰브로비치는 1955년 은행을 사직한 후 전업 작가로 나
선다. 1957년 『일기: 1953~6년』과 단편집 『바카카이』를, 1960년 장
편 『포르노그라피아(Pornografia)』를, 1962년 『일기: 1957~61년』
을 발표한 그는 1961년 유럽으로 돌아가게 되지만 폴란드로 돌아가
지는 않는다. 대신 서베를린에 머물다가, 이듬해 프랑스 남부 방스
로 떠나 죽을 때까지 그곳에 머문다. 곰브로비치는 1965년 장편 『코
스모스(Kosmos)』를, 1966년 『일기: 1961~6년』과 희곡 「오페레타
(Operetka)」를, 1968년 회고록 『증언(Testament)』을 발표하고 그해
리타 라브로스(Rita Labrosse)와 결혼한다. 1969년 숨을 거둔다.

이 책에 대하여

이 책에는 대표작 「이보나, 부르군드의 공주」와 「결혼식」과 「오페레타」에 이어 파편으로 전해지는 「역사-이야기」까지, 곰브로비치의 모든 희곡이 실려 있다.

그간 국내에서 곰브로비치의 작품들은 프랑스어 판본이 중역 출간되었다. 곰브로비치가 폴란드를 떠나 아르헨티나와 유럽에 머물며 본격적인 작품 활동을 시작했고, 결국 폴란드에 돌아가지 못하고 생을 마쳤으며, 그의 작품들이 프랑스를 비롯한 서유럽에서 먼저 알려지면서 명성을 얻게 된 데서 그간 이뤄진 중역의 당위성에 대한 일말의 근거를 찾을 수는 있을 것이다. 그러나 곰브로비치는 폴란드를 일부러 떠난 것이 아니었으며, 그 증거를 보여주듯 평생 모국어인 폴란드어로 글을 썼다.

이 곰브로비치 희곡집은 폴란드 문학 전공자 정보라가 폴란드어 판본을 한국어로 옮긴 것이다. 폴란드 문예 출판사의 2012년 최신 판본을 기준으로, 해당 판본에 수록된 곰브로비치 연구자 예쥐 야젱브스키의 서문과 콘스탄티 옐렌스키의 희곡 해설 또한 그대로 실었다. 곰브로비치의 희곡이 곰브로비치 작품 세계의 기반이 되었듯, 이후 한국에서 활발해질 곰브로비치 작품 연구에서 이 책이 중요한 토대가 될 것이다.

편집자

서문
역사의 드라마 속 자아의 드라마

참으로 기묘한 역설은, 곰브로비치가 폴란드의 20세기 가장 뛰어난 아방가르드 희곡작가 반열에 올라 있으나, 실제로는 연극에 전혀 관심이 없었고 공연을 보러 다니지도 않았으며 심지어 자기 연극의 공연도 보지 않았고, 본인 작품을 무대에 올릴 때 모든 종류의 실험이나 획기적인 시도들을 무척 두려워했다는 것이다. 이에 대한 내용이 「결혼식」의 파리 초연에 대해 디에고 마송*과 나눈 대화에 재미있게 나타나 있다.

"곰브로비치가 나에게 말했다. '무대 장식이 오래되고 녹슨 폐자동차로 되어 있었다고 들었습니다.' 나는 그에게 무대 장식이 훌륭했다고 대답했다! (…) 그러자 그가 여기에 대해서 이렇게 말했다. '아, 그 녹슨 폐자동차가 무대 위에 있는 걸 보지 않았다니 나는 얼마나 행복한지! 그보다는 아름다운 고딕 양식의 무대 장식을 보는 쪽이 훨씬 좋아요, 그리고 색깔도 많이 있는 게 좋고.' 그가 말을 이었다. '음악도 타악기로 작곡하셨죠?' '예, 실제로 음악은 두 명의 타악기 연주자를 중심으로 작곡했습니다. 무대 뒤에 타악기 세트가 완비되어 있었습니다.' 곰브로비치

---

* Diego Masson(1935~). 스페인 출생의 프랑스 작곡가, 지휘자.

가 대답했다. '아, 그걸 듣지 않아서 얼마나 행복한지! 왜 냐하면 선생님, 제 취향에 맞는 건 베토벤이나 쇼팽이거 든요.'"

곰브로비치가 자기 작품을 바탕으로 한 공연을 보는 데 열정적이지 않았던 데는 이유가 있었다. 근본적으로 희곡이란 그에게 있어 반드시 현실의 무대 위에 올려야 만 하는, 극장 공연을 위한 대본이 아니었기 때문이다. 모든 증거들로 미루어볼 때 "연극성"이란 그의 심리적인 특성이었으며 그의 내면에서는 줄곧 가면을 쓴 여러 버전의 고유한 "나"를 미화시켰고 그런 여러 "나" 사이에 끝없는 다툼이 이어지고 있었던 것 같다. 이런 의미에서 위에서 말한 "연극성"이란 또한 그의 장편과 단편 소설들에 내재된 특성이기도 하며, 희곡은 작품의 화자가 갖는 특별한 초의식(超意識)을 포기한다는 점에서 소설과 다를 뿐이다.

그래서 곰브로비치의 희곡들은 감독에게는 끊임없는 도전이지만 동시에 낭만주의 이전의 오래된 레제드라마(Lesedrama)—"읽는 희곡"—에 속하며 그래서 읽기에도 적합하다. 또한 그의 작품들은 작가가 필요조건, 즉 소위 "기술적인" 부분들에 신경을 쓰지 않았기 때문에 연출자에게 특별한 골칫거리를 안겨주기도 한다. 「결혼식」에서 헨리크는 한순간도 무대에서 내려가지 않는데, 이는 배우에게 보기 드문 노력과 신체적으로 버틸 수 있는 힘을 요구한다. 언어적으로 혹은 대화에서 관습적으로 사용되는 문학의 전통은 아주 빠르게 바뀌어서, 근본적으로 여러 사람이 조직적으로 움직여 무대에 올리는 공연은 그런 변화를 제때 쫓아가지 못하는 면도 있다. 그러나 동시에 이 모든 걸림돌과 어려움은 곰브로비치의 희곡에서 그 자연스럽고 자발적인 연극성을 없애지 못한다. 작가 자신의 내면에서 우러나오는 자발적인 연극성이 현실 무대의 연출에서 그에게 부족한 전문성을 이긴다. 이 때문에 곰브로비치의 희곡은 지속적으로 많은 부수가 출간되어 "책의 형태로" 읽히며, 그러면서 수천 명의 독자들이 개인적으로 자기 자신을 위해 상상해낸 무대 위의 곰브로비치는 이 연극적인 독서라는 새로운 시도의 대상이 된 곰브로비치와 충돌한다. 이로 인해 상상할 수 없을 만큼 많은 해석들이 생겨난다. 이런 관념들은 겉보기에 상충하는 두 가지 흐름을 이룬다. 그중 첫 번째에 따르면 곰브로비치의 희곡들은 근본적으로 "내면을 향해" 있는데, 다시 말해 작품들의 중심적인 대상은 작가의 심리이며, 그러므로 주제는 숨은 콤플렉스를 해결하려는 시도라는 것이다. 이런 버전의 해석에 따르면 「결혼식」뿐만이 아니라 곰브로비치의 모든 희곡들은 바로 그의 정신 내면에서 펼쳐진다. "곰브로비치"가 필리프이며 또한 이보나이고, 헨리크이자 주정뱅이며 브와지오이고, 또한 거장 피오르이자 샤름 백작이고 알베르틴카이다.

두 번째 흐름에 따라 이해하자면 곰브로비치의 희곡들은 무엇보다도 20세기 역사에 대한 해석이며, 그러므로 "외면을 향해" 진행되고, 작품들의 주요 주제는 20세기의 인간과, 현대의 사회와 체제들, 그 정권들 안에서 이루어지는 거대한 변화이다. 이런 변화는 자신이 수행하는 역할에 의해 무조건적으로 결정되며 또한 그 역할이 만들어내는 자신의 안정된 정체성을 믿는 인간으로부터, 계속해서 마주치는 사람들과의 구체적인 상호작용에 영향을 받는 자신의 유동성과 지속적인 변화를 깨달은 인간으로 전환되는 데서 오는 것이다. 인간의 본성과, 그 본성이 몸담고 있는 가치 체계들이 이처럼 유동적이며 최종적으로 결정되지 않은 상태이기 때문에 사람은 어떤 대가를 치르더라도 고유성을 찾아내려 하며 자기 내면에서 자기 자신만의 "나"를 이루는 바탕을 찾아내기 위해 다른 인간들과 함께 자신의 드라마를 펼쳐 나간다. 그런 뒤에 그는 자신의 삶과 자기 자신이라는 인물을 둘러싼 삶들을 연출할 자유에 기반한 특별한 자유를 추구한다. 그러나 그렇다고 해도 절대로 어떤 궁극적인 해결책에 도달할 수 있는 것은 아니며, 그 과정에서 어떤 식으로든 고삐 풀린 "나"의 환상에 다른 사람들을 종속시키고 굴복시키려는 시도가 생겨난다. 바로 이것이 현대적 전체주의로 가는 길이라고, 곰브로비치는 말하려는 듯하다.

이런 해석의 차이는 근본적으로 그렇게 급진적인 것은 아니다. 이 두 가지 해석은 중간쯤에서 절충되며, 그 만나는 지점은 곰브로비치의 모든 희곡에 어떤 식으로든 존재하는 "가족 드라마"라는 관습이다. 이런 식으로 전개되는 이유는 곰브로비치에게 있어 가족이란 한편으로는

14

어떤 사람에게나 자신의 감추어진 콤플렉스를 투영할 수 있는 가장 가까운 사회적 구조이면서 다른 한편으로는 사회라는 거시적 세계의 축소판이기 때문이다. 그래서 곰브로비치 연극의 줄거리에는 저주받은 어떤 인간 내면의 유형이 있다 — 부모의 형상은 말하자면 "초자아", 기존 세계와 가치의 특정한 질서를 상징하고, 그 안에 개인이 등장한다. "궁정"은 가족과 그 질서의 확장이며 또한 그 안에 언제나 "모략"의 가능성을 지니고 있고, 전통적인 지배 방식이 충돌하는 영역이면서 그 지배 방식을 멸망으로 몰고 가는 파괴의 동인을 제공한다. 마지막으로 "약혼녀"는 주인공에게 어느 정도는 그의 "나"를 비추어주는 거울이며 새로운 가족의 형태라는 테두리 안에서 자아를 실현할 — 대체로 이루어지지 못하는 — 기회이다.

　　여기서 기본적인 모델을 여러 가지로 변주하는 것이 가능하지만, 원칙적으로 곰브로비치의 드라마에서 사회라는 세계의 구조는 작가의 영혼에 나타난 한 가지 문제를 지속적으로 반영한다 — 전통적인 존재의 질서 안에 자신을 편입시키지 못하는 것, "보통의 결혼"에 어려움을 겪는 것으로 상징되는 감정적인 위기, 정신의 내면에서 작용하는 파괴적인 동인들에 굴복하는 것 등이다. 순차적으로 이어지는 작품들을 보면 이 문제가 어느 정도 시간순으로 나타난다. 우선 옛 질서에 대한 투쟁의 시도, 그 시도의 패배와 관습적인 존재 방식으로의 회귀(「이보나, 부르군드의 공주」[이하 「이보나」]), 그런 뒤에 그 질서의 의식적인 파괴 — 궁극적으로는 이것 또한 패배로 이어진다 — 와 동시에 고삐 풀린 "나"의 자유에 대한 구체적인 복수로 인한 형식의 파괴(「결혼식」), 마침내 "나체"의 이름으로 앞에서 개인을 형성했던 모든 것의 완전한 파멸, 그러니까 말하자면 근본적인 가치들과 원초적인 고유성, 존재의 자발성으로의 회귀(「오페레타」)이다. 그 사이에는 아직도 집필 과정 중에 있는 「역사-이야기」가 들어 있는데, 여기서 가족은 자체적인 억압의 체계로서 존재하며 "나"라는 개인을 어떤 틀 안에 붙잡아두지만, 극에서 벌어지는 액션의 중심이 될 법한 그 어떤 존재의 역동성도, 내면의 "사건"도 허용하지 않는다.

그리고 이제 두 번째 해석의 흐름에 대해 말하자면, 곰브로비치의 희곡들은 20세기 사회에서 일어난 사건들의 축약이나 상징적인 응집으로도 읽을 수 있다. 이 역사는 언제나 관습적이고 지배적인 궁정과 그 예식들을 자기 것으로 받아들이는 앙시앵레짐(ancien régime)의 전망에서 시작된다. 전통적이며 신에게서 하사받은 권력의 세계는 가문의 후손이 궁정의 규율에 맞서 싸우며 현실에 대하여 자신의 의지를 힘으로 내보이는 순간 위기를 겪는다. 「이보나」에서 그러한데, 여기서 필리프 왕자는 궁정의 관습에 반대하기 위해서 기이한 인물인 이보나와 결혼하려 한다. 「결혼식」에서도 마찬가지인데, 여기서 헨리크는 아버지-왕을 폐위시켜 모든 권력과 성스러움과 권위를 오로지 자신만이 내려줄 수 있게 하려 한다. 양쪽 작품에서

16

권력의 위기는 사람과의 관계에 있어 인물의 성격에 맞추어 수행되어야 할 역할로서 주어진 외부적인 어떤 것에 의존하는 제도의 위기이다. 20세기는 곰브로비치의 의견에 따르면 사회를 조직하는 방식과 인간 개인을 보는 방식에 있어 거대한 변화가 일어나는 무대이다. 모든 종류의 외부적인 닻 대신에 그 무대는 사회라는 우주의 질서를 잡는 방법과 에너지를 자신의 내면이나 인간 사이의 관계에서 찾기 시작한다. 이것은 무대에서 일어나는 사건들에 새로운 힘을 불어넣는다 — 가끔은 창조적이지만, 그래도 부분적으로는 파괴적인 힘이다. 개인의 의지와 집단의 의지는 그 어떤 교리문답이나 궁극의 규율도 막아주지 못하는데, 이런 원리 원칙이나 규율은 지도자와 사회를 범죄적인 광기로 몰아넣을 수 있다. 특히 그들이 스스로 만들어낸 사상으로 폭력을 정당화할 때 더욱 그렇다. 이런 위협적인 전망이 「오페레타」에 나타나 있다.

그러면서도 곰브로비치의 작품에서는 인간의 심리에 대한 분석이 결코 끊이지 않는다. 곰브로비치에게 있어 이와 동등하게 중요한 주제는 역사와 그 작동 원리인데, 미완성작의 제목이 이를 가장 잘 대변해준다. 그래도 「역사-이야기」는 아마 곰브로비치 자신의 내면의 복잡 미묘함을 보여주는 그림만은 아닐 것이며 그러한 내면을 무엇보다 먼저 보여주기 위한 작품도 아닐 것이고, 그보다는 맨발의 비톨트가 20세기의 여러 다른 지배 체제를 가지고 벌이는 특별한 실험이기도 하며, 또한 개인에게서 자유의지를 빼앗아가는 모든—사회적이고 정치적인—억압 체제의 공통분모를 이끌어내는 연기이기도 하다. 또한 「역사-이야기」의 경우에 희곡작가로서 곰브로비치가 겪었던 불운은 형태의 함정에 빠지면 개인이 쉽게 빠져나갈 방법은 없다는 사실을 단적으로 보여준다. 여러 종류의 동업자들에게 비톨트는 자신의 맨발을 내보이지만, 여기서 얻을 수 있는 유일한 결과는 사회구조가 정해놓은 길에서 벗어나 외로운 반항자가 되는 것뿐이다. 「오페레타」에서 작가는 이 문제를 비할 데 없이 능숙하게 펼쳐 보였지만, 그래도—최소한—소규모 오페라적인 바보짓이라는 매개물을 통해 줄거리가 조직되고 마침내는 나체의 알베르틴카를 신격화한다는 형태의 "해결"로 이어진다. 연극의 결미에서 남성 관객들을 위한 군침 도는 스트립티즈보다 더 많은 것을 얻어내기를 원하는 감독이 이 텅 빈 결말을 구체적인 상징과 자신의 지식으로 채우는 것은 어려운 일이다. 곰브로비치는 셰익스피어 애호가로서 오로지 "덴마크가 감옥"만은 아님을 잘 알고 있었다.* 감옥은 역사와 그 작동 원리이며, 가장 엄격하게 옥죄는 감옥은 권력자 자신으로서, 셰익스피어의 헨리5세가 그러했듯이, 체제를 받아들이면서 그를 기다리는 형식의 무게를 위해 걱정 없는 자유 같은 건 던져버려야만 한다. 그래서 「이보나」의 필리프는 진정한 권력과 실제적인

* 「햄릿」 제2막 2장에 나오는 대사.

18

자유를 꿈꾸면서 우선 그를 복종시키는 관습을 깨뜨리려 시도한다. 「결혼식」의 헨리크도 똑같이 행동하며 둘 다 패배하는데, 그 패배는 그들에게 형태를 부과한다. 그 형태는 어쨌든 "삶과 같으"면서도 동시에 극적이다. 자기 세계의 주인인 개인이 지배하는 완전한 자유의 세계에서 궁극적으로는 그 어떤 현실적인 비극도 그 어떤 극적인 형식도 가능하지 않다.

그렇다면 곰브로비치의 희곡이란 무엇인가? 읽기 위한 작품으로서라면 — 곰브로비치의 정신적인 자서전의 이어지는 버전이며 "단편"의 묶음이고, 여기서 서술이 없다는 사실은 문제가 되지 않는데, 왜냐하면 작가의 창조력을 전부 쏟아부어 구현해낸, 여기저기 잘 알려진 뛰어난 줄거리 속에 들어 있기 때문이다. 희곡의 세계였다면 그 작품 안에는 무엇보다도 먼저 특별한, "국왕답고 왕자다운" 인물들과 관습적인 의상이나 배경이 있었을 것이다. 극장의 공연으로서 다시 말하자면 곰브로비치의 희곡들은 전기적이거나 역사적인 한계를 넘어 영원히 새로 쓰이는 개인과 사회의 드라마, 시대가 바뀔 때마다 그 시대에 맞는 내용으로 새롭게 무대에 올려지는 드라마의 대본이다. 곰브로비치가 무대에 맞게 집필한 모든 작품이 이러한 역할을 수행할 수 있을 정도이다. 독자가 손에 쥐고 있는 이 책은 그러므로 특별한 협상안인 셈이다. 이 책은 애초에 희곡의 형태로 집필되어 처음부터 "연극적"이라 규정된 작품들을 담고 있다. 그러나 — 기억해야 한다 — "연극적"이라는 것은 곰브로비치 전체인데, 왜냐하면 극장의 가면과 역할이란 그에게 있어 인간의 — 그리고 인간들 사이의 삶 전체이기 때문이다.

　　이 책은 곰브로비치의 희곡 작품 전체를 싣고 있다. 그중에 완성되어 그러므로 "정본"의 성격을 띠며 작가 자신이 받아들였고 그의 인증을 받은 작품은 세 편이다. 「역사-이야기」는 약간 다른데, 원작자의 유고 중에서 콘스탄티 옐렌스키*가 몇 년에 걸쳐 처음부터 재구성한 형태로 존재했다. 「역사-이야기」는 그러므로 최종적인 형태를 띠지 않은 작품이다. 이제까지 모든 편집자들은 옐렌스키가 1975년 『쿨투라(Kultura)』 제10호에 게재한 희곡의 텍스트를 사용했다. 이 책에서도 마찬가지이다 — 바로 그렇게 완성되지 않은 희곡이라는 형태로 이미 이 작품은 (최소한 극장에서는) 연극의 전통에 포함되었고 무대에서도 몇 번이나 공연되었다. 미래에 이 작품에 대한 비평 판본이 나온다면 작품의 모든 이본(異本)을 제시하고 필요한 경우에는 정본을 결정해야 할 것이다.

예쥐 야젱브스키
(Jerzy Jarzębski, 야기엘로인스키 대학교 교수)

---

* Konstanty A. Jeleński(1922~87). 폴란드의 작가. 곰브로비치 희곡에 대해 그가 쓴 해설이 이 책에 부록으로 실려 있다.

이보나, 부르군드의 공주

등장인물

이보나
이그나찌 왕
마우고쟈타 왕비
필리프 왕자 왕위 계승 예정자
시종장
이자 시녀
찌릴 왕자의 친구
찌프리안
이보나의 숙모들
이노쩬티 조신(朝臣)
발렌티 하인
관리들, 측근, 거지, 기타 등등

작품 해설*

제1막. 필리프 왕자는 매력 없는 이보나와 약혼을 한다. 왜냐하면 이보나의 불행한 표정 때문에 왕자의 품위가 손상된 데다, 왕자는 자유로운 영혼으로서 이 슬픈 아가씨가 불러일으키는 자연스러운 거부감에 굴복하고 싶지 않았기 때문이다. 왕과 왕비는 스캔들을 일으키지 않기 위해 아들의 약혼 소식을 받아들인다.

제2막. 그래도 어찌 됐든 이보나는 알고 보니 왕자와 사랑에 빠진 듯하다. 그녀의 사랑에 놀란 왕자는 인간으로서 그리고 남자로서 감정적으로 보답해주어야 한다는 의무감을 느낀다. 그는 그녀를 사랑하고 싶어 한다.

제3막. 한편 궁에서는 이보나의 존재 때문에 이상하게 복잡한 분란이 일어난다. 왕자가 약혼했다는 사실 자체가 비웃음과 입방아의 이유가 된다. 이보나의 침묵, 사나운 행동, 소심함, 어색한 태도 때문에 왕실 일가는 곤란한 처지에 놓인다. 그녀의 신체적인 분열은 위험한 상상으로

* 「작품 해설」은 문예지 『스카만데르(Skamander)』(93~95호, 바르샤바, 1938년 4~6월)에 최초 게재된 「이보나, 부르군드의 공주」와 「공연과 연출을 위한 해설」과 함께 게재되었으나 희곡이 단행본으로 출간되었을 때(국립출판사, 바르샤바, 1958) 원작자에 의해 삭제되었고 외국어 번역 출간본의 경우 원작자의 요청으로 다시 추가되었다.
— 원본 편집자 주

이어지며, 쉽게 겁먹는 그녀의 성격은 강간을 도발한다.

궁은 건강하지 못한, 조롱 섞인 웃음에 휩싸인다. 왕은 오래전에 자신이 저지른 죄를 떠올린다. 왕비는 비밀리에 낙서광 증세를 보이며 자신이 쓴 시들이 얼마나 기괴한지를 마음 깊이 느끼는데, 그러면서 이보나와 자신의 시가 어쩐지 비슷하다는 것을 알게 된다.

무의미한 의혹이 일어나고 어리석음과 부조리가 점차 쌓여가는데, 이 사실을 모두가 깨닫게 된다. 왕자도 이런 것을 알고 있지만 여기에 맞서지 못하는데, 이보나 앞에서 그 자신도 부조리하다고 느끼기 때문이다(그녀를 사랑하지 못하므로). 이 때문에 왕자는 부조리에 맞설 기운을 잃어버린다.

왕자는 완전히 자유로운 상태에서 시녀 이자에게 키스하면서 동시에 이전의 주체적이고 정상적인 현실로 돌아오고, 이보나와 파혼하고 이자와 약혼한다. 그러나 이보나와 완전히 관계를 끊는 것은 이미 불가능해졌다. 왕자는 이보나가 언제나 자신을 생각할 것이며 왕자와 이자의 행복한 결혼 생활을 혼자서 상상할 것이라는 사실을 알고 있다. 그래서 왕자는 이보나를 죽이기로 한다.

제4막. 왕, 시종장, 왕비와 왕자는 각자 자기 손으로 이보나를 죽이려고 시도한다. 그러나 아무도 곧장 이를 실행에 옮기지 못한다. 상황이 지나치게 바보 같거나 너무 부조리하거나, 공식적인 근거가 없거나 관례가 허용하지 않는다. 근심과 야만성과 어리석음과 부조리가 늘어간다.

시종장의 조언에 따라 겉보기에 모든 영광과 위엄과 장엄함과 우아함을 갖춘 뒤에야 살해가 계획된다. 그것은 "아래로부터"가 아니라 "위에서 내린" 살해다. 음모는 성공하고 왕실 가족은 정상으로 돌아온다.

제1막

산책로 — 나무, 무대 안쪽에 벤치, 크리스마스 인파. 나팔 소리와 함께 이그나찌 왕, 마우고쟈타 왕비, 필리프 왕자, 시종장, 찌릴, 찌프리안, 신사 숙녀들 등장.

왕비. 석양이 정말 아름답군.

시종장.   정말 아름답습니다, 왕비 전하.

왕비. 저런 풍경을 보면 사람의 품성이 더 좋아지지.

시종장. 더 좋아집니다, 의심할 바 없이.

왕.   그럼 저녁에는 브리
지 좀 쳐보자구.

시종장. 국왕 폐하께서는 진실로 아름다움에 대한 고유한
감성을 카드놀이를 선호하는 선천적인 성향과 연관 짓
고 계십니다.

(거지가 다가온다)

이보게, 무슨 일인가?

거지.   적선하십시오.

왕. 시종장, 5그로쉬*를 주게. 우리가 서민의 고통에 대해
생각한다는 걸 민중이 알도록 하게!

왕비. 10그로쉬를 줘. (얼굴을 서쪽으로 향하고) 석양이 저토록

---

* 그로쉬(grosz)는 폴란드의 화폐단위로, 100그로쉬가 1즈워티(złoty)이다.

아름다우니까!

숙녀들.　　　　　　　아아아!

왕. 15그로쉬를 줘, 그까짓 거! 누가 왕인지 알게 해주라고!

신사들.　　　　　　　　　　　　　　　아아아!

거지. 가장 높으신 하느님께서 가장 존엄하신 국왕을 축복
　　하시고 가장 존엄하신 국왕께서도 가장 높으신 하느님
　　을 축복하시길.

　　(구걸하는 노래를 부르면서 사라진다)

왕. 자, 자, 가자고, 저녁 식사에 늦을 필요까진 없으니까,
　　그렇지만 공원을 걸어서 한 바퀴 쭉 돌아야지, 민중의
　　축일에 서민들과 어깨를 나란히 하고 말이야.

　　(왕자만 빼고 모두 걷기 시작한다)

　　왜 그러냐, 필리프, 여기 있을래?

왕자. (땅에 버려진 신문을 줍는다) 잠깐만요.

왕. 하, 하, 하! 알겠다! 하, 하, 하! 데이트가 있구나! 나도
　　저 나이 때는 딱 저랬어! 자, 가자고, 하, 하, 하!

왕비. (나무라듯이) 이그나찌!

　　(나팔 소리, 전부 퇴장하고 왕자, 찌릴과 찌프리안만 남는다)

찌릴과 찌프리안. 지겨운 행사가 끝났군!

왕자. 잠깐, 오늘의 운세 좀 읽어보고. (읽는다) 12시부터 2시
　　까지……. 이건 아니고……. 아하! 저녁 7시부터 9시까
　　지 생명력이 대단히 증강되며 개성이 풍부해지고 완벽
　　한, 그러나 조금 위험한 아이디어가 넘친다. 이때는 대
　　담한 계획과 장대한 사업에 좋은 시간이며…….

찌프리안. 그래서 우리는 어쩌라는 거야?

왕자. 청춘사업을 벌이기
에 좋은 시간이잖아.

찌릴. 그럼 이야기가 다르죠. 보세요, 저쪽에 여자애들이
돌아다녀요!

찌프리안. 가자! 출발이다. 우리 거니까 먹어줘야지.

왕자. 뭘? 뭐가 우리 건데? 무슨 생각을 하는 거야?

찌프리안. 구실을 해야지요! 제구실을 하자고! 다 필요 없고
그냥 축복받은 활기 속에서 제구실만 하면 돼요! 우리
는 젊어요! 우리는 남자라고! 우리는 젊은 남자예요! 그
러니까 젊은 남자답게 구실을 하자고! 그래서 주례 선
생님들한테도 일거리를 가져다줘야죠, 그 사람들도 제
구실을 할 수 있게. 이건 노동 분할의 문제니까.

찌릴. 저기 굉장히 우아하고 매력적인 숙녀들이 다가옵니
다. 다리도 잘빠졌고.

왕자. 아냐 — 어쩌라고? 항상 똑같잖아? 똑같이 반복하자
고? 한 번 더?

찌프리안. 안 한다고?! 우리를 뭘로 생각하겠어요?! 항상 덤
비는 겁니다! 항상!

왕자. 싫어.

찌릴. 싫다고? 뭐? 뭐?! 거절하는 겁니까?

찌프리안. (놀라서) 달콤하고 작은 입술이 마치 계속 반복해
서 똑같은 것을 또 확인하듯이 "네"라고 속삭일 때의
그 아무 걱정 없는 만족감과 즐거움을 왕자님은 경험

하지 않으려는 겁니까?

왕자. 좋아, 좋아, 당연하지……. (읽는다) "원대한 사업을 벌
이기에 유리하며, 개성이 강화되고 감각이 섬세해진다.
불타는 야망을 가진 사람과 자신의 품위에 대해 지나치
게 민감하게 느끼는 사람에게는 위험한 시간이다. 이 시
간대에 시작된 일들은 결과가 좋거나 아니면 나쁜 쪽으
로 돌아설 수 있으며……." 그래, 그건 항상 그렇지.

(이자 등장)

안녕하십니까!

찌프리안.   진심으로 반갑습니다!

찌릴. 영광입니다!

이자. 안녕하세요! 왕자님은 이렇게 외진 곳에서 뭘 하고
계시죠?

왕자. 해야 할 일을 하고 있죠. 내 아버지는 백성들 앞에
모습을 드러내서 지배를 강화하고, 나는 모습을 드러내
서 여자 백성들을 녹이지요. 그런데 아가씨는 어째서
국왕의 행렬을 따라가지 않은 거죠?

이자. 늦었어요. 지금 달려가는 길이에요. 산책하던 중이었
어요.

왕자. 그래서 지금 달려가시는군요. 어디로요?

이자. 왕자님은 다른 데 정신이 팔려 계시나요? 왕자님 목
소리의 그 우울은 어찌 된 일인가요? 왕자님은 삶을 즐
기지 않으시나요? 저는 그 외에 다른 일은 하지 않는답
니다.

30

왕자. 나도 그래서 바로 그 때문에…….

모두. 예?

왕자. 흠……. (모두를 쳐다본다)

모두. 대체 뭡니까?

왕자. 　　　　　아무것도 아니오.

이자. 아무것도 아니라뇨. 왕자님은 몸이 편찮으신가요?

찌릴. 감기인가?

찌프리안. 　　　편두통?

왕자. 아니, 반대로, 뭔가 나를 흥분시켜! 날 흥분시킨다고!
　　　말하는 지금 이 순간에도 내 안에서 뭔가 끓어올라!

찌프리안. (쳐다본다) 오오, 괜찮은 금발 아가씬데. 아주……
　　　아주…….

왕자. 금발 아가씨? 갈색 머리 아가씨라고 말했더라도 완전
　　　히 똑같았을 거야. (근심에 가득 찬 얼굴로 주위를 돌아본다) 나
　　　무들하고 나무들……. 무슨 일인가 일어났으면 좋겠어.

찌릴. 오오, 저기 또 간다.

찌프리안. 아주머니들과 함께 가는데!

찌릴. 　　　　　　　　　아주머니들과 함께야!

　　　(이보나와 숙모 두 명 등장)

이자. 무슨 일이죠?

찌프리안. 저기 좀 보십시오, 왕자님, 보세요, 웃다가 쓰러
　　　지겠어요!

찌릴. 조용히, 조용히 해, 뭐라고 말하는지 들어보자고.

숙모 1. 여기 벤치에 앉자. 아가야, 저기 젊은이들 보이니?

31

이보나. (침묵)

숙모 1. 너도 참, 좀 웃어봐라, 아가야, 웃어.

이보나. (침묵)

숙모 2. 어째서 그렇게 굼뜨니? 아가야, 넌 어째서 그렇게 굼뜨게 웃니?

이보나. (침묵)

숙모 2. 어제 저녁에도 또 운이 없었지. 오늘도 또 운이 없고. 내일도 그렇게 운이 없을 거야. 너는 어째서 그렇게 매력이 없니, 내 사랑하는 조카야? 어째서 섹스어필이 하나도 없어? 아무도 너를 쳐다보려고 하지도 않는구나. 정말로 신에게 저주라도 받은 건지!

숙모 1. 우리는 모은 돈을 전부 털어서 네가 입은 그 꽃무늬 원피스를 사준 거야. 우리에게 섭섭한 마음을 가져서는 안 된다.

찌프리안. 아 저런 괴물이!

이자. (마음이 상해서)   그래요, 참 괴물 같기도 하겠네요.

찌릴. 물에 젖은 닭이야! 저 여자는—불감증이군!

찌프리안. 평범하군! 기름진 기름이야! 가서 우리가 얼마나 경멸하는지 보여주자! 한 방 먹여주자고!

찌릴. 그래, 그래! 저렇게 깃털을 부풀린 앵무새는 밟아줘야 해! 그게 우리의 성스러운 임무야! 너부터 가, 내가 뒤따라갈게.

(두 사람은 냉소적인 표정으로 이보나의 코앞까지 다가가서 웃음을 터뜨린다)

찌프리안. 하, 하, 하! 바로 코앞인데! 바로 코앞이야!

이자. 그냥 내버려두세요 — 이건 말도 안 돼요!

숙모 1. (이보나에게) 알겠니, 우리가 너 때문에 어떤 일을 당하는지.

숙모 2. 너 때문에 우리는 비웃음만 당하지! 신의 저주야! 난 나이가 들어서 여자로서 할 일을 다 마치고 나면 그때만이라도 비웃음에서 벗어날 줄 알았어. 이제는 늙었는데도 너 때문에 계속 이런 조롱을 당해야 하는구나.

찌프리안. 들려? 이제는 아줌마들이 저 여자 핑계를 대네. 하, 하, 하, 저 여자 잘됐군! 험담을 아주 잘들 하시는데!

숙모 2. 또 우리를 비웃는구나. 떠날 수도 없어, 자리를 피하면 등 뒤에서 웃어댈 테니까……. 그렇다고 남아 있으면 코앞에서 웃어대고!

숙모 1. (이보나에게) 왜 어제 놀이를 할 때 다리를 움직이지 않았니, 아가야?

숙모 2. 어째서 아무도 너에게는 관심이 없는 거냐? 이게 우리한테 즐거울 거라고 생각하니? 여성으로서 우리의 모든 야망을 너에게 걸었는데, 넌 아무것도 못 하고……. 넌 어째서 스키를 타지 않니?

숙모 1. 넌 어째서 장대높이뛰기를 하지 않니? 다른 아가씨들은 하던데.

찌프리안. 이건 정말 참아줄 수 없군! 신경에 거슬려! 미칠 듯이 신경에 거슬린다고! 저 더러운 여자가 엄청나게 내 신경에 거슬린단 말이야! 가서 벤치를 뒤집어버릴 거야! 어떻게 생각해?

찌릴. 아냐, 아냐. 왜 스스로 그렇게 피곤한 짓을 해? 손가
락을 내밀거나 손을 흔들거나 아니면 뭐든지 다른 걸
해도 충분해. 저런 인간에 대해서는 뭘 하든지 조롱이
될 거야. (재채기를 한다)

숙모 2. (이보나에게) 봤니? 이젠 우리에게 재채기를 하는구나!

이자.   그녀를 놔두세요.

찌프리안. 아니, 아니, 우리 뭔가 구체적인 장난을 치자고요.
있잖아요, 내가 절름발이인 척하면, 저 여자는 자기가
차 마시는 자리에는 절름발이 개조차 따라오지 않는다
는 뜻이라고 알아들을 거예요. (벤치에 다가가려고 한다)

왕자. 잠깐! 내가 더 재미있는 장난을 칠 거야!

찌프리안. 오호! 무대를 양보하지요!

찌릴. 뭘 하시려고요? 뭔가 보기 드문 장난을 하시려는 것
같이 보입니다!

왕자. (손수건을 코에 대고 소리 내어 웃는다) 장난 — 하, 하, 하,
장난! (숙모들에게 다가간다) 숙녀분들께 인사드립니다. 저
는 국왕의 아들, 황태자 필리프입니다.

숙모들. 아아아!

왕자. 보아하니 숙녀분들께서 아가씨와 무슨 문제가 있는
것 같습니다. 대체 어째서 아가씨가 그리 무심한가요?

숙모 1. 불행이죠! 신체적으로 뭔가 문제가 있는 거예요. 혈
액순환이 너무 느려요.

숙모 2. 그래서 겨울에는 몸이 부어오르고 여름에는 또 곰

팡내가 나요. 가을이면 콧물이 흐르고, 봄에는 그 대신 두통이 생기죠.

왕자. 죄송한 말씀이지만 듣고 보니 정말로 어느 계절을 골라야 할지 모르겠군요. 치료할 약은 없습니까?

숙모 1. 의사들 말이 이 애가 조금만 더 활기를 찾는다면, 조금만 더 즐겁게 산다면 피도 더 생기 있게 흐르고 이런 질병도 다 사라질 거라고 했어요.

왕자. 그렇다면 대체 어째서 더 기분 좋게 살지 못하는 겁니까?

숙모 1. 혈액순환이 너무 느려서 그래요.

왕자. 활기를 띤다면 피가 더 힘차게 흐르기 시작할 것이고, 피가 더 힘차게 흐르기 시작한다면 활기를 띠겠군요. 아주 특이합니다. 진정한 악순환이에요. 흠······ 그렇죠······ 그거 아십니까······.

숙모 2. 왕자님도 당연히 우리를 비웃으시는 거죠. 모두들 그래도 된다고 생각하니까요.

왕자. 비웃어요? 아뇨, 비웃는 게 아닙니다. 그러기엔 지금이 너무 진지한 시간이에요. 혹시 뭔가 개성이 풍부해지는 — 강화되는 느낌이라든가, 중독되는 느낌, 그런 걸 못 느끼십니까?

숙모 1. 아무것도 못 느끼겠는데요, 아마 추워서 그런가봐요.

왕자. 이상하군! (이보나에게) 그러면 아가씨도 아무것도 못 느끼나요?

이보나. (침묵)

숙모 2. 그리고 이 애가 뭘 느끼든 무슨 상관이죠?

왕자. 왜냐하면 말입니다, 이렇게 보고 있으면 아가씨를 뭔
가에 이용하고 싶어서 참을 수가 없거든요. 예를 들면
아가씨한테 줄을 묶어서 달리게 한다든가 아니면 아가
씨를 이용해서 우유를 배달한다든가, 핀으로 아가씨를
찌른다든가, 아니면 아가씨를 흉내 내든가 말이죠. 아
가씨는 신경을 건드려요, 아시겠습니까, 아가씨는 마치
붉은 천 같아요, 사람을 도발한단 말입니다. 하! 남들
의 허를 찌르고, 짜증나게 하고, 광기를 불러일으켜 완
전히 미치게 하기 위해서 태어난 사람들이 존재하지요.
그런 사람들이 존재하고 또 사람마다 그런 감정을 느
끼게 하는 사람이 있어요. 하! 아가씨가 이렇게 앉아 있
는 것, 그 손가락을 꼼지락거리는 것, 그 조그만 다리를
흔드는 것! 이런 건 상상도 못 해봤어요! 이건 굉장해
요! 이건 혁명적이라고요! 아가씨는 대체 어떻게 그렇
게 하는 거죠?

이보나. (침묵)

왕자. 아, 이렇게 침묵하다니! 이렇게 침묵하다니! 그런데
또 아가씨는 기분이 상한 것 같군요! 아가씨의 겉모
습은 정말 완벽해요 — 오만한 여왕님 같아요! 아가씨
는 뭔가 심술이 나고 기분이 틀어졌군요 — 아, 그 자
만심과 그 냉소! 아니, 난 미치겠어! 누구나 자기를 열
에 들뜨게 하는 존재가 있게 마련이죠, 아가씨가 나한
테는 그런 존재예요! 아가씨는 내 사람이 될 거예요! 찌

릴 — 찌프리안!

(찌릴과 찌프리안 다가온다)

너희들을 이 비뚤어진 여왕님에게, 이 오만한 빈혈증 환자에게 소개하겠다! 봐, 저 입술 움직이는 모습을……. 뭔가 악의에 찬 말을 하고 싶지만 사실상 머리에 아무것도 떠오르지 않는 거지.

이자. (다가오면서) 이 무슨 바보짓이에요! 그 아가씨를 놔두세요! 뒷맛이 안 좋아질 것 같다고요.

왕자. (날카롭게) 그럼 언제는 뒷맛이 좋을 거라고 생각했어요!

찌프리안. 아가씨께 인사 올립니다 — 찌뿌둥 백작입니다.

찌릴. 하, 하, 하, 저혈압 남작! 농담이 그 자체로는 좀 그렇지만…… 이 자리에는 어울리는군.

이자. 이제 됐어요, 됐어 — 불쌍한 아가씨를 내버려두세요.

왕자. 불쌍한 아가씨? 어, 어, 그렇게 날카롭게 굴지 말아요! 그렇게 날카롭게 굴지 말아요 — 내가 저 아가씨와 결혼할 수도 있으니까.

찌프리안과 찌릴. 하, 하, 하!

왕자. 그렇게 심술궂게 굴지 말라고 하잖아, 내가 저 아가씨와 결혼할 수도 있다고!

찌프리안과 찌릴. 하, 하, 하!

왕자. 그만해! 그럼 그녀와 결혼하겠어! 하, 그녀가 너무 신경에 거슬려서 결혼해 버린다고! (숙모들에게) 허락해 주시겠죠, 그렇죠?

찌릴. 농담이 너무 지나치시군요. 이러다 꼬투리 잡히면 협

37

박당할 수도 있어요.

왕자. 농담? 그럼 너희들이 보기에는 저 여자 자체가 거대한 농담이 아니란 말이야? 농담이라는 게 오로지 한쪽에게만 허용되는 거야? 내가 만약에 왕자면 그녀는 오만하고 심술궂은 여왕님이 아니라는 거야? 저걸 보라고! 아가씨, 아가씨! 아가씨, 나와 결혼해주겠어?

숙모 1. 뭐?

숙모 2. 뭐? (정신 차리고) 왕자님은 고결한 청년이십니다!

숙모 1. 왕자님은 진정한 박애주의자예요!

찌프리안. 이럴 수가!

찌릴. 미쳤어! 당신 조상님들의 명성을 걸고 왕자님을 저주할 거예요!

찌프리안. 난 당신 후손들의 명성을 걸고 왕자님을 저주하겠어요!

왕자. 그만하지, 신사 여러분! (이보나의 손을 잡는다)

이자. 그만해요, 국왕께서 왕림하십니다!

찌프리안.   국왕!

찌릴.   국왕!

　　(나팔 소리. 왕, 왕비, 시종장, 조신 등장)

숙모들. 우리는 가는 게 좋겠어, 여기서 곧 폭풍이 휘몰아칠 거야!

　　(숙모들 도망친다)

왕. 아! 필리프! 이건 뭐냐, 보아하니 재미있게 노는구나! 내가 그랬지!

피는 못 속여!

왕비.　　　　　　　이그나쩨!

왕. 다시 말하지만 피는 못 속인다니까! 나한테서 물려받
　은 거야! (방백) 하지만 저 밝힘증 마누라도 한몫을 한
　것 같은데…… 흠…….

　그런데 이 지저분한 아가씨는 뭐냐, 아들아?

왕자. 아바마마, 인사 올립니다, 이쪽은 제 약혼녀입니다.

왕. 뭐?

이자.　농담이에요!

왕. 하, 하, 하! 장난이구나! 우스개야! 그래, 아들아, 장난
　을 좋아하는 성미도 나한테서 물려받았구나. 사실 내
　나이에 이젠 달리 물려줄 것도 별로 없지. 그리고 이상
　한 것은, 내가 가장 이해할 수 없는 점인데, 장난이 단
　순해서 복잡하지 않을수록 나에게 더욱 큰 즐거움을
　안겨주는구나. 젊어지는 느낌이야.

시종장. 폐하의 성숙하신 판단에 저도 전적으로 동의합니
　다, 폐하. 진실로 어이없는 장난만큼 사람을 젊어지게
　하는 것도 없지요.

왕비. (불쾌해하며) 필리프…….

왕자.　　　　　　　　　장난이 아닙니다.

왕비. 무슨 말이야? 장난이 아니라니? 그래, 그렇다면 대체
　뭐냐?

왕자. 저는 약혼합니다!

왕. 뭐?

(조신들 겁에 질려 도망친다)

왕비. (격분하여) 다른 건 둘째 치고 제발 품위를 지키세요! (이보나에게) 아가씨는 저쪽 나무를 좀 보고 있으면 좋겠네요. (왕자에게) 필리프, 저 아가씨 입장을 어떻게 만들려는 거냐? 우리 입장을 어떻게 만들려는 거야? 네 입장은 어떻게 만들려는 거지? (왕에게) 이그나찌, 침착하게!

왕자. 아바마마, 어마마마, 두 분의 눈을 보니 왕자인 제가 저러한 사람과 단 한순간이라도 관계를 맺을 수 있다는 사실을 스캔들로 생각하신다는 것을 알겠습니다.

왕. 말 잘한다!

왕자. 만약에 그래도 제가 그녀와 약혼을 한다면 그것은 부족함 때문이 아니라 과잉 때문입니다. 그리고 저는 마음대로 할 권리가 있고 그렇게 하더라도 저에게 손해될 건 하나도 없어요.

왕. 과잉 때문이라고?

왕자. 예! 저는 충분히 부유하니까 아주 특이할 정도의 가난뱅이와 약혼해도 상관없어요. 어째서 예쁜 아가씨만 제 마음에 들어야 하는 거죠? 못생긴 아가씨가 마음에 들면 안 되나요? 그런 법이 어디 적혀 있냐고요? 나는 자유로운 사람인데, 마치 무슨 영혼 없는 기계처럼 무조건 따라야 하는 그런 법이라도 어딘가 있다는 거예요?

왕. 잠깐, 필리프, 너 진지하게 궤변을 늘어놓는 거냐? 웬 오만 방자함이냐, 머리가 어떻게 잘못되었구나, 아들아. 단순한 일을 뭐하러 복잡하게 만드냐? 예쁜 아가씨가 있으면 네 마음에 드는 거고, 네 마음에 들면, 그때는, 그 아가씨한테……. 그리고 만약에 못생겼으면, 안녕히 가십시오, 걸음아 날 살려라, 그런 거지. 뭐하러 복잡하게 만들어? 그게 자연의 법칙이야. 우리끼리 얘기지만 (왕비를 훑어본다) 나도 기꺼이 그 법칙을 따른단다.

왕자. 바로 그 법칙이 저에게는 멍청하게 바보스럽고, 거칠게 야만적이고, 우스울 정도로 부당해 보인다는 겁니다!

시종장. 바보스럽죠, 물론 그럴 수도 있습니다. 하지만 제 의견을 말씀드리자면 바로 가장 바보스러운 자연의 법칙이 가장 맛 좋은 법칙입니다.

왕. 필리프, 혹시 보일러 제조 부문에서 받은 전문적인 교육이나 사회-시민 분야에서 네가 하는 사상적인 일들이 지긋지긋해진 거냐?

왕비. 너의 그 게임이나 어린애 같은 놀이가 지루해진 거냐? 테니스는 이제 지겨워? 브리지 게임이나 폴로 경기도 지루하니? 하지만 그렇다면 축구도 할 수 있고 도미노 게임도 있지 않니.

시종장. 혹시 왕자님은, 말하자면, 현대사회에서 애정을 얻거나 성적 관계를 맺기가 너무 쉬워서 지긋지긋해진 겁니까? 믿을 수가 없군요. 저라면 그런 것은 절대로 지겨워지지 않을 텐데요.

왕자. 성적인 관계도 필요 없고 다 필요 없어요, 내가 결혼한다면 하는 겁니다!

왕. 뭐? 뭐? 결혼을 해? 네가 감히 나한테 그런 소리를 하냐? 이 버릇없는 애송이가 우리를 가지고 놀아! 하! 가지고 노는군. 욕을 해줘야 되겠구나!

왕비. 이그나찌, 그런 짓은 하지 말아요!

왕. 욕해줄 테다! 여기 이렇게 보는 앞에서 욕을 해주겠다고! 궁둥이를 걷어차주겠어! 하! 버릇없는 자식을 길 한가운데 메다꽂아줄 거야!

왕비. 이그나찌, 스캔들이 일어나잖아요! 스캔들이 일어난다고요! 이그나찌, 이 애는 좋은 마음에서 이러는 거예요!

왕. 좋은 마음으로 늙은 아비의 마음을 상하게 한다고?

왕비. 얘는 동정심에서 하는 일이에요! 동정심 때문이라고요! 저 불운한 아가씨의 고통이 그의 마음을 움직인 거예요 — 이 애는 언제나 한없이 정이 많았으니까! 이그나찌, 그만두지 않으면 스캔들이 일어나요!

왕. (미심쩍다는 듯) 고통에 마음이 움직였다고?

시종장. 국왕 폐하, 왕비 전하의 말씀이 옳으십니다. 왕자님은 천성적으로 고결한 품성에 따르신 겁니다. 그것이 고결한 행동입니다. (목소리를 죽여 속삭인다) 국왕 폐하, 고결한 행동이 아니라면 이건 스캔들이에요, 둘 더하기 둘이 넷인 것처럼 자명합니다. 왕자가 고집을 부렸어요. 스캔들이 나게 내버려둬서는 안 됩니다!

왕. 그래, 그래, 그래! (왕자에게) 필리프, 다시 생각해보니 좀 충동적이기는 해도 네 행동이 고결하다는 걸 우리도 인정해야겠다.

왕자. 이건 고결하고는 아무 상관 없어요!

42

왕비. (서둘러) 고결한 거야, 고결해, 필리프 아가야— 말 가
    로막지 마라, 우리가 더 잘 안다—그리고 네 고결한
    의도를 인정하는 의미에서 우리에게 네 약혼녀를 소개
    하는 것을 허락한다. 저 아가씨의 조용한 불행은 우리
    마음속에 가장 고귀한 본능과 관대한 품성을 일깨우는
    구나. 저 아가씨를 가장 신분 높은 숙녀들과 동등하게
    궁성에 받아들이겠다. 그러면 분명히 우리를 비난할 사
    람은 없고 반대로 모두 우리를 더 높이 보게 될 거야!

왕자. (무대 안쪽으로 들어가서) 찌릴, 그녀를 여기로 데려와. 국
    왕이 동의하셨다!

왕비. (왕에게 몰래) 이그나찌, 제발 침착하게 굴어요.

왕. 알았어, 알았어.

    (왕자가 이보나의 손을 잡고 데려온다)

    아, 이건…… 그래!

    (나무 밑에서 훔쳐보던 조신들 다가온다. 나팔 소리)

왕자. 아바마마, 어마마마! 제 약혼녀입니다!

시종장. (작은 소리로) 고개를 숙여요. 고개를 숙이세요, 아가
    씨……. 고개를 숙여요…….

이보나. (무시)

시종장. 고개 숙여, 숙이라고…….

왕자. (속삭인다)   숙여!

왕비. (작은 소리로) 그래, 그래……. (이보나에게 본보기를 보이기
    위해 가볍게 고개를 숙인다) 그래, 그래…….

    (왕도 왕비처럼 가볍게 고개를 숙인다)

43

이보나. (무시)

왕자. (조금 당황하여 이보나에게) 이분은 국왕이고, 아버님이고, 폐하이시고, 이쪽은 어머님, 왕비 전하······. 고개 숙여, 숙여!

이보나. (무시)

왕비. (서둘러서) 필리프, 우리는 감동했단다······. 참으로 다정한 사람이로구나. (이보나에게 입 맞춘다) 새아가, 우리가 너에게 아버지와 어머니가 되어주마. 우리 아들의 은총 가득한 정신이 우리를 기쁘게 했으니 그 애의 선택을 우리는 존중하겠다. 필리프, 언제나 위를 향하고, 아래로 내려가서는 안 된다!

시종장. (조신들에게 신호한다) 아아아!

조신들. 아아아!

왕. (머뭇거리며) 그래, 그래······ 그 말이······. 그렇지.

왕비. (서둘러서) 이제 아가씨를 모셔 가고 처소를 마련하라고 일러라. (기품 있게) 아무것도 모자라지 않도록!

시종장. (조신들에게 손으로 신호하며) 아아아!

조신들.   아아아!

　(왕자, 이보나, 찌릴, 조신들 퇴장)

왕. 그런데 이건······. 그런데 이건······. 나 좀 잡아줘! 다들 봤어? 이런 거 본 적 있냐고? 아니 어떻게 저 아가씨가 우리한테 숙인 게 아니라 우리가 저 아가씨한테, 저 아가씨가 우리한테 숙인 게 아니라 우리가 저 아가씨한테 고개를 숙였잖아! (어안이 벙벙하여) 게다가 못생겼어!

왕비. 아가씨는 못생겼지만 행동은 아름다웠어요!

시종장. 약혼녀가 못생겼으면 행동은 아름다워야만 하지 요. 국왕 폐하, 왕비 전하, 왕자님은 며칠 지나면 제정 신이 돌아오실 겁니다. 다만 억지로 강요하면 안 되지 요. 그리고 제가 오늘 찾아뵙고 왕자님의 진짜 의도가 뭔지 타진을 해보겠습니다. 그냥 보통 하는 괴짜 노릇 일 뿐이지만, 화를 돋워 고집을 부리게 만들어서는 안 됩니다. 지금은 침착하셔야 합니다.

왕비. 그리고 우아하게 행동해야지.

(퇴장)

제2막

(왕자의 처소, 한쪽 문으로 왕자, 찌릴, 이보나 등장, 다른 문으로 하인 발렌티가 걸레를 들고 등장)

왕자. (발렌티에게) 발렌티, 제발 그렇게 숨 막히게 계속 따라
　　다니지 마.

　　(발렌티 퇴장)

　　그녀를 여기 앉혀. 도망칠까 봐 계속 겁이 나는군. 책상
　　다리에 묶어놓으면 어떨까?

찌릴. 그녀는 지금도 절반만 살아 있는 거나 같아요. 도망
　　치지 않을 겁니다. 필리프…….

왕자. 음?

찌릴. (못마땅해하며) 뭐하러 이 모든 소동을 벌인 거죠?

왕자. 뭐하러? 뭐하러? 이건 잡아야 할 괴물이야, 넘어야
　　할 장벽이라고 — 알겠어? 사냥꾼이라면 결투를 하기
　　위해 어두운 밤중에 들소에게 덤비는 거나 같아…….
　　황소의 뿔을 정면으로 붙잡고 덤비는 사람들이 있다
　　면……. 찌릴…….

찌릴. 왕자님하고는 오늘 말이 안 통하는군요.

왕자. 하지만 가장 확실한 건 아마 뭔가 견딜 수 없는 호기
　　심일 거야 — 벌레가 움직이는 모습을 막대기로 찌르면
　　서 들여다보는 그런 것과 비슷한 호기심.

찌릴. 솔직한 제 의견을 말해도 될까요.

왕자. 부디 마음대로.

찌릴. 그 여자를 그냥 내버려두죠, 30분만 지나면 그녀를 어떻게 하면 좋을지 우리도 모르게 돼버릴 테니까…….
이건 심지어 불쾌해지고 있어요, 아주 불쾌하다고요.
다른 관점들은 차치하더라도 이건 좀— 지나친 집착이에요.

왕자. 내가 보기엔 너희들도 그녀에게 꽤나 집착하는 것 같던데.

찌릴. 그렇죠, 그건 맞아요! 하지만 신선한 바깥공기 속에서 조그만 장난을 치는 것과 여기 처소까지 여자를 끌고 들어오는 건 전혀 달라요. 필리프, 그만두는 게 좋겠어요.

왕자. 저 여자가 앉아 있는 모습을 좀 봐. 상상도 못 해봤잖아! 생각해봐, 얼마나 뻔뻔한지! 젊은 아가씨가 저런 지경이라는 이유만으로 아무도 저 여자를 마음에 들어 해서는 안 된다는 거야? 그건 너무 지나치잖아! 정신 나간 자연의 실수라고! (그녀를 쳐다본다) 아니! 그거 알아? 지금 이렇게 저 여자를 쳐다보니까 비로소 내가 왕자임을 뼛속 깊이 느끼겠어. 전에는 잘해봤자 내가 남작 정도 되는 기분이었거든, 그것도 좀 덜떨어진 남작.

찌릴. 이상하네요. 겉으로 보기에는 왕자님이 저 여자를 대하면서 진짜 왕자라기보다는 남작처럼 행동했거든요.

왕자. 사실 이상한 게 맞지. 그래도 말해두겠는데, 내가 이렇게까지 확신에 차고 이렇게까지 기분이 좋고, 심지어 굉장하다고 느껴본 적이 없어. 트랄랄라…… (필통을 손가락 위에 똑바로 세운다) 봐, 한 번도 성공한 적이 없었는데 지금은 성공했어. 분명 자기가 얼마나 훌륭한지 알려면 자기보다 훨씬 못한 사람을 찾아내야 하는 거야. 명색만 왕자로 사는 건 아무것도 아냐. 진정한 왕자가 된다는 거, 그걸 이해했어. 편안해…… (춤춘다) 기쁘다……. 그래, 하지만 우리의 광기를 목격하러 가야겠지. 아가씨, 혹시 목소리를 들려주실 의향이 있는지요?

이보나. (침묵)

왕자. 그거 알아, 이 여자는 사실 전혀 그렇게까지 못생기지도 않았어, 그저 일관된 모습 속에 어떤 근본적인 ─ 불행한 이유가 있는 거라고.

찌릴. 바로 그게 최악입니다.

왕자.   아가씨, 아가씨는 왜 이렇죠?

이보나. (침묵)

왕자. 침묵하는군. 아가씨는 왜 이렇죠?

찌릴. 대답을 안 해요. 기분이 상한 거야.

왕자.   기분이 상했어.

찌릴. 제가 보기에는 어쩌면 기분이 상했다기보다도 어째서인지 겁을 먹은 것 같습니다.

왕자. 어째서인지 주눅이 들었어.

이보나. (조용히, 억지로) 나는 전혀 기분이 상한 게 아니에요. 나를 내버려두세요.

49

왕자. 아! 전혀 기분이 상한 게 아니라고? 그럼 아가씨는
　　　왜 대답을 안 하죠?

이보나. (침묵)

왕자. 응?

이보나. (침묵)

왕자. 　　못 하는 건가요? 어째서?

이보나. (침묵)

찌릴. 　　　　　　　　　　　　하, 하, 하! 못 한다고! 기
　　　분이 상했어!

왕자. 아가씨, 부탁이니 우리가 알아들을 수 있도록 아가씨
　　　의 짜임새를 설명해보세요. 어쨌든 아가씨는 절대로 바
　　　보가 아니니까요. 도대체 어째서 사람들이 아가씨를 하
　　　나, 둘, 셋도 셀 줄 모르는 사람처럼 대하는 거죠? 대체
　　　사람들이 어째서 그렇게 무시하는 겁니까?

찌릴. 그녀는 바보가 아니에요, 바보 같은 상황에 있을 뿐
　　　이지.

왕자. 바로 그거야! 미안, 찌릴, 한 가지 놀라운 걸 발견했
　　　어. 봐, 그녀의 코는 심지어 균형이 잘 잡혀 있어. 머리
　　　가 모자라는 것도 아니고. 우리가 아는 여러 젊은 여자
　　　애들하고 비교해도 전혀 뒤떨어지지 않는 것 같아. 어
　　　째서 아무도 그런 여자애들을 괴롭히지 않는 거지? 어
　　　째서 그런가요, 아가씨? 어째서 아가씨는 염소, 아니 희
　　　생양인가요. 그게 흔한 일인가요?

이보나. (조용히) 그렇게 빙빙 도는 거예요. 반복해서.

찔릴.   반복?

왕자. 무슨 말이죠 — 반복? 말 막지 마. 반복?

이보나. 그렇게 반복해서 모든 사람이 언제나, 모든 일이
　　　언제나……. 그렇게 언제나.

왕자. 반복? 반복? 어째서 반복이지? 거기엔 뭔가 신비적
　　　인 데가 있군. 아아아, 이해하기 시작했어. 실제로 여
　　　기엔 뭔가 반복되는 게 있어. 예를 들면 사람은 어째서
　　　늙어지는 걸까? 컨디션이 좋지 않기 때문이야. 그럼 왜
　　　컨디션이 좋지 않은 거지? 늙어지니까. 어떤 반복인지
　　　알겠지? 반복이 아닐 수가 없잖아!

찔릴. 그건 아가씨 자업자득인 거죠, 얼간이니까! 고민할
　　　필요 없으니 잊어버려요!

이보나. (침묵)

왕자. 하! 그녀가 너를 어린 학생처럼 대하고 있잖아!

찔릴. 쳇! 그래 봤자 약간 용기를 낸 거예요! 그저 약간 용
　　　기를 내본 거라고! 기운 내야! 활기차게! 아가씨에게
　　　충고 하나 할게요. 아가씨는 음울해요. 미소를 지으면
　　　모든 일이 다 좋아질 거예요.

왕자. 그래, 우리한테 미소 짓는 모습을 보여줘요. 그게 대
　　　수라고!

이보나. (침묵)

왕자. 싫다는군. 맞아 — 미소를 지었다면 억지로 그런 것
　　　처럼 보이겠지. 그랬다면 지금보다 훨씬 더 성가시고
　　　짜증나고 신경에 거슬리고 흥분되고 도발적이었을 거

51

야. 그건 사실이야. 이건 엄청나군, 찌릴! 훌륭해! 이런
건 처음 봐. 그럼 우리가 먼저 웃음을 짓는다면?

찌릴. 그것도 아무 소용 없을 겁니다. 그렇게 되면 그 웃음
은 동정의 웃음이 될 테니까요.

왕자. 이건 뭔가 지독한 조합인데. 뭔가 아주 구체적이고
지독한 변증법이야. 봐, 그녀가 이 사안에 상당히 깊이
파고들지 않았냐 말이야. 무덤처럼 입을 다물고 있지만
그녀를 보면 알 수 있다고. 그거 알아? 이건 일종의 체
계야, 어떤 영구기관 같은 거야— 마치 말뚝에 개와 고
양이를 함께 묶어놓은 것과 같아. 개는 고양이를 쫓아
다니면서 겁주고, 고양이는 개를 쫓아다니면서 겁주고,
모든 일이 끝없이 반복해서 점점 빨리 돌고 돌면서 미
쳐가는 거야. 그리고 그 안쪽은 무감각할 뿐이지.

찌릴. 꽉 잠겨 폐쇄된 체계로군요.

왕자. 그렇지! 하지만 뭐가 먼저야? 어느 게 먼저 생겨났
지? 처음부터 이랬을 수는 없잖아. 아가씨는 어째서 두
려워하는 거죠? 아가씨가 소심하기 때문이죠. 하지만
아가씨는 어째서 소심하죠? 왜냐하면 조금 겁을 내기
때문이죠. 하지만 어느 쪽이 먼저죠, 그 언젠가 아가씨
의 마음속에서 어느 쪽이 먼저 시작된 건가요?

이보나. (침묵)

왕자. 잠깐, 잠깐. 그래, 좋아요, 하지만 아가씨의 마음속에
는 뭔가 들어 있지 않나요? 정말로 아무것도 없어요?
아무리 그래도 결점만으로 이루어졌을 수는 없잖아요.

52

아가씨 안에도 뭔가, 어떤 장점이, 어떤 강인함이, 어떤 분별력이 ─ 아가씨가 믿는 것, 자신에 대해서 좋아하는 뭔가가 있을 거라고요. 두고 봐요 아가씨, 우리가 그 불꽃을 키워줄게요, 아가씨 얼굴에도 혈색이 돌게 될 거예요.

이보나. (침묵)

왕자. 기다려! 버티라고! 이건 아주 중요해요. 예를 들어 어떤 사람이 다가와서 너는 이렇고 저렇다고, 가장 나쁜 말로, 가장 흉측한 말로 속을 긁어놓고 마음을 짓밟고, 대응할 말을, 숨을 막아버린다고 치면, 그러면 이렇게 대답하겠죠. "그래요, 난 이렇고 저렇지만, 하지만……." 하지만 뭐지?

이보나. (침묵)

찌릴. 그래서, 뭐죠? 하지만 뭐냐고요? 걱정 말고 말해보세요.

왕자. 그러니까 예를 들면 "……나는 마음이 착해요. 나는 착하다고요". 알겠어? 그런 하나의 장점 말이야. 한 가지 좋은 점 말이야!

찌릴. (돌연히) 말해요, 아가씨! 말해!

왕자. 그러니까 시 같은 거라도 쓰지 않냐고, 응? 뭔가 슬픈, 어떤 비가(悲歌) 같은 거…… 그런…… 오, 가장 형편없는 시라도, 맹세하건대 정말 열성적으로 낭송할 거야. 그냥 나한테 발붙일 곳을 줘, 버틸 구석을 달라고! 그러니까 시를 쓰는 거야, 뭐야?

이보나. (침묵)

찌릴. 그녀는 그런 걸 경멸합니다.

왕자. 하느님을 믿나? 무릎 꿇고 기도를 하냐고? 주 예수그
리스도가 너를 위해 십자가에서 돌아가신 걸 믿어?

이보나. (경멸하며) 물론.

왕자. 기적이다! 드디어! 높으신 하느님 감사합니다! 하지
만 어째서 그녀는…… 말투가…… 말투가…… 그렇게
경멸적으로 말하는 거지? 하느님에 대해 경멸적으로
말하다니! 하느님을 믿는다고 코웃음을 치다니?

찌릴. 제 이해의 한계를 넘어서는군요.

왕자. 찌릴, 내가 뭐 한 가지 말하지. 그녀는 자신의 결점
때문에 하느님을 믿고 그 사실을 알고 있어. 결점이 하
나도 없었다면 하느님을 믿지 않았을 거야. 그녀는 하
느님을 믿지만, 또한 하느님이 그녀의 육체적 정신적
결점 위에 덧바른 회반죽에 지나지 않는다는 사실도
아는 거야. (이보나에게) 그렇지 않아?

이보나. (침묵)

왕자. 부르르……. 하지만 어쨌든 여기에는 뭔가 끔찍하게
현명한 구석이 있어…… 둔하고 나태한 현명함이…….

찌릴. 약이야! 약이 필요해요! 알약과 적절한 치료로 그 현
명함을 고칠 수 있을 거예요. 위생에 신경 쓰고 — 아침
에 산책을 하고 — 운동을 하고 — 버터 바른 빵을 먹고.

왕자. 오, 미안하지만 너는 그녀의 신체 조직이 약을 흡
수하지 못한다는 사실을 잊고 있어. 약을 흡수하지 못

하는 건 너무 둔하기 때문이야. 그건 우리가 이미 알지. 조직 둔화를 치료하는 약을 흡수하지 못해, 왜냐하면 너무 둔하니까. 너는 신비적인 반복에 대해서도 잊고 있어. 아침의 산책이나 운동은 당연히 그녀의 약해진 몸에 도움이 되겠지만, 그녀는 몸이 너무 약하기 때문에 산책을 나가지 못해. 여러분, 아니 참 여러분이 아니라 찌릴, 이 비슷한 일에 대해서 들어본 적이라도 있어? 이건 동정심을 불러일으키지, 맞아, 하지만 그 동정심이…… 그 동정심의 종류가…….

찌릴. 분명 이건 죄에 대한 벌이에요. 아가씨는 어린 시절에 무거운 죄를 저지른 게 분명해요. 필리프, 이 일의 근원은 어떤 죄악일 거예요, 죄가 없이 이럴 수는 없어요. 아가씨는 분명 죄를 저질렀을 거예요.

이보나. (침묵)

왕자. 하! 내가 드디어 정곡을 찔렀군! 잘 들어봐요, 아가씨 — 아가씨가 그렇게나 몸이 약하다면 고통도 더 약하게 느낄 거예요 — 약하고, 더 약하고, 알겠어요, 아가씨? 순환이 아가씨한테 유리한 쪽으로 일어나고, 저절로 균형이 잡히죠. 이 세상의 모든 매혹을, 모든 유혹을 아가씨는 더 약하게 느낄 테니까 같은 이유로 아가씨는 고통도 더 약하게 느낄 거예요.

이보나. (침묵)

왕자. 그래, 어때요?

이보나. (침묵, 곁눈질로 왕자를 훔쳐본다)

찌릴. (눈치채고) 저 여자 왜 저러죠?

왕자. 뭐?

찌릴.　　아무렇지 않은 것처럼! 하지만…….

왕자. (불안해하며)　　　　　　　　　그녀가 왜 그
러는데……?

찌릴. 필리프! 그녀가 당신에게 빠졌어요!

왕자.　　　　　　　　　나한테? 뭐?

찌릴. 하지만 겨우 이제서야……. 그녀가 당신을…… 눈을
떼지 못하고……. 열정적으로! 열정적으로요, 젠장! 그
녀가 당신에게 매력을 느끼는 거예요…… 그렇게 자
기 나름대로……. 그녀가 당신에게! 당신에게! 조심해
요—그녀의 연약함은 열정적이고 모든 악마를 다 합
친 것처럼 왕성하니까!

왕자. 그녀는 (생략). 그녀는 음란해! 이건 음란하다고! 구
체적인 음란함이야! 어떻게 감히 달라붙을 수가 있지,
이 지렁이야! 뜨거운 맛을 좀 보여줄까? 부젓가락을 가
져다가 하얗게 달궈서—그러면 그제야 펄쩍펄쩍 뛰겠
지! 춤추게 해보자고!

찌릴.　　　　　　하지만 필리프!

왕자. 이 여자는 어딘가 도저히 받아들일 수 없는 면이 있
어! 뭔가 견딜 수 없는 데가 있다고! 아가씨는 내 기분
을 상하게 해요! 내 마음을 깊이 상하게 한다고요! 아가
씨의 문제에 대해서 더 이상은 알고 싶지 않아요—이
비관주의자, 이—이 현실주의자…….

찌릴. 필리프!

왕자.　　　　저 앉아 있는 모습을 좀 봐.

찌릴.　　　　　　　　　　　　　일어나라고 하세요.

왕자. 그러면 서 있게 되겠지! 봐, 저 애원하는 모습을……
애원하는 모습을 봐……. 저 여자는 계속 뭔가를 애
원해…… 뭔가를, 뭔가 — 뭔가 — 나한테서 뭘 얻어
내려고 한다고. 찌릴, 저 존재를 없애버려야 돼. 칼을
줘 — 마음 가볍게 저 여자의 숨통을 끊을 거야.

찌릴. 하느님 맙소사!

왕자. 아니, 농담이야! 하지만 그녀는 겁내는군 — 봐, 심각
하게 겁내고 있어. 엄청나게 겁내는군 — 이건 사악해.
아가씨는 어째서 겁내나요, 나는 그냥 농담을 했을 뿐
이라고요……. 농담이에요! 어째서 아가씨는 심각하게,
나는 농담인데…….

찌릴. 과민 반응을 하시는군요.

왕자. 뭐? 아, 사실이군. 재미있네. 내가 정말로 과민 반응
을 한다고 생각해? 상당히 가능성 있지. 하지만 그건
저 여자 탓이야 — 내 탓이 아냐! 그녀가 나를 그렇게
만든 거야, 내가 그녀에게 한 게 아니라!

(벨 소리. 발렌티 등장)

찌릴. 거기 누구야? (창문으로 내다본다) 손님들이 오는 모양이
군요……. 시종장하고, 숙녀들하고.

발렌티. 열까요?

왕자. 다들 정찰하러 왔군. 우리는 가서 머리를 빗자고.

(왕자, 찌릴, 이보나 퇴장. 발렌티 문을 연다. 시종장, 신사 두 명, 숙녀 네 명, 이노젠티 등장)

숙녀 1. 아무도 없네. (둘러본다)

숙녀 2. 나 지금은 못 하는데. (소리 내어 웃는다)

신사 1. 그런데 왕자는 진지한 걸까?

시종장. 침착하십시오, 침착하세요, 신사 여러분……! 제발 부탁이니 소리 내어 웃지 말아 주십시오.

(숙녀들 소리 내어 웃는다)

부탁이니 소리 내어 웃지 마세요!

(숙녀들 소리 내어 웃는다)

우리는 마치 아무 일도 없었던 것처럼, 풀밭에서 삑삑 우는 게 뭔지 보기 위해 산책 나온 겁니다.

숙녀 1. 정말요? 하, 하, 하! 생각 하고는! 좀 보세요 — 저 여자 모자를! 모자! 숨넘어가겠네!

숙녀 2. 터지겠어!

시종장. 진정하세요! 진정! 진정!

손님들. 히, 히, 히 — 못 하겠어! — 히, 히, 히! — 그만해, 정말 안 되겠다고. — 그럼 네가 그만해. — 숨넘어간다! 터지겠어!

(서로 자극하며 소리 죽여 웃는다. 웃음소리가 커졌다 줄어들었다 한다. 이노젠티만 웃지 않는다)

(왕자, 찌릴, 이보나 등장)

왕자님!

(모두 고개 숙여 인사한다)

시종장. 그래서, 말하자면, 저희는 산책 삼아 들렀다가 멈출 수가 없어서요 (손을 비빈다) — 전부 몰려왔지요!

왕자. 제가 사랑하는 이보나입니다. 제 약혼녀를 여러분께 소개할 수 있어서 기쁘군요.

손님들. 아아아아! (고개를 숙인다) 경사로군요, 경사입니다!

왕자. 소중한 아가씨, 소심함을 이겨내고 무슨 말이든 좀 해봐요. 사랑하는 이보나, 이분들은 사교계에서도 가장 훌륭한 분들인데 도대체 어째서 식인종 무리나 보르네오섬에서 탈출한 침팬지를 보듯이 그렇게 무서워하는 거요. 여러분 미안합니다, 제 약혼녀가 한없이 섬세하고 자존심이 강하고 감정이 예민해서요, 대하기가 쉽지 않습니다. (이보나에게) 좀 앉지 그래, 영원히 서 있을 수는 없잖아.

이보나. (땅바닥에 앉으려고 한다)

찌릴. 거기 말고!

손님들.　　　하, 하, 하!

신사 1. 저는 맹세코 거기에 의자가 있는 줄 알았어요.

숙녀 1. 있었는데 도망갔네요.

손님들. 하, 하, 하! 마술이군! 운이 나빠!

시종장. 다들 진정, 진정하세요. (의자를 들이민다) 조심하세요!

찌릴. 꽉 잡아요, 또 도망가지 않게!

시종장. 아가씨는 부디 잘 조준해서 앉으세요!

왕자. 잘 조준해봐요, 소중한 아가씨.

　　(이보나 앉는다)

그렇지!

(왕자를 제외하고 모두 앉는다)

숙녀 1. (왕자에게만 몰래, 친근하게) 정말이지, 왕자님, 죽을 지
경이에요! 죽겠어요! 터지겠어요!

숙녀 2. (왕자에게 몰래) 터질 것 같아요. 숨넘어가겠어요! 이
건 가장 세련된 종류의 개그예요, 소위 몸 개그*라고
하는─ 왕자님이 몸 개그에 이렇게 재능이 있는 줄 몰
랐어요. 저길 좀 보세요 하, 하, 하!

왕자. (손님들의 웃음에 말려들어) 하, 하, 하!

손님들.   하, 하, 하!

왕자. (더 큰 소리로)   하, 하, 하!

손님들. (더 큰 소리로) 하, 하, 하!

왕자. (더 큰 소리로)   하, 하, 하!

손님들. (망설이며) 하, 하, 하!

(웃음소리가 사그라든다. 정적. 시종장 기침한다)

숙녀 1. 벌써 가봐야겠네요, 유감스럽게도……. 시간을 정
해둔 게 생각나서……. 왕자님 용서해 주시겠지요?

숙녀 2. 저도 이만 가봐야겠어요……. 왕자님께 죄송하지
만……. 약속이 있어서요. (작은 소리로 왕자에게) 이제 알
겠어요. 이 모든 일을 우리를 놀라게 하려고 꾸민 거군
요! 장난으로 꾸민 건가요, 네? 왕자님은 우리를 비웃으
시는군요! 왕자님은 우리를 비웃기 위해 저 불쌍한 아

---

* mopsowanie. 곰브로비치가 만들어낸 단어.

가씨하고 약혼한 거예요! 그저 궁궐 내의 어떤…… 숙녀들의 단점과 결함을 암시하기 위한 악의적인 방편일 뿐이었어요. 아, 알겠어요! 왕자님은 욜란타의 마사지 요법과 화장법에 대해 알아내셨군요…… 그래서 저 지저분한 매춘부와 약혼을 하신 거예요…… 욜란타를 비웃어주려고, 하, 하, 하! 이 계략의 역설적인 의미가 드디어 분명해졌어요! 안녕히 계세요!

왕자.   역설적 의미?

숙녀 1. (옆에서 듣고) 그게 만약 사실이라면 네 가짜 이빨 두 개에 대해 만방에 폭로하고 비웃어주기 위해서겠지, 이미 모두들 알고 있으니까! 하, 하, 왕자님은 너무 잔인하게 굴지는 마세요, 하, 하 ― 안녕히 계세요, 저는 이만 가야 합니다.

숙녀 2. 내 이빨? 네 가짜 가슴 말이겠지!

숙녀 1. 네 비뚤어진 어깨는 어떻고!

숙녀 2.   너 발가락 조심해!

손님들. 갑시다! 빨리 서둘러야겠어요!

왕자.   서두르지 말고 좀 더 계시지요.

손님들. 빨리 가봐야 합니다! 안녕히 계십시오! 시간이 없어서 이만!

(손님들 도망치고 시종장과 이노쩬티만 남는다. 목소리 계속 들린다. "다리", "이빨", "마사지", "화장", 그리고 심술궂은 웃음소리)

시종장. 통촉하소서 왕자 전하, 통촉하소서 왕자 전하, 통촉하소서 왕자 전하, 소신은 지금 당장 왕자 전하께 한 말씀 아뢰어야만 하겠나이다! 부디 잠시만 말씀을! 왕 자님이 숙녀분들을 겁주셨습니다!

왕자. 내가 아니라 그들의 결함이 겁을 준 거요. 알고 보니 그보다 더 무시무시한 게 없더군. 하! 조그맣고 평범하 지만 숨겨진 결함, 다시 말해 단점이라고 하는 것에 비 하면 전쟁이나 전염병이나 그런 건 아무것도 아니지.

이노첸티. 죄송합니다.

왕자. 또 무슨 일이죠? 아직 남아 계셨어요?

이노첸티. 그렇습니다. 죄송합니다. 저는 그게 사악하다는 사실을 확인해드리고 싶었습니다.

왕자. 뭐?

이노첸티. 그건 사악합니다. 죄송하지만 좀 앉겠습니다. (앉 아서 심호흡한다) 흥분하면 언제나 숨이 조금 막히는군요.

왕자. 뭔가 사악하다고 하셨소?

이노첸티. 죄송합니다. 제가 말이 지나쳤습니다. 왕자님은 부디 용서해 주시지요. 없었던 일로 여겨주십시오. 죄 송합니다. (가려고 한다)

왕자. 잠깐, 잠깐, 뭔가 사악하다고 말씀하셨죠. 잠시만 기 다리세요.

이노첸티. (죽은 듯이 평온한 무감정 상태 혹은 전무후무한 격분을 표현 한다) 보아하니 더 이상은 어찌할 도리가 없군요.

시종장. 어찌해? 어찌하다니? 이 얼마나 바보 같은 표현인 가 — 어찌하다니?

이노쩬티. 제가 시작한 일을 어찌해본다는 뜻입니다. (가려고
　　한다) 죄송합니다.

왕자. 잠깐, 그렇게 비밀스럽게 말씀하지 마시고…….

이노쩬티. 문제의 핵심은 제가 그녀를 사랑한다는 것입니
　　다…… 그리고 그 때문에 흥분해서 항의를 했습니다.
　　그러나 지금은 항의를 철회하니 이 모든 상황을 없었
　　던 일로 생각해 주십시오.

왕자. 당신이? 당신이 ― 그녀를 사랑한다고?

찌릴.　　　　　　　　　　　　　　　　　설마!

시종장.　　　　　　　　　　　　　　코-미-디야!

왕자. 방금 내 심장을 꿰뚫으셨소. 모든 일이 갑자기 심각
　　해졌어요. 그걸 아시는지 모르겠는데 ― 웃다가 돌연
　　히 진지해지는 그 갑작스러운 전환을 아시오? 거기에
　　는 심지어 뭔가 성스러운 면이 있지. 그 순간 뭔가 깨
　　달음을 얻게 돼요. 그 하찮은 말들 ― 모든 괴물은 자신
　　의 애호가를 찾아낸다*는 그 말은 신전의 박공벽에 새
　　겨놓아야 해.

이노쩬티. 저는 그저 소박한 사람일 뿐입니다.

왕자. 이보나, 미리 사과하지. 하느님 감사합니다, 그러니
　　까 너하고도 그렇게 ― 어쨌든 그렇게 될 수 있다는 거
　　로군……. 그러니까 그게 된다고……. 그리고 너도 누
　　군가를, 누군가……. 정말 다행이다! 난 그냥 단지 너를

---

* '짚신도 제짝이 있다'는 뜻의 속담.

참아줄 수가 없어서—너에 대한 생각을 견뎌낼 수가 없어서—우리가 정말로 그렇게 해야만 한다면…….미안해. 나의 아이들아, 내가 너희를 축복한다. 다들 가주세요. 혼자 있고 싶습니다.

찌릴. (이보나가 고개를 숙인 것을 보고) 울어요…….

왕자.   울어? 기뻐서 그렇겠지.

찌릴. 저라면 저 울보를 그렇게 믿지 않을 겁니다. 불행해서 우는 건지도 모르니까. 아가씨는 그를 사랑하나요?

이보나. (침묵)

찌릴. 이건 부정하는 침묵이에요.

왕자. 오! 하지만 상관없어! 누군가 널 사랑하는 사람을 발견했으니 문제가 반은 해결된 거야. (이노쩬티에게) 당신은 용감한 사람이고 진짜 남자예요. 그녀를 사랑하다니—훌륭해요! 온 세상을 멸망에서 구해낸 겁니다. 우리 모두 마음 깊이 경의를 표해야겠어요!

이노쩬티. 저의 자존심을 이기지 못해 설명을 드리자면 그녀도 저를 사랑합니다만 아마도 왕자님 앞에서 인정하기 부끄러워하는 것 같습니다. 사실상 저는 신하이므로 그녀에게 대단한 명예를 가져다주지 못하니까요. (이보나에게) 뭐하러 숨기는 거야—나를 사랑한다고 여러 번이나 말했잖아.

이보나. (침묵)

이노쩬티. (격분해서) 그렇게 거만하게 굴지 마! 따지고 보면 내가 너한테 들이댔던 딱 그만큼 나한테 들이댔잖아, 혹은 그보다 더 적었을 수도 있지만.

왕자. 다들 들었지?

이노쩬티. (차갑게) 왕자님께서 허락하신다면 설명해 드리지요. 제가 그녀를 사랑한다고 말씀드렸다면 그건 그때 제 생각에 — 그래요, 달리 더 좋은 표현이 없어서, 딱히 없어서, 말하자면 그런 겁니다, 없어서…….

시종장. 말도 안 돼!* 어떻게 그럴 수가!

이노쩬티. 문제는 더 나은 여자들이, 심지어는 평범한 여자들도, 상상도 못 할 정도로 대하기가 어렵고 환심을 사기 힘든데, 저 여자와는 마음이 편해서, 최소한 마음이 편해서, 그녀가 저에게 어떤지 생각해보면 저도 그녀에게 결코 떨어지는 상대는 아니니까, 최소한 그 멈추지 않는, 끊임없는 경쟁…… 세상에 내보이기 위한 행진에서 쉴 수가 있어서요. 우리가 사랑하는 이유는 그녀가 제 마음에 들지 않는 것과 마찬가지로 저도 그녀의 마음에 들지 않아서, 불평등한 부분이 없기 때문입니다.

왕자. 그 솔직함에 놀랐습니다!

이노쩬티. 기꺼이 거짓말을 할 수도 있었겠지만 지금 와서는 이미 불가능합니다, 우리 시대는 이미 너무 예리해서 풍선처럼 부풀었던 허세와 거짓말이 다 쪼그라들었

---

* 곰브로비치는 여기서 "Fi donc!"이라는 프랑스어 표현을 쓰고 있다.

어요. 솔직함 외에는 남은 게 없습니다. 숨김없이 말씀
드리자면 우리는…… 서로 위로하기 위해 사랑하는 겁
니다…… 제가 여자들과의 교제에서 거둔 성공이란 딱
그녀가 남자들 사이에서 거둔 정도밖에 안 되니까요. 하
지만 또 숨김없이 말씀드리자면 저는 질투합니다—아
니, 저의 질투심을 숨기지 않을 겁니다, 지속적으로 질
투심을 드러낼 거예요, 나는 그럴 권리가 있으니까! (이
보나에게, 뜻밖의 열정을 담아) 그를 사랑해? 그를? 응? 응?

이보나. (소리친다) 나가! 가버려! 가! 저리 가!

이노쩬티.   사랑에 빠졌군!

이보나. (수그러들며) 저리 가!

왕자. 그녀가 반응을 보였어. 하지만 이렇게 되면……. 반
응을 보였어. 목소리를 낸 거야. 다들 들었죠? 하지만
이렇게 되면…… 그렇다면 즉…… 반응을 보였다는
건…… 그녀가 정말로 나를 사…….

이노쩬티. 아마 뻔한 일이겠죠. 저는 언제나 졌으니까요. 그
러니 이쯤에서 떠나야죠. 가보겠습니다. (퇴장)

왕자. 사랑에 빠졌어……. 나를 증오하는 게 아니라. 나는
그녀를 못살게 구는데. 나는 탄복했어. 그녀가 사랑에
빠졌다니. 그리고 이제…… 나를 사랑해. 내가 그녀를
못 견뎌 하는데도. 그런데도 나를 사랑해. 상황이 심각
해졌어.

(발렌티 등장)

나가 발렌티! 난 이제 어떻게 하지?

66

시종장. 젊은이다운 특유의 경솔함을 상황에 적용해 보십시오!

왕자. (이보나에게) 아냐. 안 된다고 말해봐. 날 사랑하지 않아?

이보나. (침묵)

왕자. 만약에 그녀가 나를 사랑한다면, 그러면 나…… 나는 그녀에게 사랑받고……. 만약에 내가 그녀에게 사랑받는다면 나는 그녀의 사랑하는 연인이야……. 나는 그녀의 마음속에 있어. 그녀는 나를 마음속에 간직하고 있다고. 그녀를 경멸할 수가 없어…… 나를 사랑한다면. 저곳, 그녀의 마음속에 내가 사랑하는 연인으로 자리 잡고 있는데 여기서 내가 경멸적으로 행동할 수는 없어. 아, 나는 사실 내가 언제나 여기에, 나 자신으로, 내 안에 있다고 생각했는데 — 지금 갑자기 팍! 그녀가 나를 붙잡았어 — 그리고 정신 차려보니 나는 함정에 빠지는 것처럼 그녀 안에 들어와 있는 거야! (이보나에게) 만일 내가 너의 사랑하는 연인이라면 나도 너를 사랑하지 않을 수 없어. 나는 너를 사랑해야만 할 거야…… 나는 너를 사랑할 거야…….

찌릴. 어쩌실 생각입니까?

왕자.   그녀를 사랑해야지.

찌릴. 이루어질 수 없는 일에 몸을 던지시는군요! 그건 불가능해요!

왕자. 이보나, 모자를 써.

찌릴과 시종장.   어디 가십니까? 어디로요?

67

왕자. 한 바퀴 돌아야지. 둘이서. 단둘이 말이야. 사랑에 빠지려면.

(왕자와 이보나 퇴장)

찌릴. 이제 어쩌죠?

시종장.　　　　　그녀가 왕자를 돌게 만들었어요!

찌릴. 추물이 왕자를 돌게 만들었다고? 추물이?

시종장. 못생긴 여자들은 너무 가까이 다가가면 예쁜 여자들보다 더 심하게 정신을 놓게 만드는 수가 있죠.

찌릴. 판단력이 물구나무를 서는 느낌이야!

시종장. 제가 말씀드리고 싶은 건 이보다 더 위험한 일은 없다는 겁니다……. 전반적으로 보기 좋은 여자들이 위험한 것으로 여겨지지만, 불쾌한, 정말로 불쾌한 여자들도 남자에게는―사실 여자들에게 있어 정말로 불쾌한 남자하고 똑같은 겁니다……. 오호! 저는 절대로 지나치게 깊이 엮이지 않으려고 노력하지요. 이성(異性)은 언제나 끌어들이려 하니까요! 저렇게 불쾌한 여자는, 특히 나이가 젊고 그 불쾌함의 정도가 비교적 강할 때는―호, 호, 호! 게다가 특히 의심 없이 열정적으로 다가서는 젊은 청년에게는―호, 호, 호―그리고 갑자기 얼굴을 마주하고 어떤 끔찍한…… 끔찍한 일을 대하게 되면…….

찌릴.　　　　　어떤 일요?

시종장. 젊은이들의 유치한 일이지요, 당신은 그런 걸 모릅니다, 그리고 저도, 자화자찬 같지만, 저도 인생 경험이 많은데, 그런 일은 역시 모릅니다. 어떤 상황이, 신사가 그런 상황을 알게 되는 순간 더 이상 신사가 아니게 되기 때문에 알 수 없는 그런 종류의 상황이 존재하는 겁니다.

(종소리)

또 무슨 일이지?

(발렌티 등장)

발렌티.   열까요?

(왕과 왕비 등장)

왕비. 필리프는 어디 있지? 여기 없나?

시종장.   나가셨습니다.

왕. 과인이 직접 여기까지 왕림한 이유는, 하느님 맙소사, 그 자식이 또 무슨 짓을 벌인 거야? 숙녀들이 왕비에게 몰려와서 불평했단 말이야, 우리 아들이 아마도 일부러, 장난치려고 그 매춘부와 약혼을 해서, 그 여자의 도움을 받아서 숙녀들의 그…… 미모와 매력에서 무슨 부족한 점을 찾아내 비웃어주려고 했다던데! 하, 하, 하! 난 이거 정말 기똥찬데! 뭐, 그놈이 일부러 노리고 그렇게 움직인 거라면 문제가 반은 해결된 거지!

왕비. 그렇다고 해도 이런 일을 눈감아줄 수는 없어요. 내 시녀들은 끔찍하게 불안해하는데, 신사 여러분들은 부적절한 장난이나 치고 있다니요.

시종장. 에이, 에이! 문제가 그뿐이라면 좋겠습니다! 조심하세요!

왕. 무슨 일인데?

시종장. 무슨 일이냐면……. 왕자님이 이제는 그녀를 사랑
하십니다…… 그녀도 왕자님을 사랑하고……. 아니, 이
건 말로는 표현을 못 하겠어요. 이건 입 밖에 내어 말할
수가 없어요! 이건 뭔가…… 폭발적인 겁니다. 국왕 폐
하, 왕비 전하, 조심하세요 — 폭발하지 않게!

왕과 왕비. 어떡하지?

제3막

(궁정 집무실)

(찌릴 의자에 앉아 있고, 숙녀 두 명이 깔깔거리며 돌아다닌다. 그 뒤
에서 왕자 등장)

왕자. 여기서 뭐해?

찌릴.　　　　　　　앉아 있지요.

왕자.　　　　　　　　　　　그리고 뭐?

찌릴.　　　　　　　　　　　　　　　그뿐이에요.

왕자. 저 여자들이 뭐라고 했지? 저 창녀 둘이 뭣 때문에
　　웃는지 못 들었어? 귀에 안 들어오던가?

찌릴. 여자들은 항상 웃어요. 깔깔대고 웃는 건 어느 여자
　　나 타고난 상태예요, 왜냐하면 그 상태가 얼굴에 가장
　　잘 어울리니까.

왕자. 나를 비웃던가?

찌릴. 왜 하필 여자들이 왕자님을 비웃어야 하죠? 이제까
　　지 자기들끼리 잘만 웃었을 텐데.

왕자. 내가 아니라면 그녀…… 내 약혼녀를 비웃는 거야.
　　하지만 가만 보니 웃음의 종류가 변했군. 내가 잘못
　　알았을 수도 있지만 보아하니 그들의 웃음이 바뀌었
　　어…… 그녀를 비웃다가 나를 비웃고 있어. 모든 남자
　　와 모든 여자들이 귓속말을 하면서 웃어. 이건 망상인

71

가? 난 의심스러워……. 부탁인데……. 부탁인데, 우리에 대해서 저들이 무슨 얘기를 하는지 그 비웃음이 어떤 종류인지 추측을 좀 해줘. 그게 어떤 종류인지 알고싶어. 물론 나하고는 아무 상관도 없지만 그래도 알고싶어. 그리고 기회가 되면 저들에게 말해줘, 계속 내 등뒤에서 감히…….

찌릴. 필리프, 대체 어떻게 된 거죠? 예민하고 화를 잘 내게 됐어요, 마치 당신의 약혼녀가 된 것처럼.

왕자. 그래, 바로 그런 말을 하지 말라고. 이제 됐어. 나를, 내 행동이나 감정을 사람들이 비웃는 데에는 익숙지못하니까. 저 쓰레기한테 말해, 만약에 누구라도 만용을 부려서 아주 조그만 무례라도 범한다면, 무례의 그림자라도 범하려고 한다면…….

(안쪽에서 문이 열리고 나팔 소리와 함께 왕, 왕비, 시종장, 이보나, 이자, 조신들 등장)

왕비. 맛있었어? 응? 맛있었지? 그렇지? 실컷 먹었어? (이보나에게 입 맞추며 미소 짓는다) 배 하나 더 줄까? 설탕에 조린 배야. 설탕이지? 달아?

이보나. (침묵)

왕비. 배를 먹으면 몸이 튼튼해져요. (소리 내어 웃는다) 건강해져! 건강해진다고!

왕. 건강해진다! 퉤, 퉤, 퉤.

(침묵)

왕비. 그럼 크림을 좀 줄까? 크림을 먹어도 몸이 튼튼해지

지. 건강에 좋아요. 크림 줄까? 우유는? 우유에 설탕 타
줄까?

(침묵)

왜 그러니? 입맛이 없어? 오, 그러면 안 되는데. 이제
어쩌지? 응? 이제 어쩌면 좋나?

이보나. (침묵)

시종장. 아무 말도 안 해? (박애주의적으로 웃는다) 아무 말도?

왕. 아무 말도? (박애주의적으로 웃다가 갑자기 신경질 낸다) 아무
말도 안 해? (시종장에게) 아무 말도 안 하나?

왕비.   아무 말도…….

시종장. 전혀 아무 말도 하지 않습니다, 폐하. 실제로 이렇
게 표현할 수 있겠군요 — 아무 말도.

(침묵)

왕비. 이렇게 소심하다니……. 이렇게 귀엽고 조용하고. 그
냥 단지 가끔씩만 뭐라고 말을 해주면 좀 좋아. (이보나
에게) 그냥 단지 가끔씩만 뭐라고 말을 좀 해주면 좋겠
단다, 병아리야. 어렵지 않아요. 가끔은 뭐든 말을 좀
해야 돼, 아가야. 품위를 지키려면, 기본적인 품위를 지
키려면 그렇게 해야만 하는 거야. 설마 품위 없는 사람
이 되고 싶은 건 아니지…… 응? 그래, 그럼 지금부터
뭘 시작하면 좋을까? 뭘 하면서 놀면 좋겠니? 응?

왕. 음?

시종장. 엥?

이보나. (침묵)

왕. 그래 뭐? 아무 말도 안 하나? 설마 모를 리는 없잖아!
하루 종일 집 안을 돌아다니면서 아무 말도, 아무 말도
안 할 수는 없어! 이건 지루해. 너무 지루하다고. (멍하니
사방을 둘러본다) 지루해! 다들 하느님을 두려워하지 않는
건가!

시종장. 지루해요!

왕비.　　　　　자비로우신 하느님!

발렌티. (들어오며) 왕자 전하, 의사 선생님이 도착해서 현관
에서 기다리고 계십니다.

왕자. (이보나에게) 검진받으러 가자. 실례합니다!

(왕자와 이보나 퇴장)

왕비. 필리프! 제발 잠깐만 기다려! 필리프! (왕자 돌아온다. 왕
비 조신들에게) 신사 숙녀 여러분은 자리를 좀 비켜주시
지요, 우리 아들하고 잠시 할 얘기가 있으니.

(조신들 나간다)

필리프, 불평해서는 안 된다, 우리는 네 감정을 존중해.
우리는 이 병아리 아가씨에게 어머니이고 아버지야. 하
지만 네가 영향력을 좀 발휘해서 이 아가씨가 어떻게
든 주변 사람들하고 조금 더 의사소통을 하게 해주면
안 되겠니? 오늘도 또 차 마시는 동안 내내 한마디도
하지 않았단다. 점심 먹을 때도 말을 안 하고. 아침 먹
을 때도 말을 안 했어. 게다가 대체로 계속 말을 안 하
지. 그게 사람들 눈에 어떻게 보이겠으며 그런 침묵 속
에 우리는 또 어떻게 보이겠니? 필리프, 어쨌든 품위를

지켜서 행동해야 해.

왕자. (냉소적으로) 품위!

왕비. 필리프, 아들아, 우리가 그 애를 순전히 어머니의 마음으로 대해주는 걸 모르겠니? 그 애의 개인적인 결점에도 불구하고 단지 너를 사랑한다는 이유만으로 우리도 그 애를 사랑한단다.

왕자. (위협적으로) 그녀를 사랑한다고! 그녀를 사랑한다고! 어찌 됐든 ─ 그녀를 사랑하지 말라고 말씀드리진 못하겠군요! (퇴장)

왕비. 하느님, 길을 밝히소서, 하느님, 이끌어주소서! 이 그나찌, 어쩌면 당신이 그 애한테 충분히 다정하게 대해주지 않았는지도 몰라요. 이보나는 당신을 무서워해요.

왕. 무서워한다고……. 하, 그래서 그렇게 구석진 곳으로만 다니면서 곁눈질로 흘깃흘깃 훔쳐보는군. 그뿐이야. (당혹해하며) 고작해야 우리한테 창문을 가리켜 보일 뿐이겠지. 무서워한다고……. (시종장에게) 보고 좀 해봐! 아, 프랑스가 또 끓어오르는군. (혼잣말로) 무서워하는데 그녀 자신도 뭐가 무서운지 모른다고? 나를 무서워한다? (왕비에게) 그런데 당신은 아무래도 지나치게 그 애 주위에서만 맴돌고 있어. (흉내 낸다) 배 먹을래, 과자 먹을래……. 마치 하숙집 여주인처럼.

왕비. 그래요, 그래서 당신은 특히 그 애 앞에서 자연스러운 생활 방식을 고수하시는군요. 그 애 앞에서 말을 해야 할 때는 항상 먼저 침을 꿀꺽 삼키고. 그 소리가 안

들릴 거라고 착각하나 보죠. 그 애한테 말할 때는 마치
무서워하는 것처럼 굴고.

왕. 내가? 무서워하는 것 같다고? 그 애가 무서워하는 거
겠지. (조용히) 파렴치한 계집애.

시종장. 국왕 폐하의 위엄 앞에서 그녀가 주눅드는 듯합니
다만, 저 자신도 그 존엄하신 용안 앞에서 성스러운 전
율을 체험하는지라 새삼 놀랍지는 않습니다. 그러나 감
히 충언을 한 말씀 드리자면 국왕 폐하께서 그녀와 단
둘이 편하게 대화를 해보심이 어떨까 싶습니다…….
너무 주눅들지 않게 격려해주심이…….

왕. 나보고 그 애와 단둘이 대화하라고? 그 침치립치*하고?

왕비. 아주 좋은 생각이에요. 그 애를 조금 길들여야 해요
—처음에는 슬쩍 불러서 단둘이 타이르고, 그러다 보
면 우리한테 익숙해질 테니까 그렇게 해서 참을 수 없
이 끙끙거리고 안절부절못하는 그 행동에 종지부를 찍
어야겠어요. 이그나찌, 어린애처럼 굴지 말아요. 무슨
핑계를 대서라도 그 애를 곧 여기로 데려오겠어요. 필
리프는 지금 의사를 만나고 있어요. 털실로 꽁꽁 묶어
서라도 그녀를 여기로 데리고 올 테니까 그 애한테 아
버지 노릇을 하세요.

(퇴장)

왕. 시종장, 가끔 뒤통수를 치는군 — 내가 대체 그 애와

* Cimcirymci. 곰브로비치의 신조어. 약간 놀리는 뜻이 있는 비하적 표현으로 쓰였지만,
본래 아무 뜻이 없다.

76

무슨 얘기를 한단 말이야?

시종장. 하지만 국왕 폐하, 이건 가장 평범한 활동입니다 ― 다가가서 웃음을 짓고 말을 걸고 뭔가 농담이라도 좀 하고 ― 그러면 그녀도 자연스럽게 미소를 짓거나 아니면 심지어 웃음을 터뜨릴 수밖에 없습니다. 그러면 국왕 폐하도 다시 미소를 짓고 ― 그렇게 해서 서로 미소 짓는 가운데 사교적이고 호의적인 분위기라는 게 생겨나는 겁니다.

왕. 미소 짓지, 미소 짓고말고……. 그 애가 소심하다는 이유만으로 내가 그 앞에 가서 떠들어야 한단 말인가? 시종장, 그런 건 자네가 알아서 주선해봐. (가려고 한다)

시종장. 하오나 폐하! 국왕 폐하께서는 휘하의 백성을 주눅 들게 하는 것과 마찬가지로 격려해주는 것도 처음 겪으시는 일은 아닐 텐데요.

왕. 그래, 하지만 그 애는 겁을 낸다고 ― 눈치챘나…… 그걸…… 그 천것이 겁을 낸단 말이야.

시종장. 누구나 뭔가 겁내게 마련이지요.

왕. 그래, 하지만 그 애는 뭔가 나태하게 ― 어쩐지 게으르게 겁을 내. (공포에 질려) 시종장, 그 애는 게으르게 겁낸다고. 오호, 저기 가는군. 잠깐, 내가 직접 나서서 바보짓을 하진 않겠어. 가지 마, 거기 있어. 에, 에, 에. (즐거운 표정을 짓는다)

(이보나 등장)

아, 아, 아, 부탁인데.

(이보나 가까이 다가와서 쳐다본다. 왕 다정히 말한다)

그래, 그래, 어떠냐 — 어떠냐?

이보나. 털실…….

왕.　　　　　　　털실?

이보나.　　　　　　　　　　털실…….

왕. 오, 오! 여기 털실이 있구나. (껄껄 웃는다)

이보나. (털실을 줍는다)

왕. 헤, 헤, 헤.

이보나. (침묵)

왕. 털실 잃어버렸니?

이보나. (침묵)

왕. 헴, 헴! (다가오며) 그래, 그래, 어떠냐? 그래, 그래. (껄껄 웃
는다) 그래서? 그러면 우리 그걸 좀…… 좀 재미있는 일
이라도 해볼까? 응? 할 일이 없네. 그래! — 할 일이 없
어! (조급하게) 할 일이 없다고 내가 말하잖아!

이보나. (가볍게 물러선다)

왕. 난 어쨌든 아버지라고…… 필리프의 아버지, 아빠란
말이야? 쳇! 아빠가 아니라 아버지야! 어찌 됐든…….
나는 전혀 모르는 남이 아니라고. (다가간다. 이보나 물러선
다) 다시 또 그렇게 할 필요까진……. 난 그냥 평범한
보통 사람이야. 그래, 평범하다고 — 난 헤롯 왕*이 아

---

* 헤롯 왕 혹은 헤로데스1세. 유대를 지배하기 위해 로마제국에서 임명한 왕. 기원전
37년부터 기원전 4년까지 유대를 지배했다. 신약성서에서 예수 탄생 소식을 듣고
유대인의 첫아이를 모두 죽이라고 명령한 유아 학살 전승으로 유명하다. 「마태오의

냐! 난 아무도 안 잡아먹었어. 겁낼 이유가 없단 말이
야! 난 짐승이 아니야. 짐승이 아니라고 하잖아! 난 짐
승이 아니라고! (화내며) 겁낼 필요 없다고! 어쨌든 난 짐
승이 아니란 말이야! (다가간다. 이보나 돌연히 뒤로 물러서며
털실을 놓친다. 왕 고함친다) 아니, 겁낼 필요가 없다고 내가
말하잖아! 난 짐승이 아니라고!!!

시종장. 아니, 아니죠. 쯧쯧……. 아닙니다!

왕.   무례하기 짝이
없는 계집애!

(이보나 점점 물러나서 퇴장)

시종장. 조용히! 누가 들을지도 모릅니다!

왕. 무서워해. 시종장, 그걸 기억하나…… 그게 뭐냐……
무서워하는 거……. 차차……. 무무……. 테테…….

시종장. 제가 말씀을 드리자면 그녀는 겁내는 것도 제대로
못 하나 봅니다. 궁정 숙녀분들 중 몇몇은 아주 기가
막히게 겁을 내지요 — 우아하게 자극적으로 말입니다.
그런데 저 애는 어쩐지 홀랑 내놓은 느낌이네요. (역겹다
는 듯) 홀딱 벗은 것 같아요!

왕. 하! 뭔가 생각이 날 것 같은데.

시종장.   생각이 나십니까?

왕. 무서워해. 시종장, 그걸 기억하나…… 그 뭐냐…… 우
리가 그……. 벌써 오래됐지. 그냥 그렇게 잊어버렸군.

「복음서」2장 1절부터 23절 참조.

79

시종장. 누구 말씀이십니까, 폐하?

왕. 오래됐어. 나야말로 죽어도 기억이 안 나는군. 오래전이야. 나는 그때 아직 왕자였고, 너는 간신히 시종장의 도제 정도 됐었지. 그 조그만 여자애, 그게 뭐냐……. 우리가 그……. 그러니까 바로 저 소파 위에서 말이야. 그게 아마 내 기억에는 여자 재봉사였던 것 같은데…….

시종장. 아하, 여자 재봉사, 소파……. 헤이, 청춘, 청춘, 그 얼마나 즐거운 시절이었는지. (발렌티 등장) 무슨 일인가, 발렌티? 방해하지 말게.

(발렌티 퇴장)

왕. 그 여자는 그 뒤로 죽었지? 물에 뛰어들어 빠져 죽었던가 뭔가…….

시종장. 그럼요! 제가 지금도 기억합니다. 다리 위로 올라가서 다리에서 강으로……. 헤이, 청춘, 청춘, 세상에 청춘보다 아름다운 건 없지요.

왕. 자네 생각에는 여기 저 침치림치하고 좀 비슷했던 것 같지 않나?

시종장. 그럴 리가요, 폐하, 저 여자는 사방으로 쏟아지는 듯한 금발이고, 그때 그 여자는 바짝 마르고 주근깨 가득한 갈색 머리였어요.

왕. 허! 하지만 무서워하는 건 똑같았지. 차차. 무무. 똑같은 방식으로 무서워했어. 모든 악마를 다 합쳐놓은 것처럼 무서워했지 — 천한 것이!

시종장. 만약 국왕 폐하께서 그 기억을 조금이라도 마음 아

프게 여기신다면 가장 좋은 건 기억을 안 하시는 겁니
다. 죽은 여자들은 기억하지 않는 게 최선이지요. 죽은
여자는 여자가 아닙니다.

왕. 그 여자도 무서워했고 어쩐지 똑같이 — 학대를 당
했지. 저 소파 위에서. 그 여자도 언제나 누군가, 언젠
가 무언가……. 쳇, 쳇! 모든 악마들이 몰려오는 것처
럼 — 시종장, 모든 악마들이 한꺼번에 몰려오는 것처
럼 그렇게 기억이 나.

(왕비 등장)

왕비. 축하해요! 아주 훌륭하게 그 애를 격려하셨네! 완벽
하게 격려했어! 불쌍한 애가 이젠 거의 찍소리도 못
내! 대체 무슨 벌레에 물린 거죠, 이그나찌? 당신이 전
부 망쳤잖아!

왕. 악마야, 악마. 다가오지 말아요, 왕비 전하.

왕비. 당신 무슨 일이에요? 내가 어째서 다가가면 안 된다
는 거죠?

왕. 어째서? 어째서? 모든 일이 — 어째서? 난 뭘 바랄 권
리도 없는 건가? 내가 무슨 보호자의 감시라도 받고 있
다는 거야? 나는 내 집의 주인 아니냐 말이야? 내가 꼭
모든 일을 설명해야만 해? 날 왜 그렇게 쳐다보는 거
야? 날 왜 쳐다보냐고? 뭐야? 어떻다는 거야? 내가 왜
그 애한테 소리를 질렀냐고? 왜냐하면 그 애를 보면 뭔
가 기억나기 때문이야!

시종장. 말할 가치도 없습니다! 폐하, 뭐하러 그런 걸 말합

니까!

왕. 뭔가 기억이 난다고, 그것도 당신에 대해서! 당신에 대해서, 내 사랑하는 왕비님!

왕비. 나에 대해서?

왕. 하, 하, 하, 뭘 그렇게 쳐다봐? 악마들이야, 악마들, 마우고쟈타, 내가 좀 지나쳤다는 건 인정하겠는데, 하지만 상상해보라고, 이상한 일이잖아, 그 병아리 아가씨를 쳐다보질 못하겠어, 곧바로 당신에 대해서 뭔가 생각이 떠오르니까. 이런 얘기는 하고 싶지 않았어, 좀 창피하니까, 하지만 당신이 물어보면 나는 솔직히 대답해야지. 어떤 사람을 보면 다른 사람이 떠오르는 일이 있게 마련인데, 하지만 그게 말하자면, 완전히 무시되고 방치된 상태에 있는 사람인 거야. 그리고 내가 저 침치림치를 보면, 그녀가 그렇게 움직이고…… 그렇게 여기저기 찌르면서 더듬거리고 돌아다니는 걸 보면…… 혼자서 어쩐지 첩첩거리고 있는 걸 보면…… 곧바로 뭔가 당신에 대해서 떠오르는 거야, 곧바로 연달아서 당신의 어쩐지 뭔가…… 흐트러진 모습이 생각나…….

왕비. 그 애를 보면 나의…… 뭐? 흐트러진 모습이라고요?

왕. 바로 그거야! 당신이 지금 생각하는 바로 그거! 지금 나한테 뭔지 말해줄 거지? 나한테 말해주면 우리 둘이 같은 걸 생각하는지 알게 되겠지. 귀에 대고 말해줘.

왕비. 이그나찌! 무슨 말을 하는 거예요?

왕. 그러니까 그게 맞군, 나의 왕비님! 그러니까 우리도 우

82

리만의 비밀을 갖고 있어!

왕비. 체통이고 뭐고 다 잊었군요!

왕. 반대로 지금 다 기억해내고 있어! 기억해낸다고! 조금 뒤엔 전부 다 기억할 거야! 추추! 무무! (돌연히 퇴장)

왕비. 그게 무슨 뜻이지?

(시종장 왕의 뒤를 쫓아 뛰어서 퇴장. 왕비는 생각에 잠긴 채 서서 한 손가락을 이마에 댄다. 이자 등장해서 거울 앞에서 유혹적인 표정을 짓는다)

살랑거리지 마라.

이자. (부끄러워한다) 왕비 전하…….

왕비. 계속 꼬리를 치는구나. 그…… 그…… 운 나쁜 계집 애가 궁에 나타난 뒤부터 모든 여자들이 다 쉴 새 없이 살랑거리며 돌아다니고 있어. 너도 마찬가지란다, 아가 씨야. 너한테 물어볼 말이 있다.

이자. 전하…….

왕비. 내 눈을 봐. 자백해라 — 너 정말 아무한테도 말 안 한 거냐, 아니면 혹시 누군가에게 종알거린 적이 있 니…… 내, 내가 쓴 시에 대해서? 자백해, 참지 못하고 말해버렸지!

이자. 왕비 전하!

왕비. 그럼 아무 말 안 한 거냐? 아무한테도? 그렇다면 그 가 어떻게 알아냈는지 모르겠네. 분명 침대 매트리스 밑에서 내 공책을 찾아냈을 거야.

이자. 누구 말씀이신가요, 왕비 전하?

왕비. 그건 바로 그거야, 다른 게 아니라. 그걸 생각하고 있었던 게 틀림없어! 그래 잠깐만— 솔직히 말해줘, 내가 왕비가 아닌 것처럼 말해봐, 잠시 동안 모든 의무적인 예의범절에서 면제해줄 테니까. 사실대로 말해봐라, 이 보나를 볼 때면 너도 뭔가 떠오르는 게 없니? 아무것도 생각나는 게 없어? 뭔가 연상되는 거라든가? ……그 애 걸음걸이 같은 것 말이다, 예를 들면? 그 애 코는? 시선이라든가 전체적인 몸가짐은? 그걸 보면 아무것도…… 기억나는 게 없니? 누군가 악의적인 사람이 그거랑 연관해서 떠올릴지도 모르잖아, 내 저…… 저…… 시를…… 시를 너무 많이 썼는데…… 내 시…… 내 비밀스러운 시를……! 아!

이자. 네? 전하의 시를, 그러면…… 그러면……. 어떻게요?

왕비. 내 저주받은 시! 이 세상은 너무 저속해! 저주받을 흥분과 황홀경, 번민과 고백들! 나한테 사실을 말해주지 않는구나! 하…… "흐트러진 모습"이라고 그가 그랬지…… 어째서 "흐트러졌다"는 거지? 그걸 읽지 않았다면 그렇게 말했을 리가 없어— 설마하니 내 운율이 흐트……? 역겨운 단어야! 넌 나한테 사실을 말해주지 않는구나! 당장 맹세해라, 내가 지금 너한테 말한 것에 대해서 찍소리도 하지 않겠다고. 맹세해! 이 촛불 앞에서 맹세해. 농담이 아니다. 맹세해! 거짓으로 부끄러운 척하지 마라. 빨리 무릎 꿇어…… 내 말 따라 해, 맹세합니다…….

(왕자 등장, 그 뒤로 왕과 시종장 등장)

왕자. 어머니, 어머니하고 얘기를 좀 하고 싶어요. 오, 죄송
해요. 뭔가 마법을 하시는 걸 방해했군요.

왕비. 아냐, 아냐, 이 애가 내 구두를 고쳐 신겨주고 있었
어. 구두를 너무 큰 걸로 사서 말이다.

왕자. 아바마마는 어째서 저의 약혼녀를 겁주셨나요?

왕비. 필리프, 그런 말투로 따지지 마라!

왕자. 그럼 어떤 말투로요? 내 아버지가 약혼녀에게 이유
없이 덤벼들어 짐승같이 고함을 질렀는데 대체 어떤
말투로 말해야 하죠? 내 약혼녀가 너무나 겁에 질려 거
의 움직이지도 못할 지경인데요. 제가 한시라도 안 보
일 때면 두 분이 그녀를 들들 볶으면서 그렇게들 즐거
워하시잖아요? 이런 상황에 비해선 제가 지금 아주 예
외적으로 침착한 걸로 보이는데요.

(발렌티 등장)

나가 발렌티. 어머니, 어머니하고 단둘이 이야기를 좀
하고 싶어요.

왕비. 단둘이 이야기하는 데는 동의하겠다만 먼저 무슨 이
야기를 하고 싶은지 말해다오.

(이자 퇴장)

왕자. 어머니는 경계심을 풀지 않으시는군요. 어머니, 죄송
해요, 제가 말하려는 건 뭔가…… 뭔가 괴상하고 비정
상적인 일이에요. 이걸 어떻게 말해야 될지 모르겠군
요. 혹시 그녀가 아바마마에게 뭔가 어머니의 죄악에

대해 상기시키는 건가요?

왕비. 누가 그런 말을 하든?

왕자. 아버지가요! 그녀에게 고함지른 이유는 그녀를 보면 뭔가 어머니의 내밀한 죄악이 떠오르기 때문이라고 아버지가 말했어요.

(왕과 시종장 등장)

왕비. 이그나찌, 대체 필리프에게 무슨 쓸데없는 소리를 한 거예요?

왕. 쓸데없는 소리? 아무 소리 안 했는데. 답답해서 그 애한테 말했어요. 그래서 뭐? 그게 뭐? 그게 왜? 사실을 말해줬어. 내가 답답한 것보단 당신이 답답한 게 낫지.

왕비.   이그나찌!

왕자. 잠깐…… 잠깐……. 지금 저를 어떤 입장에 놓이게 하는지 유념해 주십시오. 갑자기 마른하늘에 날벼락 치듯이 아버지가 약혼녀에게 덤벼들었죠. 그녀에게 덤벼들어서, 제가 이유를 알아야 할 충분한 권리가 있다고 판단해서 어째서인지 여쭤봤더니 두 분이 하시는 말씀은 대체 어디서부터 시작해야 할지, 어떻게 받아들여야 할지 알 수 없는 일들이란 말입니다. 어떻게 된 거예요? 어머니가 죄를 지었기 때문에 그래서 아버지가 제 약혼녀에게 덤벼들어요?

왕. 그래, 덤벼든다. 나는 덤벼드는 아버지다. 그래서 뭐, 뭐, 네가 생각한 게 있다면, 그래서 뭐냐? 내가 나 자신의 죄 때문에 그랬다고? 마우고쟈타, 뭘 그렇게 쳐다보는 거요? 당신이 날 그렇게 들여다보면 나도 당신을 들여다볼 거야.

왕자. 내 약혼녀로 인해서 부모님이 서로 들여다보고 있군. 약혼녀 때문에 어머니는 아버지를 그리고 아버지는 어머니를 들여다보고 있어.

왕. 아니, 아니, 필리프, 아버지를 미친 사람으로 만들지 마라. 진정하고…….

왕비. 필리프, 아버지가 흥분해서, 네가 더 이상 물어보지 않게 아무 말이나 해버린 거야. 이런 말도 안 되는 일로 더 길게 왈가왈부할 필요가 없어. 다른 이야기를 하자꾸나.

왕자. 어머니, 이게 말이 안 되는 건 저도 알아요.

왕비. 그 얘기는 하지 말자. 전혀 말도 안 돼!

왕자. 아주 굉장히 말이 안 돼요. 홋, 멍청해요. 사실 바보 같지요.

(고개 숙여 인사한다)

왕비. 왜 나한테 인사하니?

왕자. (비밀스럽게) 왜냐하면 저 자신도 조금은 바보 같거든요 — 그녀 앞에서…….

왕비. 네가 바보 같다고?

왕자. 다른 말로는 표현하기 힘들어요. 전 그녀를 사랑하지 않아요. 두 분이 그녀 앞에서 바보스럽고 말이 안 되는 행동을 하시는 건 저 자신도 그렇게 행동하기 때문이라고 믿고 있어요 — 그녀 앞에서.

왕. 그래, 그래, 그렇지만 너무 많이 그렇게 행동하진 마라.

　(왕자 고개 숙여 인사한다)

　왜 나한테 고개 숙여 인사하는 거냐, 당나귀야? 어째서?

왕자. (비밀스럽게) 그녀하고는 뭐든지 마음대로 할 수 있어요.

왕. 뭐? 뭐? 뭐든지? 난 아무것도 마음대로 하지 않는다. 나
　한테서 뭘 원하는 거냐? 시종장…… (물러선다) 그…….
　아……. 대체 이건 또 뭐지?

왕비. 필리프, 그 고개 숙여 인사하는 건 무슨 뜻이냐? 그
　만 인사해!

왕. (방백) 썩을 놈! 썩을 놈!

시종장. 그녀하고 뭐든지 마음대로 할 수 있다고 해서, 그
　게 왕자님이 우리 앞에서 마음대로 행동해도 된다는
　뜻은 아닙니다.

　(왕자 시종장에게 고개 숙여 보인다 — 시종장 펄쩍 뛰어 물러선다)

　나한테는 하지 말아요! 왜 나한테? 난 이 일하고 아무
　상관도 없어요! 제발 가까이 오지 말아요!

왕자. (비밀스럽게) 그녀에게는 누구든지 가까이 갈 수 있어
　요. 머리채를 휘어잡아도 되고. 귀를 붙잡아도 되죠!

왕. (돌연히) 하, 하, 하! (창피해하며 입을 다문다) 그…… 그
　게……. 흠…….

시종장. 왕자님, 만약에 왕자님이 저를 건드리시면, 그러면
　저는…….

왕자. 그녀는 누구든지 건드릴 수 있어요! 믿어주세요, 부
　모님이 그렇게나 원하시는 대로 그녀를 들볶으셔도 돼

88

요! 그녀는 그런 사람이라서 그녀에게는 뭐든지 할 수 있어요! 그녀는 소심해요. 항의하지 않을 거예요. 그녀는 쌀쌀맞아요. 뭐든지 해도 돼요. 그녀 앞에서는 바보같아도 되고, 음침해도 되고, 멍청해도, 무서워도, 냉소적이어도 돼요 — 마음대로 — 마음에 드는 대로. (시종장에게 고개 숙여 인사한다) 뜻대로……. 뜻대로…….

시종장. (펄쩍 뛰어 물러난다) 그건 나하고 아무 상관도 없어요! 그건 나하고 무관해요. (왕자에게 고개 숙여 인사한다) 안녕히 계십시오……. 안녕히 계십시오……. (퇴장)

왕. 썩을 놈. 썩을 놈. 아니, 아니, 필리프……. 뭘 그렇게 쳐다보냐? 잘 있어라. (고개 숙여 인사한다) 잘 있어. 간다! 가!
(퇴장)

왕비. 이게 무슨 뜻이지?! 이게 무슨 뜻인지, 왜 이런 말을 하는지 나한테 설명 좀 해봐라……. 안녕, 안녕. (퇴장)

왕자. (뒷모습에 대고) 뭐든지 돼요! 뭐든지! 누구나 원하는 대로. (혼잣말) 그리고 그녀는 거기에 앉아서, 화덕 아래 앉아서 날 사랑하지 — 날 사랑해! 날 사랑해! 뭐든지 해도 돼! 뭐든지 할 수 있어! 누구든지 마음에 드는 건 뭐든지! 전부 다! (이 장면 내내 무대 안쪽에서 의자에 앉아 있던 이자가 퇴장하려고 일어서는 것을 왕자 눈치챈다. 이자에게 다가가 목덜미에 입 맞춘다) 그녀 앞에서는 부끄러워하지 않아도 돼요!

이자. 제발 놔주세요!

왕자. 아! 부끄러워하지 마세요! 해도 돼요. (그녀의 입술에 입 맞춘다) 아! 이 기쁨…….

89

이자. (빠져나가려 몸부림치며) 소리 지를 거예요!

왕자. 다시 말하지만 부끄러워하지 마세요, 그녀하고는 뭐
든지 해도 되니까요! 미안합니다! 사실 이러려던 건 아
니었어요. 어떻게 하다 보니 이렇게……. 미안해요, 내
가 무슨 짓을 저지른 거지? 미친 사람처럼 행동했군요.

이자. 뻔뻔해!

왕자. 제발 부탁이니 이 일에 대해 아무한테도 말하지 말
아주세요. 만약에 그녀에게 알려지면 그녀는 괴로워할
겁니다……. 괴로워할 거예요! 괴로워, 괴로워, 괴로울
거라고요!

이자. 저를 놓아 달라니까요!

왕자. (계속 붙잡은 채) 잠깐, 잠깐……. 좀 참으세요. (입 맞춘다)
이 코, 이 입술! 가지 말아요! 아마 내가 그녀를 배신한
것 같군요. 무서운 일이야!! 하지만 멋진 일인데! 아, 얼
마나 쉬운지! (부른다) 발렌티! 발렌티!

이자. (빠져나가려 하며) 부탁이니 최소한 소리쳐 부르지는 마
세요.

왕자. 그 반대예요, 정반대이지요, 황금처럼 빛나는 아가
씨…….

(발렌티 등장)

발렌티, 즉시 찌릴 님에게 이보나 아가씨를 이리 데려
오라고 부탁해라. 빨리!

(발렌티 퇴장)

당신을 놔주다니 말도 안 돼요. 당신과 함께 있는 지금

에서야 제자리로 돌아온 느낌이에요. 아, 품 안에 이렇게…… 혐오스럽지 않은 존재를 안고 있다는 게 얼마나 큰 기쁨인지. 당신에게 꽃을 보내줄게요. 아, 이렇게 간단하다니. 이 간단함을 되찾아야만 해. 다시 그 간단함을 되찾았어! 당신을 사랑해!

(찌릴과 이보나 등장)

찌릴. 어떻게 된 겁니까?!

왕자. 이보나, 너에게 한 가지 고백을 해야겠어. 바로 방금 전에 나는 이자와 함께 너를 배신했다. 넌 더 이상 내 약혼녀가 아니야. 유감이지만 나도 어떻게 할 수가 없어. 너는 섹스어필이 전혀 없는데 이자는 아주 높은 수준으로 지니고 있거든. 내가 이런 식으로, 이렇게 가볍게 통지한다고 해서 나를 원망하지는 마, 나는 다만 어떤 간단함을 되찾으려고 했을 뿐이니까. 그 간단함이 갑자기 내 본성을 지배했거든. 당신 덕분에…… 당신 덕분이지, 내 보물. (이자의 손에 입 맞추고, 이보나를 향해) 왜 그러고 서 있어? 원하는 만큼 얼마든지 서 있어도 돼, 그런 건 아무래도 상관없지! 작별 인사를 해줘! 난 갈 거야, 떠나간다, 물러간다, 멀어져서 너와는 헤어지겠어! 그렇게 계속 서 있어도 아무것도 변하지 않아!

찌릴. 서 있어봤자 아무것도 변하지 않는다고! 10년을 그렇게 서 있는다 해도 이미 아무것도 달라질 건 없어! 이제서야 좋은 일이 생기는구나!

왕자. (이자에게) 미안합니다, 내 보물, 물어보는 걸 깜빡했군

요, 당신도 동의하나요? 날 거부하지 말아요. (손에 입 맞
춘다) 아, 이런 동작 하나하나에 마음이 치유되네. 곧 적
절하게 명을 내리겠어요. 우리가 약혼했다는 사실을 세
상에 숨길 필요는 없으니까. 부모님이 기뻐하실 겁니다.
시종장…… 친절한 시종장! 조신들도…… 모두들 마음
속에서 큰 짐을 덜었다고 할 거예요. 사실 분위기가 점
점 견딜 수 없게 돼가고 있었으니까. (이보나에게) 왜 그
러고 서 있어? 난 우리 사이에 벌써 모든 일이 다 밝혀
졌다고 생각하는데. 대체 뭘 더 기다리는 거지, 아가씨?

찌릴. 그녀는 혼자서 스스로 움직이지 않아요.

왕자. 그녀의 그 연인을 불러라, 와서 그녀를 데려가라고
해, 그리고 기왕 이렇게 됐으니 그녀를 데려다가 앞으
로 계속 지낼 만한 곳에 그녀를 치워두라고 해.

찌릴. 그를 당장 여기로 데려와서 그녀를 처리하도록 하죠.
당장 말입니다, 필리프! 다만…… 그녀를 여기 계속 세
워두면 안 되는 거 아닙니까?

왕자. 아무것도 겁내지 마!

(찌릴 퇴장)

원하는 만큼 얼마든지 거기 서 있어도 돼, 이젠 더 이
상 나를 바보 같은 상황에 빠뜨릴 능력이 너한테는 없
으니까. 난 변했어. 말투를 바꿨더니 곧이어 모든 것이
변했지! 넌 마치 양심의 가책처럼 거기 서 있지만 그
래 봤자 나한테는 아무 상관도 없어! 실컷 서 있으라
고! 하, 하, 하. 사실 넌 섹스어필이 없으니까 사람들이

널 괴롭히는 걸 좋아하는 거야. 너는 너 자신을 사랑하
지 않아서 스스로 자기 자신의 적이기 때문에, 그래서
모든 사람을 무의식적으로 도발하고 너한테 해가 되게
나쁜 쪽으로 몰아가는 거야, 그렇기 때문에 모두들 네
앞에서는 강도나 불한당처럼 느끼는 거지. 하지만 거
기 1년 내내 서 있는다고 해도 너의 음울하고 어려운
성정이 나의 경솔하고 쉬운 성격을 이기지는 못해. (이보
나에게 장난스럽게 소리 내어 웃고 이자와 함께 한 바퀴 빙글 돈다)

이자. 그녀에게 이 모든 일을 다 이야기하지 않는 쪽이 낫
지 않아요? 조금 연민의 정을 가져보세요, 필리프.

왕자. 아니, 아니, 연민은 전혀 필요 없어요. 오직 경솔함
이 필요해! 난 이미 그녀를 알아요 — 경험이 있으니까.
무엇보다도 일단 그녀가 저기서 기다리는 동안은 뭔
가 말을 해야만 해요, 그리고 두 번째로는 그녀에게 바
로 이런 가장 나쁜 일들을 가볍고 즐거운 말투로 이야
기해야 해요. 그녀에게 가장 모욕적이고 품위 없는 일
들을 아무것도 아니라는 식으로 순진무구하게 이야기
하는 게 핵심이에요. 그렇게 하면 그녀의 존재가 생성
될 수 없거든요. 그렇게 해야 목소리에 그녀의 침묵이
스며들지 못하고 그녀의 상태에 대해서 의무감을 느끼
지 않게 돼요. 그래야 그녀가 전혀 힘을 쓸 수 없는 영
역에 놓이게 되는 거예요. 내 걱정은 하지 말아요, 이젠
더 이상 아무것도 날 위협하지 않으니까요. 사람과 의
사소통을 끊는다는 건 미칠 듯이 쉬운 일이군요, 그건

무엇보다도 말투를 바꾸는 문제였어요. 여기 서 있으라고 해요, 좋죠, 부디 마음대로, 그렇게 서서 쳐다보라고……. 그럼 우리는 가죠. 그렇지, 그냥 가버리면 된다는 걸 당연히 생각 못 했군. 그녀가 여기 서 있으면 우리는 다른 곳으로 가요.

(이보나 몸을 숙인다)

나한테 절하지 마!

이보나.   절하는 게 아니에요.

왕자. 내려놔! 지금 들어 올린 게 뭐지? 이게 뭐야? 머리카락? 너한테 이게 왜 필요하지? 누구 머리카락이야? 이자의 머리카락이군. 내려놔 — 가져가려는 거야? 그게 왜 필요한데?

이보나. (침묵)

(찌릴과 이노첸티 등장)

이노첸티. 죄송하지만 이럴 수는 없습니다! 왕자님 마음대로 아가씨와 사랑에 빠졌다가 이제 그녀를 밀어내시다니요! 왕족의 변덕이라니! 왕자님은 그녀를 불행하게 만드셨어요! 저는 항의합니다!

왕자. 뭐? 뭐? 항의한다고요?

이노첸티.   죄송합니다, 항의하려고 노력하고 있습니다.

(왕자의 위협적인 눈길에 못 이겨 갑자기 앉는다)

왕자. 다들 보시오, 저 사람 자기 항의 위에 주저앉았군.

찌릴. 꼬리를 깔고 앉는 개처럼 주저앉았어요. 뭐, 갑시다!

사랑하는 아가씨도 데리고 가시고요.

왕자. 기다려! 머리카락을 돌려주라고 해!

찌릴. 무슨 머리카락이요, 왕자님?

왕자. 이보나, 머리카락을 돌려줘! 머리카락을 돌려달라고!

이자. 머리카락은 나도 충분히 있어요. 필리프…….

왕자. 아냐, 아냐, 돌려줘야 해! 참을 수가 없어, 그녀가……
자기 손아귀에…… 저 머리카락을 갖고 있다는 게! 내
놔! (이보나에게서 빼앗는다) 돌려받았어! 돌려받아서 그게
어쨌다는 거지? 그녀는 저 머리카락이 아니라 — 그녀
는 우리를 자기 안에 가지고 있는 거야! (이자에게) 우리
는 저기, 그녀 안에 있어요. 그녀의 손아귀에. 그녀의
소유권에. 다들 나가요! 나도 금방 따라갈 테니. 찌릴!

(찌릴을 제외하고 모두 나간다)

그녀를 조금 더 성안에 붙잡아둬. 나가게 내버려두지
마. 저들에게는 당분간 우리가 헤어졌다는 사실을 공
표해서는 안 된다고 말해. 모든 일이 지금 이대로 남아
있어야 해.

찌릴. 그녀가 뭔가 기다리며 서 있다는 걸 전 알고 있었어
요. 또 시작이군요!

왕자. 이번에야말로 완전히 끝장을 보려는 거야. 겁먹지
마. 난 반드시 그녀를……. (목을 긋는 시늉을 한다)

찌릴. 뭐?! 누구를요?!

왕자.   이보나를.

찌릴. 미친 소리 하지 말아요, 모든 성자의 이름으로 제발

부탁입니다. 아니 이미 다 해결됐잖아요. 이미 그녀와 헤어졌어요. 그녀를 집으로 보내면 돼요. 그녀는 더 이상 여기 없을 거예요.

왕자. 여기에는 없겠지만―어딘가 다른 데 있을 거잖아. 그게 어디가 됐든 언제나 어딘가에 있을 거야. 나는 여기 있을 거고, 그녀는 저기에…… 부르르……. 싫어. 한 번에 죽여버리는 쪽이 나아.

찌릴. 하지만 왕자님은 회복됐잖아요!

왕자. 맹세하건대 완벽하게 회복됐어. 이자와 사랑에 빠졌고. 저 고통의 구렁텅이가 가하는 고통에서도 빠져나왔어. 하지만 찌릴, 그녀는 우리를 자기 안에 가지고 있어. 나하고 이자를. 자기 안에 가지고 있어서 그 안에서 우리와 함께 있을 거야…… 우리에 대해서…… 자기 식으로, 자기 방법대로 시작할 거라고, 알아? 쳇, 쳇! 싫어. 죽일 거야. 그녀가 떠난다고 해서 그게 어쨌다는 거지? 떠나더라도 우리를 함께 가지고 갈 텐데……. 아니, 나도 알아, 보통은 그렇게 하지 않는다는 거, 보통은 죽이지 않지…… 확실히 말하지만 나 안 취했어, 내가 무슨 말을 하는지 나도 알아, 내 마음속에는 오른쪽이든 왼쪽이든 어디를 뒤져봐도 털끝만큼도 과장이 없어……. (조금 불안해하며) 내가 그렇게 보이지 않는다는 걸 너도 인정해야 돼.

찌릴. 그녀를 말 그대로 죽이겠다는 겁니까, 그러니까 그냥 데려다가 죽이겠다고요? 그건 범죄예요.

왕자. 단지 그 한 가지 유일한 계략, 그 유일한 미친 짓을 하고 나면 그 뒤로는 다시는 그런 일이 없을 거야. 그리고 그 일은 부드럽게, 냉정하게, 제정신으로 가볍게 할 테니까 ─ 두고 봐, 그냥 겉보기에만 무서울 뿐이지 근본적으로는 평범한 작업, 작업일 뿐이지 그 이상 아무것도 아니라고. 저런 약골은 죽이기 아주 쉬워, 그녀 자신이 죽여달라는 거나 다름없어. 도와준다고 약속할 거지?

찌릴. 저 여자 때문에 정말 별일을 다 하셔야 하는군요…… 나쁜 년!

왕자. 그녀 안에 깊이 잠겼으니 이제 우리는 거기서 빠져나오려는 거야. 그리고 당분간 이자와 나의 약혼은 비밀로 지켜야 돼. 아무한테도 말하지 마. 내일까지는 지금 그대로 유지해줘. 내일은 이 숙청을 실행할 가장 알맞은 방법을 생각해내야지. 하지만 꼭 나를 도와줘야해, 왜냐하면 나 혼자는…… 나 혼자는 싫어, 꼭 누군가 함께해야 돼, 혼자서는 못 할 거야.

제4막

(궁중 집무실)

(나팔 소리와 함께 왕 등장, 그 뒤로 고관대작 세 명이 따라서 등장)

왕. (다른 데 정신이 팔린 채로) 좋아, 좋다니까. 그저 몹시 지루
할 뿐이지. 난 지금 이보다 조금 더 중요한 일을 염두
에 두고 있어서. 또 뭐가 있나?

수상. 국왕 폐하, 우리의 뛰어난 대사와 전권을 위임받은
장관을 프랑스에 파견할 때 어떤 의상을 입게 해야 할
지 여전히 논의하는 중입니다. 양복 정장을 갖춰 입는
게 나을까요, 제복을 입게 할까요?

왕. (음울하게) 벌거벗고 가라고 해.

(고관대작들 놀란다)

미안하오, 내가 오늘 정신이 다른 데 가 있군. 옷값만
자기 돈으로 낸다면 뭐든 원하는 대로 입고 가라고 하
시오.

고관대작들. 국왕 폐하의 비범하신 현명함으로 바로 그러한
결정을 내리실 것이라 예상하고 있었사옵니다.

총사령관. 국왕 폐하, 오늘 저녁에 필리프 왕자님과 사회의
가장 하층 영역을 대표하는 이보나 쪼페크 아가씨의
고결하도록 민주적인 약혼식을 기념하는 연회가 예정
되어 있습니다. 폐하께서 메뉴에 관해 뭔가 의견을 주

시겠습니까?

왕. 썩은 쓰레기나 내놔…….

(고관대작들 놀란다)

아니 그러니까 내 말은 그거 ― 사슴 고기, 사슴 고기라고 하려고 했어……. 왜들 그렇게 날 쳐다보시오?

고관대작들. 국왕 폐하의 비범하신 현명함으로 바로 그러한 결정을 내리실 것이라 예상하고 있었사옵니다.

대법관. 국왕 폐하, 한 가지만 더 말씀드립니다. 늙은 홀리페크가 받은 20건의 유죄판결에 대하여 사면해 주시기를 부탁드립니다.

왕. 뭐? 사면해? 사형시켜!

고관대작들.   국왕 폐하!

왕. 사형시키라고 하지 않소. 왜들 그렇게 날 쳐다보는 거요? 사면권은 내가 가지고 있소. 그리고 난 사면시키지 않을 거야. 뒈지라고 해! 불한당은 죽어야 해, 왜냐하면 불한당이라서 죽어야 한다는 게 아니라 내가……. 흠……. 그게……. 내가 무슨 말을 하려고 했더라? 우리는 모두 다 불한당이야. 당신들도 마찬가지요. 다들 그렇게 쳐다보지 마시오. 나만 안 쳐다본다면 원하는 대로 아무 데나 봐도 돼. 그렇게 끝없이 나만 쳐다보는 건 이제 지겨워. 오늘부터 아무도 감히 나를 쳐다보지 못하도록 명을 내리겠다. 다들 쳐다보고 또 쳐다보잖아.

고관대작들. 국왕 폐하의 비범하신 현명함으로 바로 그러한 결정을 내리실 것이라 예상하고 있었사옵니다.

왕. 그래, 그래, 다들 나가. 이런 알맹이 없는 잡담은 이제 질렸어. 그리고 놀란 척하려고 하지 마. 아무도 내 앞에서 놀라지 못하게 해. 이제까지 내가 너무 친절했어! 오늘부터는 내가 뭘 할 수 있는지 보여주겠어. 주둥이를 꽉 잡아버리겠다고.

(고관대작들 고개 숙여 인사한다)

아니, 아니, 고개 숙이지 마! 고개 숙이는 거 금지야! 다들 툭하면 고개를 숙이는군. 꺼져! 꺼지라고!

(고관대작들 겁에 질려 퇴장, 왕 의심에 찬 눈으로 사방을 둘러본 뒤에 소파 뒤에 숨는다. 시종장 등장, 의심에 찬 눈으로 몰래, 마치 내키지 않는 듯 악의에 찬 눈길로 비밀스럽게 행동하며 사방을 둘러보고 가구를 옮기기 시작하여 안락의자를 뒤로 밀고 카펫의 한쪽 귀퉁이를 접고 책장의 책들을 거꾸로 세우고 바닥에 말린 자두를 던지고 등등 하다가 국왕을 발견한다)

시종장. 오!

왕. 흠…… 흠…….

시종장. 국왕 폐하?!

왕. 그래, 나다. 넌 여기 왜 왔어?

시종장. 저요? 아무것도 아닙니다.

왕. (음울하게) 놀랐겠지, 틀림없이, 여기서 날 발견했으니. (허겁지겁 일어난다) 너도 놀랐어 ─ 지금은 아무나 다 그저 놀라는 게 유행이야……. 난 여기 이렇게 매복하고 있었어, 알겠나 ─ 잠복하고 있었다고.

시종장. 국왕 폐하께서 매복하셨다고요? 누구를 덮치시려고요?

왕. 아무도 안 덮쳐. 딱히 누구를 덮치려는 게 아냐. 그냥 재미로 잠복한 거야. (소리 내어 웃는다) 그거 아나, 이 방은 침치림치의 거처 옆에 딱 붙어 있어. 그리고 마우고 쟈타도 여기로 지나가야 하고 몇 번이나 여기 앉았다 가곤 해. 여기 있으면 볼만한 것들이 몇 가지 있어. 그걸 보고 싶었지. 내 눈으로 직접 보고 싶었어.

시종장. 뭘요?

왕.　　　　　마우고쟈타를.

시종장.　　　　　　　　　왕비 전하를요?

왕. 왕비 전하를 — 알겠나, 그녀가 어떤지, 아무도 보지 않을 때 그녀가 어떤 사람인지 보려는 거야. 그녀와 이렇게 오랜 세월을 같이 살았는데 사실 난 그녀에 대해서 아무것도 몰라. 그녀는 뭔가 양심에 찔리는 비밀을 갖고 있어. 흠……. 어쩌면 그녀가 — 어쩌면 그녀가 — 어쩌면 그녀가……. 쳇, 쳇, 그녀가 못할 게 뭐가 있겠어. 뭐든지 할 수 있지. 그걸 생각하면 머리가 어지러워져. 어쩌면 날 배신할지도 몰라? 분명히 날 배신할 거야. 아니면 뭔가 다른 것일지도 모르지. 뭐든지! 뭐든지! 난 그녀의 죄악을 보고 싶어…….

시종장. 국왕 폐하께서 소파 뒤에…….

왕. 입 다물어, 당나귀야. 아무도 날 못 보게 하려고 일부러 소파 뒤에 숨은 거야. 소파 뒤에 숨어도 되니까! (소리 내어 웃는다) 그래도 된다고! 시종장, 넌 여기 왜 왔지?

가구는 어째서 옮기고 저 매혹적인 장식품 배치에 왜 열중하는 거야?

시종장. 그거요? 그건 그냥…….

왕. 그건 그냥? 그건 그냥 그런 일이라면 말을 해! 나도 그냥 그러니까.

시종장. 그냥 이렇게 성안을 다니면서 좀…….

왕. 뭘?

시종장. (소리 내어 웃는다) 장해물을 만드는 거죠.

왕.   장해물?

시종장. 예를 들면 앉을 자리 말입니다. 안락의자가 이런 식으로 서 있으면 앉기가 더 힘들죠. (소리 내어 웃는다) 옆 부분에 앉을 수도 있지만…….

왕. 시종장, 저 말린 자두는 왜 던졌나?

시종장. 걸어 다니기 힘들게 하려고요.

왕. 걸어 다니는 걸 힘들게? (음울하게) 아아, 너도 마찬가지로 잡아먹혀 버렸구나…… 침치림치한테. 그래, 뭐, 괜찮아, 괜찮아.

시종장. 국왕 폐하, 저는 사교계에서 어느 정도 지위가 있고 세상일에 밝은 사람으로서, 어떤 것들은 참아줄 수가…… 폐하, 이게 더 오래 지속된다면 어떤 파렴치함, 뻔뻔함이…… 방탕함이…… 어디까지 이어질지 모릅니다…….

왕. 그래, 그래, 뻔뻔함은 불어나게 마련이지. 방탕함이라, 하, 하! 기억하나, 늙은이? (시종장을 쿡 찌른다)

시종장. 전 아무것도 기억하고 싶지 않아요!

왕. 아니, 아니, 너에게도 고개 숙여 절한 모양이군! 그래, 그래, 괜찮아, 괜찮아. 방탕함은 불어나고, 뻔뻔함은……. 좋아, 좋아. 시종장, 그런데 만약에 그녀가 여기로 지나간다면…… 난 그녀에게 뛰어들 거야. 뛰어들어서 겁을 줄 거야, 하, 하! 겁을 줘야지! 그녀에게는 해도 돼! (소리 내어 웃는다) 해도 된다고! 겁을 줘서 그다음에는…… 그다음에는…… 예를 들면 목을 조르는 거야! 죽일 거야! 어쨌든 우리는 벌써 여자 하나를 죽여봤으니까.

시종장. 국왕 폐하, 그만하세요!*

왕. 다시 말하지만 그녀에게는 해도 돼. 그녀에게는 뭐든지 해도 돼.

시종장. 폐하, 설령 꼭 필요한 일이었다고 쳐도 그건 절대 안 됩니다! 하느님 맙소사 — 지금도 궁궐이 소문과 악의적인 뒷이야기로 술렁거리고 있어요. 존엄하신 국왕 폐하께서 소파 뒤에서 뛰쳐나오다니……. 안 됩니다, 안 돼요! 눈치나 재치, 그리고 처세술의 불확정한 요소들을 지켜야만 하는 필요성이 지금 상황만큼 절박했던 때가 없습니다. 제가 어떤 아이디어를 낸다면 그건 또 다른 이야기겠지만요. (소리 내어 웃는다) 어떤 생각이 떠오르는군요. (소리 내어 웃는다)

---

* 프랑스어 표현("fi donc")을 쓰고 있다. 65쪽 각주 참조.

왕. 왜 그렇게 바보같이 웃는 거지?

시종장. 바로 그 아이디어 때문이지요. (소리 내어 웃는다) 바
로 오늘 국왕 폐하 내외께서 그 비통한 약혼식 때문
에 장엄한 연회를 개최하시지 않습니까. 바로 이때 어
떤 생선을, 가시 많은 생선을, 생선 가시와 함께, 예를
들어 유럽 붕어를 대접하면, 지금 또 마침 유럽 붕어가
제철이니까요, 유럽 붕어를 크림소스와 함께 대접하는
겁니다.

(발렌티 등장)

나가주겠나!

왕. (음울하게) 꺼져! ── 유럽 붕어?

시종장.   유럽 붕어죠. (소리 내어 웃는다)

왕.   어째서 유럽 붕어야?

시종장. 국왕 폐하, 초대받은 손님들만 참석할 수 있는 장
엄한 만찬에서 유럽 붕어는 ── 폐하께서 눈치채셨는지
모르겠습니다만 그녀는 사람이 많을수록 어쩔 줄을 모
릅니다. 어제는 제가 그녀를 좀 이렇게…… 위에서 내
려다보듯이, 오만하게…… 쳐다봤더니 거의 감자가 목
에 걸려 숨이 넘어갈 뻔했어요, 평범한 감자 말입니다.
폐하, 만약에 그렇게 유럽 붕어를 대접하면 ── 맵고 날
카롭게, 오만하게 말입니다. (소리 내어 웃는다) 먹기 힘든
생선이니까요…… 가시도 많고……. 장엄한 피로연에
서 수많은 낯선 사람들이 보는 가운데 그녀를 질식시
킬 수 있을지도 모릅니다.

왕. 시종장······. (시종장을 쳐다본다) 그건 좀······ 바보 같은 데······. 붕어?

시종장. (마음이 상하여) 바보 같은 건 저도 압니다. 바보 같지 않았다면 말씀드리지 않았을 겁니다.

왕. (겁에 질려) 시종장, 하지만······ 만약에 그녀가 정말로······ 만약에 그녀가······. 그녀가 정말로 질식해서 죽을 준비가 돼 있다는 건가······?

시종장. (거만하게) 국왕 폐하께서 그렇게 짐작하십니까? 그건 바보 같군요. 설령 운이 이상하게 꼬여서······ 우연히······ 그런 일이 일어난다고 하더라도······ 우리가 그런 일······ 그런 바보 같은 사건하고 대체 무슨 상관이 있겠습니까?

왕. 그렇지, 하지만······ 우리가 지금 그 얘기를 하는 건가?

시종장. 오, 지금 이건 그냥 대화입니다······ 그냥 평범한······. (손톱을 들여다본다)

왕. 그냥 평범해? 하! 그럼 일이 되겠군! 그녀에게는 그렇게 날카롭게, 오만하게, 그러면 뭐든지 해낼 수 있단 말이지 ─ 그 어떤 바보짓이라도 말이야, 사실 얼마나 바보 같은지 나도 모르겠지만, 심지어 아무도 감히 의심조차 하지 못할 정도로 바보 같은 그런 일도 가능해. 붕어라고? 잉어는 왜 안 되지? 시종장, 내 묻겠는데, 잉어는 왜 안 되나?

시종장. 붕어입니다, 붕어예요······.

왕. 그러니까 잉어는 왜 안 되냐고? 아니면 장어는? 어째

서? 어째서? 붕어도 괜찮겠지. 흠……. (겁에 질려) 날카롭
게? 오만하게?

시종장. 바로 그렇죠! 국왕 폐하의 위엄을 한껏 펼치는 겁
니다.

왕. 그래, 그래, 내 위엄을 한껏 펼쳐야지. 조명도 많고 사
람도 많고 의상도 많아야 해……. 번쩍거리고, 화려하
고……. 오만하게 그녀에게 소리친다, 그러면 그녀가
질식하겠지……. 틀림없어. 질식해서 죽을 거야. 그리
고 아무도 짐작조차 하지 못할 거야, 왜냐하면 바보 같
으니까 — 그리고 거만하게, 위에서 내려다봐야지, 아래
에서는 안 되고, 위엄 있게, 찬란하게. 오만하게 그녀를
죽이는 거야. 응? 흠……. 저기 잠깐만, 우리 숨어야겠
어, 왕비가 온다.

시종장. 하지만…….

왕.   숨자고, 난 왕비를 지켜보고 싶어.

(두 사람 소파 뒤에 숨는다. 왕비 등장, 주위를 둘러본다 — 손에 작은
약병을 쥐고 있다. 왕 소리 죽여 말한다)

그런데 저건 뭐지? (몸을 앞으로 내민다)

시종장.   쉬이이…….

(왕비 이보나의 방 쪽으로 몇 걸음 내딛다가 멈추어 서서 가슴에서 조
그만 수첩을 꺼낸다. 소리 죽여 끙끙거리고 한 손으로 얼굴을 감싼다)

왕. (시종장에게 소근거린다) 저건 또 무슨 불평불만의 책이지?

시종장. (소근거린다) 쉬이이…….

왕비. (읽는다) 나는 혼자다. (반복한다) 그래 — 나는 혼자다,

나는 혼자다, 나는 혼자 외로워……. (읽는다) 아무도 내 자궁의 비밀을 알지 못한다. (말한다) 아무도 내 자궁을 알지 못해. 아무도 몰라, 오, 오오! (읽는다)

> 나의 가장 가까운 친구인 수첩, 너에게
> 나의 꿈을 털어놓는다,
> 그리고 나의 순수한 환상도,
> 그리고 내 모든 생각도,
> 아무도 알 수도 없게!

(말한다) 아무도 알 수도 없게, 아무도 알 수도 없게 해야지. 오오! (얼굴을 가린다) 끔찍해, 끔찍해……. 죽인다, 죽여……. (유리병을 치켜든다) 독약이야, 독약…….

왕. (방백) 독약?

왕비. (고통스럽게 얼굴을 찡그리며) 아무도 알 수도 없게 해야지. (손을 휘젓는다) 계속 읽자. 읽자! 이 낭송이 무시무시한 행위가 될 때까지 흥분해보자. (읽는다)

> 너희들, 사람들에게 나는 왕좌에 앉아
> 왕관을 쓰고 있지,
> 내 자궁 속에 무엇이 흐르는지 너희는 모르지.
> 너희는 내가 오만하고
> 대단하고 현명하다고 생각하지,
> 하지만 난 그저 유연하고 싶을 뿐이지.

(말한다) 유연하게, 오오오! 오오오! 유연하게. 그러니까 내가 이걸 썼다고! 이건 내 거야! 내 거! 죽인다, 죽여! (읽는다)

나는 마치 가막살나무처럼 유연하고 싶다,

개암나무처럼 유연하고 싶다,

속삭이는 수풀처럼 휘어지는,

봄의 숨결처럼 회절(回節)하는

말의 힘줄처럼 유연하고 싶다,

유연성을 원해! 왕족성은 원치 않아!

오로지 유연성을 요구한다!

유연성, 오오오! 유연성! 아아아! 아! 불태워, 소멸시켜!
개암나무, 라즈베리, 가막살나무……. 이건 끔찍해! 이
걸 내가 썼어! 이건 내 거, 내 거야, 그리고 어떻게 해
야 할지 모르니 내 것이어야 해! 오, 얼마나 괴물 같은
지 이제야 알겠어! 그러니까 이그나찌는…… 이걸 읽
은 거야! 오오오! 비슷한 면이 있어 — 비슷한 면이 있
어…… 그 애가 더듬거리고 혼자 첩첩거리는 모습하
고……. 오, 그 애는 내 시에 대한 끔찍한 암시야! 밀고
자! 그 애가 날 배신해! 이건 나야! 이건 나야! 이건 내
거라고! 우리 사이에 비슷한 점이 있어. 오, 어떻게 다
름 아닌 그 애가 내 안에서 모든 것을 끄집어내서 폭
로하는 거지! 그 애를 바라보는 사람은 누구나 마우고
쟈타와 비슷한 점을 찾아낼 수 있어. 그 애를 바라보는
사람은 누구나 내가 정말 어떤 사람인지, 내 작품을 전
부 다 읽었을 때하고 똑같이 알 수 있어. 됐어! 그 애
는 없어져야 해! 오 마우고쟈타, 너는 그 애를 밟아버려
야 해! 전진, 죽음의 약병이여! 그 애는 땅 위에 존재해

서는 안 돼, 운명의 시간이야— 왜냐하면 누구라도 우리 사이의 이 독약처럼 치명적인 관련성을 찾아낼 수 있기 때문이야. 그 밀고자로 인해서 내가 사람들의 조롱과 놀림과 조소와 공격의 희생양이 될 수는 없어. 밟아버려! 가자, 가자— 이 약병을 들고 조용히 그 애의 방에 들어가서 그 애가 먹는 약에 몇 방울만 떨어뜨리자……. 아무도 알아내지 못해! 아무도 모를 거야. 그 애는 병약하니까 사람들은 그냥 딱, 이렇게……. 죽었다고 생각할 거야. 내가 했다는 걸 대체 누가 짐작이나 하겠어. 난 왕비야! (간다)

아냐, 아냐, 잠깐. 이렇게 갈 수는 없어. 난 보통 때와 똑같아— 그리고 똑같은 채로 독을 먹여야 하는 거야? 난 변장해야 돼. 머리카락이라도 이렇게……. 덥수룩하게……. 그래, 너무 심하게는 말고, 지나치게 눈에 띌 정도는 하지 말고, 겉모습이 변할 정도로만. 오, 지금……. 그래, 그래!

왕. (방백) 쯧쯧…….

왕비. 내가 머리가 덥수룩한 채로 가야 한다고? 오, 오, 오! 그러다 들킬 수도 있어! 만약에 누가 너의 사방으로 뻗친 머리카락을 붙잡는다면……. 혼잣말하는 것 그만둬. 그 애도 틀림없이 혼잣말을 할 거야. 마우고쟈타, 혼잣말하는 것 그만둬— 그러다가 들킬 수도 있어. (거울을 본다) 아, 어떻게 이 거울이 나를 붙잡았을까. 내 윤곽에서 모든 추함을 뽑아내야 해, 그렇게 했을 때에만 갈 수 있

110

어. 혼잣말하는 것 그만둬. 누군가 들을 거야. 혼잣말을 그만둘 수가 없어. 원래 모든 살인자는 행동을 하기 전에 혼잣말을 하는 걸까? 여기 뭐가 있지? 여기 뭐가…… 비정상적인 게 있네. (주위를 둘러본다) 이상하게 악의적으로 지저분해. 찡그려, 찡그려 마우고쟈타! 오 그래, 그래, 이제 가자! 너는 나와 함께, 나는 너와 함께. 네가 나와 함께라면 나는 너와 함께ㅡ어쨌든 나 혼자 가고 있잖아. 찡그려! 가자! 네 모든 시를 기억해내고 가! 비밀스럽게 유연한 모든 꿈을 기억해내고 가라! 너의 모든 가막살나무와 개암나무를 생각해내고 가! 오, 오, 오, 간다, 가! 아, 못 가겠어ㅡ이건 너무 미친 짓이야! 잠깐, 잠시만ㅡ그 전에 좀 바르자, 그 전에 이걸…… (잉크를 바른다) 그래, 이제 이런 얼룩이 있으니 더 쉬울 거야……. 이제 나는 달라졌어. 기다려, 그러다 들킬지도 몰라! 가자! 밀고자를 죽여! 못 하겠어! 가기 전에 잠깐만 읽자! 잠깐만 읽어야 해. (시를 꺼낸다) 잠깐만 읽자, 그러면 우리를 자극해서 살인의 욕망을 강화시킬 거야.

왕. (뛰어나온다) 하, 마우고쟈타!

왕비.   이그나찌!

왕.   잡았다! 내놔! (시를
빼앗아가려 한다)

왕비.   나줘!

왕. 보여줘! 보여줘! 하! 살인자! 보여줘! 난 당신의 죄악에 마음이 끌렸어! 보여줘, 그러면 우리는 다시 신혼처럼 달

111

콤한 시절을 시작할 수 있어! 보여줘, 이 독약 암살자야!

왕비. 아! (기절한다)

시종장. 물! 기절했다!

왕. 하, 이럴 수가! 유연성을 꿈꾸면서 그 때문에 침치림치를 독살하려고 했다니! 하지만 그래 봤자 아무래도 상관없지. 나도 그렇게 그녀를 죽였으니까.

왕비. (정신을 차리며) 죽였다고? 누구를 죽……

왕. 내가 그녀를 물에 빠뜨렸어! 시종장과 함께. 시종장과 함께 우리 둘이 그녀를 물에 빠뜨렸지……

시종장. 물! 물 가져왔습니다!

왕비. 　　　　　　　물에 빠뜨렸다고? 이보나를 물에……

왕. 바보 같긴. 이보나가 아니라, 하지만 아무래도 상관없지. 이보나가 아니라 다른 여자야. 벌써 오래됐어. 이젠 내 속에 뭐가 있는지 당신도 알겠지. 이제 알겠어? 내 죄악 앞에서 당신의 바보 같고 창피한 시는 아무것도 아냐. 그녀를 죽였고, 이제는 침치림치를 죽일 거야. 침치림치도 죽일 거야.

왕비. 당신이 침치림치를 죽……

왕. 그래, 이젠 침치림치야. 운이 좋아서 잘만 되면 그녀도 죽일 거야. 그녀도 또다시, 그렇게 계속…… 언제나 누군가 누군가를 언젠가 어디선가…… 언제나 그렇게…… 그 사람이 아니면 다른 누군가를, 저 여자가 아니면 또다시 누군가를, 그리고 그렇게 계속 ─ 날카롭게, 오만하게 — 대담하게, 자신감을 가지고. 기를 죽이고, 그다음에는 그…… (시종장에게) 물 줘. (마신다) 난 늙었어…… 늙어가고 있어…….

왕비. 내가 허락 못 해! 이그나찌, 내가 허락 못 해요!

왕. 허락할 거야, 허락할 거라고, 늙은 아가씨야…… 허락할 거야, 왜냐하면 자기 자신에게도 허락하니까. 누구나 자기 자신에게는 조금씩 허용하는 면이 있어서, 그러니까 허락해야 해…….

(이보나 등장, 왕과 왕비를 보고 물러나려 하지만 그럴 수 없어서 자기 방으로 건너간다. 여기서부터 모두 속삭이는 소리로 말한다)

하!

왕비. 이그나찌, 난 동의할 수 없어요, 난 싫어요, 허락 못 해요, 이그나찌!

시종장. 하느님 맙소사, 좀 조용히 말씀하세요!

왕. 입 다물어, 바보야. 다 될 거야…… 내가 당신처럼 이렇게 아래쪽에서부터 비굴하게 할 거라고 생각해? 아냐, 아냐, 난 위에서부터, 오만하게 그녀를 죽일 거야 — 오만하게, 맵시 있게, 장엄하게 — 그리고 너무나 바보 같아서 아무도 짐작하지 못하게 할 거라고. 하, 하, 마우고쟈타, 살인은 오만하게 하는 거야, 비굴하게 하는 게 아니라. 우선 좀 씻어, 당신 꼭 미친 사람처럼 보이니까. 그다음에는 오늘 우리가 주최하는 연회에 신경 좀 써 — 벌써 시간이 됐어…… 전채로 유럽 붕어를 내놓으라고 명하는 것 잊지 말고. 붕어를 먹고 싶어, 크림소스에 담긴 붕어를 먹고 싶어. 좋은 생선이야. 우아하고.

왕비. 붕어? 붕어? (시종장에게 기쁨에 차서) 왕이 미쳤어! 하느님이 보우하사 드디어 미쳤어!

왕. 입 다물어, 나 안 미쳤어. 붕어를 대접해.

시종장. 왕비 전하, 크림소스에 담긴 붕어는 전채로 아주 훌륭하게 어울립니다. 붕어를 대접하지 말아야 할 이유를 저는 전혀 모르겠습니다.

왕비. 붕어는 대접할 수 없어! 이그나찌, 날 미치게 하지 말아요, 난 붕어 같은 건 절대로 대접하지 않을 거예요. 왜 또 갑자기 무슨 붕어예요? 다시 말하지만 붕어는 안 돼요, 어째서 붕어예요, 어째서 지금 바로 이 순간에 하필이면 붕어냐고? 붕어는 안 내놓을 거야!

왕. 이건 또 무슨 심술이야? (시종장에게) 왕관 줘. 그래 이게 뭐냐고?

(시종장 왕관을 건네준다)

왕비. (겁에 질려) 이그나찌, 그건 뭐하러? 그거 벗어요 — 이그나찌, 그건 뭐하러? 이그나찌!!

왕. 마우고쟈타, 내가 당신에게 유럽 붕어를 대접하라고 말하면, 유럽 붕어를 대접하라고 명을 내리라고. 말싸움하지 마, 당신을 쏴버릴 수도…… 난 당신을 쏠 수 있어, 내가 원하면 당신을 쏠 수 있다고, 왜냐하면 나는 죄를 지었으니까 — 난 뭐든지 할 수 있어, 이 여자야, 다시 말하지만 내 앞에서 덜덜 떠는 게 좋아, 난 죄를 지었으니까! 난 죄악의 왕이야, 기억해, 어리석음과 죄악과 폭력과 신음 소리의 왕이야!

왕비. (겁에 질려) 이그나찌!

왕. (조금 진정되어) 그래, 그래, 그래……. 유럽 붕어를 대접하라고 해. 그리고 가장 뛰어난 고관대작들, 남을 기죽이는 데 전문가인 그 말라빠진 늙은이들, 할 줄 아는 거라곤 악마 10만 명을 모아놓은 듯이 모든 일을 막아버리는 것밖에 없는 그 실무가들을 초대하라고. (목소리를 죽여) 마우고쟈타, 이렇게 소심해하고 무서워하고 수치스러워하는 것도 이만하면 됐어 — 내 말 알겠어? 당신의 시도, 유연성도, 라즈베리와 가막살나무도 이만하면 됐다고……. 당신은 이제 더 이상 갓 피어난 앵초꽃이 아냐, 당신은 숙녀야, 왕비라고, 그래, 그래. 당신이 유연하게 몸을 숙이는 게 아니라 사람들이 당신 앞에서 몸을 숙여야 해 — 그래, 그래. 가서 씻어, 이 지저분한 여자야, 귀신 같아 보인다고. 당신 그 다마스크 천으로 된 드레스를 입어. 당신이 어떤 사람인지 남들 앞에서 보여주라고, 늙은 아가씨야! 자! 당신이 얼마나 고상하고 우아하고 뛰어난 품격을 갖췄고 재치 있고 행동이 세련됐는지 보여주라고, 바로 그런 것 때문에 내가 당신을 이제껏 붙잡고 있는 거니까, 그리고 당신의 그 사기꾼 시녀들에게도 할 수 있는 한 차려입으라고 해. 그래, 그래, 가 — 당신도 이해하지? 날 위해서 모든 일이 훌륭하게 돌아갈 수 있게 하란 말이야! 피로연은 훌륭해야 해, 숙녀들이 참석해야지, 지저분한 여자들이

115

아니라. 손님들을 안내하고 식탁을 차리라고 명령해, 나머지에 대해서는 골머리 싸매지 않아도 돼, 나머지는 내가 직접 할 테니까! 위에서부터, 오만하게 — 장엄하게! 가, 가라고, 요리사야! (왕비는 왕이 말을 끝낼 때쯤 손으로 얼굴을 가리고 있다가 퇴장) 시종장…….

시종장.   폐하?

왕. (목소리를 죽여, 음울하게) 나한테 고개 숙여 절하게……. 자네가 나한테 고개 숙이는 게 필요해.

시종장. (귀를 기울이며) 누가 옵니다.

왕. (무겁게)   그럼 우린 숨어야지.

    (왕과 시종장 소파 뒤에 숨는다. 왕자가 손에 칼을 쥐고, 찌릴은 바구니를 들고 바닥을 기어서 등장)

왕자. 그녀가 어디로 갔지?

찌릴. (문틈으로 안쪽을 들여다보며) 쉬이이. 여기 있어요.

왕자.   뭘 하는데?

찌릴. 파리 잡아요.

왕자.   잡는다고?

찌릴.   하품하는데요.

왕자. (칼을 꽉 쥐며) 그래, 그럼 한번 해보자고……. 하나, 둘, 셋……. 누가 오지 않는지 잘 봐, 바구니 준비하고…….

    (찌릴 바구니를 연다. 왕자는 문을 향해 기어간다)

왕. (시종장에게 소근거린다) 오, 저 필리프도 마찬가지야……!

시종장. 쉬이이…….

찌릴. (옆에서 왕자를 지켜보며) 필리프, 안 돼요 — 멈춰요!

필리프, 내가 범죄를 저지르려는 거잖아요!

왕자. 불안해?

찌릴. 이럴 수는 없어요! 당신이 칼을 들고 저 약골을 향해서 기어가다니! (소리 죽여 웃음 폭발) 이건 못 하겠어 — 안돼, 이건 못 하겠어……! 죽인다고, 저런 여자를 죽여……?! 그리고 이 바구니! 이 바구니!

왕자. 그만해! (칼을 내려놓는다) 바구니는 기술적으로 꼭 필요해.

찌릴. 상황을 깨닫지 못하시는군요 — 자기 자신을 보지 못해요.

왕자. 그쯤에서 끝내라니까!

찌릴. (문틈으로 엿보며)   잠드는데요. 완전히 잠든 것 같아요…….

왕자.   잠들었다고?

찌릴. 쉬이이. 그게 마치……. 고개를 끄덕이는 것처럼……. 안락의자에서…….

왕자. (문틈으로 엿보며) 지금 아니면 안 돼! 지금 한다면 고통 없이……. 네가 해봐!

찌릴. 내가?

왕자. 너한테는 더 쉽잖아 — 너는 남이니까, 너는 그녀와 동등한 수준에 있고, 네가 그녀의 부하도 아니고 그녀가 너를 사랑하지도 않아. 찌릴, 날 위해서 해줘. 한순간이야……. 이건 작업이야, 처리 방법이라고 — 그녀는 아무것도 느끼지 못할 거야……. 기억해, 네가 그 처치를 하는 그 순간부터 자신이 더 이상 세상에 없으리

117

라는 걸 그녀는 모를 거라고, 그 이후부터는 저절로 해
결될 테니까 ─ 쉬울 거야 ─ 이건 우리의 일이야, 일방
적이라고, 그녀에게는 전혀 영향이 없어…….

찌릴. 쉬울수록 바로 그만큼 더 어려운 법이죠. (칼을 든다)

왕자. 안 돼, 안 돼, 안 돼!

찌릴.   안 돼?

왕자. 지금 완전히 꼬꼬댁거리면서 돌아다닐 모양새잖아.

찌릴. 안 된다고? 겉보기에는 될 것 ─ 안 되는군. 대체 어
쩌라고? 그녀는 이러기엔 너무 연약해, 병약해요. 하,
만약에 튼튼하고 혈색 좋은 아줌마였다면, 하지만 창백
하지……. 창백한 여자한테는 못 해…….

왕자. 저기 누가 쳐다본다.

찌릴.   내가 쳐다보는데요.

왕자. 아니, 누가 보고 있어 ─ 누가 전부 보고 있어.

찌릴. 내가 본다니까.

왕자. 그래, 넌 나를 쳐다보고 난 너를 쳐다보지. 저리 가,
혼자 있고 싶어. 내가 혼자 처리할 거야. 작업이야, 사실
끔찍하긴 하지만 그래도 작업이라고. 평생 끔찍한 사람
이 되는 것보다는 눈 깜짝하는 한순간 동안 끔찍한 쪽
이 나아. 문밖에 서 있어, 내가 혼자……. (찌릴 퇴장) 혼자.
그녀에게 이건 구원이야……. 시련의 기간 ─ 나에게도
마찬가지야. 이건 이성적인 작업이라고, 이성적인…….
흠……. (주위를 둘러보고 칼을 집어 들었다가 도로 내려놓는다)
찌릴!

왕. (방백, 매우 흥분하여) 우후, 얼간이!

찌릴.   뭡니까? (돌아온다)

왕자. 혼자서는 더 못 하겠어. 저 뒤에 있는 사람이 점점 부
풀어 오르고 커지는 것 같아…… . 못 견딜 정도로…… .
(귀 기울인다) 저건 뭐야?

찌릴. 숨 쉬는데요.

(왕자와 찌릴 귀 기울인다)

왕자. 숨 쉰다고…… . (문틈으로 들여다본다) 하! 숨 쉬는 것 좀
봐 — 저기 혼자서 자기 안에서 살아 있어 — 귓속까지
자기 안에…… . 푹 잠겨서, 자기 안에 감싸여 있어…… .
그래도 그 결과 아무것도 없을 거야…… . (칼을 든다) 어
쩌겠어, 몸 안에 찔러 넣어야지…… . 하지만 끔찍하게
어려워…… . 끔찍하게 쉬운데, 그 쉬운 것 안에 끔찍하
게 어려운 데가 있어.

(이자 등장)

이자. (칼을 보고) 이건 뭐죠?! (문틈으로 들여다본다) 살인이야!

왕자와 찌릴. 쉬이이이…… .

이자.   살인…… . 살인자가 되고 싶은 거예요?

왕자. 입 다물어요! 끼어들지 말아요! 난 여기서 개인적인
일들을 처리하려고 하는 거예요. 처리하고 나면 갈게
요. 여기서 나가요!

이자. 당신도 여기에? 도와주는 건가요?

찌릴. 바보짓이야! 필리프, 가요, 이건 바보짓이야! 그만두
자고!

119

왕. (방백) 바보짓이야! 계속해라!

이자.   둘 다 여기서 나가요!

왕자. (엿보며)   잔다.

이자. 그래, 그러면 잘 자라고 해요. 그녀가 자는 게 당신
하고 무슨 상관이 있어요. 필리프, 나도 잘 거예요……
오늘 밤에.

왕자. 조용히. 한숨을 쉬었어!

이자. 필리프, 나도 한숨을 쉴 거예요…… 오늘 밤에. 그녀
에게 신경 쓰는 것 그만둬요. 내가 여기 있잖아요! 그녀
에게 신경 쓰는 것 그만둬요, 그녀를 죽이는 것도 그만
둬요……. 가요.

왕자. 뭔가 꿈을 꾸는 것 같아. 어떤 꿈일까?

이자. 그럼 꿈꾸라고 해요. 내가 무슨 꿈 꿨는지 이야기해
줄게요. 당신 꿈을 꿨어요. 가요.

왕자. 분명 우리에 관한 거야! 우리에 관한 꿈이라고! 나하
고 너에 대해서. 우리가 저 안쪽에 있는 거야.

이자. 어디요? 어느 안쪽에요?

왕자. 그녀 안쪽이지. 그녀가 얼마나 고통스럽게 잠을 자
는지 들리지 않아요? 얼마나 잔인하게 숨을 쉬는지? 자
기 안에서 얼마나 힘겹게 일하는지, 저기 그녀 안쪽에
우리 둘 다 빠져들고 그녀가 자기한테 무척 마음에 드
는 방식으로 우리를 다루는 모습이 — 궁금하군, 그녀
가 저기서 우리를 가지고 뭘 하는지, 자기 방식대로 우
리를 어떻게 이용하는지…….

이자. 또 비정상이 된 건가요? 비정상이 되는 걸 그만두지
　　못하는군요.

왕자. (줄곧 속삭이는 소리로) 난 정상이야, 하지만 누군가 다른
　　사람이 비정상일 때는 나도 정상일 수 없어요. 좋아, 정
　　상이 되겠어, 그럼 당신도 정상이 되는 거야, 누군가 다
　　른, 비정상적인 사람이 우리의 정상성 옆에서 아주 조그
　　만 피리를 계속 불고 있다고 해도 아무려면 어때, 트랄
　　랄라 — 그럼 우리는 춤을 추자, 우리는 춤을 추자…….

이자. 필리프, 어젯밤 우리 둘만의 일들을 겪고도 이러는
　　거예요?

왕자. (엿들으며) 코 곤다.

이자. 　　　　　　　뭐라고요?

왕자. 　　　　　　　　　　　　코를 골아.

이자. 안 돼, 이건 이제 모든 선을 넘었어.

왕. (방백) 선을 넘어! 계속 가라! 다 넘으라고 해. 우후, 우
　　후! 선을 넘어라!

왕자. (자기도 모르게 왕에게 대답하며) 난 선을 넘을 수 없어.
　　이게 뭐야. 누가 이렇게 말했지? 저 방 안에 대체 뭐
　　가 있는 거야? 다들 봐요, 이게 뭔가 얼마나 바보 같은
　　지 — 이 도구들. (안락의자를 발로 찬다)

왕. 바보 같아! 우후, 우후!

시종장. 　　　　　　　쉬이잇!

찌릴. 그녀를 죽이든지 아니면 갑시다, 난 여기 이렇게 바
　　구니 들고 서 있는 거 더 이상은 못 하겠어요, 난 갈래

121

요, 전부 다 버리고 도망칠래요. 성에서 도망칠 거예요. 난 더 이상 여기서 이렇게 준비 태세로 서 있을 수가 없어요. 못 하겠어요.

왕자. 난 반드시 선을 넘어야 해! 반드시!

왕.   계속해라!

이자. 키스해줘요. (찌릴에게) 나한테 키스하라고 하세요.

왕자. (엿들으며) 입맛을 다셨어!

이자.   됐어. 난 갈래요.

찌릴. 왕자님, 키스하세요. 빌어먹을, 아가씨도 왕자님이 아가씨에게 키스하게 뭐든지 좀 해보세요. 아가씨에게 키스하세요 왕자님!

왕. 키스해라! 우후, 우후! 계속해!

시종장. 쉬이잇!

이자. 키스를 구걸하진 않겠어요. 저 거지 같은 여자 방문 앞에 칼과 바구니를 들고 몇 시간씩 서 있지도 않을 거예요. 이제 됐어요. 영원히 떠날래요. 이건 너무 심했어요.

왕자. 날 두고 가지 말아요! 이자, 키스해줄게요. 기다려요!

이자. (왕자를 뿌리치며) 싫어요! 날 놔주세요! 여기 이렇게 시키는 대로 문가에 이 바구니와 이 칼을 들고 무의미하게 서 있고 싶지 않아요. 지금 와서 무슨 키스를 한다는 거죠? 날 내버려두세요.

왕. (줄곧 소파 뒤에서) 계속해! 계속 가! 계속하라고!

왕자. 냉철해야 돼. 무엇보다도 냉철해져야 돼, 왜냐하면 누구나 짜증날 때가 있으니까. 조용히, 잠이 깰지도 몰

라……. 이자, 기다려요, 그렇게 갑자기 가지 마. 당신
을 잃을 수는 없어. 이 비정상성에 그렇게 거부감 느끼
지 말아요. 물론, 지금 이런 상황에서 키스는 말도 안
된다고 나도 동의하지만, 그래도 그 모든 것에도 불구
하고 키스해요 우리, 키스해요, 마치 이게 자연스러운
것처럼……. 하느님께 맹세코 정상적인 척해요 우리,
왜냐하면 우리는 정상적일 수 없으니까, 왜냐하면 그렇
게 하지 않으면 여기서 빠져나갈 수 없으니까. 입맞춤
외에 다른 해결책은 보이지 않아요, 그건 우리를 어떻
게든 정상으로 돌려놓을 거예요, 이건 우리를 이 상황
에서 어떻게든 구출해줄 거예요. (이자를 껴안는다) 당신을
사랑해요. 날 사랑한다고 말해요. 날 사랑해요!

이자. 그런 말은 안 해요! 무슨 일이 있어도 그런 말은 안
해요! 뇨…….

왕자. 날 사랑해! 나도 그녀를 사랑해!

(이보나 눈을 비비며 문가에 서 있다. 왕은 엄청나게 흥분하여 소파
밖으로 몸을 내밀고, 시종장이 왕을 붙잡고 있다)

왕. 계속해!

이자.   필리프!

왕자. (고집스럽게, 열정적으로) 필리프! 필리프! ……사랑해요!

찌릴.   필리프, 그녀가 깼어요!

왕. (큰 소리로) 좋아, 좋아, 필리프! 그녀에게도 이런 게 좋
아! 흐랏차! 계속해! 죽을 때까지! 그녀를 없애버려! 침
치림치를 없애라!

123

시종장. 국왕 폐하를 붙잡아 주십시오.

이자. 우리 도망쳐요.

왕. 고함치지 마! 날 여기서 빼내줘. (허둥거린다) 욱신거리네. 늙은 뼈가 욱신거려. (왕자에게) 가라! 가! 그녀를 없애버려! 서투른 것! 이제 우리가 그녀를 죽일 거야! 그녀를 없앨 거야, 내가 장담한다! 계속해, 필리프 — 시종장 나도 저기로 갈 거야! 침치림치를 공격하라!

(왕비가 무도회 복장으로 등장, 하인들이 연회를 위해 잘 차려진 식탁들을 들고 들어온다, 손님들, 조명)

다들 멈춰! 이래서는 아무것도 안 돼! 붕어 요리를 잊어버렸잖아! 위에서부터 그녀를 처리해야지! 위에서부터, 아래가 아니라! 오만하게, 장엄하게! 밟아버려, 그런 다음에는 그거…… 없애! 계속해, 마우고갸타! 없애! (손님들에게) 여러분……! 여러분……! 잠시만 기다려 주시지요! 필리프, 옷깃을 바로잡고 머리를 정돈해라…… 오만하게, 오만하게, 내 아들아! 흐랏차! (시종장에게) 내 왕관을 줘.

왕자. 여기서 무슨 일이 벌어지는 거죠?

시종장.   별일 아닙니다, 아무 일도 아녜요, 그냥 저녁 식사예요!

왕. (손님들에게) 정중하게 인사드립니다. 자, 연회를 시작하시지요.

손님들. 아아아! (고개 숙여 인사한다) 국왕 폐하!

왕비. 들어오세요. 어서 들어오시지요!

124

손님들. 왕비 전하! (고개 숙여 인사한다)

왕. (손님들에게) 계속해! 흐랏차! 잡아! 위에서부터, 여러분,
오만하게, 시종장, 손님마다 품위에 맞게 자리를 지정
해서 고위층은 하위층을 물어뜯게 하고 하위층은 고위
층을 물어뜯게 해, 그러니까 고위층은 하위층에게서 적
절한 자부심을 얻어내고 또한 하위층은 고위층에게서
상위 계층을 따라잡으려는 고귀한 경쟁 속에 그만큼
보람 있는 노력을 하기 위한 자극과 동기를 얻어내게
하라. 그리고 나의 미래의 며느리는 우리 맞은편에 앉
게 하라, 왜냐하면 그 애를 위해서 오늘의 이 가든파티
를 열었으니까.

손님들. 아아아! (고개 숙여 인사한다)

왕비. 그러나 햇빛처럼 내리쬐는 국왕 내외의 성은에 힘입
어 위계질서에 따른 위치에 상관없이 각자 자기 존재
를 한껏 꽃피우도록 하세요. 숙녀들은 재량을 마음껏
펼쳐 보이시고, 신사 여러분도 숙녀들에게 마음껏 보여
주도록 하세요! 찬란하게, 신사 여러분, 맵시 있게, 우
아하게, 세련되고 화려하게!

왕. 맞아, 맞아 — 흐랏차…… 아니 그러니까 그…… 계속
해! 앉읍시다!

손님들. 아아아! (고개 숙여 인사한다)

(왕과 왕비 앉는다)

시종장. (이보나에게) 아가씨도 부디 자리에 앉으시지요.

(이보나 움직이지 않는다. 시종장 얼음 같은 목소리로)

아가씨도 부디 자리에 앉으시지요……(이보나를 앉힌다), 그리고 여기는 왕자님…… 왕자님 부디 이리로……. 여기는 각하, 여기 예하(猊下), 여기 두아리에라* 백작 부인, 그리고 여기는 우리 저명하신…… 더없이 귀하신…… 우리의 세련되신……. (침을 질질 흘리는 웬 늙은이를 데리고 온다) 아이고!

(모두 앉는다)

왕. 이미 언급했듯이, 이 소박하지만 우아한 저녁 식사는 죽일 년, 아니 그보다는 우리 미래의 며느리를 위한 것으로서, 오늘 이 자리에서 우리가 이방인들에게 둘러싸인** 부르군드의 공주라는 직위를 하사할 예정입니다. 그러므로 그녀가 오늘 이 연회의 주인공입니다. 다들 보세요, 얼마나 예쁘게 웃고 있는지.

손님들. 아아아! (점잖게 박수)

왕. (말을 잇는다) 망할 것이 가시가 좀 많지만 맛은 좋아서……. 생선 말입니다, 이렇게 놓여 있으니…… 흠…….

(접시 위로 고개를 숙인다)

왕비. (말을 이어서) 조금 늙었지만 이 소스에 담겨서 아주 품위 있게 보이지요, 그리고 저 자신도 인정합니다만 품위라는 것이 일반적으로 시라는 부끄러운 이름으로 지

---

* Duariera. '뒤쪽' 혹은 '엉덩이'라는 뜻의 프랑스어 'derrière'와 발음이 비슷하다.
** in partibus infidelium. '신앙심 없는 자들의 땅에서' 혹은 '이교도들의 땅에서'라는 뜻으로 본래 로마가톨릭교회에서 해외에 파견된 주교에게 내리는 직위. 여기서는 이보나 자신이 왕실이나 귀족에 어울리지 않는 이방인임을 강조하며 동시에 궁궐 사람들이야말로 허례허식에 물든 '이교도'임을 암시한다.

칭하는 그것보다 저에게 훨씬 더 잘 어울린답니다. 저는 그다지 감상적이지는 않지만 (오만하게) 혹여 멀리서라도 라즈베리 혹은 가막살나무 냄새를 풍기는 것은 뭐든지 다 참을 수가 없어요. 그보다는 나이 든 여자분들, 숙녀분들을 그 단어 본래의 의미 그대로 선호하지요!

손님들.   아아아!

시종장. (말을 이어) 이 생선은 보기에는 소박해 보이지만 근본적으로, 그 핵심을 들여다보면 믿을 수 없을 정도로, 그저 그럴 수가 없을 정도로 귀족적입니다. 뼈가 없고 가시만 있다고 하면 말 다했죠! 소스는 또 얼마나 훌륭한지! 크림소스 같지만 뭔가 더 좋은, 크림소스보다 더 높은 것입니다! 이 맛은 또 어떤지 — 날카롭고 맵고 톡 쏘는 게 참 역설적이죠! 모두들 이 소스를 적절히 평가해주실 것이라고 믿어 의심치 않습니다, 저는 이토록 세련된 분들의 모임은 한 번도 본 적이 없으니까요!

손님들. 아아아!

왕. (이보나에게) 왜 그러냐 — 맛이 없어? (위협적으로) 맛이 없냐고?

시종장. (차갑게) 아가씨는 식욕부진으로 고생하시나요?

손님들. (아연실색하여) 오!

이보나. (먹기 시작한다)

왕. (음울하게 이보나에게) 먹을 때 좀 조심해야 한다, 목에 걸려 질식할지도 모르니까! 불운은 언제 덮칠지 모르는 거야. 이런 붕어는 아무것도 아닌 것 같지만, 근본적으로 따지고 보면…….

시종장. (이보나에게) 국왕 폐하께서 말씀하시려는 뜻은 먹다
　　가 목에 걸릴지 모르니 조심하라는 것입니다. (날카롭게)
　　이건 위험해요! 먹기 힘든 생선입니다.

왕. (위협적으로) 위험하다고, 장담하지!

손님들. (놀라서)　　　　　　　　　　　　아! (먹기를 멈춘다. 침묵)

왕비. (우아하게) 그래, 이본느, 왜 안 먹니, 아가야?*

시종장. (외알 안경을 끼며) 아가씨는 비웃는 건가요? 국왕 폐
　　하의 붕어를 경멸하는 겁니까?

왕. (위협적으로) 뭐라고?!

이보나. (혼자서 먹기 시작한다)

왕. (일어선다. 위협적으로 이보나를 가리키며) 목에 걸렸어! 목에
　　걸렸다! 가시가! 가시가 목에 걸렸어!! 가시가 걸렸다
　　고! 그래!!!

이보나. (질식한다)

손님들. (겁에 질려 벌떡 일어서며) 사람 살려! 물! 등을 쳐!

왕비. (겁에 질려)　　　　　　　　　　　　　　구해줘요!

손님들. 아, 불운한 아가씨! 이런 사고라니! 대재앙이다! 시
　　체! 죽었어! 방해하지 않겠습니다! (손님들 나간다. 눈에 보
　　이는 곳에 시체가 남아 있다)

왕자. 죽었나요?

시종장.　　　　　생선 가시에 질식했어요.

---

* "Eh bien, Ivonne, vous ne mangez pas, ma chère?"(프랑스어)

128

왕자. 아! 생선 가시. 실제로 죽은 것 같아 보이는군요.

　　(침묵)

왕비. (불안하게, 마치 조금 부끄러워하는 듯) 이그나찌, 상복에 대
　　해서 생각해봐야 해요. 당신은 까만 양복이 없잖아요.
　　살이 쪘으니 예전 건 너무 꽉 낄 거예요.

왕. 없다고? 주문하면 있겠지.

왕비. 그래요, 하지만 재단사를 불러와야 하잖아요.

왕. (당황하며) 재단사를? 아 맞군……. (눈을 비빈다) 맞아, 재
　　단사 살로몬, 남성복 전문……. (이보나를 쳐다본다) 뭐? 죽
　　었어? 진짜로?

왕비. (조금 사이를 두고) 누구나 언젠가 죽어요!

왕. (조금 사이를 두고) 다들 뭐든 해봐. 이걸 어떻게든 해
　　야지. 뭔가 말해야 돼. 어떻게든 이 침묵을 해결해야
　　돼! 필리프…… 그…… 강해져야 한다. 힘든 상황이
　　야—죽었다니.

왕비. (왕자 머리를 쓰다듬는다) 엄마가 네 곁에 있단다, 아들아.

왕자. 　　　　　　　　　　　　　두 분 무슨 말씀이세요?

시종장. (하인들에게) 다들 움직여, 시체를 내가서 당분간 침
　　대에 눕혀놔야 할 것 아닌가. 거기 누가 뛰어가서 준비
　　시키라고 해. 페트라셰크를 지금 당장 불러와야 돼. 지
　　금 당장 누가 장례 회관으로 뛰어가서 페트라셰크를
　　불러, 페트라셰크 없이는 아무것도 안 돼. 지금 당장 페
　　트라셰크를 불러오는 게 가장 중요해. (하인들이 시신에 다
　　가간다) 잠깐, 내가 무릎을 꿇지. (무릎 꿇는다)

왕. 아, 맞다……. (무릎 꿇는다) 그가 옳아. 무릎 꿇어야 해.

　(왕자를 제외하고 모두 무릎 꿇는다)

　바로 이걸 즉시 해야만 했어.

왕자. 미안합니다. 이게 뭡니까?

시종장. 　　　　　　　　　　　뭐가요?

　(왕자 침묵)

　　　　　　　　　　　　　　　무릎 꿇으세요.

왕비. 무릎 꿇어, 필리프. 무릎 꿇어야 해, 아들아. 그래야
하는 거야.

왕. 빨리! 다들 무릎 꿇고 있는데 너 하나만 혼자 서 있을
수는 없어.

　(왕자 무릎 꿇는다)

결혼식

등장인물

이그나찌 _{아버지이며 왕}

카타쥐나 _{어머니이며 왕비}

헨리크 _{아들이며 왕자}

브와지오 _{친구이자 조신}

마니아 _{하녀이자 공주}

주정뱅이

수상

시종장

경찰청장

판둘프 주교

고관대작 _{반역자}

고관대작들, 주정뱅이들, 조신들

숙녀들, 건달들, 하인들

사람은 사람들 "사이에" 일어나는 일들의 영향을 받게 되어 있으며, 사람으로부터 비롯되는 것 외에 다른 신성성이란 없다.

헨리크의 꿈에 나타나는 "지상의 교회"가 바로 그러하다. 여기서 사람들은 서로 연결되어 고통, 공포, 해학이나 비밀 등의 어떤 형상을 이루고 뜻밖의 선율이나 리듬을 만들어내며 부조리한 관계나 상황에 처하게 되고 그런 것들의 영향을 받으며 자신들이 만들어낸 것에 의해서 만들어진다. 이 지상의 교회에서 인간의 정신은 사람과 사람 사이의 관계망의 정신을 숭배한다.

헨리크는 자신의 아버지를 왕이라는 위치로 승격시키는데, 그것은 아버지로부터 결혼식을 허가받기 위해서이다. 그런 뒤에 헨리크는 자기 자신을 왕으로 선포하고 스스로 결혼식을 승인하려 한다. 그 목적을 이루기 위해서 자신의 신하들을 압박하여 자신의 신성성을 인정받으려 한다. 헨리크는 스스로 자신의 하느님이 되기를 열망한다.

그러나 이 모든 일은 '형식(Forma)'을 통해 이루어진다. 이 말은 즉, 사람들이 서로 관계를 맺으면서 상호 간에 이런저런 생활 방식, 말하는 방식, 행동 방식…… 등을 내놓게 되고, 모두가 다른 인간들을 왜곡시키면서 동시에 그들에 의해 왜곡되는 것이다.

그리하여 이 희곡은 무엇보다도 '형식'의 드라마이다. 여기서 중요한 것은 다른 극에서처럼 어떤 관념이나 인물들 사이의 갈등을 표현하기 위해 가장 알맞은 [일반] 형식을 찾아내는 것이 아니라 [절대적인] '형식' 자체에 대한 우리의 영원한 갈등을 재구성하는 것이다. 만약에 셰익스피어 극에서 누군가 자기 아버지에게 "돼지"라고 외쳤다면 그 장면의 드라마는 아들이 아버지를 모욕한다는 사실일 것이다. 그러나 현대극에서 이런 장면이 벌어진다면 드라마의 중심은 고함치는 사람과 그 사람의 고함이 될 것이다……. 그 고함이 좋게 들릴 수도 있고 나쁘게 들릴 수도 있으며, 고함지르는 사람을 더 고양시킬 수도 있지만 또한 반대로 수치와 불명예의 수렁에 빠뜨릴 수도 있기 때문이다.

이런 왜곡과 변형은 다른 누구보다 우선적으로 주인공인 헨리크가 겪게 되는데, 다음과 같은 방식으로 구현된다.

한편으로는 헨리크의 내부 세계가 외부 세계를 왜곡시킨다. 그에게 모든 일은 꿈이며 그는 "혼자"이고 다른 인물들은 그의 상상일 뿐이며 그 인물들은 몇 번이나 직접적으로 헨리크의 감정 상태를 진술해준다. 그러므로 만약에 갑자기 아무 이유도 없이 장면이 방탕해지거나 비통해지거나 비밀스러워진다면, 만약에 특정 인물이 갑자기 심술을 부리거나 슬퍼한다면 그것은 헨리크의 정신이 그런 압박을 느끼기 때문이다.

그러나 다른 한편으로 외부 세계가 헨리크를 덮친다. 앞서 말했듯이 가끔 극중 인물이 돌연히 어조를 바꾸어 예상치 못했던 말을 하는 일이 생기는데, 그것은 바로 헨리크가 그들에게서 그런 것을 기대했기 때문이다. 그러나 가끔씩 헨리크는 자기 자신으로서도 예상하지 못했고 이해할 수 없는 방식으로 행동하는데, 왜냐하면 자기 파트너들에게 맞추어야 하기 때문이다. 그들이 헨리크의 스타일을 좌우하는 것이다.

그러므로 이것은 상호 왜곡이다. 서로를 한정 짓는 내부와 외부라는 두 세력 사이의 끊임없는 싸움이다. 이러한 이중 왜곡은 모든 예술적 창조 행위에 적용되며 그 때문에 헨리크는 꿈을 꾸는 사람이라기보다는 영감을 받은 예술가 쪽에 더 가까워진다. 여기서 모든 일은 끊임없이 "창조된다". 헨리크는 꿈을 창조하고 꿈은 헨리크를 창조하며 상황도 또한 쉴 새 없이 스스로 창조해내고 사람들은 서로서로 창조해내며 이 전체가 알 수 없는 결말을 향해 전진한다.

여기에서 다음과 같은 결론이 도출된다.

연기와 연출에 대한 설명:

1) 모든 사람은 자신에 대해 직접적으로 진술하지 않는다. 모두 언제나 작위적이며 언제나 연기하고 있다. 그 때문에 이 극은 가면과 몸짓과 고함과 가식적인 표정……들의

행진이다. 극은 "연극적으로" 연출되어야 하지만 그 연극성은 본문에서 느껴지는 정상적인 사람의 어조에서 완전히 멀어져서는 절대 안 된다.

이 연극성에 진실한 비극적 특성을 더해주는 두 가지 요소가 있다. 헨리크는 이 환상이 순진무구한 놀이가 아니라 실제로 자기 내면에서 펼쳐지는 정신적 과정이라고 느낀다. 그는 또한 자신의 말과 행동이 비밀스럽고 위험한 힘의 주문(呪文)이라고 느낀다. 형식이 자신을 창조한다고 느끼는 것이다. 그는 연출가다.

2) 이중 왜곡으로 인하여 비트키에비치*가 "순수한 형식"이라고 이름 붙였을 법한 어떤 것이 창조된다. 극의 등장인물들은 자신의 연기를 만끽하며 심지어 자기의 고통에 도취되기도 하고, 모든 일은 이런저런 효과를 나타내기 위한 핑계일 뿐이다.

하나의 단어가 다른 단어를 불러온다……. 하나의 상황이 다른 상황으로 이어진다……. 어떤 사소한 사항이 커다랗게 부풀거나 하나의 문장이 반복을 통해서 엄청난 의미를 갖는 일들이 몇 번이고 벌어진다……. 그러므로 이 창작물의 "음악적 요소"들이 제대로 강화되는 것이

---

* 스타니스와프 이그나찌 비트키에비치(Stanisław Ignacy Witkiewicz, 1885~1939). 일명 비트카찌(Witkacy). 폴란드의 대표적인 모더니즘 화가, 소설가, 철학자.

중요하다. 이 창작물의 "테마", 크레셴도*와 데크레셴도,** 늘임표, 스포르찬도,*** 합주와 독주들은 교향악의 악보처럼 정교하게 연출되어야 한다. 연기자 개개인은 자신이 교향악단의 악기라고 느껴야 하며 동작은 말과 연결되어야 한다. 장면과 상황들은 하나에서 그다음으로 유동적으로 흘러가게 해야 하고 집단으로 모인 사람들은 뭔가 비밀스러운 의미를 표현해야 한다.

연기자는 일반적인 희곡의 본문을 연구하여, 문장의 내용을 바탕으로 그 문장이 어떤 식으로 말해져야 하는지 추론할 수 있다. 여기서 일은 상당히 복잡해진다. 여기서 대화는 좀 더 연극적이 되고 가장 단순한 말들에 연극성이 흘러넘치는 경우가 몇 번이나 생긴다. 게다가 대화의 흐름은 더 역동적이 된다. 예를 들어 한 인물이 뭔가 조용히 감정에 겨워 말한다면 다른 인물은 강력하게 천둥 치듯이 대답하고, 그런 뒤에 세 번째 인물은 시를 읊기 시작하여 뭔가 리드미컬한 연(聯)을 암송한다.

3) 이와 유사하게, 헨리크가 '현명함'과 '멍청함', 성스러움과 광기 사이를 오갈 때 극 자체도 하찮고 우스꽝스럽고 어리석은 요소들에 끊임없이 위협받는다. 이것은 주인공들의 언어에도 반영되며 특히 시를 읊듯이 말할 때 나

---

* crescendo. 점점 세게.
** decrescendo. 점점 여리게.
*** sforzando. 특히 세게.

타난다. 극은 종종 셰익스피어 극의 패러디와 같은 특성을 분명히 나타낸다. 무대 장식과 배우들의 의상과 가면은 그 영원한 연기, 영원한 모방, 연극성과 신비화의 세계를 표현해야만 한다.

줄거리

읽기 쉽게 하기 위해 극의 흐름을 요약하여 전달한다.

제1막

마지막 전쟁 때 프랑스에서 복무 중이던 군인 헨리크는 꿈에 폴란드에 있는 집과 부모님을 본다.

꿈속에서 집은 술집을 겸한 여관으로 변해 있고 부모님은 여관 주인이다. 헨리크는 여관 하녀가 자신의 약혼녀 마니아라는 사실을 어렵게 알아본다. 그러나 여기서 주정뱅이가 다른 주정뱅이들의 선두에 서서 나타난다. 주정뱅이가 마니아를 건드리려는 것을 아버지인 여관 주인이 막아내자 주정뱅이는 아버지를 핍박하기 시작한다.

아버지는 겁에 질려 자신이 불가침의 존재라고 소리친다…… ― 왕처럼 불가침이다! ― 주정뱅이들이 외친다. 한편 헨리크는 이미 상당히 오랫동안 유별나게 비통한 상태에 빠져 있다가 아버지 앞에 무릎을 꿇고 공물을 바친 뒤 아버지를 신성불가침의 왕으로 변신시킨다. 이 신성불가침성을 아버지는 주정뱅이의 "접촉"으로부터 보호하며 그리하여 그의 핍박으로부터 벗어나게 된다.

헨리크가 아들로서 느끼는 경외심이 약해지기 시작하자 아버지는 다음과 같은 계획을 제안한다. 네가 나를 왕으로 인정한다면 나는 왕권으로 네 약혼녀인 처녀에게 여관에서 잃어버렸던 품위와 순결을 돌려주고 그녀를 "불가침의 처녀"로 변신시켜 너희에게 "기품 있는" 결혼식을 마련해주라고 명할 것이며, 그리하여 모든 것이 신성해지고 정화될 것이다…….

제2막
헨리크와 마니아의 "기품 있는 결혼식"이 준비되고 있다. 그러나 왕권은 반역(고관대작들 사이의 음모)에 의해 위협받는다.

헨리크는 모든 일이 자기가 자신의 꿈에 대해 어떤 태도를 보이는지, "현명하게" 행동하는지 아니면 "바보같이" 행동하는지에 달려 있다고 느낀다. 그는 "현명한" 연설을 하고 그 덕분에 반역자의 무리들 위에서 잠시나마 중심을 잡게 된다.

그러나 결혼식이 이미 진행되고 있어야 할 순간에 주정뱅이가 (감옥에서 탈출해) 숨어들어와서 반역자들의 지지를 얻어 다시 한 번 왕을 공격한다. 즉 주정뱅이는 자신의 그 강력해진 손가락으로 왕을 "건드리려" 하는 것이다.

헨리크는 아버지와 약혼녀를 돕기 위해 달려간다. 현실은 "바보스러움"과 "현명함" 사이에서 요동친다. 주정뱅이는 헨리크의 "현명함"에 패배하여 겉으로는 물러나는 것처럼 보인다…… 그러나 동시에 헨리크에게 한옆에서 조용히 대화하기를 제안하는데, 그렇게 다른 방식으로 속임수를 써서 마음먹은 대로 목표를 달성하고자 한다.

장면은 오후의 티 파티로 바뀐다. "저 연약하고 무기력한 왕을 타도할 수 있게 우리를 도와줘라." 주정뱅이가 헨리크를 유혹한다. "그러면 우리가 너를 왕으로 만들어 네가 네 힘으로 결혼식을 스스로 거행할 수 있게 해주겠다."

헨리크는 기분이 유쾌해지고 와인뿐만 아니라 이 게임에 취해서…… 점점 더 깊이 게임에 빠져들고…… 마침내 주정뱅이의 속삭임에 무릎을 꿇은 것처럼 보인다. 아버지에게 반역하여 스스로 왕이라고 선포한다! 그래도 그는 마지막 순간에 물러나고, 반역하지 않는다…….

그러나 왕이자 아버지는 이제 강력해진, "국왕다운" 두려움을 억누를 수 없게 된다……. 자기 아들을 겁내기 시작하고 이 두려움이 헨리크를 진정한 반역자로 탈바꿈시킨다. 그는 아버지에게 맞서서 왕위에서 쫓아내고 스스로 자신을 왕으로 선포한다. 이제 드디어 그는 상황을 지배했다! 이제 스스로 국왕으로서 결혼식을 거행할 것이다!

그러나 주정뱅이는 궁중 사람들 전체가 보는 앞에서 인위적인 방법으로 마니아와 헨리크의 친구 브와지오를 연결시켜 새로운 왕을 질투의 구렁텅이에 빠뜨린다.

제3막

헨리크의 치세는 폭군의 치세다. 그는 자신의 결혼식을 준비한다. 사람을 더 높고 권력 있는 존재, 심지어는 하느님의 위상으로 승격시켜주는 것은 바로 다른 사람들이라는 사실을 이해하고 그는 자신의 신하들에게 숭배와 복종의 표시를 통해 자신을 신성성으로 "부풀려주도록" 강요하려고 마음먹는다. 그렇게 되면 그는 자신을 위해 "진정으로 신성한" 결혼식을 거행할 수 있을 것이고, 그 결혼식에서 약혼녀에게 순결과 처녀성을 돌려줄 수 있을 것이다.

그러나 질투가 그를 약하게 만든다. 부모는 핍박과 고문에 대해 복수하려고 그의 의심의 불길을 더욱더 부채질한다.

브와지오의 죽음만이 그에게 평온과 힘을 되돌려줄 수 있다. 그러나 그 죽음이 왕권에 대한 궁극적인 확증이 되려면 반드시 헨리크의 명령에 따라 브와지오가 스스로 목숨을 끊어야 한다. 헨리크는 이 생각을 그에게 전하는데, 그러면서도 이것이 "사실은 진지하게 하는 얘기가 아니"라는 사실을 깨닫는다.

결혼식을 거행해야 하는 결정적 순간에 왕은 양심의 가책과 질투에 지쳐서 이제 다시 전투에 나선 주정뱅이의 공격에 무너지기 시작한다. 그러다 브와지오의 시신이 발견된다. 친구는 헨리크의 의지대로 실행해 자살한 것이다.

헨리크는 이 모든 일이 "사실인지 혹은 사실이 아닌지" 알지 못한다. 그는 자신이 허구와 꿈과 거짓의 세계, 형식의 세계를 마주하고 있다는 사실을 안다. 그럼에도 불구하고 그 세계는 어떤 현실에 대응되며 무언가를 표현한다.

자신이 저질렀지만 저지르지 않은 행동(브와지오의 죽음), 자신으로부터 비롯되었으나 또한 자신과는 전혀

142

다른 행동에 상심하여 헨리크는 자신의 무죄를 선언한다. 그러나 동시에 상황의 형식적인 논리, 자신에게 살인자의 역할을 지정한 형식의 압박에 굴복하여 그는 자신을 감옥에 가두라고 명령한다.

제1막

(짓누르는 듯한 절망적인 풍경. 어스름 속에 허물어진 교회가 부분
부분 보인다)

헨리크.

막이 열렸다……. 흐릿한 교회…….
터무니없는 천장……. 이상한 아치…….
그리고 문장(紋章)은 검게 얼어붙은 천체 중의
천체와 돌 중의 돌의
수렁에서 수렁 속으로 빠져든다…….

여기 불가능한 문에서 나는 무언가 계속 생각
하고
저기 낯선 시편의 비틀린 제단
부조리의 걸쇠로 걸려 잠긴 성배
사제는 부동(不動) 속으로 빠져들며 공허해진
다…….

공백. 폐허. 무(無). 나는 여기 혼자 있다
나 혼자
나 혼자

하지만 어쩌면 혼자가 아닐지도 몰라, 내 뒤에 뭐가
있을지 누가 알겠어, 어쩌면 예를 들어서, 어쩌면 뭔
가…… 누군가 저기 옆쪽에, 한옆에, 한옆에, 어떤
백…… 백치가, 구속되지 않고 억제되지 않고 백치같
이, 천치에 가깝게, 가깝게 건드리며…… 그리고……
(겁에 질려) 움직이지 않는 게 좋겠어…… 움직이지 말
자…… 왜냐하면 움직였다가는…… 그도 움직일 준비
가…… 건드릴 준비가 돼 있으니까…… (불안감이 커진
다) 오, 뭔가, 아니면 누군가 어떻게든 어딘가 예를 들
어서…… 아하, 저기 뭔가…… (브와지오 나타난다) 브와지
오! 브와지오다!

브와지오. 헨리크!

헨리크.

　　　상상도 못 할 거야, 내가 얼마나 끔찍한 꿈을
　　　꿨는지
　　　꿈속에 뭔가 비인간적인 괴물이 있었고, 나는
　　　도망치고 싶었는데 그럴 수 없었어!

브와지오.

　　　밤에 자기 전에 주는 굴라쉬*가 상당히
　　　소화가 안 되고 너무 진해. 나도 가끔
　　　꿈을 꾸거든…….

헨리크. 하지만 넌 최소한 피와 뼈로 이루어진 진짜 사람이

* 헝가리와 동유럽 등지에서 먹는, 고기를 넣은 매운 수프의 일종.

야. 아니 어쩌면 너도…… 내 꿈일지도……. 넌 어디서 나타났지?

브와지오. 내가 아나.

헨리크. 브와지오, 브와지오, 브와지오, 넌 어째서 그렇게 끔찍하게 슬픈 거냐?

브와지오. 그럼 너는 어째서 슬픈 거야?

헨리크. 전혀 안 그래.

브와지오. 전혀 안 그래.

헨리크. 우리는 어딘가 이상해진 것 같아. 여기가 어디지? 이 주변은 저주받은 게 아닐까 겁난다…… 우리도 저주받은 게 아닐까……. 미안해, 내가 어쩐지 인위적으로 말하고 있군…… 자연스러운 방식으로는 아무 말도 못 하겠어…….

> 그리고 수백 배의 슬픔이
> 오, 한도 없고 끝도 없는 비탄이
> 그리고 뭔가 무섭고 먹먹하고 어두운 우울이
> 나의 영혼을 덮쳤구나. 신이시여!
> 신이시여, 신이시여!

브와지오. (순진하고 기운차게)

> 신은 왜 찾아, 내가 여기 있는데?
> 나도 너와 같다는 걸 알고 있잖아!
> 허깨비 따위는 악마나 받아들이라지
> 너와 나는 뼈와 피로 된 사람이야
> 너는 나와 같고, 나는 너와 같아!

헨리크. (기뻐하며) 너는 나와 같고, 나는 너와 같아! 하! 아무래도 좋아! 아무렇게나 상관없어! 네가 여기서 태어나서 얼마나 다행인지, 브와지오! 너하고는 상황이 완전히 달라져. 하지만…… 우리는 어디 있는 거지? 내가 보기에는 그래도…… 우리가 어딘가에 있는 것 같은데……. 저기…… 저쪽에 뭔가……. (벽 한 면, 가구 몇 점…… 방의 일부분이 나타난다)

헨리크. 나 이거 전에 어딘가에서 봤어.

브와지오. 나도…….

헨리크. (극적으로)

> 우리는 어딘가에 있다
> 우리는 어딘가에 위치해 있다. 정확히 어디지?
> 저건 뭐야?

(방이 나타난다. 본래 폴란드 시골 저택의 식당이지만 마치 선술집으로 바뀐 것 같다)

브와지오. (어쩐지 힘겹게) 맹세하겠는데 저 방을 보니 뭔가 떠올라……. 마워쉬쩨의 식당하고 좀 비슷하군……. 비슷한데 안 비슷해……. 시계. 옷장. 저기 휴일에 내가 너희 집에 놀러 가면 머물던 방이 있군…….

헨리크. 그래, 하지만 우리는 마워쉬쩨가 아니라 프랑스 북부의 전투 지역—프랑스 북부의 전투 지역—프랑스 북부의 전투 지역에 있잖아. 그리고 우리가 여기에 있다면 우리는 저기에 있을 수가 없어!

브와지오. 비슷한데 안 비슷해……. 바로 그 식당인 것 같지만, 마치 음식점이나 선술집 같아…… 여인숙……
여관…… 주막…….

헨리크. 저 방은 가면에 가려져 있고 이 모든 것은 비정상
이야.

브와지오.

바보같이 굴지 마, 어렵게 굴지 말고
뭔가 비정상이라고 해서 너랑 무슨 상관인데
우리가 정상이면 됐지
저 의자도 진짜야, 나무로 만들어졌어, 또 찬장
에는 분명히 뭔가 있을 거야…….
하지만 어째서 아무도 없는 거지? 여보세요!

헨리크. (겁에 질려) 소리치지 마! 기다려! 소리 지르지 않는
게 좋아!

브와지오.

어째서 소리치면 안 되는 건데?
여보세요! 거기 누구 없어요? 다들 죽었나? 여
보세요!

헨리크.

바보 같으니! 입 다물어!
조용히 해! 조용히 하란 말이야! 여보세요!
어째서 아무도 안 나오는 거지? 조용히. 여보
세요!
여보세요, 여보세요!

브와지오. 여보세요!

헨리크. 여보세요!

브와지오. 여보세요!

   (아버지 등장, 늙고 뻣뻣하고 경화증을 앓고 있으며 의심이 많다⋯⋯)

헨리크. 드디어 누군가⋯⋯. 죄송하지만 여기는 아마 음식
점인 것 같습니다만⋯⋯. (침묵) 음식점?

아버지. 그래서 뭐라는 거요?

헨리크. (여행자의 말투로)

        혹시 여기서

        먹을 것을 얻을 수 있습니까?

아버지. (여인숙 주인 말투로)

        얻을 수 있지만

        소리치지 않느* 게 좋을 거요.

헨리크. (브와지오에게) 저 목소리 어디서 들어본 것 같아.

브와지오. 저 사람 네 아버지하고 많이 닮았어⋯⋯ 네 아버
지라고 맹세할 수 있겠지만, 내가 뭘 알겠냐⋯⋯ 안 닮
았어⋯⋯. 내가 아나⋯⋯. 그리고 모르는 게 낫지.

헨리크. 바보 같긴. 아버지라면 우리를 알아봤을 것 아냐.
그래, 그쯤에서 놔두자. 우리 아버지가 아냐. 앉자.
   (아버지에게) 아, 여긴 여인숙인가요? 숙박도 할 수 있습
니까?

아버지. (내키지 않게) 숙박할 수 있지요, 방을 빌려드리니까
요. 하지만 반드시 처신이 세련되어야 합니다.

---

* 여관 주인 말투로 말할 때 아버지는 폴란드 서부 지방 슐롱스크의 방언을 사용하며,
단어의 마지막 자음을 빠뜨리거나 모음을 다르게 발음한다.

헨리크. 아, 처신이 세련되어야…….

아버지. (크레셴도) 경의를 표하고…… 정중하게.

헨리크. 아, 정중하게…….

아버지. (소리친다) 존경심을 담아서…… 예의를 갖추고!

　　(어머니 등장, 나이 든 여성으로 초췌하고 지쳤으며 아버지의 고함에

　　맞추어 함께 소리친다)

어머니. 행동을 바르게 하고 다툼이 일어나지 않게, 왜냐하

　　면 우린 그런 데 말려들지 않으니까…… 우린 그런 것

　　과 상관이 없으니까……!

브와지오. (헨리크에게) 네 어머니야.

헨리크. (큰 소리로)

　　　　그런 것 같아 보이지만

　　　　완전히 확실하지는 않군.

　　　　이 모든 일이 어쩐지 불분명하지만, 내가

　　　　분명하게 밝히겠어!

　　(브와지오에게)

　　브와지오, 이렇게 인위적으로 말해서 미안해, 하지만

　　난 굉장히 인위적인 입장에 있어.

　　(등불을 들어 올린다)

　　　　여기 더 가까이 오세요

　　　　가까이 다가오세요……. 다가오시라고요

　　더 가까이, 여기로 더 가까이……. 맹세하겠는데 내가

　　받은 인상은 마치 닭…… 닭을 부르는 것 같군…….

　　　　더 가까이, 좀 더 가까이…… 내키지 않게

다가오는군. 더 가까이, 그렇지 않으면 내가 다
가갈 테니

내가 가까이 갈 거예요, 그리고 내가 다가가면
아버지도 다가올 거예요……. 아, 아, 이건 완전히 물고
기 같아…… 낚싯대로 낚은 물고기 같아. 그런데 어째
서 여기는 이렇게 조용하지?

아버지가 그림자 밖으로 모습을 드러내지만
변장을 해서 변해 있어, 그래서
알아보기 어렵군.
게다가 어쩐지 침묵을 지켜서, 바로 그 때문에
내가 계속 말을 해야 해. 나 혼자 말해야 해서
그 결과로 나는 뭔가 일종의
내 아버지의 신부(神父)님으로 변했군!
그리고 여기 어머니가 마치 선박처럼 떠돌지만
그런데 사실 내 어머니와는 별로 닮지 않았어.
어쩌면 아마도
그냥 내버려두는 게 낫겠지. 이상하게
내 목소리가 울리는군. 그냥 내버려두는 게 낫
겠어, 저 두 분이
자신들을 내버려두라고 부탁하니까.

브와지오. 어쩌면 너희 부모님이 전혀 아닐지도 몰라?

헨리크.

우리 부모님이 맞고 우리 부모님이라는 사실
을 나도 완벽하게 알지만

152

그런데 두 분에게 무슨 일인가 일어나서 어떤 이유 때문에
부모님이 아닌 척하는 거야…….
어쩌면 미쳤는지도…….

브와지오. 그냥 저분들하고 얘기를 좀 해봐, 헨리크.

헨리크.

……그리고 그냥 이야기하는 걸 못 하겠어, 이 모든 일에
장엄하고 비밀스러운 것이 숨어 있어서
마치 미사가 진행되는 것 같아!
웃음이 터지려 하는군, 내가 얼마나 장엄한지!
내 말이 의미심장하게 들리는군! 그저 웃음이 나올 뿐이야
내가 이렇게 중요하고 의미심장하다니
하지만 동시에 나는 전율한다 — 그리고 전율하면서 선언한다
내가 전율한다고 — 그리고 이 선언의 결과
더 심하게 전율하고, 더 심하게 전율하면서,
다시 선언한다, 내가 더 심하게 전율한다고……. 하지만 누구에게? 누구에게 선언하지? 누군가 내 말을 듣겠지…….

하지만 누구인지 모르겠어 — 그리고 사실
나는 여기에 혼자야, 완전히 혼자, 왜냐하면 당신들은 여기 없으니까.

없어! 여긴 아무도 없어! 오직 나 혼자

그리고 혼자, 완전히 혼자……. 오, 울음, 울어라

그래, 눈물, 왜냐하면 나는 혼자, 혼자니까!

브와지오. 그런 말 하지 마……. 왜 그런 말을 하는 거야……?

헨리크. 하지만 만약에 저들이 내 부모라면, 나는 어쨌든

부모님에게 다가가서 뭔가 말해야만 해…….

아버지, 어머니!

아빠, 엄마! 저예요, 헨리크!

전쟁에서 돌아왔어요!

아버지. (내키지 않게) 여보…… 이 애는 헨리크잖아!

어머니. 헨리크! 하느님 맙소사!

헨리크. (돌연히) 아, 말을 했어!

어머니. 이건 대체 누가 성스러운 예감을 받아서 이런 일을

예견할 수 있었겠니, 내 금덩어리, 내 햇살, 내 행복, 오,

내가 늙고 어리석어서 미리 짐작하지 못했구나, 나는

대체 어디에 눈을 두고 있었던 걸까, 하지만 나는 눈이

빠지게 울었단다, 그리고 나는 생각했어, 앞으로 내 눈

이 다시는 너를 못 볼 거라고, 내 햇살, 그런데 이제 너

는 내 앞에 서 있구나 내 강아지, 내 병아리, 내 보물,

얼마나 자랐는지, 이젠 남자로구나, 알렐루야, 알렐루

야, 이리 와라, 한번 안아보자, 내 보물, 병아리, 햇덩어

리, 금덩어리 내 아들, 내 아들, 내 아들…….

헨리크. 이리 오세요, 한번 안아드릴게요.

어머니. 그래, 그래, 우리 안아보자꾸나.

아버지. 자, 우리 안아보자꾸나.

어머니. 이리 와라, 안아보자.

아버지. 잠까……. 잠까……. 이렇게는 안 돼.

헨리크. (순진하게) 하지만 엄마잖아요!

아버지. 엄마든 아니든 멀리 있는 게 좋아.

헨리크. 하지만 저는…… 아들이잖아요.

아버지. 아들이든 아니든 멀리 있는 게 좋아……. 아들이 확실하겠지만, 어쩌면 누가 알겠어, 이 몇 년 동안 아들이 어떻게 변했을지. 안아보려면 잠깐만 기다려야지. (날카롭게) 하지만 아무도 나를 안아볼 수는 없어, 난 아무난 마음 내킬 때 와서 주무를 수 있는 짐덩우리가 아니니까!

헨리크. (브와지오에게) 미쳤어.

브와지오. (헨리크에게) 미쳤어.

아버지. 그리고 난 이렇게 은근 친밀한 행동은 절대로 용납할 수가 없어, 왜냐하면 그러다 마지막에는 거지같이 못되게 굴어서 한 방 낯짜아아아…… 이거나 아니면 전혀 존경심도 없고 배려도 없고 그저 자기 성질머리를 남한테 퍼부을 뿐이라 (힘겹게, 경화증 환자처럼) 그때부터 면상에 들이대고 진을 빼고 괴롭히고, 아, 인정머리 없이 핍박하고, 사정 한번 봐주지 않고, 나이도 있고 마누라가 보는데도 전혀 신경 쓰지 않고 사정없이 악마처럼 못되게…….

헨리크. 미쳤어.

155

브와지오. 미쳤어.

헨리크. (자유롭게, 큰 소리로, 연극적으로)

명백히 부모님은 버텨내지 못하고 미쳐버린
것이다
이 길고 끔찍한 세월 동안.
맞아, 힘들지. 이 세상은
미치광이로 가득 차 있다.

브와지오. (똑같이)

미치광이로 가득 차 있다. 아버지와 어머니들의
최소한 절반은 미쳐버렸지,
고통과 근심과 질병을 견딜 수 없어서.
나 자신도 그런 경우를 많이 알고 있다.

헨리크. 나도 알고 있어!

(창피해하며 침묵) 하지만 어쨌든 부모님하고 뭐라도 이야
기를 해봐야지. (큰 소리로, 관습적으로) 사실 어머니와 아버
지를 첫눈에 알아보지는 못했어요.

어머니. 우리도 그랬다.

헨리크. 첫눈에 알아보지 못한 건, 왜냐하면…… 왜냐하
면…… 뜻밖이라서……. 하지만 아무래도 상관없죠. 그게
중요한 게 아니니까. 그래, 그동안 어떻게 지내셨어요?

아버지. 그저 그랬다. 넌?

헨리크. 비슷해요.

아버지. 그래서 그럼…….

헨리크. 예, 예…….

(침묵)

그럼 이제 우린 뭘 하죠? 여기 이렇게 아무것도 없이 계속 서 있을 수는 없잖아요…….

아버지. 없지.

어머니. 없어.

헨리크. 없죠.

브와지오. (뜻밖에) 난 뭔가 먹었으면 좋겠어.

어머니. 맞다, 너도 참, 우리 여기 서서 어쩌고저쩌고 할 게 아니지, 내가 정신머리를 어디다 뒀담, 당연히 뭐라도 한입 먹어야지, 물론이지, 잠깐만…… 지금 당장 준비하마, 확실히, 잔치를 벌여야지, 헨리크가 돌아왔으니까, 날이면 날마다 있는 일이 아니야, 저기 뭔가 먹을거리가 있을 거야, 잠깐, 잠깐, 여기 식탁이 있고, 여기 동글의자가 있고, 집에 있는 건 뭐든지 다 대접해야지, 사실 대단한 건 없겠다만서도, 상다리 부러질 정도는 못 될 거야, 알렐루야, 알렐루야…….

아버지. 그래, 여보 뭔가 먹을 걸 준비해, 다만 품위 있게, 존경받을 수 있게…… 제대로 할 만큼……. 그래, 성부와 성자의 이름으로, 성모와 성자의 이름으로, 내 아들 식탁으로 오거라……. 하지만 식탁에 아무렇게나 와도 되는 건 아니지……. 식탁은 저기 있고 우리는 여기 있으니께…… 그래 팔을 이미 내밀어봐라, 아들아, 그리고 여보, 당신은 저 젊은이가 이끌고 가도록 하지, 왜냐하면 우리 집안에서는 영원에 영원토록 그렇게 해왔으

157

니까, 아멘. 그럼 앞으로 전진!

헨리크. 좋습니다.

　　(두 명씩 간다)

어머니.

　　　　오래전 사제장 신부님이 부활절 축제 때
　　　　이렇게 날 이끌어주시던 게 기억나는구나…….
　　　　저쪽에 상이 차려져 있었고 손님들 한마음으로
　　　　즐겁게 이야기를 나누었지!

아버지. (천둥 같은 목소리로)

　　　　여러분, 오랜 옛날에는 사람이 식탁에 앉으면
　　　　깨끗하고 하얀 식탁보가 덮여 있었지 — 그런 뒤
　　　　완두콩 수프를 먹었지, 그런데 먹을 때는
　　　　종을 치듯, 혹은 나팔을 불듯 그렇게 먹었어!

브와지오.

　　　　이렇게 산책하는 것도 즐겁고
　　　　서로 목청 높여 고함치는 것도 즐겁고
　　　　그런데 오랫동안 이렇게 팔을 끼고 걸으면
　　　　밥은 언제 먹나요?

헨리크.

　　　　이 행진은 약간 불확실하군. 잘 모르겠어
　　　　내가 아버지를 이끄는지 아버지가 나를 이끄
　　　　는 것인지
　　　　그리고 이 만남은 이상한 형태로 이루어지는데
　　　　그래도 전체적인 분위기에 맞춰야겠지…….

모두들.

> 그래, 전체적인 분위기에 맞춰야 해!
> 모두 다른 사람에게 맞춰주도록 해! 그때서야
> 진짜 잔치가 시작되는 거야!

헨리크. 이상해!

(식탁에 자리 잡고 앉는다)

어머니. 헨리크, 미안하다, 그리고 너도, 브와지오, 식탁이 변변치 못해…… 당장 있는 걸로 어떻게든 해봐야지. 이건 말 내장과 고양이 오줌으로 만든 수프란다.

아버지. 조용히 해, 여보, 조용히 해. 이 애들한테는 지금 그게 중요한 게 아냐. 헨리크, 너도 분명히 눈치챘겠지만 이 길가의 여인숙답고 여관 같은 주막에서 우리는 약간 강압적인 처지에 놓여 있단다 — 왜냐하면 너도 봤겠지만 돌풍이, 눈보라가 불어 길을 뒤덮고, 허공, 협곡과 무덤…… 아들아 너는 숟가락질을 멈춰라, 네 아버지가 아직 숟가락을 입에 대지 않았다.

헨리크. 이 여인숙…… 어떤 기억이 떠오르려고 해.

아버지. 그만둬, 내버려둬라.

어머니. 없어.

브와지오. 없다.

헨리크. 아무것도.

아버지. 부정확하네.

어머니. 왜곡됐네.

브와지오. 망가졌네.

헨리크. 뒤틀렸네.

알았어, 알았어, 알았어, 다들 미쳤어. 하지만 미쳤을
수가 없어, 왜냐하면 아무도 없고 나는 꿈을 꾸고 있
으니까…… 그리고 이 사람들이 없다는 가장 좋은 증
거는 내가 이 사람들 앞에서 그들이 없다고 말하고 있
다는 사실이야 — 이들은 단지 내 머릿속에만 있는 거
야 — 오, 내 머리야! 난 계속 혼자서 말하고 있어!

브와지오. 뭐라고? 넌 계속 혼자서 말하고 있다고?

헨리크. 아무래도 상관없어! (먹기 시작한다)

아버지. 숟가락질을 멈춰, 내가 아직 숟가락을 입에 대지
않았으니까.

헨리크. 어머니, 아버지 — 이런 꿈은 정말 얼마나 괴로운
지 — 어머니, 아버지 — 내 문제만 해도 충분하지 않냐
말이야 — 어머니, 아버지 — 벌써 오래전에 둘 다 뒈진
줄 알았는데 — 안 뒈졌을 뿐만 아니라 여기 이렇게 내
앞에 나타나다니…….

아버지. 너는 정 많고 고귀한 청년이지만, 그렇다고 해도
밥상머리에서 널 낳은 부모한테 맞먹으려 들어서는 안
된다…….

헨리크. 그리고 난 가족에게 돌아가지 않을 거야. 나한텐
이미 가족이 없어. 난 이미 아들이 아냐.

아버지. (설교하듯) ……대저 너는 아들이 아버지 앞에 응당
보여야 할 경외심도 사랑도 없으며, 아버지는 영원토록
아멘 불가침의 신성성으로 신성화되어 아들이 엄청난

헌신을 바쳐야 하며 그렇지 않을 시 영구히 벌을 받을
것이다…….

헨리크. 나는 전쟁의 아들이오!

아버지. 그리고 아버지의 신성한 손을 모독하는 자는 그 죄
　가 실로 끔찍하여 입에 담을 수 없으며 너무나, 아, 지
　옥과도 같고 악마와도 같고 사람답지 못하여 자자손손
　하느님과 자연이 내린 무시무시한 비명 속에, 한탄 속
　에, 수치와 고뇌 속에 재앙 입고 저주받고 내던져지고
　남겨져 버려지고…….

헨리크. 저 늙은이는 내가 죽일까봐 무서워하는군…….

아버지. 수프가 맛있네.

헨리크. (브와지오에게) 저 아버지를 두들겨줄 수 있어?

브와지오. 네가 할 수 있으면 나도 할 수 있지.

아버지. 소금 좀 줘.

헨리크. 그 때문에 양심의 가책을 느끼지는 않겠어?

브와지오. 나 혼자였다면 느꼈겠지만, 둘이서 무슨 일을 하
　면 안 그래, 둘이면 서로 따라 하니까.

아버지. 나는 내장탕을 실컷 먹는 걸 좋아했지.

헨리크. (브와지오에게) 하, 하, 하, 말 잘했다. 확신을 주는
　군 — 마음에 들어 — 하, 하, 하, 네가 한 말이 마음에
　든다. 하지만 그 얘기가 아니야. (점점 불안해하며) 그래,
　전혀 그런 얘기가 아니야. 여기서 중요한 건 전혀 다
　른 거야. 빌어먹을, 이게 어떻게 돌아가는 건지 나도 모
　르겠지만 이 모든 일이 끔찍하게 괴로워, 왜냐하면 뒤

틀려 있거든 — 이해하겠어? — 꽉 잠기고 막혀 있다고, 그래, 틀어막혔어…… 가면에 가려지고…… 하지만 여기에 우리 말고 또 누군가 있는 것 같으니 내가 들여다보고 밝혀내고 알아맞힐 거야……. (방 안쪽 깊은 곳에 등잔 불빛을 비춘다. 만카, 의자에 앉아 잠들어 있는 모습이 나타난다)

헨리크. 저 여자애는 뭐죠?

어머니. 아……. 심부름하는 여자애란다.

헨리크. 심부름?

어머니. 식모야…… 하녀……. 만카, 여기 먹다 남은 찌꺼기랑 소시지 갖다 창가의 고양이한테 줘라……. (아버지 몸을 긁는다) 또 가려워요?

헨리크. 그러고 보니까, 여러 가지 조금씩 이야기를 하고 있으니 말인데……. 지인들은 살아 있나요?

아버지. 몇몇은.

헨리크. 그러면 말씀 좀 해주세요, 궁금해서 그러는데요…… 마니아는 어떻게 됐나요, 혹시 아시나요, 마니아? 마니아, 저하고 약혼했던, 여기 있었던…… 휴일에 여기 놀러왔던…… 그리고 저도 그녀와 함께 여기 있었는데…….

아버지. 거기 소시지 없는데.

어머니. 누가 훔쳐갔나?

만카. (다가온다) 창가에 없어요.

어머니. 그럼 방으로 가, 하지만 너무 오래 앉아 있지는 마라, 그랬다간……. 먼저 그릇부터 치워.

헨리크. 이름이 뭐지?

만카. 만카.

아버지. (의미심장하게) 만카.

어머니. (똑같이) 만카.

아버지. 심부름하는 여자애란다, 헨리크.

어머니. 모든 종류의 일을 다…… 시키고 있지…….

아버지. 통상적인 심부름을 해주는 계집애야.

어머니. 시중을 들지. 손님들에게.

아버지. 심부름을 하고 시중을 들어…… 만카…….

어머니. 만카…….

아버지. 만카…….

헨리크. (브와지오에게, 조용히 슬픈 목소리로) 이걸 어떻게 생각
　　해?

브와지오. (조용히 무기력하게) 내가 아나……. 내가 알아…….

헨리크. (브와지오에게) 하지만 난 확실히 알아!

브와지오. (헨리크에게) 그녀가 맞다면 어째서 스스로 그렇다
　　고 말하지 않는 거지……. 우리를 잊어버리진 않았을
　　거 아냐……. 가서 불러봐.

헨리크.

　　　　아냐.
　　　　어떻게 내가 다가가서 그녀를 부르겠어, 만약
　　　　그녀가 이미 벌써 없다면
　　　　그녀는 있었지만…….
　　　　오, 이런 비열한 일이!

163

내겐 고귀한 아버지가 있었고 어머니도 그러했고
약혼녀도 있었는데, 지금은
아버지는 괴상망측한 모습이고 어머니는 의심
스럽고
약혼녀는 매춘부의 모습 안에 빠져버려
매춘부에게 왜곡되고 살해돼서, 영원히
매춘부 안에 갇혀버렸다……. 오, 이렇게 비열
할 수가!
지독한 짓이야! 사악해! 저열해! 하지만 가장
좋은 건
나에겐 아무래도 상관없다는 거지……. 들어봐
내가 얼마나 가볍게 말하는지. 내겐 아무래도
상관없어.

브와지오. (가볍게) 나도 그래!

헨리크. (가볍게)

사실,
어떻게 행동해야 할지 모르겠어,
약혼녀가 매춘부로 변해버렸을 때는.

브와지오. 대단할 게 뭐 있겠어!

헨리크.

대단할 게 뭐 있겠어!
바로 그거야, 대단할 게 뭐 있겠어 — 어차피
이 모든 건 사소할 뿐이야.

브와지오.

사소하지!
수백만 명의 여자아이들이 똑같은
모험을 겪었어.

헨리크.

바로 그거야!
수백만의 약혼자들이 나하고 똑같은
입장에 처해 있어.

브와지오. 온 세상에서!
헨리크. 바르샤바와 베이징에서!
브와지오. 마인츠와 바르셀로나에서!
헨리크. 파리와 런던에서!
브와지오. 푸우투스크와 키이프에서!
어머니. 베네치아와 코블렌츠에서!
아버지. 피오트르쿠프와 크라쿠프에서!
브와지오. 루블린과 콘스탄친에서!*
헨리크. 자 그럼 춤추자!
모두. (갑자기) 그래, 춤추자!
헨리크.

아들이 집으로 돌아왔지만, 그러나 집은
이미 집이 아니고
아들도 아들이 아니다. 그러면 대체 누가

---

* Pułtusk, 폴란드 동북쪽 도시. Kiiv, 우크라이나 수도. Koblenz, 독일 서부 도시.
Piotrków, 폴란드 중부 소도시. Kraków, 폴란드 남부 도시. Lublin, 폴란드 남동부 도시.
Konstancin, 바르샤바 인근 중부 소도시.

어디로 돌아온 거지?

모든 기억을 던져버려! 전진!

아무도 아무 데도 돌아가지 않게 하라!

(정적)

내가 여기 그녀와 함께 앉았었는데, 이제 다시 여기에 앉아 있다 — 하지만 이제 어쩌지? 이미 없어. 사라졌어. 있는 건 뭔가 다른 것이고 내일이면 또 다른 게 있을 거야. 반복할 가치가 없어.

(정적)

브와지오. 반복할 가치가 없어!

헨리크. (낭만적으로)

이 의자가 보여? 여기 내가 그녀와 함께 앉았었지

그 기억에 남을 저녁에! 여기 어머니,

여기 내 아버지가 앉아 있었어! 바로 이렇게

지금 앉아 있듯이.

모두들 기억하세요?

기억에 남을 그 저녁, 마지막 저녁을

우리가 함께했던 저녁을?

어머니. 아, 확실히 기억하지, 확실히 기억한다, 아들아……. 난 바로 여기 앉아 있었고, 저녁 식사로 신 우유를 마셨지…….

아버지. 나는 여기 앉아 있었어.

브와지오. 난 여기…… 여기 이 의자에 앉아 있었어, 왜냐

166

하면 창문을 쳐다보면서 파리가 있다고 말했으니까. 이렇게 지금 모든 일이 다 떠오르다니!

헨리크. 그리고 나는 여기…… (앉는다) 빵에 버터를 바르고 있었지. 그리고 그녀는 여기 내 곁에……. 나는 빵에 버터를 바르고 있었어. (브와지오에게) 넌 왜 안 앉아? 앉아. 난 빵에 버터를 바르고 있었어.

그리고 내가 말했지 — 쉬링그.

쉬링그가 또 그 주사에 대해서 물어봤어.* 우리가 그다음에 무슨 얘기를 했는지 기억하세요?

아버지. 내가 뭔가 말을 했는데, 이미 머릿속에서 사라져버렸다.

어머니. 당신은 기억이라는 걸 못 하지만, 나는 기억해요……. 뭔가 말했는데, 뭐였지? 아! "소매"라고 했어…… 다른 말 없이 그냥 "소매", 왜냐하면 하필 바로 그때 소매로 샐러드 그릇을 비볐거든.

아버지. 그거야, 그거, 그거! "소매"라고 했어, 명예를 걸고 맹세해! 당신 기억력이 대단하군.

헨리크. 그리고 저는 그 순간 손가락으로 식탁을 두드리기 시작하면서 "석 달 뒤에 제 결혼식이에요"라고 말했죠.

---

* 헨리크 쉐링그(Henryk Szeryng, 1918~88)는 폴란드의 바이올린 연주자이다. 「결혼식」의 주인공과 이름이 같은 이 연주자의 성은 그 발음이 영어 단어 '주사기(syringe)'의 발음과 비슷하다. 즉 곰브로비치는 '기억'을 주제로 하는 이 대화에서 연상 작용을 이용한 언어유희를 하고 있다.

어머니. 말했지, 내 병아리, 말했지, 그 말이 네 입에서 나왔지, 그렇게 이야기했지! 그리고 나는 찻잔을 내려놓고 파리를 쫓고 나서 말했지. "헨리크 너는 또 뭐? 너희들이 뭐? 약혼했다고? 하지만 그건……." 아냐, 가장 먼저 이렇게 말했지. "뭐라고 하는 거냐 헨리크……? 설탕 좀 주렴."

아버지. 그래, 그래, 그리고 내가 그때 말했지. "그럼 둘이 잘 살라고 해, 여보. 통곡할 일은 아니잖아. 한잔해야지! 너희들 아직 좀 어리지만 뭐 괜찮겠지! 여자애가 새빨개졌네. 부끄러워서 작약처럼 빨갛게 됐어, 하, 하, 그것 참!"

어머니. 그때 여자애가 뭐라고 말했었죠.

헨리크.

> 그래요, 그녀가 뭐라고 말했었죠, 하지만 그녀는 없어요.
>
> 결혼식은 망쳤어요. 끝이에요. 없어요.
>
> 저기 숨어 있어요, 옷장 옆에! 이쪽으로 오려고 하지 않는군요.
>
> 할 수 없지! 내 곁에는 공허와 진공뿐. 그녀는 저쪽에서 얼굴을 찡그리고.
>
> 그럼 전진! 앞으로!

모두들. (마니아만 제외) 전진! 앞으로!

아버지. 젠장, 빌어먹을, 염병할 노릇이군.

헨리크. (브와지오에게) 어쩔 수가 없어, 그녀는 평범한 하녀

일 뿐이야, 알겠어?

브와지오. 하녀라면 하녀겠지.

헨리크. 분명히 하녀라면 하녀겠지.

브와지오. 게다가, 물론…… 꽤 괜찮아…….

헨리크. 괜찮으면 괜찮은 거지.

브와지오. 그녀는 여기서 잠을 자나?

헨리크. 그녀는 여기서 잠을 잘까?

브와지오. (장난스럽게) 차를 마셨으면 좋겠는데…….

　　(마니아에게) 이봐요…… 이봐…….

아버지. 뭘 그렇게 살살 부르고 있어? 그렇게 부를 필요 없
　　어. 뭐가 필요하면 나한테 말해. 단지 아무렇게나 내키
　　는 대로 굴지는 마, 여기는 여관이 아니니까…… 오, 오,
　　다들 봤나, 또다시 욕구가 치밀어 오르기 시작해, 이건
　　이 몸뚱이에 내린 천벌이야, 모두 다 그녀를 건드리고
　　싶어 해, 건드리고 비벼대다 못해 국물을 내려고, 그래
　　서 밤이나 낮이나 끊임없이 똑같은 일이 이어지는 거
　　야, 붙잡고 비벼대고 움켜쥐고, 그래서 결과는 말싸움
　　에 말싸움……. (날카롭게) 부탁이니 말싸움만은 하지 마!

어머니. (비명처럼) 이그나찌!

아버지. 부탁인데 붙잡지도 마!

어머니. 진정해요 이그나찌!

아버지. 부탁인데 제발 이 돼지 같은 돼지 새끼들 돼지 소
　　리를 지르면서 저 돼지 년하고 돼지 오줌에 돼지처럼
　　뒹굴면서 돼지 같은 짓을 하지 말라고!

어머니. 저이가 침을 흘리네!

아버지. 돼지, 돼지, 돼지!

(주정뱅이 굴러 들어온다)

주정뱅이. 만카 돼지!

아버지. 나가주시오!

주정뱅이. 만카 돼지 나한테 줘, 나한테 돼지고기를 줘!

아버지. 내가 직접 내보내주마!

헨리크. (반대편에서, 재미있어하며) 만카 돼지!

아버지. (헨리크에게 달려간다) 한 방 먹여주마!

주정뱅이. 만카 돼지 나한테 줘!

헨리크. (사납게) 만카 돼지!

주정뱅이. 돼지고기, 돼지!

헨리크. 돼지 같아!

아버지. 오 하느님 맙소사!

주정뱅이. 돼지!

헨리크. (허공에 대고 강하게 소리친다) 돼지!

브와지오. 돼지!

어머니. (방백) 제발 하느님 맙소사 저 돼지들을 놔두지 마시길!

아버지. (주정뱅이에게) 부탁이니 나가주시오!

주정뱅이. 고슈카* 한 병 내놔!

아버지. (헨리크에게) 부탁이니 나가라!

---

* (wódka) gorzka. 약초와 나무뿌리 등을 넣어 약간 달착지근하고 쓴맛이 나는 폴란드 전통 보드카의 일종.

헨리크. 고슈카 한 병 내놔!

주정뱅이. (더 큰 소리로) 고슈카 한 병 내놔!

헨리크. (더 큰 소리로) 고슈카 한 병 내놔!

아버지. 오 하느님 맙소사!

주정뱅이. 고슈카 내놔 돼지!

헨리크. 고슈카 내놔 돼지!

브와지오. 고슈카 내놔 돼지!

　　(주정뱅이들 등장)

주정뱅이들. 림, 림, 림!

아버지. 여러분, 제발 정신 좀 차리시오!

　　밤이 늦었소. 만카, 문 잠가라!

주정뱅이들. (탁자에 둘러앉는다)

　　　　영국 맥주!

　　　　폭탄주!

　　　　머리 고기!

　　　　보드카 쎈 걸로 더블!

　　　　만카 맥주 가져와! 만카 소시지! 만카 돼지고기!

　　　　만카 머리 고기!

헨리크. (방백) 만카 머리 고기!

주정뱅이들. (노래)

　　　　젊은 안테크가 아이스크림을 가져왔네

　　　　비엘라니에 가져왔네 으랏차차!*

*「젊은 안테크가 아이스크림을 가져왔네」는 폴란드 민요로, 운율을 맞추는 말장난으로
이루어진 노래라 이본(異本)이 많다.

171

아버지. (만카에게) 그거…… 내주지 마라!

주정뱅이. 만카 이리 좀 와봐, 할 말이 있어, 예쁜 만카…….

아버지. 가지 마라.

주정뱅이. 주둥이 닥쳐……. 내가 아가씨를 부르면 아가씨
는 거절한답시고 개씨발 망칠 권리가 없는 거야, 나한
테 꼰대같이 굴 생각이면 내가 밀어내고 밀어붙여서
십자가에 박아주지!

헨리크. (방백) 십자가에 박아줘!

아버지. 잠깐. 잠깐. 허락되는 대로. 만카, 내줘라!

주정뱅이. (아버지를 들여다본다) 겁먹으써.

주정뱅이들. (무감정하게) 겁먹으써.

헨리크. (방백) 겁먹으써.

주정뱅이.

　　　입 닥쳤어어어어…….
　　　줄 맞춰! 행진! 행진!
　　　앞으로, 밟아버려!

　(광란의 행진)

주정뱅이들.

　　　젊은 안테크가 아이스크림을 가져왔네
　　　비엘라니에 가져왔네 으랏차차!
　　　림, 림, 림!

　(아버지 앞에 멈춘다)

주정뱅이.

　　　닥쳐어어어…… 돼지…….

돼지!

겁먹으써…….

사실대로 말하자면 정신이 나가게 겁먹으써

겁먹으써 개씨발 얼굴이 하얗게 질려써!

주정뱅이 2. (음울하게) 겁먹으써.

주정뱅이 3. 겁먹는 걸 겁내는군…….

주정뱅이. 이 자식이 내한테 겁먹으쓰니 그 기념으로 내가
한 대 먹여야지. 안 그래, 마니아 아가씨?

주정뱅이들. 한 대 먹여, 한 대 먹여!

주정뱅이. 그럼 한 대 먹이지!

주정뱅이들. 한 대 먹여, 한 대 먹여!

주정뱅이. 그럼 한 대 먹이지!

헨리크. 한 대 먹여, 한 대 먹여!

주정뱅이. 그럼 한 대 먹이지!

어머니. (공포에 질려) 이그나찌, 저들이 한 대 먹일 거예요,
한 대 먹일 거예요!

주정뱅이들. 자 그럼 밟아줘, 밟아줘!

주정뱅이. 자 그럼 밟아주지!

    (아버지에게 다가간다)

주정뱅이들. 자 그럼 한 대 먹여!

주정뱅이. 자 그럼 한 대 먹이지!

    (침묵)

주정뱅이.

    자 그럼 한 대 먹이려는데, 개지랄씨발 낯짝이

173

완전히 정지돼 있군…….

안 움직여…… 낮짝……. 그리고 안 움직이면,

못…… (마니아에게) 만카…….

여긴 마룻바닥이 아주 크잖아!

주정뱅이들. (음울하게) 안 움직인다…… (마니아에게) 만카…….

주정뱅이. 이 정도로 조용해지다니…….

헨리크. (혼잣말, 큰 소리로) 맞아, 정말로 조용해졌군…….

주정뱅이. 림, 림, 림!

(광란의 행진)

주정뱅이들.

젊은 안테크가 아이스크림을 가져왔네
비엘라니에 가져왔네 으랏차차!
림, 림, 림!

주정뱅이들. 자 그럼 한 대 먹여!

주정뱅이. 자 그럼 한 대 먹이지!

헨리크. (혼잣말로) 이 모든 일이 대체 언제쯤 끝나는 걸까?

주정뱅이. (방백, 전혀 다른 어조로) 금방.

헨리크. (주정뱅이에게) 저기 창문 너머에 뭐가 있지?

주정뱅이. (위와 같은 어조로) 저기엔 넓은 벌판이 펼쳐져 있지.

(주정뱅이들 아버지에게 다가간다)

주정뱅이. 그래 내가 이 손으로 직접 면상에다 똑바로 먹
여주지, 그다음에는 밀어붙이고 침 뱉고 꽉 붙잡아 지
지고 볶아서 밀어젖힐 거야 무서울 게 없으니까 — 만
카…….

174

하지만 이 자식 낯짝이 정지돼 있어!

그리고 정지돼 있으면 어떻게 할 수가……

그런데 이 낯짝 좀 보라지, 낯짝!

주정뱅이 1. 낯짝이 집채만 해!

주정뱅이 2. 신부님 같은 낯짝이야!

(침묵)

주정뱅이 4. (갑자기) 봐, 저 코에 파리 앉았다!

주정뱅이. 그래서 뭐?

주정뱅이 4. 대체 어째서 저 파리들을 안 잡는 거지? 저 파
리들을 참아줘서 어쩌겠다는 거야?

그렇지 않아, 마니아 아가씨?

주정뱅이. 파리 개씨발, 파리 개씨발, 파리 개씨발……

(파리를 겨눈다)

아버지. (아주 조용히) 꿈도 꾸지 마라……

헨리크. (방백, 극적으로) 오, 오, 말을 했어!

아버지. (조용히)

꿈도 꾸지 마라 내가 참지 않을 테니

참지 않겠다

난 견뎌낼 수 없을 거야

견디지 못해, 견디지 않으니까

견딜 수가 없어!

그래서 내가 견디지 않으면 그땐…… 그땐…….

그때는 나도 모르겠다…….

주정뱅이. (비밀스럽게) 그럼 내가 한 대 먹이지, 만카, 한 대

먹일게!

주정뱅이들. (비밀스럽게) 그럼 한 대 먹여, 한 대 먹여!

아버지. (소리친다)

       돼지들!

       가까이 오지 마, 내가 확!

       만약 누가 날 건드리면, 아주 끔찍한

       말을 해주겠다, 아주 끔찍한 말을!

       하지만 그게 어떤 말인지는 나도 모르지. 고함,
       지옥

       지하 감옥, 형틀, 사형집행인과 고문, 저주

       온 세상을 뒤흔드는 비명이

       터져 나와 죽이는 거야, 그렇지, 그렇지,

   왜냐하면 나한테는 안 되니까, 나한테는 안 돼, 안 돼,

   왜냐하면 안 돼, 난 불가침이야, 불가침이라고

       아니면 내가 너희를 저주할 거야!

주정뱅이들. 체, 체, 체, 왕이다, 왕, 불가침의 왕!

주정뱅이들. 다들 왕의 모습을 봤지!

   그럼 내가 널 손꾸락으로 건드려주지!

   안 그런가, 마니아 아가씨?

아버지. (도망치며) 저리 가, 안 그러면 내가 저주할 테다!

헨리크. (돌연히) 서! 다들 멈춰!

   (무대 정지)

헨리크. 정말로 어떻게 행동해야 할지 모르겠군…… (브와지
오에게) 브와지오……. 하지만 보아하니 나는 어떻게든 행

동해야 하는 것 같은데……. (안타까워하며) 이렇게 인위적
으로 말해서 미안해. 하지만 이 모든 것이 인위적이야!

브와지오. (기운차게, 반항적으로)

별일 아니잖아!
뭔가 인위적이라고 해서 너랑 무슨 상관이지
네가 자연적인데!

헨리크.

맞아, 난 자연적이야, 자연적이고 싶어
장엄해지고 싶지 않아! 하지만 대체 어떻게
내가 장엄하지 않을 수가 있지, 내 목소리가
장엄하게 울려 퍼지는데?

(침묵)

무섭게 고요하군.
고요해서 귀가 울릴 지경이야.
그리고 확실히 이상해, 아아 정말
이상한 건 내가 말을 한다는 거야.
하지만 내가 침묵을 지켰다면
내 침묵 또한 이상했겠지.
나는 어쩌면 좋지?
예를 들면 여기 이 의자에
내가 앉는다고 해보자.

(앉는다)

……그리고 자유롭게 농담하고 웃고 팔다리를
움직이기

시작하는 거야……. 아냐, 그래도 소용없어! 인
위적이야

그 움직임과 자연스러움마저도, 그리고 그것들
은 어떤

마술 주문으로 변해버려……. 예를 들어 다리를
이 탁자 위에 올려놓고, 고개를 번쩍 들고 담배를 꺼
내 물고 이렇게 말해보자. 저들이 내 아버지를 때리
고 내 예전 약혼녀를 범하려고 한들 나와 무슨 상관이
지……? 뭣하러 일을 크게 만들어야 해?

부풀리지 말자고!
한 가지 더하거나 한 가지 빼거나……. 견뎌낼 수 없
다고? 아버지가 견뎌낼 수 없는 걸 내가 견디게 해주
지……. 아버지, 아버지…….

아버지가 대체 뭐지? 그건 보통의 **아버지야**
가장 평범한 아버지라고……. 우리는 모두 다 가장 평
범한 사람들이야……. 예를 들어 내가 이런

모든 일을 말하고 좀 더 떠든다고 해보자. 좋
아. 말했지

하지만 그 말소리는

또다시 장엄하게 들려, 나에게 어떤 **진술**로

변해서 이 고요 속으로 가라앉는다……. 아하,
이제 알겠어

내가 왜 말을 못 하고 진술만 하는지. 왜냐하
면 당신들은 여기 없고

난 여기 혼자, 혼자, 혼자야⋯⋯. 난 아무에게도
말하지 않고 인위적으로 되어야만 해
왜냐하면 아무에게도 말하지 않는데 내가 계
속 말하고 있다면 결국
인위적이어야만 하니까.

어떡하지? 앉을까? 아냐. 산책해? 그것도 말이 안 돼.
그래도 어쨌든 내가 이 모든 일과 아무 관계도 없는
것처럼 행동할 수가 없어. 이런 비슷한 경우에는 어떻
게 해야 하지? 나는 무릎을 꿇을 수도 있겠지, 사실 무
릎을 꿇을 수도 있어⋯⋯. 그건 충분히 자연스러울 거
야⋯⋯ 하지만 무릎을 꿇을 수도 있다고 내가 말하잖
아⋯⋯ 그리고 그게 충분히 그렇게 보인다고 해도⋯⋯
하지만 무릎을 꿇을 수도 있다고 내가 말하잖아⋯⋯.

(몸을 조금 돌려 무릎을 꿇는다)

하, 빌어먹을, 무릎 꿇었어, 그런데 뭔가 조용히 무릎
꿇었구나, 날 위해서가 아니라 저들을 위해서, 하지
만 저들을 위해서가 아니라 나를 위해서 마치⋯⋯ 마
치 무슨 사제처럼, 사제⋯⋯ 어째서 그랬는지 내가 알
까⋯⋯.

아버지. (재빨리, 방백) 어째서 그랬는지 내가 아나.

어머니. 아무것도 모르겠군.

주정뱅이. 아무도 없어.

브와지오. 여긴 아무도 아무것도 없어.

헨리크.

179

아무래도 상관없어!

내가 여기 아버지 앞에 무릎 꿇겠어! 그러니 이제 다들

내 무릎 꿇음을 지워봐, 건너뛰어 피해 가봐

내 무릎 꿇음을, 밖으로 내버려봐

내 무릎 꿇음을! (주정뱅이에게) 그를 때려라!

내가 그 앞에 무릎 꿇을 테니까!

주정뱅이 2. 국왕!

어머니. 국왕!

주정뱅이. 국왕!

주정뱅이들. 국왕! 국왕!

헨리크. 국왕이라니 무슨 말이야?

주정뱅이들. (완전히 취해서) 국왕이야, 국왕이다!

('국왕, 국왕'이라는 고함 소리가 빠른 속도로 점점 크게 울려 퍼진다)

(고관대작들 등장)

아버지.

헨리크,

오, 오, 헨리크!

어머니. 오, 헨리크!

고관대작들. 헨리크!

헨리크. 오, 헨리크! (일어선다)

아버지.

고맙다, 내 아들아, 너의 조공을 받아들인다

그리고 다시 한 번 받아들이고 또 받아들인다

180

　　　　그리고 아무래도 충분히 받아들일 수가 없구
　　　　나…….

　　　　(솔직하게) 나는 무척이나 숭배받고 싶었단다.

헨리크. 이 가면극은 뭐지?

　(고요)

아버지. (힘겹게, 저항을 물리치며) 고관대작들!

고관대작들. 국왕 — 국왕!

아버지. 고관대작인 나의 사람들!

고관대작들. 국왕 — 국왕!

아버지.

　　　　고관에 대작스러운 나의 고관대작들! 그러니까
　　　　이제 중정한……
　　　　중정한 인사로 와…… 왕자를 맞이하시오
　　　　왕자인 내 아들 헨리크는 멀리
　　　　전쟁터에서 돌아왔소.

헨리크. 이건 또 무슨 헛소리야?

아버지. (힘겹게, 경화증 환자처럼) 맙소사! 맙소사!

　　나자렛의 예수님! 가장 성스러운 나의 성모마리아님!
　　하늘의 천사들이여! 예수, 오 예수님 맙소사, 맙소사!
　　바로 그 애로구나, 내 아들, 내 혈육, 가장 소중하고 성
　　스러운 내 자식이 방금 나를 해방시켰구나
　　　　이 눈먼 광기에 찬 돼지 같은 돼지들로부터,
　　　　술에 미쳐 광란하는 돼지들
　　　　보기 드문 방탕에 빠진 돼지들이

나에게 덤벼들어 불가침의 내 신체를 그 돼지
같은 손가락으로

건드리려 했지! 내 신체를! 내 신체를! 내 신체는 불
가…… 아무도 건드릴 수 없어…… 그건 안 돼…… 금
지됐어. 아무도 안 돼!

고관대작들. 오 하느님 맙소사!

아버지.

하지만 이젠 건드릴 수 없지!
밀어붙일 수도 지지고 볶을 수도 침 뱉을 수도
없어
왜냐하면 헨리크, 헨리크, 오, 헨리크!

어머니. (의기양양하게) 헨리크!

고관대작들. 오, 헨리크!

헨리크. 오, 헨리크!
이건 점점 더 바보같이 돼가는군…….

아버지.

무릎 꿇어라
무릎 꿇어, 헨리크!

헨리크. 어째서요?

어머니. (날카롭게) 무릎 꿇어, 헨리크!

아버지.

무릎 꿇어, 무릎 꿇어, 나 또한 무릎 꿇는다. 무
릎 꿇어라,
모두 다 무릎을 꿇어……. (무릎 꿇는다)

(고관대작들 무릎 꿇는다)

헨리크. 나 혼자만 서 있지는 않겠어……. (믿을 수 없다는 듯
　주위를 둘러보고 무릎 꿇는다) 이게 어찌 된 일인지는 악마
　나 알겠지. (아버지 바로 앞에 얼굴을 마주하고 꿇어앉았다는 것을
　깨닫는다) 내가 아버지 앞에 무릎 꿇고 아버지는 내 앞에
　무릎 꿇었구나. 이건 광대 짓이야. 원숭이 짓이야! (점점
　분노하며) 구역질 나는 짓이야!

아버지. 기다려, 난 이쪽이 아냐. (헨리크에게 등을 돌리고 꿇어
　앉는다) 난 하느님 앞에 무릎 꿇는 거야! 하느님께! 나는
　가장 높으신 하느님과 성스러운 삼위일체와 그분의 마
　르지 않는 선과 가장 성스러운 자비와 높으신 은혜 앞
　에 이 몸을 바친다……. 아아, 헨리크, 헨리크…… 그분
　안에 피난처가 있고 그분 안에 기쁨이 있고 그분 안에
　우리가 몸을 피할 곳이 있다…….

　　　　나의 아버지
　　　　저는 당신의 아들입니다
　　　　당신은 저의 아버지입니다…….

헨리크. 기도하는군.

아버지. 당신은 저의 왕이십니다!

헨리크. 이제는 일어설 수가 없군, 그럴 분위기가 아니니까.

아버지.

　　　　나의 아버지, 나의 왕에게 맹세합니다
　　　　사랑과
　　　　명예와

존경을.

헨리크. 하느님께 맹세하는데 어쩐지 내가 아버지에게 맹세하는 것 같군. (큰 소리로) 이젠 지겨워. (일어선다)

아버지. 헨리크, 헨리크……. 나의 아버지, 저는 당신 앞에, 저는 당신과 함께 있습니다. 저는 당신을 버리지 않겠습니다, 나의 아버지, 그러니 당신은 그 대신…… 당신은 그 대신 제 여자를, 제 사랑을 저에게 돌려주십시오, 아멘, 아멘, 아멘…… 그래서 기품 있게…… 그래서 올바르게 될 수 있도록…….

헨리크. 이건 뭐지? 하느님께 속삭이는 건가 아니면 내 귓가에 말하는 건가?

아버지. 약혼녀를 저에게 돌려주옵소서!

헨리크. 약혼녀를 나한테 돌려준다고?

아버지. 저에게 결혼식을 허락해주소서!

헨리크. 결혼식을 허락해?

아버지. 기품 있는 결혼식을 주소서…… 우리 집안에서 항상 이루었던 지대로 된 결혼식을……. 옛날처럼! 모든 일을 옛날 시절처럼! 결혼식을 주소서, 깨끗하고 더럽혀지지 않고 품위 있는 내 처녀, 하느님이 내리신 내 여자와…… 기품 있는 결혼식을…….

(모두 천천히 일어선다)

헨리크. 결혼식?

아버지. 결혼식.

어머니. 결혼식.

헨리크. 결혼식?

아버지. 결혼식.

어머니. 결혼식.

고관대작. 결혼식.

어머니. 결혼식.

고관대작. 결혼식.

헨리크. 결혼식?

(아버지와 어머니 웃음을 띠고 밝은 표정으로 부드럽게 그를 쳐다본다)

아버지.

성부의 이름으로

그리고 성자의 이름으로! 모두들 보이나

저기 저 아가씨가, 겉모습은

평범한 하녀와 같았지만 변하는 것을?

여인숙 같은 주막의 하녀를?

고관대작. 보입니다, 폐하.

아버지. (격렬하게, 마치 덤벼들듯이)

저건 절대로

창녀도 하녀도 아냐! 고귀하고

겸허하며 불가침의 아가씨이시다, 바로 이

야비한 불한당들에게 붙잡혀서

갇히고 시달리고 눌리고

저들이 침 뱉고 하녀로 삼았지, 후,

하느님과 인간에게 모욕당했다……. 천둥, 번

개여! 돼지들!

이건 돼지가 아냐! 여러분, 조금이라도

양심이라는 걸 가지시오! 이해라는 걸 해보시오!

연민의 정을 가지시오! 그 때문에 내가 말하고 명령한

다, 온 힘을 다해 명한다, 최종적으로 말한다, 모두에게

말한다

그녀를 이전의 지위로 끌어올리고

존경하도록 명하겠다

나를 존경하듯 그렇게, 가장 더없이 성스러운

처녀로서 숭배하라, 그 불가침의 이름으로 그

리고

성부와 성자의 이름으로!

헨리크. (브와지오에게) 이건 그냥 꿈이겠지, 단지 꿈일 거

야…… 심지어 좀 순진한 것 같기도 하지만 설마 무슨

해를 끼치겠어.

브와지오. 맞아! 꿈이고 네가 즐길 수 있다면 무슨 해를 끼

치겠어.

헨리크. 즐길 수 있다면.

(이때 아버지, 어머니, 마니아, 고관대작들이 그를 둘러싼다)

어머니. 오, 얼굴이 붉어졌구나!

아버지. 하, 하, 하, 부끄럼을 타는군……. 그래, 그래, 그래,

헨리크, 시선을 들어라, 시선을 들어…….

헨리크. 왜요?

아버지. 내일이 결혼식이니까…….

헨리크. 하지만 전 모르겠어요…….

아버지. (방백) 쉬이이잇…… 어쨌든 네가 무슨 거지 같은 년하고 돼지우리에서 뒹굴 건 아니잖냐, 최대한 기품 있는 아가씨와 결혼을 해야지……. 우리 집안에선 항상 기품 있는 결혼식을 치렀어. 내가 네 어머니와 제대로 된 결혼식을 치렀으니 너도 그렇게 해야 한다……. 두고 봐라, 헨리크, 다 잘될 테니까……. (큰 소리로) 이렇게 다정하게 대해주니 고맙구나, 내 아들아…… 이제 금방 네 결혼 잔치가 다가오니 또한 내 기쁨과 네 어머니, 내 아내의 기쁨도 커지는구나, 그리고 저기 오래전에 지나가버린, 시달리고 잃어버린 것은 사라져 없어져라, 전에도 없었고 지금도 없고 앞으로도…….

어머니. (아주 큰 소리로) 알렐루야!

(음악. 결혼행진곡. 아버지와 어머니, 헨리크과 마니아, 브와지오와 고관대작들 장엄하고 섬세하게 행진하며 무대를 가로지른다)

헨리크. (아주 큰 소리로)

이보다 더 이상한 일을 상상이나 할 수 있을까
망상의 안개 속에서 장난스러운 행진의 흉내를 내다니?
그런데도 나는 기쁨이 넘치고 심장이 노래한다
이 행진은 나를 옛날의 그녀에게 데려다주니까.
(모두에게) 미안합니다, 나는 삼류 시인이에요.

어머니.

이런 순간에는 어머니의 마음이 기뻐하는구나
그토록 오랫동안 무관심 속에 버려져 있던 그

　　　　　　　마음이!

아버지.

　　　　　음악이 울리고 쌍쌍이 줄지어 돈다
　　　　　마치 무슨 무도회처럼! 옛 시절이다!
　　　　　신사 여러분 나를 따르라! 하느님을 따르라!
　　　　　멈추지 마시오! 계속 따르시오!
　　　　　그리고 전진, 전진! 앞으로, 계속!
　　　　　온 힘을 다해서! 그리고 발걸음을 맞춰서!
　　　　　활기차게, 신사 여러분, 멋지게
　　　　　멈추지 말고! 계속 가시오!
　　　　　앞으로, 앞으로, 전진, 전진!

　　　(주정뱅이를 본다)

　　　　　서라, 서라, 서! 그가 여기 서 있다! 여기서 들
　　　　　여다보고 있어!
　　　　　체포해라, 붙잡아서 처넣어
　　　　　어둡고 칙칙하고 비밀스러운
　　　　　문 잠긴 감옥에! 가만 안 둬!
　　　　　가만 안 둔다!

주정뱅이. (격렬하게) 가만 안 둔다!

아버지. 네가?

　　　날?

주정뱅이. 내가 널 건드려줄 테다…….

　　　(마니아에게) 안 그런가, 만카 아가씨?!

아버지. 돼지!

주정뱅이. 돼지!

아버지. 돼지!

막

제2막

(커다란 방에 어스름)

헨리크. (기둥에 기대어)

　　　꿈의 의미를

　　　맞춰본다…….

(반쯤 가려진 그림자 속에서 고관대작들이 둘씩 짝지어 무대를 가로질러 계단 위로 올라선다. 계단 꼭대기의 높은 연단은 어둠 속에 가려 보이지 않는다)

고관대작 1. 하녀가 하녀답게 하녀 일을 했군!

고관대작 2. 그리고 왕은 여인숙의 여관 주인이고 만질 수 있지!

　　　(건너간다)

고관대작 3. 결혼식이 곧 시작될 거야.

고관대작 4. 결혼식? 이건 코미디로군!

　　　(건너간다)

고관대작 5. 우리의 바보스러움을 하녀 일 하는 하녀의 수치 속에 들이대면서 대체 얼마나 더 오래 바보짓을 해야만 하는 거지?

고관대작 6. 그 주정뱅이는 왕궁에서 도망쳐서 근처에서 돌아다니고 있어.

　　　(건너간다)

(아버지가 가까이 간다)

헨리크. 아버지!

아버지. 그래 나다, 헨리크…… 결혼식이 마련되고 있어. 이제 금바* 눈이 휘둥그레질 만한 결혼식을 열어주마……. (손가락으로 어둠 속을 가리킨다) 저기서 이미 결혼식이 마련되고 있지. 세게 버텨라!

헨리크. 하지만 대체 무슨 결혼식이죠, 누가 주관하고 어디서, 어떻게 한다는 거죠?

아버지. 누가? 주교다. 제대로 하려고 주교를 데려왔고 모든 걸 다 잘 생각해두었어, 그러니 체통을 지켜라, 헨리크, 체통을 지켜…… 하느님께 맹세코 얼간이 짓을 해서는 안 된다, 그랬다간 결혼식에 마가 껴서 엉망진창이 될 테니……. 기억해라, 여기 네 아버지만 걸려 있는 게 아니라 네가 사랑하는 아가씨도 걸려 있다는 걸…….

헨리크. (자기도 모르게) 가끔은 이 모든 일이 대단히 현명한 것 같아 보이지만, 또 가끔은…….

아버지. 쉬이이잇……. 헨리크, 너만은 날 배신해서는 안 된다, 여기 배신자만큼은 충분히 넘쳐나니까……. 날 웃음거리로 만들지 마라, 헨리크…… 왜냐하면 여긴 배신…… 배신…… 배신……. 반역!

(물러나서 계단 위로 올라간다)

헨리크. 나 자신의 감정을 모르겠어!

* 150쪽 각주 참조.

(조명. 아버지가 자문 위원과 조신들에게 둘러싸여 높은 연단 위에
나타난다. 고관대작들의 얼굴은 만화처럼 보일 정도로 표정이 뚜렷
하다―그 표정은 현명하면서도 비웃음을 띠고, 옷차림은 화려하지
만 광대극에 가깝게 현란하다)

헨리크. 이 얼마나 대단한 광경인가!

(왕좌 앞으로 나아간다)

제가 왔습니다!

아버지. 헨리크!

자문 위원과 조신들. 오, 헨리크!

헨리크. 오, 헨리크!

아버지.

헨리크, 내 아들아, 이제 너의 혼인 예식을
시작하겠다. 이제 곧 처녀들의 행진을 따라
너의 영원토록 한 몸이 될
처녀가 들어올 것이다
아멘, 아멘.

어머니. (열성적으로) 아멘.

수상. (현명하고 고귀하게)

아멘.
이것은 중요하고 숭고한 선언입니다.

고관대작-반역자. (방백)

아멘.
이건 바보 같고 웃기는 선언이야.

아버지. (마치 겁내는 것처럼) 내가 말하잖아

193

곧 거행될 거라고. 금방. 왜냐하면 꼭 거행되어야 하니까 내가 그렇게 명령했으니까, 선언했으니까…….

하지만 마치 누군가 훼방 놓으려는 것 같군……! 휘이, 저리 가라, 사악한 개들아, 휘이, 저리 가, 불한당들아!

　　오, 오, 나의 자문 위원 여러분! 모두 알다시피
　　여기엔 비열하고 사악하고 타락한 여관의
　　주정뱅이 돼지 같은 침 흘리는 돼지들투성이요
　　이미 나를 공격하고 건드리려 했지
　　나의 옥체를!

자문 위원과 조신들. 오오 예수님!

아버지. 내가 왕인데도 불구하고!

자문 위원과 조신들. 오오 예수님!

아버지. 내가 불가침인데도 불구하고!

자문 위원과 조신들. 오 그럴 수가 예수님!

아버지. (힘겹게, 경화증 환자처럼) 맙소사, 맙소사, 불경한 신성 모독이 너무나 끔찍해서 도저히 참아줄 수 없다, 생각 도 할 수 없다, 용서할 수 없구나. 게다가 또 그 돼지 같은 주정뱅이 돼지 새끼가 왕궁을 빠져나가 도망쳤지, 경비병도 술 마시고 취해 버렸으니까……. 나의 자문 위원 수상은 경비병들에게 궁성 문을 잠그고 바짝 경계하라 명하시오, 주둥이에 술을 들이부으면 아무것도 모르게 돼버리니까! 가렵군. 성문을 잠그라 하시오.

고관대작-반역자. (돌연히 뻔뻔스럽게)

　　하, 하, 하, 이럴 수는 없어

또 하, 하, 하!

반역자들. 또 하, 하, 하!

아버지. 무슨 일이지?

고관대작-반역자. 용서하십시오, 폐하, 용서하십시오, 폐하, 하지만 폐하께서는 그따위 주정뱅이 나부랭이 때문에 성문을 잠그실 수는 없습니다, 그랬다가는 폐하께서 주정뱅이 나부랭이를 두려워하신다는 뜻이 될 테니까요, 하지만 그런 생각은 생각도 할 수 없는 법이지요, 폐하의 위엄에 손상이 갈 테니까요, 그리고 폐하께서는 폐하의 위엄에 손상을 주실 수 없으니까요…….

반역자들. 말 잘했다!

아버지. 뭐, 뭐, 뭐?

난 그저 그런 생각이 떠올랐을 뿐이야, 왜냐하면 그 주정뱅이 돼지 새끼가 감히 건방지게 굴었으니까…… 하지만 안 된다면 안 되는 거지. 하, 돼지들, 너무 마음대로 행동하지만 마시오……. 그 풀밭에서 뭐가 찍찍거리는지 내가 다 아니까!

> 그런 방법은 난 필요 없네
> 이 으식은 이렇게 화려하고
> 탁월하고 고귀하고 장엄하고
> 군주로서 내 위엄을 높여줄 테니까, 여기엔
> 아무 말 뼈다귀나 들여보낼 수 없지……. (도취되어) 나팔을 불어라
> 아들이 아버지를 찬양하며 혼인의 예를 치르니

국왕인 나의 결정으로, 오, 오, 나의
가장 높은 결정으로, 앞으로, 앞으로
한 방 먹여!

자문 위원과 조신들. (광기에 차서 일어서며)

앞으로, 앞으로!
한 방 먹여!

아버지. 일어나, 일어나, 잘되려면 모든 일을 미리 계획해
둬야 하니까……. 가려워. 나의 자문 위원 수상은 나 좀
긁어줘. 으식용 외투가 어디 있지? 내 아들에게 으식용
외투를 입히고 위대한 왕자의 모자를 씌우고 성시러운
검을 채우시오!

고관대작 2. 아멘.

고관대작 3. 현명하군.

고관대작-반역자. (방백) 이건 장화처럼 멍청해!

고관대작 2. 이 고귀한 청년을 저렇게 차려입히면 강력하고
도 장엄하게 보일 거야.

고관대작-반역자. 우스꽝스럽고 멍청이같이 보이겠지만 그
건 그쪽 사정이지.

(잠시 중단)

헨리크. 내가 이걸 입어야 한다고? (브와지오가 의상 등을 건네준다)
아, 너구나?

브와지오. 접니다.

헨리크. 넌 누구지 — 그러니까, 넌 뭐지?

브와지오. (어색하게, 마치 부끄러워하는 듯) 저는 와…… 왕자님

196

을 보필하라는 명을 받고…….

헨리크. 너하고는 말을 할 수가 없다. 난 창피해…… 창피
스럽게 느껴져……. 모자 이리 줘. 나 이상해 보이지,
안 그래?

브와시오. 괜찮아요.

헨리크. 성스러운 검을 채워줘. 이건 코미디이지만 아무래
도 상관없지. 중요한 건 내가 그녀와 결혼한다는 거야.
(그리고 동시에 이 "한옆에서 / 방백" 대화는 마치 왕과 조신들의 존
재를 잊어버린 것처럼 목소리가 커지고 분명해진다)

브와지오.

확실히, 아무래도 상관없어
중요한 건, 네가 그녀와 결혼한다는 거지.

헨리크.

난 주위 상황에 적응해야 해, 하지만 설마
내가 이 난리를 진지하게 받아들인단 생각은
하지 마……. 그보다는
호기심에 하는 거야, 어떻게 되나
보고 싶어서, 못할 게 뭐가 있어
재미있게 노는 건데…….

브와지오.

당연하지
재미있는 게 훨씬 낫지
지루한 것보다는…….

헨리크. 바로 그거야!

197

(예식용 의상 차림으로 왕을 향해 돌아선다. 반역자들 웃음. 날카롭
고 조롱하는 듯한 욕설이 들려온다)

반역자 1. 광대!

반역자 2. 얼간이!

반역자 3. 미치광이!

아버지. (거칠게)

　　　　입 다물어어어어!

　　　　다들 주둥이 닥쳐! 목소리 내지 마!

　　　　내 아들의 목소리는 허락하겠다

　　　　생각을 말해봐라. (겁에 질려) 말해봐라, 헨리크.

헨리크. 무슨 말을 해야 하죠?

아버지. (한껏 겁에 질려) 헨리크, 말을 해라, 하지만, 자비로우
　　신 하느님, 제발 현명하게 말을 해봐⋯⋯. 현명하게 말
　　해보라고! 입 다물어어어어 돼지들아, 내 아들이 뭐라고
　　말하는지 잘 보란 말이야⋯⋯ 너희들이 지금 어디 있고
　　누구 앞에 있는지 내 아들이 깨닫게 해줄 거다, 가르쳐
　　줄 거야. 말해봐라, 헨리크, 하지만 현명하게, 현명하게
　　말해봐⋯⋯ 그렇지 않으면⋯⋯ 우린 바보짓 하는 거야.

헨리크. 그래서요?

아버지. 저들이 바로 그걸 기다린단 말이다!

　　(기대감)

고관대작-반역자. 그는 바보 같은 말을 할 거야, 왜냐하면 바
　　보 같아 보이니까.

고관대작 2. 그는 현명하게 말할 거야─봐, 얼마나 현명해

198

보이는지.

(기대감)

헨리크. (천천히)

사실

뭐라고 말해야 할지 모르겠지만, 곧 알게 되겠죠

내가 뭐라고 말했는지.

그룹 1. 굉장한 생각이군!

그룹 2. 바보의 생각이야!

헨리크. (생각에 잠겨)

나는 멍청한데

그래도 현명하게 말해야만 하다니…….

모두들. 저건 고백이야…….

헨리크. (솔직하게)

또다시 내가 하는 말이

정말 이상하게 힘을 가지는군요, 나는 여기서

나 혼자 여러분에게 말하고 있는데. 하지만 대

체 내가 무슨 말을 해야 하지? (독백) 만약 내가

현명하게 말한다면 그때는 지금 이게 바보 같

아질 거야, 왜냐하면 난 바보 같으니까. 하지만

만약 뭔가 바보처럼 말한다면…….

아버지. 안 돼, 안 돼, 헨리크!

헨리크. (독백) 만약에 내가 이 최고의 위엄을 높이 지킬 능

력이 안 된다면 이 위엄은 내 코미디의 가장 낮은 곳으

로 떨어질 수밖에 없어. 현명한 말을 아무것도 생각해

낼 수가 없어. 그저 하찮은 생각과 하찮은 말들뿐……
잠깐! 뭐라고 할지 알겠다.

> (모두에게) 내 말들은 하찮을지라도
> 여러분의 엄숙함 속에
> 메아리치며 자라날 것입니다
> 말하는 사람의 엄숙함이 아니라
> 듣는 사람의 엄숙함 속에서.

그룹 1. 말 잘했다!
　현명하게 말했어!

헨리크.

> 나는 바보같이 말하지만
> 여러분이 내 말을 현명하게 들어줘서 그 덕분에
> 나는 현명하게 되었습니다.

자문 위원과 조신들. 현명하다! 현명해!

어머니. 어쩜! 머리가 좋아!

헨리크.

> 나는 명예롭지 못합니다
> 내 명예는 오래전에 잃었어요. 그러나 나의 아
> 버지가
> 나에게 새로운 명예를 내렸습니다. 이렇게 나
> 는 실제의 자신보다
> 더 현명하고 명예롭게 되었습니다. 그리고 나
> 는 받아들입니다,
> 그래요, 이걸 받아들입니다. 그리고 선언하건대

더 고귀한 결혼식을 원합니다. 계속합시다! 신
부는 어디 있지?

그녀를 데려와서 계속합시다, 앞으로, 앞으로!

자문 위원과 조신들. (일어선다, 광기에 차서)

현명함, 명예, 결혼식! 계속해,

앞으로, 앞으로, 앞으로!

아버지. (천둥 같은 목소리로) 나의 아들이 한없는 명예와 드높
은 현명함으로 말하였다! 문을 열고 약혼녀와 성스러운
주교를 들여보내라, 그리고 나팔 소리가 자연의 중심까
지 뚫고 들어가 강력하게 포효하며 울려 퍼지게 하라,
누구든 비열한 돼지처럼 굴려는 자를 잔뜩 겁주어 쫓
아버리도록, 돼지는 여기에 넘쳐나니까, 돼지들, 돼지이
이이…… 돼지이이이이……

(나팔 소리. 마니아가 화려한 의상을 입고 처녀들의 행진을 따라 들어온
다. 나팔 소리. 다른 문으로 판둘프 주교가 다른 행진과 함께 들어온다)

아버지. 헨리크!

자문 위원과 조신들. 오, 헨리크!

헨리크. 오, 헨리크!

아버지. (억눌린 목소리로, 마치 겁먹은 듯) 시작되는군……. 우리
집안에서는 제대로 된 결혼식만 치렀었다. 울지 말아
요, 여보. (마니아와 헨리크에게) 그래 여기 같이 서봐라……
고개를 기울이고……. (큰 소리로) 성부와 성자의 이름으
로 성스러운 결혼의 예식을 거행하노라. (한옆으로) 너희
는 무릎 꿇고 나팔 소리 울려라……. 저 신부 들러리들

201

은 질질 끌리는 꼬리 좀 쳐들라고 하고……. 수상 나한 테 왕홀* 좀 줘…… 머리에 왕관도 얹어줘……. (큰 소리로) 성부와 성자의 이름으로……. (한옆으로) 이제 시방 사제가 성스러운 영대**로 신랑 신부의 손을 묶게 하라

완결된, 억압적인

전능한, 산산이 깨부수는 행위의 상징으로!

우리의 위엄 아래! 나팔 소리 울려라!

성시러운 영대에 손을 내밀어! 무릎 꿇어라!

오, 예수와 마리아여! 오호라! 여러분!

이렇게 하는 거다! 이렇게 거행되는 거야! 이것 이 나의 예식이다!

이것이 나의 의지다!

고관대작-반역자. (큰 소리로, 뻔뻔하게) 반역이다!

(주정뱅이 굴러 들어온다)

아버지. (멍청하게) 너가아아아…… 뭐지?

(오랫동안 정적)

주정뱅이. 허락해 주신다면……. 그런 게 아니라…….

저는 그냥…….

아버지. (겁에 질려) 이 사람에게 누가 여기 들어오도록 허락 했는지 물어보고 이 방에서 내보내도록 하라.

주정뱅이. 맑은 걸로 한 병, 1리터짜리, 버찌 술, 폭탄주 넷, 그리고 청어!

* 유럽에서 군주가 손에 쥐던 화려한 지휘봉.
** 사제복의 목 부분에 걸치는 넓은 띠.

목소리. 취했어…….

목소리 2. 제정신이 아냐…….

(웃음소리, 모두 안심)

헨리크.

이 사람은 내가 알지 못하지만, 그런데도
마치 아는 사람처럼 보이는군…….

(의식[儀式]적으로 부드럽게)

그러나 이것은 분명히
여기서 일어나는 일과는 아무 상관 없고
내가 알지 못하는 일일 수도 있지…….

아버지.

취했어…….
내쫓아 없애버려라, 다시 나타나지 않게…….

수상. (주정뱅이에게 다가간다) 자네는 어디에서 온 것인가, 그
리고 지금 높으신 폐하 앞에 있다는 사실을 알지 못하
는가?

주정뱅이. 히……. 아니 이건 높으신 국왕 아니신가! 성모님
맙소사!

아버지.

이제 됐어, 됐어,
운이 좋구나, 농부여, 국왕을 직접 보았으니
이제 집에 가서 술 깨게 잠이나 푹 자라.
슬프도다, 신사 여러분, 저 술독이라는 전염병이
우리 민중을 이토록 괴롭히다니!

조신들. 오 그렇습니다, 물론이지요!

수상.

　　　　　술값으로 이거라도 받고 물러가게…….

　　　　　어째서 물러가지 않는 거지?

　　(이 뒤에 따라오는 대사들은 발언할 때 어쩐지 아둔하고 기계적으로

　　들려야 함)

고관대작-반역자. 어째서 나가지 않는 거지?

주정뱅이. 나그알 수가 없으니까.

고관대작 2. 못 나간다고?

주정뱅이. 어 못 나그아.

고관대작 3. 어째서 못 나그아는데?

주정뱅이. 왜냐하면 내가 좀 정신이 읎그든.

수상. (아버지에게)

　　　　　농부가 부끄러워합니다, 움직이지도 못하고

　　　　　어찌할 바를 모르는군요, 하, 하, 하!

아버지. 하, 하, 하!

수상. 하, 하, 하!

　　(손가락으로 문을 가리킨다)

　　　　　물러가라고 하지 않나!

주정뱅이. (감탄하며) 손꾸락!

수상. 물러가라!

주정뱅이. 손꾸락!

수상. 나가!

주정뱅이. 아니 저 손꾸락!

조신들. 하, 하, 하, 손꾸락, 손꾸락!

주정뱅이. (자기 손가락을 들여다본다) 내 것 같지 않아……. 내
　　것은 형편없고 거무죽죽한데…… 평범한 그냥 손꾸락
　　이야, 농부다운…… 때때로 코를 파는 손꾸락.

　　(웃음)

　　굵다란 손꾸락, 촌스럽고…… 저런 사람한테는 보여주
　　기도 부끄럽지…….

수상. 물러가라!

주정뱅이. 내 물러서 가려는데, 갈 수가 없으어, 다들 내 손
　　꾸락만 쳐다보고 있잖어.

고관대작-반역자. 왜 손을 주머니에 넣지 않지?

목소리들.

　　　　　귓구멍에 찔러 넣어!
　　　　　아니면 눈구멍이나!

주정뱅이. 넣으면 좋은데, 그럴 수가 없으어, 다들 쳐다보고
　　있잖어!

　　하지만 이러다가 내가 이 손꾸락으로 어딜 가리키면
　　(딱히 가리키고 싶은 곳이 없어 헨리크를 가리킨다) 또 금바 다들
　　그쪽만 바라보것지.

헨리크. (조용히) 돼지…….

주정뱅이. (조용히) 돼지…….

　　(큰 소리로) 그래 이제 다들 내 손꾸락만 쳐다봤지, 마치
　　이거이 무슨 특별한 거라도 되듯이! 그런데 그렇게 쳐
　　다보면 쳐다볼수록 이거 점점 더 특별해져, 더 특별해

질수록 점점 더 쳐다보고, 쳐다보면 쳐다볼수록 점점
더 특별해져서, 점점 특별해질수록 더 쳐다보고, 그리
고 쳐다볼수록 점점 더 특별해지지…….

　　　이건 특별한 손꾸락이야!

　　　이건 강한 손꾸락이다!

　　　내 손꾸락을 굉장하게 부풀렸어!

그럼 만약 내가 누구를 시방 이 내 손꾸락으로 이렇
게…… 건디리…….

아버지. 입 다물어!

주정뱅이. ……하다못해 어떤 불가침의 사람이라도…….

아버지. 입 다물어!

주정뱅이. (무자비하게)

　　　일단 건디리면, 그다음엔 밀어붙여야지!

반역자들. 한 방 먹여! 앞으로! 앞으로!

아버지. (비명) 돼지!

주정뱅이. (비명) 돼지!

아버지. (매우 침착하게)

　　　여러분, 나의 자문 위원들, 사람들

　　　내 사람들…….

　　　(폭발한다) 나 좀 잡아줘, 나 부서질 것 같아!

　　　(자기가 폭발한 데 스스로 충격을 받아) 터질 거야……

　　　그리고 부서질 거야……

　　　너무나 무시무시하고 공포스러운

　　　분노로 폭발해서…… 오, 오, 오…… 두려움,

공포!

(힘없이) 힘이 빠진다…….

어머니. 여보! 기운이 빠졌어!

조신들. 국왕이 힘이 빠졌다! 국왕이 편찮으시다!

아버지. (힘없이, 애원하듯) 헨리크…….

조신과 자문 위원들. (강력하게) 오, 헨리크!

헨리크.

오, 헨리크!

헨리크, 성부의 이름으로, 성자의 이름으로

그리고 성부와 성자의 이름으로!

(헨리크가 주정뱅이에게 다가간다, 주정뱅이는 손가락 하나로 무대
를 지배하고 있다)

헨리크. 돼지!

주정뱅이. 돼지!

헨리크. (침착하게)

돼지!

그 손가락을 집어넣어라!

주정뱅이. (주정하며) 난 머 아무것도 몰라!

헨리크. 집어넣어, 아니면 내가 힘으로 집어넣게 해주겠다!

주정뱅이. 맑은 걸로 한 병.

헨리크. 그거 집어넣어, 아니면 내가 덤벼들어 집어넣게 해
줄 테니…….

덤벼든다…….

(조금 뒤) 바보처럼 튀어나왔군……. 정 가운데에서…….

207

아냐, 난 덤벼들지 못하겠어…… 이 모든 게 다 헛소리
야…… 이건 너무 멍청해…….

반역자들. (날카롭게)

멍청해!

장화처럼 멍청해!

헨리크. 멈춰, 다들 멈추시오, 난 멍청하지 않아, 그저 저
손가락이 멍청한 거야! 저 사람은 일부러 손가락을 끄
집어낸 거야, 모든 일을 다 멍청하게 만들어버리고 나
를 미치광이로 몰아가려고!

주정뱅이. (손가락으로 헨리크를 가리키며) 미치광이!

반역자들. 미치광이!

헨리크. 내 앞에선 조심하시오……. 나를 너무 심하게 괴롭
히면, 내가 잠에서 깨어날 테니까…… 그리고 모두 사
라지겠지…….

(마니아에게) 너도 함께 사라지겠지…….

(정적. 무대가 정지한다)

헨리크.

어쩌면

이건 꿈이 아니라 현실일지도 몰라 — 내가 미
쳐버렸고

그래서 전혀 여기에 서서 이야기하는 게 아니라, 사실
은 그저 어느 병원에 누워서 몸짓을 하면서 여기에 서
있다는 환각에 빠진 걸지도 몰라……. 누가 알겠어, 나
에게 무슨 일이 벌어질 수 있겠어?

나는 총을 맞아 뇌를 다친 걸까?

　　아니면 폭발?

　　아니면 나는 붙잡혀서 고문당했거나, 혹은

　　내가 뭔가에 덤벼들었거나 ― 뭔가가 내게 덤
벼들었거나

　　아니면 지루해서 견디지 못하고…… 이미 더
이상은 못 견디겠어…….

어쩌면 나는 명령을 받고 ― 파견되어 ― 강제로 보내
졌을지도 몰라, 어떤 일을 해야 하는데 내가 견뎌내지
못했을지도 몰라. 아냐, 나에게 벌어질 수 없는 일은 없
어 ― 모든 일이, 모든 것보다 더 많은 일이 가능하지.
하지만 내가 병원에 누워 있는 게 아니고 나한테 비정
상적인 일은 하나도 일어나지 않았다고 가정해보자. 좋
아…… 하지만…… 내가 벌써 얼마나 많은 미치광이
짓에 끼어든 걸까? 오…….

　　설령 내가 가장 건강하다 해도…… 가장 이성
적이라 해도…….

　　가장 안정되어 있다 해도

　　결국 다른 사람들이 나에게 강요한 것 아닌가

　　끔찍한 행동들을…… 치명적인 행위를, 그리고

　　미치광이짓, 어리석은 짓, 그래, 그래, 난폭한
짓들을…….

단순한 질문이 떠오른다. 어떤 사람이 몇 년 동안 미치
광이 노릇을 해왔다면 그 사람은 미치광이 아닌가? 내

가 건강하다는 게 무슨 소용이야, 내 행동이 병들었는
데……. 브와지오? 하지만 내게 그런 미치광이 짓을 강
요한 사람들도 똑같이 건강했어

　　그리고 이성적이고
　　그리고 안정되어 있었지……. 친구들, 동료들,
　　형제들, 다들
　　그렇게 건강했어
　　하지만 그 병든 행동들은? 그렇게 이성적인데
　　그런데도 이런 광기가? 그렇게 인간적인데
그런데도 이런 비인간성을? 각자 개개인을 들여다봤을
때 완전히 제정신이고 이성적이고 안정되어 있어 봤자
무슨 소용이란 말인가, 모두 합쳤을 때 우리는 거대한
미치광이인 것을, 그렇게 광기에 차서

　　뒹굴고, 포효하고, 부르짖고, 맹목적으로
　　앞으로 달려 나가, 자기 자신의 경계선 밖으로
　　자기 자신 바깥으로 뛰쳐나가는데……. 우리의
　　광란은
　　우리를 넘어, 우리 바깥에 있어……. 저기, 저
　　기, 바깥에
　　내가 끝나는 그곳에서,
　　나의 방종이 시작되는 거야……. 설령 평온하
　　게
　　내가 내 안에 살고 있다 해도, 그러나 또한 동
　　시에

나는 나 자신의 바깥에서 헤매면서 어둡고
야만적인 공간 속에, 밤의 영역 속에서
어떤 무한함 속에 자신을 던지는 거다!

수상. 이건 장례 행렬이야!

아버지. 이건 장례 행렬이다!

헨리크.

그래, 이건 장례 행렬이야!
저들이 다시 말을 하는군. 그리고 나도 말을
했어,
그런데 저 손가락은 여기 가운데에 튀어나와
있어, 마치 미치광이의 손가락처럼
그리고 나는 여기서 혼잣말하며 몸짓하고 있어
완전한 고독 속에 마치 미치광이처럼…….

주정뱅이. 미치광이!

반역자들. 미치광이!

(헨리크에게 다가간다)

헨리크. 멈춰! 난 국왕의 명령으로 여기에 있는 거다!

주정뱅이. 왕은 미치광이야!

헨리크. 다들 멈춰!

내 아버지가 미치광이라고 가정하더라도 — 그는 광기
속에 덕목과 고귀함을 감추고 있어 — 그러니 어찌 됐
든 미치광이가 아니야!
그래, 이건 사실이야, 가장 진실한 사실이다 — 거기서
부터 이런 장엄함이, 현명함과 장중함이 비롯되는 것이

고, 나는 거기에 충격을 받았지. 다들 보아라, 내가 얼마나 현명하게 여기 서 있는지. 내 현명함과 고귀함은 패배하지 않아! 그리고 저 사람은 손가락을 치켜들고 바보처럼 서 있군!

　　　어디 날 건드려보시지!

아버지. 헨리크!

자문 위원과 조신들. 오, 헨리크!

헨리크.

　　　오, 헨리크……!

　　　저 주정뱅이를 내 눈앞에서 치워!

　　(고관대작들 주정뱅이에게 다가간다)

주정뱅이. (천천히, 손가락을 숨기며) 잠깐, 잠깐, 그렇게 무섭게 굴지 말고…… 나도 내 나름의 논리가 있으니까.

　　(그리고 동시에 대단히 논리적이 된다. 헨리크에게)

　　　나도 그렇게 멍청한 건 아냐…….

　　(잠시 후에) 그래, 얼굴을 맞대고 얘기를 해보는 건 어떻겠나…… 현자 대 현자로서…….

헨리크. (놀라서) 무슨 얘기를?

주정뱅이.

　　　그건 두고 봐야지. 현명하게 얘기해야지…….

　　(모두에게) 나 또한 현명한 사람이거든…….

헨리크. (망설인다)

　　　아냐. 설령 그렇더라도…….

　　　만약에 그가 현명하게 말하고 싶어 한다면…….

고관대작-반역자. (반항적으로)

　　　만약에 현명하게 말한다면!

조신들. (졸면서)

　　　만약에

　　　만약에

　　　현명하게⋯⋯.

헨리크. 좋아!

　　(오후의 차 시간.* 하인들이 커피와 과자를 내온다. 고관대작들은
　　조그만 그룹들로 옹기종기 모인다. 숙녀들은 커다란 부채를 부친다)

조신들.

　　　왕의 곁에서 오후의 차 시간에 가볍게 친근하
　　　게 여성들과 희롱하며
　　　마음대로 놀고 웃을 수 있다니 이 얼마나 즐거
　　　운가
　　　아, 남자들의 몸통과 여자들의 가슴이 흥청대
　　　며 취하는구나
　　　국왕 폐하께서 친히 접대를 해주신다!

　　이 과자 좀 드셔보시지요. 대단히 감사합니다. 정말 멋
진 모임이군요! 대단히 죄송합니다. 깊이 고개 숙여 인
사드립니다. 이 얼마나 멋진 화장실인가!

아버지의 목소리. (안쪽 깊숙한 곳에서) 그래, 나도 차 좀 따라줘!

숙녀. (고관대작에게, 지나가면서) 왕위를 이으실 왕자님과 이야

---

* 이하 '오후의 차 시간'으로 옮긴 부분은 원문에 모두 영어(five o'clock)로 적혀 있다.

213

기하는 저 괴상한 인간은 누구죠?

고관대작. 외국 사절이거나 대사일 겁니다.

헨리크. 그래, 나도 차 좀 따라줘. (주정뱅이에게) 이 과자 좀
드셔보시지요.

주정뱅이. 대단히 감사합니다. 아마 아무도 못 들을 거여.

헨리크. 오, 선생님도 아시겠지만 저들은 우리의 대화를 원
활히 해주기 위해서 가능한 모든 배려를 해주고 있답
니다…… 아주 조심스럽고 눈치 있게…….

(둘 다 무대에서 나간다)

주정뱅이. 그래, 그럼 내가 뱃속에 간직했던 걸 말해볼
까……. 나 사실은 그렇게 취하지 않았수, 그러니 여기
서 한두 마디만 꺼내서 왕의 용기를 꺾어보려네, 여기
엔 왕에 대한 음모가 있거든……. 고관대작들이 음청
많이 왕에 대해서 음모를 꾸미곤 나를 감옥에서 목덜
미를 붙잡아 끄집어냈어……. 하지만 댁은 현명하신 왕
자님이니까…….

헨리크. 과찬의 말씀…….

주정뱅이. ……내가 아무리 뭘 어쩐들 소용없겠지. 그 현
명한 것 중에서 딱 한 가지가 내 눈엔 참 멍청해 보이
네……. 왕자님은 하느님을 믿으슈?

헨리크. (독백) 이 사람이 내게 물으니 나는 아니라고 대답해
야만 하겠지.

주정뱅이. 아니 그럼 왕자님은 어떻게 왕이 채려주는 결혼
식을 받아들였수? 만약에 하느님이 없다면 없는 신이

내려주는 왕은 또 뭐란 말이야⋯⋯? 왕의 권력이란 하
느님이 내려주시는 것이라야 맞지 않소. 그럼 저 주교
도 저 혼자 주교라는 얘기 아냐.

헨리크. 내가 이미 말했잖습니까⋯⋯ 거기에 대해선 내
가 이미 대답했어요⋯⋯. 설령 아버지가 흔해빠진 미
치광이라서 자기 혼자 왕이라 상상하는 것이라 해도,
어쨌든 그렇게 해서 덕목과 위엄을 갖추고 있는 겁니
다⋯⋯ 그리고 내가 설령 하느님을 믿지 않는다 해도,
이 세상의 도덕률과 인간의 존엄성을 믿습니다. 내가
한 말이지만 참 장엄하게 들리는군!

주정뱅이. 그럼 하느님이 없으면 그 도덕률은 누가 세웠
소⋯⋯?

헨리크. 누구냐고? 사람들이지.

주정뱅이. 아니 그럼 다른 게 다 그렇듯이 그냥 그저 사람
이 만들어낸 일인데 뭐하러 그걸 이렇게 장엄하게 축
하 따위를 하고 그런다?

헨리크. (부끄러워하며)

진실로
어느 정도는 일리가 있다. 나도 믿지 않아
이 모든 걸⋯⋯. 난 그냥 그렇게 행동하고 있
을 뿐이야
마치 믿는 것처럼, 하지만 사실은 믿지 않지
존중하지만, 사실은 존중하지 않아⋯⋯. 무릎
꿇지만

사실은 무릎 꿇지 않고……. 겸손하게 고개 숙이지만

사실은 전혀 겸손하지 않고

이 모든 게 그저 코미디라는 걸 알고 있어. 그러니까

내가 현명하면 현명할수록, 그만큼 내 멍청함이 더 무서워지는 거다……. 쉬이…… 쉬잇…… 조용히…… 조용히…….

저 사람이 이 사실을 알아채지 못하게 해야지!

주정뱅이. 왕자님은 스스로 저 사람을 왕으로 떠받들었으면 뭣 때문에 저 왕을 자기보다 높은 사람이라고 인정하는 거요?

헨리크. (혼잣말로) 사실이야. 그런데 만약에 아버지가 내 왕이 아니라면 나도 스스로 왕자라고 할 수 없겠지.

주정뱅이. 저 약혼녀도 똑같아요. 왕자님이 왕을 임명했고 왕이 저 여자를 고귀한 처녀의 자리로 떠받들었으면 그건 그러니까 왕자님이 혼자서 저 여자를 고귀한 처녀로 만들었다는 거 아뇨……. 게다가 저게 대체 무슨 고귀한 처녀라는 거요?

헨리크. 내가 스스로 그녀를 고귀한 처녀로 만들었어. 저 주정뱅이는 제정신으로 모든 일을 판단하는구나……. 하지만

이 모든 일이 그토록 간단했다면, 대체 어째서 나는 어째서 마치 뭔가 고귀한 미사를

드리는 듯한 기분이 드는 걸까?

주정뱅이. 미사?

헨리크. 미사.

주정뱅이. 미사?

헨리크. 미사.

(진지하게) 저리 물러가거라. 나는 사제다…….

주정뱅이. (천천히) 나도 사제야…….

조신들.

> 아, 남자들의 몸통과 여자들의 가슴이 훙청대
> 며 취하는구나
> 국왕 폐하께서 친히 접대를 해주신다!

헨리크. (슬프게) 날 흉내 내고 있어 — 날 흉내 내는 거야, 날
천치로 만들려고. 조금 전에는 사리에 맞는 말을 하더
니 지금은 바보같이 말하고 있어…….

주정뱅이. 바보같이?

헨리크. (생각에 잠겨) 바보같이. 더 현명할 수 있을 거라고 생
각했는데…….

주정뱅이. 더 현명하게?

헨리크. 더 현명하게.

주정뱅이. 더 현명하게?

헨리크. 더 현명하게!

주정뱅이. (폭발한다)

> 더 현명하게 너에게 말해주지, 내가 너와 함께
> 어느 종교의 사제인지. 우리 사이에서

우리의 하느님이 태어나고 우리로부터 비롯된
우리의 교회도 하늘이 아니라 땅에서 생겨난
거야
우리의 종교는 위가 아니라 아래로부터 생겨
났어
우리가 스스로 하느님을 만들어낸다, 거기서부
터 시작이야
인간적인 인간의 미사, 민초들의, 비밀스러운
어둡고 눈먼, 흔한 세속의 미사, 길들지 않은
날것의 미사
그리고 내가 바로 그 사제다!

(양쪽 사제들의 갑작스럽고 불쌍한 몸짓)

헨리크.

내가 바로 그 사제라고?
하지만…… 이해할 수 없어.

주정뱅이.

이해를 못 하겠다고
하지만 그래도 넌 어떻게든 이해하고 있지. 너
도 이해할 거야
내가 이해하니까.

헨리크.

너도 이해할 거야
내가 이해하니까. 너? 나? 우리 중 대체 누가
누구에게 말하는 거지? 모르겠어…….

아냐, 아냐, 확실하게 알 수가 없어…….

주정뱅이.

보이나
이 손가락이? (손가락을 보여준다)

헨리크.

보이나
이 손가락이? (손가락을 보여준다)

주정뱅이.

그래, 보인다
그 손가락이 보여!

헨리크.

나도 그게 보여!
이 얼마나 깊은 사상인가, 얼마나 현명한가! 마치
천년 만에 빛을 본 것 같구나! 너와 나의 손가
락!

주정뱅이.

나와 너의, 너와 나의……! 사이에 있지
우리 사이에! 어때, 이 손가락으로 너에게 기름
을 발라
사제로 선정해줄까?

헨리크.

어때, 이 손가락으로 너에게 기름을 발라
사제로 선정해줄까?

주정뱅이.

　　　　　　　물론 좋지요, 기꺼이.

헨리크.

　　　　　　　물론 좋지요, 기꺼이.

　　(주정뱅이가 헨리크를 건드리려 한다)

　　　　　　　또 그 손가락! 돼지야!

주정뱅이.　　　　　　　　　　돼지!

헨리크.　　　　　　　　　　　　돼지!

　　　　　　　그 손가락으로 문지르기만 해봐라!

　　(스스로 멈추며) 과자 좀 드시겠습니까?

조신들.

　　　　　　　왕의 곁에서 오후의 차 시간에 가볍게 친근하
　　　　　　　게 여성들과 희롱하며
　　　　　　　마음대로 놀고 웃을 수 있다니 이 얼마나 즐거
　　　　　　　운가
　　　　　　　아, 남자들의 몸통과 여자들의 가슴이 흥청대
　　　　　　　며 취하는구나
　　　　　　　국왕 폐하께서 친히 접대를 해주신다!

헨리크. (혼잣말로) 아아, 말 한마디에 나를 가지고 놀게 내버
　　려뒀는데 사실은 만지겠다는 말이었구나. 날 멍청이로
　　만든 저 멍청이를 나도 한번 건드려 주겠지만…… 건
　　드리고 버릴 수도 있겠지만, 여기는 빛도 너무 밝고 여
　　자들과 고위 인사들도 너무 많아. (마음을 먹으려 하지만 반
　　역자들이 개입한다)

반역자 1. (주정뱅이에게) 친애하는 대사님!

220

숙녀. (지나가며) 왕위를 이으실 왕자님께서 저토록 오래 이
    야기하시는 저 수수께끼의 인물은 대체 누구죠?

고관대작. (힘주어) 외국 사절이거나 대사일 겁니다.

숙녀. 대사!

반역자 1. 친애하는 대사님!

반역자 2. 귀하신 대사님!

반역자 3. 존경하는 대사님!

주정뱅이. (깔끔하게) 아, 환영하고, 환영합니다, 친애하는, 귀
    하신 여러분!

숙녀. 전권을 위임받으신 귀하신 대사님!

주정뱅이. 귀하신 숙녀분께 고개 숙여 인사드립니다!

    (장중하게 인사)

헨리크. 흠…… 주정뱅이에서 대사로 뛰어올랐군. 저 사람
    을 건드릴 수도 있겠지만 바보처럼 보이게 되는 건 싫
    어……. 여기선 겉으로 보이는 행동이 중요해.

주정뱅이. 실례합니다, 귀하신 숙녀분과 거기 친애하는 신
    사분들, 하지만 왕위를 이으실 왕자님께 아직 한두 마
    디 더 드릴 말씀이 남아 있습니다. 바로 말씀 올리고
    돌아오지요.

반역자들. 방해하지 않겠습니다.

    (굉장하게 고개 숙여서 인사, 멀어진다)

주정뱅이. (헨리크에게) 얼마나 멋진 피로연입니까!

헨리크. 진정 그렇군요.

조신들.

221

아, 남자들의 몸통과 여자들의 가슴이 흥청대
며 취하는구나
국왕 폐하께서 친히 접대를 해주신다!

(세련된 오후의 티 파티를 배경으로 대사가 왕자와 함께 걸어 다닌다)

주정뱅이. (외교적인 말투로) 그러니까 왕자님도 아시겠지만, 조
금 전에 이야기했던 주제와 관련해서……. 제가 비록 외
국의 대사이기는 하지만 국왕 폐하께 개인적으로 대단
히 뜨겁게 숭앙하는 마음과 애착을 느끼고 있음을 믿어
주시기 바랍니다……. 그러나 또 다른 한편으로는, 바로
그런 애정과 존경심으로 인해 우려하지 않을 수 없다
는 말씀을 드리고 싶습니다…… 우려하지 않을 수 없지
요…… 혹은 우려라기보다 예감이라고도 할 수 있겠습
니다…… 심지어 조금은 이미 알고 있다고도 해야겠지
요…… 그러니까 뛰어나신 고위 관리들 중 대다수가 최
근에 국왕 폐하와 거리를 두려고 한다는 것입니다…….

헨리크. (외교적으로) 아, 그렇습니까?

주정뱅이. 저는 솔직한 친우이자 왕실의 충성스러운 신하
로서 왕자님께 극비로 이 사실을 알려드려야만 한다는
것을 제 의무라고 생각했습니다.

헨리크. 어떻게 감사드려야 할지 모르겠습니다.

주정뱅이. 왕자님, 왕자님의 아버님은 의심의 여지없이, 즉
대단히 위대하신 군주이시다, 이렇게 말씀드리겠습니
다…… 하지만 어쩌면, 제가 우려하는 바는, 국왕 폐하
께서 생각하시는 권력이란 현대적인 시대감각과 완전

히 들어맞지는 않을지도 모르겠습니다.

반역자 1. 대사님께서 훌륭하게 표현해 주셨군요.

주정뱅이. 국왕 폐하께서는 물론 의문의 여지없이 기념비
적인 인물이십니다…… 그러나 그분의 생각은 약간 강
하게 시대와 맞지 않는 쪽에 치우쳐 있는 겁니다, 나이
드신 분들이 시대에 맞지 않듯 말이죠. (비밀스럽게) 한번
세워지면 영원불변하는 도덕률과 품위 규정이 존재한
다고 믿다뇨? 우리끼리 이야기지만 현대적인 인간은
상상할 수 없을 정도로 아주 유연해야만 합니다. 현대
적 인간은 안정적인 것이란 없고 절대적인 것도 없으
며 모든 것이 순간순간 새로 생겨난다는 것을 알고 있
지요…… 사람들 사이에서 생겨나는 겁니다…… 생겨
나서…….

헨리크. 대사님이 말씀하시는 유연성이나 끊임없는 생성에
대해서는 반박할 수가 없군요…….

주정뱅이. 냉정하게 이해하자면 말입니다……. 그런데 혹시
한잔하시겠습니까……? 국왕 폐하의 건강을 위하여!

반역자. 국왕 폐하의 건강을 위하여!

헨리크. 국왕 폐하의 건강을 위하여!

주정뱅이. 우리가 무슨 얘기를 하고 있었죠? 아하……. 바
로 그런 이유로 수많은 고위 인사들이 거리를 두려고
하는 겁니다……. 하, 하, 하, 그러나 국왕 폐하의 가장
큰 적은 바로 당신, 왕자님이죠…….

헨리크. 저요?

주정뱅이. 그렇죠, 하, 하, 하! 왕자님의 놀라우신 성정 덕분에…….

헨리크. 과찬의 말씀이십니다.

주정뱅이. (비밀스럽게) 여기 있는 많은 사람들이 왕자님이 권력을 쥐어야 한다고 생각합니다……. 그럼 한잔하죠……. 국왕 폐하의 건강을 위하여!

반역자. 국왕 폐하의 건강을 위하여. 와인이 괜찮군요! 여기 있는 많은 사람들이 오로지 꿈꾸는 것은 — 국왕 폐하께서 오래오래 천수를 누리신 뒤에 — 왕자님 당신께서 왕권을 쥐는 것입니다…….

주정뱅이. 그리고 그때까지는 왕자님께서 스스로 원하시는 대로 결혼식을 차리시면 되겠죠…… 혹은 심지어 결혼식을 안 해도 됩니다, 하, 하, 하 — 이 무시무시한 의례를 치르는 대신!

반역자. 한 잔 더! 와인이 독하군요……. 비틀거리겠네…… 마치 왕좌에 앉은 왕처럼…….

주정뱅이. 그렇군, 하, 하, 하! 실제로 조금 밀어버리는 걸로 충분할 것같이 보이잖아!

반역자. 궁궐의 조신들이 전부 지켜보는 앞에서 밀어버리는 거야!

주정뱅이. 그래서 만약에 누군가 왕을 밀어버린다면…….

반역자. 갑자기!

주정뱅이. 밀어버리면…….

반역자. 이렇게 그냥 슬쩍 밀어버리는 거지, 모두들 보는 앞에서! 모두 다 볼 수 있도록!

주정뱅이. 그래, 하, 하, 하! 하지만 아무도 밀지 못할 거야,
모두들 왕자의 분노와 현명함을 겁내고 있으니까. 자연
스러운 일이지, 아들이 아버지를 보호한다는 건⋯⋯.

관역자. 한 잔 더! 하지만 만약에 왕자가 직접⋯⋯ 직접 왕
자가 다가가서⋯⋯. 내가 진지하게 하는 말은 아니지만
참 끌리는군⋯⋯ 내가 인정하겠는데, 저렇게 신성불가
침의 손댈 수 없는⋯⋯ 손댈 수 없는 인물을 보면⋯⋯
그러면 젠장, 대체 어째서 항상 이런 충동에 휩싸이는
지 모르겠어⋯⋯ 다가가서⋯⋯ 그걸⋯⋯ 밀어버리는
거지, 안 그래? 손가락으로. 흠, 흠⋯⋯.

주정뱅이. 그래 하, 하, 하, 하, 하! 그리고 저기 그 뒤에는
약혼녀가 서 있는데 역시나, 젠장, 여러분, 건드릴 수가
없어⋯⋯. 건드릴 수 없다고! 에휴, 최소한 이 한 손가
락만이라도 어떻게 좀, 한 손가락이라도, 오, 오, 오 그
래 하, 하, 하! 오, 오, 오 그래 하, 하, 하!

헨리크. 손가락!

(침착하게) 또 그 천치 같은 손가락이군!

돼지!

주정뱅이. (음울하게) 돼지!

헨리크.　　　　　돼지!

　　과자 좀 드시겠습니까?

조신들.

　　왕의 곁에서 오후의 차 시간에 가볍게 친근하

225

게 여성들과 희롱하며
마음대로 놀고 웃을 수 있다니 이 얼마나 즐거
운가

헨리크.

아, 그러니까 당신들은
나더러 왕을 밀어버리라는 것이로군…… 손가
락으로……. 내가 만약 왕을 밀어내면
당신들도 똑같이 왕을 밀어보려는 거지, 내 말
맞지 않나……. 반역을 하라고
나를 꼬이려는 거야…….

주정뱅이와 반역자 모두.

오, 오!
저희는 그저 와인을 좀 마시다 보니……. 와인
이 독해서…….
입에서 나오는 대로 말한 것뿐입죠!

헨리크. 저주받을 돼지 같은 주정뱅이야, 날 취하게 만들려
고 하는구나…… 하지만 난 취하지 않았다는 걸 너희들
과 나 자신에게 보여주지…… 그래, 난 취하지 않았어.
이건 멍청한 음모야! 하지만 그 멍청함 또한 속임수겠
지. 왜냐하면 이 음모는 너무나 말도 안 되고 인위적이
고 뻔해서 내가 설령 당신들의 순진한 제안을 거절한
다 해도, 그 거절조차 똑같은 정도로 나를 우습게 만들
고, 제안을 받아들인다면 나는 바보로 보일 거야. 그게
당신들 목적이지, 안 그런가? 그러므로 당신들과 나 자

226

신에게 선언해야겠어. 난 당신들도, 이 대화도, 이 권위
도 진지하게 받아들이지 않겠어…… 소위 대사님의 예
상치 못한 권위 말이야…… 방금 전까진 흔한 주정뱅이
이었는데. 난 그걸 비웃는다고! 내가 당신들한테 덤벼
들어서 건드리는 대신에 여기 당신들 앞에 서서 이야
기를 하는 건 단지 내가 체면을 유지하고 할 수 있는
한 스캔들을 일으키고 싶지 않기 때문이야……. 그래
뭐? 난 술 취하지 않았어!

주정뱅이. 버건디나 토카이* 좋지!

반역자. 토카이나 오포르토**도 좋아!

헨리크. 확실해! 난 제정신이야! 난 언제라도 잠에서 깨어
당신들을 파멸시킬 수 있어 — 하지만 이 멋진…… 황홀
한 피로연을 망치고 싶지 않아…… 그리고 그랬다간 그
녀도 함께 사라져버리고, 도망쳐 버리겠지……. 알겠어?

주정뱅이. 버건디, 버건디!

반역자. 토카이, 토카이!

헨리크. 내가 세상에서 가장 제정신이다! 당신들에게 장단
을 맞춰주고 있지만 완전히 제정신으로, 전혀 취하지
않고 그렇게 해주는 거야, 하, 하, 하……. 장단을 맞춰
주는 이유는 이 모든 것이…… 나를 즐겁게 해주기 때
문이지…….

　　　　말은 놀리듯 유혹하고, 생각은 부드럽게 손짓

---

* Tokaj. 헝가리 북부의 지역 이름, 혹은 그 지역에서 생산되는 포도주.

** Oporto. 포르투갈에서 가장 유명한 포도주 이름.

하고, 감정은 쌓여가는구나

모든 것이 흘러가…… 모든 것이 돌아가며 소리를 낸다…….

아, 빛과 부채의 바다, 단어의 대양

나는 그 안에서 가라앉는다, 가라앉는다…….

마치 주정뱅이처럼

(하, 다들 알겠지, 내가 얼마나 제정신인지!)

마치 주정뱅이처럼 나는 제대로 서 있지도 못하고, 머릿속은 터질 듯하네

내 귀로 듣는 것 같지 않고 내 눈으로 봐도 믿을 수 없어

그리고 간신히 이해할 것 같지만, 이해할 수 없어……. 소음. 소음이야. 그리고 이 소음 속에 한 가지 생각만이 고집스럽게 남아 있지. 체면을 지켜야 한다

남들이 알아보게 행동해선 안 돼, 내가 취했다는 걸, 하, 하, (다들 알겠지, 내가 얼마나 또렷하게 판단하는지) 그리고 아무도 알아차리게 해선 안 돼, 내가 주정뱅이라는 걸.

그러니까 만약에 누군가 예의 바르게 내 상태를 알아맞힌다면, 나도 그에게 아주 예의 바르게, 아, 아, 그래, 그래!

그리고 만약 누군가 대담하게 나를 대한다면, 나도 그에게 아주 대담하게, 호, 호, 똑같이 돌려주지, 그래, 그래!

그리고 만약에 누군가 술 취한 사람처럼 나를 대한다면, 그럼 나도 술 취한 것처럼, 붐, 붐, 획, 획! (다들 알겠지, 난 완벽하게 판단하고 있어…….)

주정뱅이. (주정하며)

      젠장…… 개…… 털

      바지야!

헨리크.

      잠깐, 잠깐

      내가 더 확실하게 나의 제정신을 당신들에게 보여주지. 예를 들어, 당신들도 잔에 가득 부어서—그래서 모두 다

      여기서 약간은 정신을 차린 채로…… 흠…….

      서로가 서로에게 술을 먹이는데

      그러면서 모두 다 술 취하지 않은 척하려고 한다 치자고. 마치 나처럼. 하, 하!

      그렇게 되면 정말 코미디 아닌가!

주정뱅이 하나가, 취하지 않은 척하기 위해서 다른 주정뱅이의 주정을 이용하고, 그 두 번째 주정뱅이도 취하지 않은 척하기 위해서 또 다른 주정뱅이의 주정을 이용하고, 또 그…….

      하지만 결국 이 모든 건 거짓이야! 모두가 다 진심으로 하고 싶은 말이 아니라 상황에 어울리는 말을 하지. 말들은

      반역적으로 손가락과 연결되고

우리가 말을 하는 게 아니라 말이 우리를 조종
하고 있어
우리의 생각을 배신하고, 그 생각은 또
우리의 반역적인 감정을 배신하고, 아, 아, 배
신이다!
(취해서) 끊임없는 배신이야!

주정뱅이. (흔들거리며) 그래, 배신이야!

반역자.

반역이다! 왕은 물러나라!
왕은 물러나라!

반역자들. (헨리크와 주정뱅이를 둘러싸며, 목소리 낮춰)

왕은 물러나라!

헨리크. 반역자들! 난 그런 말을 하려던 게 아니었어!

반역자 1. (음모를 꾸미는 말투로)

여러분, 왕자가 우리 편이다! 왕은 물러나라!
새로운 왕 만세!

반역자들. 만세!

주정뱅이. 왕을 잡아라!

(음모자들은 헨리크와 함께 왕에게로 간다. 손님들의 무리가 갈라지
면서 왕에게 원근법적으로 쭉 이어지는 길을 내는데, 왕은 왕비와 마
니아와 함께 차를 마시고 있다. 가까이에 브와지오가 있다)

헨리크. 난 그런 말을 하려던 게 아니었어!

조신들.

왕의 곁에서 오후의 차 시간에 가볍게 친근하

게 여성들과 희롱하며

마음대로 놀고 웃을 수 있다니 이 얼마나 즐거운가

아, 남자들의 몸통과 여자들의 가슴이 흥청대며 취하는구나

국왕 폐하께서 친히 접대를 해주신다!

아버지. (다가오는 주정뱅이를 보고 불안해하며) 저놈은 또 뭘 원하는 거지?

헨리크. 저 사람은 외국의 사절 아니면 대사입니다!

아버지. 대사라고, 응? 뭐, 바보짓만 하지 않는다면⋯⋯. (큰 소리로) 한 지붕 아래 이렇게 대사님을 모시게 되어 참으로 기쁩니다.

주정뱅이. 저야말로 영광스럽기 한이 없습니다. (마니아에게 고개 숙여 인사한다) 허락해 주시지요, 가장 아름다운 아가씨, 기사로서 저의 충성을 맹세하는 꽃을 들러리들의 발치에 바치겠습니다.

마니아. 감사해요.

아버지. 대사님, 나의 바람은 우리 강력한 왕국 사이의 관계가 조화롭게 어울려 국제적으로 협력하여 오래도록 안정을 유지하고 영원한 평화를 유지하는 것입니다. 벌써 긴 세월 동안 그런 요구가 있어왔고 또한 그것이 인류 전체에게 유익한 일이지요. 만약에, 돼지야, 네가 날 밀어내면, 나는 네 주둥이하고 낯짝을 갈겨주마.

주정뱅이. 협력의 정신과 평화를 위한 보호와 안정과 또한

인본주의는 양국이 서로를 이해하는 정신에 힘입어 평화를 추구하는 데 있어 빠질 수 없는 제1의 요구 사항이지요. 내가 널 밀어내고 밀어젖혀서 너 돼지 새끼가 밀려 나가게 해주마.

아버지. 이 과자 좀 드시지요.

주정뱅이. 깊이 감사드립니다. (헨리크에게, 방백) 지금이야! 저 배때기 한가운데를 손가락으로!

헨리크. 아버지를?

주정뱅이. 네가 바로 왕이 될 거라고!

헨리크. (생각에 잠겨) 내가?

(무대 정지한다)

내가 진심으로 이런 말을 하는 게 아냐……. 하지만 만약에……. 저 아버지를 폐위시키고 왕권을 쥐게 된다면. 지배하는 거야! 지배한다!

모든 것이 얼마나 무섭게 나에게서 도망쳐 버리는지! 난 아무것도 지배하지 못해. 난 장난감의 장난감이야. 지배한다! 아, 내가 지배할 수만 있다면!

통제한다!

아냐, 내가 정말 진심으로 이런 말을 하는 게 아냐…… 하지만 만약에 저 왕을 폐위시킨다면? 나한테 무슨 소용이 있지? 난 그가 나에게 결혼식을 차려주도록 하기 위해 그를 떠받들었어. 하지만 대체 어째서 내가 남의 손에 이끌려 결혼식을 해야 되는 거지? 내가 지배자가 된다면 나 스스로 가장 깨끗하고 가장 성대한 결혼식을 치르겠어. 그렇게 되면 내가 법을 정하게 될 거야. 그리고 나 자신에게 성스러움과 깨끗함과, 성찬식까지 성립시킬 수 있는 거야 ─ 내가 원하는 대로!

하느님! 내가 통제할 수만 있다면!

하느님! 무슨 하느님? 아버지! 무슨 아버지? 내가 스스로 그들을 세운 거야. 그들은 내 호의로, 내 의지로 세운 거라고! 대체 뭣하러 그들 앞에 무릎 꿇어야 하지? 어째서 나 자신 앞에 무릎 꿇지 않는 거야, 나 자신, 나 자신, 내 권리의 유일한 원천 앞에?

쉬이잇……. 그런 말 하지 마. 뭐하러 그런 말을 해? 넌 지금 저 사람(주정뱅이를 손가락으로 가리킨다)이 너한테 해준 말을 하고 있는 거야.

> 그가 나한테 말해줬다고 해서 그게 뭐? 그도 똑같이 없애버리지!
>
> 난 왕을 만들어낸다!
>
> 내가 왕이 되어야만 해!
>
> 내가 가장 높다! 나보다 더 높은 건 없어!
>
> 내가 하느님이다!

그리고 여기 내 손가락, 내 손가락, 이것으로……. (깜짝 놀라서) 거짓말이야! 난 그냥 해본 소리야! 거짓말이라고! 무슨 일이 있어도 아버지를 배신하지 않아! 내 왕을!

(주정뱅이에게)

반역하지 않겠어!

주정뱅이. 반역하지 않는다고…… 돼지야?

아버지. (이 말을 듣고) 뭐, 뭐, 뭐……? 반역……?

헨리크. 난 그런 말을 하려던 게 아니에요!

아버지. 다가오지 마!

헨리크. 다가가지 않아요!

아버지. 움직이지 마! 아무도 움직이지 마!

헨리크. 전 움직이지 않아요!

(절망에 빠져)

어째서 저를 겁내시는 거죠?

아버지. 내가? 헨리크, 아들아, 내 자식아, 내가 어떻게 너
를 겁낼 수가 있겠니, 내 친구를, 나의 보호자, 내 지지
자를? 아냐, 아냐, 헨리크, 난 겁내지 않는다…….

헨리크. 진정하세요…….

아버지.

　　　　내 장식 띠*를 똑바로 고쳐주렴, 오, 오, 똑바
　　　　로 해줘

　　　　똑바로 고쳐줘, 내 장식 띠를…….

헨리크. (장식 띠를 고쳐 매준다)

　　　　아버지가 떨고 있으니 내 심장이 뛰는구나, 그
　　　　리고 땀이 온통

　　　　아버지의 뺨을 적시고 있어…….

아버지. (조용히) 쉬잇……. 헨리크…….

헨리크. 예?

* sash. 서양의 군주가 한쪽 어깨에서 반대쪽 허리에 걸치는 장식 띠.

아버지. 넌 가는 게 좋겠다……. 가라.

헨리크. 어째서요?

아버지. 헨리크, 내가 설마 어디서 너를 겁내겠니……? 단
지 조금만, 아주 약간만…… 단지 이렇게 쪼끔, 쪼끔,
만약을 위해서……. 하지만 난 왕이다, 헨리크, 그러니
넌 가는 게 좋아, 왜냐하면 지금은 이렇게 작지만, 그
왕이라는 게 나한테서 자라나거든…… 왕이 거대해진
다, 헨리크…… 그리고 어쩌면 폭발할지도 몰라! 왕이
나를 뒤덮어 버릴지도 몰라!

헨리크. 정신을 차리세요…….

아버지. 내가 어떻게 정신을 차리겠니, 내가…… 나 자신보
다 더 큰데!

헨리크. 조용히! 소리치지 마세요!

아버지. 난 소리치지 않는다

내 목소리가 소리치는 거야! 쉬잇……. (큰 소리로) 네 덕
분이다, 아들아, 너의 충심 덕분이야! 네 효심 깊은 마
음에 배신이란 없다는 걸 내가 알지. 없어! 난 털끝만큼
도 의심하지 않는다. 그래, 의심이 없지…… 그런데 내
가 지금 의심하지 않는다고 말하는 건, 의심을 하겠다는
그런 뜻이 아니야. 그리고 만약에 내가 꼭 집
어 말해서
그런 이유에서 하는 말이 아니라고 하는 건,
단지
뭔가 다른 어떤 이유에서

여기로 돌아오는 거라고 아무도 생각하지 못하게 하기
위해서야. 하지만 내가 지금 말한 것, 방금 마지막으로
했던 설명과 경고도 또한 그런 어떤 내 불신으로 인한
          불안감으로 이해해서는 안 돼. (고관대작들에게)
          이젠 그만
          내 말을 듣는 걸 멈추시오! 어째서
          멈추지도 않고 내 말을 듣는 거지? 어째서
나한테 달라붙는 걸 멈추지 않는 거요? 최소한 이게 그
런 식으로 들리고 보여야 한다고 생각하는 거요? 나가
시오, 나가, 나가!
          아냐, 아냐, 남아 있어! 난
          아무것도 숨길 게 없어. 그리고 만약 내가 여
          러분에게
          나가라고 한다면, 그건 절대로
뭔가 숨기려고 한다는 뜻이 아니야. 아냐, 아냐, 난 내
아들을 전혀 의심하지 않아, 날 배신하지 않으리라는
걸 아니까, 의심하지 않아, 그래, 의심은 없어…… 왜
냐하면 내가 혹시나 여기에 대해서 아주 작은 의심이
라도 품었다면, 만약에 아주 요만큼이라도, 그랬다면
그 조그만 의심이, 작은 의심이 이렇게, 이렇게 많은 사
람들의 시선 아래서, 이렇게, 이렇게 많은 사람들의 기
대 앞에서…… 그 의심은, 그러니까, 그 조그맣고 의미
없는…… 의심은 더 커졌을 테니까…… 약간 커졌겠
지…… 그리고 더 커진 그 의심은 가벼운 떨림을 불러

일으켰을 거고, 가벼운 떨림은, 왕의 떨림이기 때문에, 거대한 두려움을 불러일으켰을 거야…… 그리고 그보다 더 큰…… 나보다 더 큰…… 그 두려움은 나를 뒤덮어버렸을 거야, 왜냐히면 왕이 나를 뒤덮으니까! 그리고 만약에 왕이 떤다면, 나는 그를 막을 수가 없어! 왕이 소리친다면 나는 그의 입을 막을 수가 없어! 그러니 왕, 왕, 왕이 소리친다 — 반역자! 반역자! 반역자!

조신들. 반역자!

헨리크. 반역자!

아버지.

　　　살려줘! 경비병! 경비병!

(경비병들이 달려온다)

　　　저놈이 손가락을 세웠다!

　　　아, 반역, 반역, 반역이다!

헨리크. (손가락으로 아버지를 건드리며)

　　　체포하라

　　　이 아버지를 내 앞에서 체포하라! 그리고

　　　컴컴하고 어두운 지하의 축축한 감옥에

　　　가둬버려!

(절망에 빠져)

　　　난 이런 말을 하려던 게 아냐!

주정뱅이. (행복해하며) 건디렸어! 배때지 한가운데를 건디렸다고!

(아버지에게 덤벼들려 한다)

헨리크. (브와지오에게, 주정뱅이를 가리키며)

　　　　저 돼지를 내 눈앞에서

　　　　체포하라! 감옥에 처넣어!

　　(모두에게)

　　　　어떻게 이렇게 됐는지는 알 수 없지만

　　　　이렇게 됐소! 난 내 아버지를

　　　　배신했소!

　　(주정뱅이에게)

　　　　몇 시지?

주정뱅이. 일곱 시.

아버지. (신음한다) 헨리크…….

조신들. (강력하게) 오, 헨리크!

헨리크. (강력하게)

　　　　오, 헨리크!

　　　　이젠 내가 왕이다!

　　　　저놈을 묶어라, 때려라, 밟아라!

　　(경비병들 아버지를 체포한다)

어머니. (날카롭게) 뭘 하는 거냐, 헨리크?

헨리크. 이젠 내가 판단할 거야! 내가 직접!

　　내가 직접 나 자신에게 이 결혼식을 차려줄 거야! 그리
　　고 아무도 날 막지는 못해!

　　저 늙은이는 이미 체포됐어. 저 주정뱅이도 체포됐어.
　　내가 지배한다, 내가 지배할 거고 내가 직접 스스로 차
　　릴 거야……!

이런 헛소리는 이제 지겨워! 다들 내가

눈이 멀었다고 생각하는 건가? 내가

당신들이 날 어떻게 갖고 노는지 보고도 모른다고 생

각해? 하지만 이젠 충분해, 이젠 끝났어. 당신들 장단에

맞춰 춤추고 싶지 않아. 당신들 끈에 묶인 어릿광대가

되지 않을 거야. 당신들이 어떻게든 내 의지를 존중하

게 만들겠어. 저 늙은이가 왕이 되는 걸 겁낸다면, 나한

테 결혼식을 차려줄 수 없다면, 내가 스스로 직접 차리

겠어. 내 약혼녀는 어디 있지?

(가까이 다가오는 마니아를 보고)

아, 벌써 오는구나, 불분명한

그녀를 내가 분명하게 만들겠어! 내가 그녀를

이끌겠어!

내가 스스로 이 결혼식을 만들겠어! 내가 직접!

아무도 내 앞에 끼어들지 못하게 해야지! 내가

직접!

왜냐하면 난 여기 혼자 있으니까, 여기 난 혼

자야

그리고 당신들은 여기 없으니까!

(행진. 헨리크는 마니아와 함께 선두에 선다. 결혼식 행진)

헨리크.

내가 먼저 간다……. 저들이 내 뒤에 꼬리처럼

끌려온들

그래서 뭐 어떻단 말이냐

나는 그들을 보지 않아. 내 앞에는

가장 깨끗한 공간, 텅 빈 허공만이 있어서

나는 그곳을 지나간다…….

(브와지오가 지키고 있는 주정뱅이를 본다)

그리고 저 바보는 치워버려야지, 숙청해버려……. 없어
져 버리도록…….

네 생각대로 날 그렇게 쉽게 다루진 못해. 저자를 사형
에 처하라!

주정뱅이. (거지의 말투로)

왕자님……. 왕자님…….

헨리크. 저 말은 얼마나 바보같이 들리는지……. 하지만 이
젠 나한테 아무 짓도 못 해!

주정뱅이. 가장 높으신 임금님! 그래, 어쩌겠습니까! 그래,
힘들죠! 그럼 뭐 그렇게 되겠죠!

(모두에게) 날 목매단대, 목매단답니다! 지난 몇 년간 그
렇게 많이 목을 매달았어요.

죽기 전에 한 가지만 부탁합시다. 죽기 전에 한 번만
그녀를 쳐다보게 해주시오.

헨리크. 누구를?

주정뱅이. 저기 내 왕비님을.

헨리크. 또 바보짓을 하려는 것 같군. 하지만 난 이제 겁나
지 않아 — 이젠 나한테 모든 게 달려 있어.

뭐든 좋다, 쳐다봐라.

이미 보고 있지 않나.

주정뱅이. (독백) 오, 만카, 만카, 너하고 한잔 보드카!

헨리크. (독백) 하, 하, 하!

주정뱅이. 만카, 내가 너한테 장가들지 않았더니 누구 다른 사람이 너한테 장가드는구나.

헨리크. 마음 내키는 대로 말하라지. (브와지오에게) 그를 잘 지켜라.

주정뱅이. 내가 저 청년의 목덜미를 잡지 않도록, 내가 저 청년의 손에 체포되지 않도록, 너를 너와 함께 내가 그 걸 알 수도 있었을 텐데.

헨리크. 뭔가 헛소리를 하는군.

주정뱅이. 나는 너의 황홀한 얼굴 모습을 네 개의 판으로 막힌 관 속 무덤 속까지 가져갈 거다, 그 모습과 함께 나는 뒈질 거다……. (헨리크에게) 조금만 더 자비를 베풀 어주시오, 저 청년이 화병의 꽃을 가져다 머리 위에 살 짝 들고 있게 해주시오, 그러면 내가 쳐다볼 테니.

헨리크. 이건 또 무슨 새로운 바보짓이구나, 하지만 내 가 거절한다면 사람들은 무서워서 그런다고 생각하겠 지……. 그럼 거절하지 말아야지. (브와지오에게) 저 꽃을 가져다 들고 있어. (마니아에게) 불쌍한 미치광이에게 자 비심을 보여줘, 내 사랑하는 마리아.*

주정뱅이. 오, 나의 여왕님! 이 모습을 눈에 담은 채로 죽고 싶소이다……. 부탁이니 그 꽃을 조금만 낮게…… 눈

---

* 마니아(Mania)는 마리아(Maria)의 애칭/약칭, 만카(Manka)는 마니아의 약칭/비칭. 왕이 된 헨리크는 마니아를 왕비로 삼기로 하면서 그녀를 마리아라고 부르기 시작한다.

위로 살짝 가리도록······. (브와지오는 꽃을 내려 들면서 마리아를 껴안는다)

더 낮게······ 바로 거기예요······. 오, 나의 여왕님!

헨리크. 대체 저기서 뭘 보고 있는 거지? 아무것도 아니잖아!

고관대작들. (깨어나서, 연극적으로)

> 거기엔 아무 뜻도 없습니다
> 그저 순진합니다!
> 불쌍한 인간 같으니라고!
> 재미있군요.

주정뱅이. 허락해 주신다면, 조금 더 낮게······. 그 꽃이 위쪽에서 그녀의 목에 닿도록······. 오, 지금 딱 좋아요······. 이건 취할 지경입니다······.

고관대작들.

> 우리 군주의 참을성에는 놀랄 수밖에 없구나.
> 우리 군주는 정의로울 뿐 아니라 자비로우시다.
> 우리 왕비님의 참을성에는 놀랄 수밖에 없구나.
> 왕비님은 한없이 자비로우시다!

주정뱅이. (예상치 못하게, 힘껏게) 이젠 움직이지 마시오, 내가 저 꽃을 가져갈 테니. (브와지오의 손에서 꽃을 빼낸다) 움직이지 마······.

마니아. 이건 사진 같네요.

헨리크. (브와지오와 마니아에게) 잠깐 기다려. (독백) 이건 무슨 일이지? (브와지오에게) 움직이지 마. (독백) 뭘 하려는 속셈이지? 이건 헛소리야. 난 더 현명하게······.

주정뱅이. 더 현명하게.

헨리크. 더 현명하게?

주정뱅이. 더 현명하게…….

헨리크. 더 현명하다니, 어떻게?

여기서 뭐가 현명하다는 거지? 꽃은 이미 던져버렸고 저들은 저렇게 인위적인 자세로 서 있는데……. 더 현명하게?

주정뱅이. 더 현명하게…….

헨리크.

더 현명하게?

그래서 그게 뭐? 둘이 함께 서 있는데…… 그게 뭐? 둘이 함께 서 있다…….

아, 둘이 함께 서 있구나……. 그는 그녀와 함께, 그녀는

그와 함께……. 서 있어서 어떻다는 거지? 함께 하지만 말도 안 돼……. 둘은 인위적으로 서 있어……. 잠깐…….

그래서 어떻다는 거지……? 둘이 서 있어, 그런데 우리는 **모두 다**

그걸 보고 있지…… 둘이 서 있는 걸…….

돼지!

네가 그들을 이용했어

네가 그 둘을 더 저열하고

끔찍한 결혼식으로 이어버렸어. 네가 그들에게

결혼식을 치러주었어
돼지 사제야!

주정뱅이.

　　　돼지!

헨리크.

　　　돼지!

　(고관대작들 웃음소리)

　　　　막

제3막

(궁궐의 집무실, 헨리크와 수상)

수상. 사방이 고요합니다. 폭동에 참여했던 모든 범인들이
　　체포되었습니다. 의회도 마찬가지로 체포되었습니다.
　　게다가 군부와 민간 영역도 무조건적인 체포의 대상이
　　되었으며 넓은 영역의 인구가 감옥에 있습니다. 대법
　　원과 참모총장과 자문단과 각 부서와, 공적 영역과 사
　　적 부문, 그러니까 언론사 사장, 병원과 고아원의 원장
　　들도 모두 구금되었습니다. 또한 모든 장관들과 거기에
　　또 모든 사람들도, 전체적으로 모두 다 체포되었습니
　　다. 경찰도 또한 체포되었습니다. 평온합니다. 평화롭군
　　요. 습기가 찹니다.

헨리크. 정말로 사방이 고요하군. 얼마나 평화로운지.

수상. 그렇죠, 어쩌겠습니까? 가을인데요.

헨리크. 경찰청장은 어디 있지?

수상. 기다리고 있습니다.

헨리크. 기다리고 있으면 계속 기다리라고 해. 그럼 내 아
　　버지, 전(前) 왕은?

수상. 경비병이 지키고 있습니다.

헨리크. 그럼 그…… 주정뱅이는?

수상. 경비병이 지키고 있습니다.

헨리크. (음울하게, 씁쓸하게) 오늘부터 내 결혼 생활이 시작된
　　다……. 이 얼마나 음울한 날인가!

수상. 다른 모든 날들과 똑같습니다.

헨리크. 당신은 늙었어.

수상. 예.

헨리크.

　　　　나는 권력을 손에 넣었다
　　　　어떤 방법이었는지는 중요하지 않아. 상황을
　　　　내가 지배했다…… 그리고 이젠 뭐든지
　　　　내가 명령하는 대로 될 거야……. 그럼 나는
　　　　명령해야지
　　　　모두들 여기 이 집무실에 모여서, 왕이 스스로
　　　　결혼식을 올리는 걸 보라고. 낯짝을 붙잡아서
　　　　끌고 와야지!

수상. 알겠습니다.

헨리크. 경비병을 시켜 내 아버지를 데려와라. 낯짝을 붙잡
　　아 끌고 와. 그가 보는 앞에서 결혼식을 올리고 싶다.

수상. 알겠습니다.

헨리크. 그리고 내 어머니도 데려와라. 잡아서 끌고 와.

수상. 알겠습니다.

헨리크. 그리고 그 주정뱅이도…… 하지만 묶어서 데려와,
　　알겠나? 그들 모두가 보는 앞에서 결혼식을 올릴 거다.
　　난 아무도 무섭지 않아. 아무도 내게 아무 일도 할 수
　　없다. 뭘 어떻게 해야 할지 내가 스스로 알고 있으니

그걸로 끝이야. 난 권력을 갖고 있으니 내가 원하는 대로 되어야만 해. 내가 지배한다. 내가 상황을 지배한다고. 만약에 누군가 음모를 꾸미거나 훼방을 놓으려 하면 낯짝을 붙잡아서 끌고 가라…… 경찰청장이 폭력배들을 데려왔나? 그들을 불러라.

(경찰청장이 폭력배 3명과 함께 등장)

헨리크. 나한테 이게 필요했어! 저 낯짝 좀 봐! 하, 저 낯짝의 낯짝을 잡아서 끌고 가라! 그래! 만약에 누구든 부적절하게 행동하거나 어떤 식으로든 문제를 일으키거나 훼방을 놓으면 낯짝을 잡아끌고 가서 모두가 보는 앞에서 낯짝에 한 방 먹여…… 모두들 볼 수 있게…….

수상. 황송한 말씀이오나, 폐하…… 제가 원했던 것은…….

헨리크. 난 제정신으로 생각하고 있어. 내 생각을 들어봐. 부탁이니 내 생각을 들어보라고. 난 이미 순수성을 잃었어. 동정을 빼앗겼단 말이야. 최근에 난 많이, 아주 많이 생각이 바뀌었어. 그리고 밤에 잠도 한숨 못 잤어! 성스러움, 장엄함, 권력, 권리, 도덕성, 사랑, 조롱, 멍청함, 현명함, 이 모든 것은 마치 감자에서 알코올이 생겨나듯* 사람들에게서 생겨나는 거야. 마치 알코올처럼 말이야, 알겠어? 난 상황을 지배했으니 저 짐승들이 내가 원하는 건 뭐든지 만들어내게 하고 말 거야. 그리고 저들이 나에게 힘과 장엄함을 한껏 충분히 불어넣고

---

* 폴란드에서는 전통적으로 감자를 발효, 숙성시켜서 보드카를 만든다.

나면 난 결혼식을 올릴 거야. 그리고 만약에 그게 우스워 보이면, 그 우스움까지 낯짝을 붙잡아 끌고 갈 거야. 그게 바보스러우면, 난 그 바보스러움도 마찬가지로 낯짝을 잡아끌고 갈 거라고. 그리고 현명함도 낯짝을 잡아다 처넣을 거야! 만약에 하느님이, 늙어 꼬부라진 하느님이 뭔가 거기에 반대하려고 하면, 그것도 낯짝을 잡아다 처넣을 거야!

수상과 경찰청장. 예, 그렇습니다, 국왕 폐하!

폭력배들. 예, 그렇습니다, 국왕 폐하!

헨리크. 예, 그렇습니다, 국왕 폐하!

모두들. 예, 그렇습니다, 국왕 폐하!

　(판둘프 등장)

판둘프. 아닙니다!

헨리크. 아니라고?

판둘프. 아닙니다!

헨리크. 명예를 걸고 말한다! 주교!

판둘프.

　　　저는 로마가톨릭교회의 추기경
　　　판둘프로서 사악한 강탈자의
　　　얼굴에 대고 말씀드립니다. 하느님은 존재하시며
　　　가톨릭교회에서 인정하지 않는 결혼식은
　　　결혼이 아니라 죄악일 뿐입니다!

헨리크.

　　　하, 하, 하, 판둘프, 판둘프!

(비웃으며)
친애하는 판둘프,
넌 판둘프가 맞지, 그렇지?

판둘프.

예, 저는 판둘프입니다.

헨리크.

아…… 그리고 넌
추기경이지, 아닌가?

판둘프.

저는 하느님의 시종이며
하느님의 시종인 저는, 판둘프입니다…….

헨리크.

나의 친애하는 판둘프, 혹시 몰라서 물어보는
말인데 너는 너의 판둘프를 가지고…… 마시고
마시고
마시고
아닌가? 응? 친애하는 추기경, 혹시 너는 네 추
기경을 가지고 잔에 가득 붓고
붓고
붓고
아닌가? 추기경이 네 머리를 한 방 때린 것 같
군. 슈납스
슈납스

슈납스.*

그러니까 나의 친애하는 판둘프, 넌 주 하느님과 성스
러운 로마교회를 가지고 필름이 끊기도록 마신 거야.
아, 창피해라! 나도 뭔지 알지! 한 잔, 또 한 잔, 그러다
가 병째로 들고 나발을 부는 거야! 넌 평범한 사내가
아냐. 넌 주정뱅이야!

판둘프. 당신을
　　저주합니다!

헨리크. 뭐? 또 한 잔 땡겨? 내가 보는 앞에서 자신의 저주
에 취하는군. 하, 이건 좀 너무해. 널 건드려주겠어. (판
둘프를 건드린다)

판둘프. 하느님…….

헨리크.

　　　　술 취한 사제놈을
　　　　사제놈을 체포하라. 가라, 깡패들
　　　　저놈의 낯짝을 잡아 처넣어!

(폭력배들 판둘프를 데리고 나간다)
　　　　이 얼마나 음울한 날인가!

수상. 예, 날이 음울하군요…….

헨리크. 내가 지배한다…….

수상. 예, 국왕 폐하.

헨리크. 내가 통제할 거야…….

---

* Schnapps. 독일어에서 유래된 말로 독한 술을 뜻한다. 폴란드에서는 보드카와 동의어.

수상. 예, 국왕 폐하.

헨리크. 내가 모든 사람을 건드려주겠어!

수상. 예, 국왕 폐하.

헨리크.

아무도 나를 건드리지는 못해……. 그런데
친애하는 수상
부탁인데 말해주게, 사람들이 나를
혹시 조금이라도 비웃지는 않나……?

수상. 오, 오, 오!

경찰청장. 오, 오, 오!

헨리크.

혹시 내 등 뒤에서 모여서
떠들지는 않나, 그리고 또
자기들 등 뒤에도 모여서, 그러니까…… 그러
니까…… 그러니까, 예를, 예를 들어서
내가 질투를 한다고 그러진 않나, 하, 하! 응?
그랬다면 참
재미있을 텐데!

수상. 오, 오, 오!

경찰청장. 오, 오, 오!

헨리크.

내가 이렇게 물어보는 건
그 꽃 때문에 일어났던
현명하지 못한 사건 때문이지, 하, 하, 하! 그

251

불쌍한 주정뱅이의

암시는 사실 꽤나 분명해서

그 더럽고 미끈거리는 혓바닥으로

희생자를 낼 수도 있었거든, 하, 하, 하!

수상. 전 아무것도 모릅니다!

경찰청장. 우린 아무것도 몰라요!

헨리크.

왜냐하면 만약에

그가 그 두 사람을 그렇게 이상한 자세로 엮었으면

그 두 사람은 엮인 거니까…… 그리고 어쩌면

사람들이 그 둘을 엮을지도 모르고…… 그녀를 그하고, 또 그를

그녀하고……. 안 그래? 말해! 어쩌면

아무도 감히 입 밖에 내어 말하지는 못하지만

웃음과 암시와 눈짓과

비밀스러운, 서로 다 이해한다는 신호로, 하, 하…….

목이 바작바작 타는군. 목구멍이 말라붙어. 이봐, 하인들, 사과를 가져와라! 사과를 먹겠다. (수상에게) 그래서? 그래서?

수상. 국왕 폐하, 사실상 모든 사람이 적절하게 행동하고 있지만, 그 적절한 것이 어쩌면 부적절할지도 모르고, 누군가 어쩌면 뭔가를 알지도 모르고, 어쩌면 무슨 신

호가 있을지도 모르고, 어쩌면 없을지도 모르지만, 저
도 모르죠, 전 늙었으니까요, 눈도 근시가 심해져서, 침
침해서 잘 안 보이니까요…….

헨리크. 눈먼 말! 눈먼 닭!

경찰청장. 저도 사실 심한 근시입니다.

헨리크. 내가 당신들을 밀어붙이겠어……. (사과를 가져온 하인에
　　게) 거기 서, 기다려, 널 좀 들여다봐야겠다. 이 사람이 뭘
　　　　생각하는지

누가 알겠어, 저쪽 자기 방에 혼자 있을 때……. 이건 또
웬 아둔한 머리에 침침한 타입이군.

누가 알겠어? 어쩌면

　　　　이 사람도 혼자 뭔가 상상할지 모르지. 자기 생각
　　　　속에서

　　　　엮을지도…….

　　　　그 두 사람을 거기서 엮는 거야…….

　　　　어쩌면 자기 방에서 나를 비웃을지도 모르고

　　　　나를 배신할지도 몰라……. 그와 함께……. 그녀
　　　　도 함께……. 이런 반역자들!

이들이 나를 배신한다! 이 모두 다 배신자들뿐이야! 저
얼굴은 움직이지 않는군. 하지만 누가 알겠어, 그가 바
로 이 순간에도 여기 내 앞에 서서 어떤 비웃음이나 암
시에 빠져들지 않는지, 마음속으로는 배꼽이 빠지게 웃
고 있지나 않은지……. 이 사과는 나이프하고 포크 사
이에 있군. 나이프하고 포크. 어째서 나이프하고 포크

사이에 있지? 하, 알겠다, 사과나 배나 복숭아는 항상
그런 식으로 식탁에 내놓지…… 아냐, 어쨌든 이건 헛
소리야! 브와지오는 그녀하고 절대로 아무 일도 없잖
않았냐 말이야…… 이 모든 건 그저 손가락이나 빨고
잊어버릴 일이야 하, 하, 하, 손가락이나…… 이게 헛
소리인 건 나도 알아

그래도 난 이 말을 해야겠어…… 말하면서
이야기하는 거야…….

수상. (경찰청장에게)

우리 군주가
뭔가 이상하게 생각에 빠졌군요…….

경찰청장.

보아하니
건강하지 못한 꿈에 시달리는 것 같습니다.

헨리크. (독백)

더 이상 마시고 싶지 않아
더 이상은 안 마실 거야…….

수상. (방백) 오, 보드카, 보드카!

헨리크. (독백)

어쩌면 브와지오는
이제까지 그녀와 아무 일도 없었지만, 이제
모두들 그 두 사람을 엮고 있으니까, 그도 또한
그녀와 스스로 엮이려는 건지도 몰라……. 그
리고 서로 엮으면서

그녀를 건드리고…….

수상. 헤이, 헤이, 헤이, 보드카, 보드카…….

헨리크. (독백)

나 자신이 하는 말도 스스로 듣고 있어,

그리고 그가 하는 말도 듣고 있지. 나도 잘 알아,

우리가 무슨 말을 하는지, 이건 순전히 코미디야,

하지만 난 말을 해야겠어…….

수상. (기뻐하며 큰 소리로) 돌아버렸어!

헨리크. (수상에게) 주둥이 닥쳐. (경찰청장의 얼굴을 때린다)

경찰청장. 왜 절 때리세요?!

헨리크.

예측하기 더 힘들게 하려는 거지! 난 지금 이 순간

약간의 잔혹성이 필요해 — 그리고 그 잔혹성을 네 얼굴에서 찾는 거다! 내가 수상을 때렸다면 그냥 정당했겠지. 하지만 나는 잔혹하고 싶어! 내가 여기에 질서를 정립하겠다! (비명 소리) 저긴 또 무슨 일이지?

어머니. (무대 바깥에서)

날 놔줘 — 놔달라고!

(넘어진다)

헨리크, 헨리크, 아가야, 여보, 여보, 여보!

헨리크. 어머니가 미쳤나?

어머니.

헨리크, 아가야, 네 아버지가 비명을 지른다, 아

버지가 몸을 뒤틀어,

숨을 헐떡거리고 침을 흘린다, 사람이 아닌 것

처럼 뛰어오르고

펄떡펄떡 뛰어다니는구나!

헨리크. 그럼 아버지가 미쳤군!

어머니. (극적이며 목가적으로)

아버지는 벗어나고 싶어 했어, 도망치고 싶어

했어

헤이, 헤이, 저 숲 바깥으로!

하지만 사람들이 그를 붙잡아

지금은 그를 때리고 그와 함께 춤을 추지!

헨리크, 아가야, 네 아버지가 춤춘다!

헨리크. 그래서 어쨌다는 거죠?

어머니. 오 칼, 칼, 칼!

헨리크. 난 그저 이렇게 아버지를 붙잡아둘 뿐인데.

어머니. (겁에 질려)

세상에 맙소사, 헨리크!

난 어머니다!

헨리크. 사실 그렇죠—어머니가 맞아요—그리고 심지어
그건 좋은 일이기도 해요……. (다가간다) 껴안고 입 맞추
고 싶어요, 엄마. (껴안는다)

어머니. 뭘 하는 거냐, 헨리크?

헨리크. 어머니를 껴안고 있어요.

어머니. 날 놔주는 게 좋겠구나…….

네가 안아주니 이상하구나, 아냐, 아냐, 날 내버려둬!

~상. 놀랍군 이건, 놀라워……

경찰청장. 이상해, 좋지 못해……

　　　(아버지가 무대 위로 쓰러진다. 그 뒤로 폭력배들 쫓아온다)

아버지. 살려줘, 사람 팬다!

어머니. 날강도들!

아버지. (조용히)

　　　　　날 두들겨 팼어……

　　　　　(더 큰 소리로) 날 두들겨 팼어……

　　　　　(비명) 나를, 나를 두들겨 팼어!

어머니. 이리 와요, 그가 나도 때렸어요.

아버지. (비명) 뭐? 뭐? 그가 당신도 때렸다고?

어머니. 조용, 조용, 쉬이잇……

아버지. (조금 조용히) 그럼 내가 그를 저주하겠어……

어머니. 쉬잇, 쉬잇, 조용히……

아버지.

　　　　　뭐? 방금 뭐라고 말했지?

　　　　　그가 당신을 때렸다고?

헨리크. 나한테 이 칼이 있어서 좋군……

모두들. 하느님!

헨리크.

　　　　　아냐, 그게 대체 웬 생각이람! 난 아무도 안 죽
　　　　　일 거야, 설령 이 칼이
　　　　　날 압박한다 해도!

257

난 아무도 안 죽여 — 단지
그저 건드릴 뿐이야…….

(아버지와 어머니를 건드린다)

무시무시하고 저주스러울 정도로
끔찍한 한 쌍이야! 아버지와 어머니는! 성스러
운 하느님! 하지만
난 그들을 만지겠어.
다들 보시오, 내가 부모를 만지는 것을, 내가
부모를 움직이는 것을, 내가 부모 안에 파묻히
는 것을.

수상.

이런 건
이제까지 내 늙은 두 눈으로
본 적이 없어…….

경찰청장.

이런 건 한 번도 내 머릿속에
상상조차 해본 적이 없어!

폭력배. 수치스런 일이야!

아버지. 그냥 죽어라!

어머니. 네 어머니가 널 유산해 버렸어야 하는데!

아버지. 아버지가 널 목 졸라 죽였어야 했어!

어머니. 넌 자식 따위 못 낳게 돼버려라!

아버지. 네 아이들이 널 쫓아내길!

어머니. 네 아이들이 널 목 졸라 죽여버리길!

아버지. 네 아이들이 네 눈을 멀게 하길!

헨리크. 아버지와 어머니로 인해 취해버린 이 주정뱅이들을 없애버려! 난 제정신이야!

(폭력배들이 부모에게 다가간다)

아버지. 헨리크!

헨리크. 뭐지?

아버지. 헨리크…….

헨리크, 헨리크, 네가 나한테서 왕을 빼앗아간 건 나도 이해한다……. 하지만 난 그래도 네 아버지잖냐……. 하느님의 이름으로 자비를 베풀어 네 아버지를 빼앗지는 마라, 그랬다간 땅이 크게 갈라지는 소리를 내며 갈라져서 조각조각 부서질 거다…….

헨리크. 아버지도 왕하고 똑같은 제도일 뿐입니다. 그냥 개인적인 인간으로서 말할 수는 없어요? 언제나 꼭 그렇게 어떤 자격을 만들어 갖춰야만 해요?

잠이 오는군. 저들을 데려가라.

아버지.

그 말들로 인해

너는 무시무시한 불운의 문을 여는구나

그 안쪽 깊은 곳에는 연기뿐인데……. 하느님…….

어머니. 자비를 베푸소서…….

수상.

죄 많은 우리에게……. (주머니에서 신문을 꺼낸다)

전쟁이다!

헨리크. 뭐? 무슨 전쟁?

수상.

　　　　방금 전에
　　　　이 신문을 받았습니다.

　(정적)

　(멀리서 들리는 총소리)

헨리크. 정말로 총을 쏘는군.

아버지. 그래 저기 어디, 숲 너머인 것 같군…….

　(불안한 분위기)

어머니. 짐을 싸는 게 좋겠어.

수상. 만약의 경우에는 지하실로 내려갈 수도 있어요.

아버지. 포격은 아무것도 아니야. 가장 나쁜 건 가스지. 비
　　　　상식량을 준비해야 돼……. (어머니에게) 뭐든지 되는대
　　　　로 사요, 가게들이 문을 닫을 테니.

어머니. 어딘가에 방독면을 뒀는데…… 어디더라? 어딘가에
　　　　방독면을 여러 개 뒀는데, 잊어버렸네…… 어느 서랍이
　　　　더라……. (불안감이 점점 커진다) 그것들을 어디에 뒀더라?

　(총성)

경찰청장. 가까워졌군.

수상.

　　　　폐하, 명령을
　　　　내리시겠습니까?

헨리크.

명령 같은 건 절대로 내리지 않아, 이게 거짓
말이라는 걸 알고 있으니까!

거짓말이야! 하지만 정말인걸!

(귀를 기울인다)

오, 저 총소리 들어봐!

아버지. 우리는 어떻게 되는 거지? 이제 우리는 어떻게 되는
거야? 불행이다, 대화재야, 강간, 고문과 수치다…….

헨리크.

머리가 돌았군! 그건 술에 취한
환상 같은 거야! 보드카가 저들의 뱃속에서
터져 나올 지경이군! 저들을 내쳐라!

아버지. (취해서)

딸꾹……. 난 취했어……. 딸꾹……. 이렇게 돼
도 좋겠지
아들이 나한테 말하는 대로……. 그래, 힘들
어……. 하지만
만약에 내가 취했다면, 나는 너와 함께 있고,
날 감옥에 처넣기 전에 한 잔만
더 마셨으면 좋겠구나……. 너한테 해줄 말이
있다! 너한테 뭔가
이렇게 속삭여주마, 그 말이 네 머릿속에
콱 들어가 박히도록…….

어머니. (취해서) 트랄랄라…….

아버지.

너 그 여자애하고 결혼하지 마라!

그 주정뱅이 늙은이가 한 말이 사실이야. 그 여자애는

브와지오하고 벌써 오래전에 눈이 맞아버렸어.

헨리크. 거짓말!

아버지.

정말이라니까!

내가 좀 창피스러워서 너한테는 이런 말 하고 싶지 않았지만, 이제는 뭐 이렇게 전부 망해버렸으니…….

바로 그 애가 너랑

약혼한 그날에, 내가 그들을

덤불 속에서 찾아냈어, 덤불 속에서 내가 그들에게 기어갔지,

발로 그들을 밟아줬어!

헨리크.

거짓말!

하지만 정말이야!

어머니.

나도 그들을 찾아냈다

벌건 대낮에 우물 옆에서 서로 비비고 있었지

그놈은 그년 위에, 그년은 그놈에게

그놈에게 말이다, 헨리크! 결혼하지 마라!

(총성)

헨리크. 또 쏘는군!

아버지. (창밖을 내다보며) 군대다.

수상. 군대랍니다.

어머니. 전부 어린 소년들이야. 강아지들이네.

아버지. 강아지들이지만 벌써 피투성이야.

어머니.

　　　헨리크, 너 결혼하지 마라!
　　　그 여자애는 젊은 남자애들한테 웃음을 짓고
　　　젊은 애들한테 살랑거렸단다!

아버지.

　　　젊은 애들한테 자신을 내주고
　　　그 여자애는 피투성이가 됐어!

어머니.

　　　덤불 속에서도
　　　혹은 무슨 나무 밑에서, 혹은 옥수수밭에서…….

아버지.

　　　혹은 지하실에서!

어머니.

　　　혹은 다락방에서도!

아버지.

　　　혹은 어쩌면 마구간에서도!

어머니.

　　　혹은 어쩌면 헛간이나
　　　아니면 차고에서도!

아버지.

어쩌면 속옷을 입고

어쩌면 속옷을 벗고! (창밖을 내다보며) 히, 히, 어

떻게 그를 목 조르는지

어떻게 짓밟는지, 어떻게 그를 괴롭히는지, 지

금은

그의 총검을 부숴버렸네!

어머니. 대화재다, 폐허야!

아버지. 뭐라도 가져다 창문을 가리는 게 좋겠어, 저들이

　　우리를 보거나 불빛을 보면 이리로 뛰어올 수도 있고

　　그렇게 되면 우릴 잡으려고 덤빌 테니까.

헨리크.

비참하게도 자기만의

중독에 빠진 늙은이와 저 냄새 나는

위장병의 악취를 사방에 풍기며 벌벌 떨며

덜덜 흔들리는 할멈……. 내가 지나치게

참을성이 많았어

그리고 지나치게 예의를 차렸구나

당신들의 질 낮은 술병에! 하지만 지금은

내 분노를 보아라! 꺼져! 꺼져! 꺼지라고! 내가

직접 한다!

저들에게 족쇄를 채워라!

(폭력배들이 아버지와 어머니를 붙잡는다)

아버지. 자비를 베풀어라!

헨리크. 내가 직접 결혼식을 차리겠어! 나는 그녀와 결혼식을 올릴 거야, 바로 내 손으로 나 자신에게 결혼식을 차려줄 거야! 이 모든 것은 술 취한 저열한 환각에 불과해! 헛소리야! 헛소리! 내 신부를 데려와라! 그녀와 함께 결혼식의 자세한 부분을 의논해야겠다. 하지만…….

수상. 하지만…….

헨리크. 하지만…….

수상. 하지만…….

헨리크. 하지만

내 조신, 그…… 브와디스와프*도…… 함께 불러라. 그래…… 브와디스와프를, 내 조신을……. 난 그와 이야기를 해야겠다…… 그녀와도…….

(모두 퇴장)

……그래 이제 그 둘 사이에 뭔가 있는지 봐야겠지…… 그리고 만약에 뭔가 있으면, 그러면…….

(브와지오 등장)

……이 상황을 우리가 통제해보자. (브와지오에게) 아, 브와지오, 어떻게 지내?

브와지오. 그럭저럭.

헨리크. 그럭저럭, 그럭저럭 그리고 나 또한 그럭저럭! 유감스럽게도 우리는 뭔가…… 불쾌한 다툼에 빠진 것 같다…….

* 브와지오(Władzio)는 브와디스와프(Władysław)의 애칭.

브와지오. 난 아무래도 상관없어. 군대에 있는 것보다는 이쪽이 좋아.

헨리크. 몇 시야?

브와지오. 다섯 시 반.

헨리크. 그 시계는 어디서 났어?

브와지오. 앤트워프에서 샀어.

헨리크. 저기서 사람들이 뭐라고 말하는 거지? 아마 전쟁이 난 모양이지?

브와지오. 아마도.

헨리크. 하지만 확실히 너도 모르겠지.

브와지오. 확실히 알 수 있는 게 대체 뭐가 있지? 이봐, 헨리크, 내가 보기에는 여기선 아무도 믿을 수가 없어⋯⋯. 모든 것이 어쩐지 거짓되고 가식적이야⋯⋯.

헨리크. 맞아, 바로 그렇게 천박하고⋯⋯ 여기선 모두들 자기 자신인 척 연기하고 있어⋯⋯ 그리고 진실을 말하기 위해 거짓말을 하고⋯⋯. 이건 심지어 재미있을 지경이야⋯⋯. 하지만 난 이미 익숙해졌어. 그런데 넌⋯⋯ 혹시 너도 약간은⋯⋯ 흠⋯⋯ 가스에 취했나?

브와지오. 내가?

헨리크. 여기선 누구나 뭔가에 취해 있어. 그래서 난 너도 혹시나⋯⋯ 뭔가 마셨을지도 모른다고 생각했지.

브와지오. 아냐.

헨리크. 그래 그럼 넌 어째서 그렇게 슬픈 거지?

브와지오. 내가? 난 전혀 슬프지 않아. 바로 그 반대야.

헨리크. (슬프게) 겉보기에는 그렇지 않지만, 사실은 그
래…… 그리고 너의 슬픔은 안개 속에 몸을 숨기고 있
어……. 어이, 어이, 가버려, 가버려!

(마니아가 나타난다)

그래, 무슨 일이야?

마니아. 아무 일도 없어요.

헨리크. 기분은 좋아?

마니아. 좋아요.

헨리크. 너희 두 사람에게 할 말이 있어…… 너희 둘 모
두……. 생각해보라고, 그 주정뱅이가 너희 둘을 그 꽃
으로 엮어버린 순간부터, 하, 하, 하, 그래서 뭔가 괴상
한 모습을, 동상을 만들어버린 그때부터, 하, 하, 하, 난
너희 둘 사이에 뭔가 있을 거라는 생각을 떨쳐버릴 수
가 없어…… 너희 둘 사이에서 뭔가 빛나고 있다는 생
각을…… 하, 하, 하!

　　하, 하, 하!

　　하, 하, 하!

　　내가 어떻게 알아!

브와지오. 그게 대체 무슨 말을 하려는 거지? 네가 질투하
고 있다는 건가?

헨리크. 나한테 말하는 것 같지만, 넌 누굴 위해 말하는 거지?

브와지오. 이해가 안 돼.

헨리크. 마치 넌 혼자서 서 있는 것 같지만 — 누구와 함께 서
있는 거지? (마니아에게) 어째서 그를 쳐다보지 않는 거야?

마니아. 어째서 내가 쳐다봐야 하는 거죠?

헨리크. 만약 네가 쳐다보지 않는다면, 그럼 쳐다보지 않는 거겠지…… 그를.

마니아. (연극적으로) 헨리크, 나는 당신을 사랑해요!

헨리크. 그래, 넌 나를 사랑하지, 하지만 그는 내 친구야 넌 나를 사랑하고, 넌 품위 '있는 아가씨이지……. 하지 만 대체 무슨 목적을 위해 봉사하는 거지? (브와지오에게) 넌 무슨 목적을 위해 봉사하는 거야?

브와지오. 무슨 말이야?

헨리크. 잔혹함을 위해 봉사하지 않았나? 그럼 넌 보통의 살인자보다 더 끔찍한 살인에 대해 양심의 가책을 느 껴야 해. 너희 둘 다 품위 있고, 죄 없이 결백하고, 둘 다 좋은 가정의 자녀들이지…… 하지만 무슨 목적을 위해 봉사하는 거지? 그것에 대해서

넌 그녀에게 봉사하고, 그녀는

너에게 봉사하게 하라!

마니아. (연극적으로) 오, 나를 괴롭히지 말아요!

헨리크. 너도 브와지오도 나를 사랑하지…… 하지만 그건 너희가 각자 떨어져 있을 때뿐이야! 하지만 둘이…… 하지만 둘이 함께 있으면…… 둘이서 너희는 각자 떨 어져 있을 때하고는 전혀 다른 뭔가가 돼버려!

브와지오. 우리는 둘이서 전혀 다른 뭔가가 된 적 없으니 제발 너 자신과 우리의 머리를 이상하게 만드는 짓은 그만둬!

헨리크. 우리의! 우리의! 어째서 "우리"라고 하는 거지? 아,
　아, 이 하느님의 세상에선 참 일이 이상하게 돌아가는
　구나!

　생각해봐, 그 주정뱅이가 꽃을 내밀었을 때부터, 그 순
　간 즉각 너희 둘이 사귄다는 게 눈에 보였다고…… 그
　리고 너희도 마찬가지로 그걸 깨달았을 거야……. 그리
　고 이제는 모든 사람들이 끊임없이 너희 둘을 함께 엮
　고 나도 너희 둘을 엮는다고…… 머릿속에서 말이지,
　당연히…… 그리고 너희는 점점 더 단단하게 엮여가는
　거야!

　오, 그 사람은 실제로 뭔가 이상한 방법으로 너희에게
　결혼식을 치러줘버렸어……. 사제였다고! 하느님이 없
　는 이상한 종교의 사제였어……. 심리적인 사제였어!

브와지오. 너 왜 그래? 넌 흥분했어.

헨리크. 내가? 난 내가 존재하기나 하는지 의심하기 시작했
　어. 겉보기에는 내가 느끼고, 내가 생각하고, 내가 결정
　하는 것 같지만…… 하지만 사실은 내 안에서 아무것도
　느껴지지 않고, 모든 일은 그 사이에서…… 우리 사이
　에서 느껴지고 있어…… 우리들 사이에서 힘이, 마법이,
　영감과 신성성이 생겨나서 우리를 마치 지푸라기처럼
　흔들어대는 거야……. 그리고 우리는 비틀거리고…….

브와지오. 어떻게?

헨리크. 예를 들어 나한테 무슨 일이 일어났는지 봐. 그 주
　정뱅이가 어떻게든 너희를 엮어버렸고, 너희를 첩첩이

269

쌓아버렸고, 너희들 서로를 통해서 두 사람을 여럿으로 늘려버렸어 — 혹은 너를 그녀에게 이어 붙여버렸고 그녀를 너에게 붙여버렸지 — 그리고 너희들에게서 뭔가 나를 흥분시키는 것을 만들어냈어…… 뭔가 나를 너무나 심하게 도취시켜서 내가 (위협적인 목소리로) 그녀와 결혼식을 올리지 않으면 마음을 놓을 수 없게 말이야. 너그걸 기억해둬라.

브와지오. 난 너를 방해하지 않을 거야.

헨리크. 내 본성은 어째서 나를 여기까지 몰고 온 걸까? 어째서 이렇게 수상쩍은…… 수상쩍은 길로…… 어째서 나는 이쪽으로 방향을 잡아버린 걸까? 이 현상을 어떻게 설명하면 좋지? 어쩌면 내 안에 너를 향한 어떤 경향성이 존재하는 걸까 — 지하의, 불법의, 비도덕적이고 비정상적인 경향성 같은 게 말이야.

브와지오. 위대한 일이군!

헨리크. 어쩌면 난 언제나 무의식적으로 질투하고 있었는지도 몰라…… 그녀와…… 너에 대해서…… 그리고 널 경쟁자로 생각하고 있었을지도?

브와지오. 그런 일은 절대로 없었어…….

헨리크. 하지만 누가 알겠어, 어쩌면 남자는…… 남자는 절대로 직접적으로, 중간에 사람들이 흔히 하는 말로 다른 남자가 끼지 않고는 여자와 사랑에 빠질 수 없는 건지도 몰라. 어쩌면 남자는 다른 남자를 통하지 않고서는 절대로 다른 방식으로 여자를 느낄 수 없는지도 몰

라. 어쩌면 이건 새로운 사랑의 형태일까? 예전에는 둘
이었지만 지금은 셋이 된 걸까?

브와지오. 내가 보기에 넌 너무 부풀려 생각하고 있어.

헨리크. 어쩌면 이건 외부에서 나에게 주어진 것이고, 어쩌
면 나 자신은 이걸 그렇게까지 깊이 느끼지 않는 건지
도 몰라, 그저 느끼는 듯이 행동해야 할 뿐이지. 이 비틀
린…… 꼬여버린…… 길 때문에 머리가 어지러워……
그런데도 나는 그 길로 계속 가고 또 가고 있어…… 쉬
지 않고, 끊임없이…… 저 문은 무겁구나. 천장이 짓누
르는 것 같아. 괴상하고 수수께끼 같은 하늘이야.

아, 그 주정뱅이가 나를 취하게 했어. 아, 그 사제는 정
말로 사제였어. 그는 자기 손가락으로…… 자기 손가
락으로…… 너희들을 신성하게 만들었어……. 그 앞에
서 난 무릎을 꿇고 제물을 바쳐야 해, 마치 꿈꾸듯이.

아냐, 다 악마에게나 가버려!

그래도 난 왕이야! 내가 지배한다!

내가 통제할 거야! 오, 헨리크, 헨리크, 헨리크! 내
가 직접!

내가 직접 나 자신에게 결혼식을 치러줄 거야! 헨
리크!

통제에 굴복하지 말고 네가 직접 지배하라!

헨리크, 네 신들을 부숴버리고 그 마법을 없애버
리고

너의 왕좌를 차지하라!

이 말이 얼마나 이상하게 들리는지. 쳇! 내가 이렇게 인
위적으로 말하지만 않으면 좋을 텐데. 하지만 그녀는
저기에 서서…… 우리 곁에 서서…… 듣고 있어.

마니아. (연극적으로) 어째서 나와 당신 자신을 고통스럽게
하는 거예요?!

헨리크. 끔찍하게 연기도 못 하면서 뻔뻔스럽게 끼어들기
만 하는군! 가끔은 울컥해서……. (때릴 듯한 몸짓)

마니아. (범속하게) 제발 그런 짓은 하지 말아요!

헨리크.

가라.

그와 개인적으로 이야기를 좀 해야겠다

하지만 너무 멀리 가지는 마. 하인들에게 말해서
너에게 차를 대접하라고 일러라.

(마니아 퇴장)

그럼 이제

우리 본격적으로 시작해보자. 솔직히 어떤 결과
가 나올지 나도 모르겠다.

이 침묵은 얼마나 끔찍한가…….

저 벽은 입을 다물고 전체적으로 모든 것이 다 입
을 다물었구나.

내가 무슨 말을 할지 기대하면서.

오래전부터 이렇게까지 떨려본 적이 없는데 (브와
지오에게)

아, 브와지오, 잘 지내나.

브와지오. 잘 있지.

헨리크.

너하고 얘기를 좀 해야겠어.

앉아.

브와지오.

좋아.

헨리크.

너에게 좀 언짢은 이야기를 해야겠다

어쩌면 심지어 좀 비정상적인 이야기야

일상적이고 평범한 일이 전혀 아니라는 뜻이지

그보다는 정상적인 범위에서 벗어나는 일이야

브와지오.

어떤 일이 비정상이라고 해서 나하고 무슨 상
관이야

내가 정상인데!

헨리크.

요점이 뭐냐 하면, 내가 이걸 너에게 평범하게
이야기한다면

전혀 믿을 만하게 들리지 않을 거란 말이야.
모든 것이

우리가 어떻게 말을 하느냐에 달려 있어. 그
때문에

난 너에게 약간, 어쩌면 좀, 인위적인 방식으로
이야기해야만 해.

그리고 부탁인데 너도 마찬가지로 평범하게 대답하지
말고, 내가 말해주는 대로 행동해줬으면 좋겠어. 여기
로는 아무도 들어오지 않을 거야.

저 문은 잠가두기로 하자.

브와지오. 난 아무래도 좋아.

헨리크. 나도 알아. 넌 이미…… 젊은 나이에도 불구하고
이상한 일을 너무나 많이 해야만 했으니까. 하지만 확
실히 말해두겠는데 이건 그저 변덕이 아니라 그보다
훨씬 더 심각한 일이야. 친애하는 브와지오, 너도 알다
시피 나는 내 아버지인 왕을 폐위시키고 나 자신이 왕
이 되었어, 그리고 오늘은 내 약혼녀인 마리아 공주와
함께 직접 나 자신에게 결혼식을 치러줄 예정이야. 이
렇게 대답해. "그래, 나도 그 사실을 안다."

브와지오. 그래, 나도 그 사실을 안다.

헨리크. 하지만 내가 그녀와 결혼식을 올린다는 게 대체 무
슨 소용이겠어, 가장 공식적으로 식을 치른다고 해도
궁궐 전체가 너희 둘, 그녀와 너 사이의 무슨 비밀스러
운 관계에 대해서 숙덕거릴 텐데…… 그리고 나 자신도,
나 자신도 혼자서 상상할 거란 말이야 — 그게 현명하든
현명하지 않든 — 너희 둘이……. "그래"라고 대답해.

브와지오. 너한테 꼭 필요하다면 대답해줄 수 있지. 그래.

헨리크. 아냐, 아냐, 긴말 붙이지 말고 "그래"라고만 대답
해. 정말로 아무도 우리 말을 듣지 않아…… 하지만 우
리 자신이 우리가 하는 말을 듣고 있지. "그래"라고 대

답해.

브와지오. 그래.

헨리크. 당연히 나로서는 너를 없애는 게…… 너를 없애는
게, 그 주정뱅이한테 했듯이 체포하는 쪽이 쉽지. 난 심
지어 너를 숙청할 수도, 죽일 수도 있어, 말하자면. 하
지만 나로서는 설령 그렇게 한다고 하더라도 아무것
도 변하지 않을 거야, 왜냐하면…… 왜냐하면 항상 의
심할 테니까, 항상 느끼고 항상 알고 있을 거야, 그녀가
바로 내가 아니라 너한테 속한다는 걸. "그래"라고 대
답해.

브와지오. 그래.

헨리크. 저 커튼은 믿을 수가 없을 지경이군. 이 궁궐이 이
렇게 싼 티가 나고 관리가 안 돼 있다는 걸 이해할 수
가 없어. 하인들이 이렇게 많은데도 지저분하고. 내가
어떻게든 나서야겠어. 아무 말도 하지 마! 내가 더 말할
거니까.

나에 대해서 어떻게 생각해?

브와지오. 난 네가 아프다고 생각해.

헨리크. 내가 너한테 어떤 일에 대해서 설명할 수 있는 한
설명해주지. 나는 이 모든 일에 엮이게 됐을 때부터 두
가지 극단 사이에서 망설이고 있어. 책임과 무책임, 진
실과 거짓이야. 한편으로는 여기서 일어나는 일들이 별
로 중요하지 않고 무책임하고 인위적이고 아무래도 상
관이 없다는 걸 알고 있지만……. 다른 한편으로 나는

275

이걸 대단히 중요하게 받아들이고 마치 내가 모든 일에 대해 궁극적인 책임을 져야 할 것 같은 느낌이 들어. 인위적인 구절들을 내뱉는 걸 나 자신도 멈출 수가 없군. 하지만 또 동시에, 이런 구절들이 그저 단순한 말보다 훨씬 덜 인위적인 것 같기도 해.

난 내가 진짜 왕이 아니라는 걸 알고 있어.

하지만 난 내가 왕이라고 느껴.

매 순간마다 마치 아이처럼 놀이를 하면서도 또 동시에 이 놀이가 전혀 겉보기처럼 그렇게 순진무구하지 않다는 것도 알고 있어. 난 마치 거짓으로 가장하다가 실제로 뭔가를 불러내버린 것 같아, 마치 내 말 한 마디 한 마디, 행동 하나하나가 뭔가 주문을 걸고 뭔가를 만들어내는 것 같은 느낌이야…… 뭔가 나보다 더 강력한 것을.

여기에 대해선 어떻게 생각해?

브와지오. 상당히 불분명하군.

헨리크. 그래, 하지만 너 자신도 가끔은 마치 여기에 대해서 뭔가 아는 것처럼 행동하잖아 — 그리고 다른 사람들도 마찬가지야……. 너희들은 뭘 아는 거지? 나도 더 많이 아는 건가, 아니면 더 적게 아는 거야?

아냐, 난 미치지 않았어. 난 정신 멀쩡한 현대의 인간이야. 대체 난 어째서 그녀와 결혼식을 올리려고 하는 거지? 그 이유는 예전과 같은 그녀를 갖고 싶기 때문이야 — 그리고 난 알고 있고 확신하고 있어, 결혼식 없이

276

그녀를 소유하게 되면 이전의 내 약혼녀가 아니라 타락한 창녀를 소유하게 될 거라는 걸……. 그러니까 나 자신과 그녀에게 차려주는 이 결혼식이 진실로 성스러웠으면 좋겠어. 하지만 이 생각은 신비주의적이거나 미친 걸까? 난 성스러운 행위에는 도달할 수 없는 것일까? 지금 이 순간에 대체 정말 중요한 게 뭐지? 다른 사람들이야. 만약 다른 사람들이 이 행위의 성스러움을 인정한다면 그건 성스러워질 거야─그들에게 성스러워지는 거지. 만약 사람들이 그녀를 깨끗하고 품격 있는 내 왕비라고 인정한다면 그녀는 왕비가 되는 거야─그들에게. 그리고 만약에 그들에게 그렇다면 나에게도 그렇게 되는 거지.

브와지오. 넌 생각은 멀쩡하게 하는데 이상한 느낌을 주는구나.

헨리크. 잠깐. 나에겐 그녀의 과거에서 그…… 술주정꾼들과…… 여관의 창녀였던…… 일을 지워버릴 권한은 없어. 하지만 만약에 나 자신을 포함해서 모든 사람에게 이 결혼식이 나의 사랑과 그녀의 명예를 축복하는 장중한 일이라고 진심으로 받아들이도록 강요한다면─결혼식은 그렇게 진실하게 되는 거야. 왜냐하면 모든 일은 사람들 사이에서 느껴지는 거니까! 모든 건 사람들에게서 비롯되는 거야!

그러니까 이제 잘 들어

귀를 기울여야 해. 너도 알다시피, 난 조금 뒤에

이 행위를 완수할 거다……. 힘이 필요해

그런데 넌 나를 약하게 만들고 있어…….

브와지오. 아하.

헨리크. 너에게 나의 행동 계획을 설명하겠어. 이건 대단히 단순하고 심지어 뼈대밖에 없는 계획이야.

궁궐 무도회에 모든 사람을 부르라고 명령했어.

이 무도회에서 나와 그녀는 서로 눈짓과 웃음과 손길 등등을 이용해서 둘 사이에 할 수 있는 한 가장 커다랗게 사랑을 만들어낼 거야. 우리들 사이에 사랑과 순수함과 신뢰를 만들어낼 거야…… 예전에 우리 사이에 있었던 것처럼 말이야. 동시에 난 그 사람들이 겉보기에 숭앙하고 흠모하는 것처럼 행동하도록 강요해서 나에게 신성성을 불어넣게 만들 거야—그렇게 해서 아주 매끄럽게 나와 그녀에게 결혼식을 차려주고, 그 결혼식을 통해서 모든 것을 합법적이고 성스럽게 만드는 거지……. 여기 뭔가 이상한 점이라도 있나? 없어.

없어.

없어. 하지만 너도 알겠지, 난 그보다 먼저 너희 둘 사이에 생겨나는 것을…… 그리고 날 약하게 만드는 것을 이겨내야만 해. 난 힘이 필요해.

한편 너는 나에게서 그녀를 데려가려고 하지…….

그러니까 이제 너에게

상당히 예상치 못했던 것을 얘기해야겠어. 넌

자살해야만 해. 그리고 그 이유는 단 한 가지야.

바로 내가 명령했기 때문이지.

그리고 내가 그걸 원했기 때문이야…….

브와지오. 그게 무슨 제안이람!

헨리크. 나도 알아, 이건 좀…… 현명하지 못하지…… 내가 부끄러워하지 않는다고 생각해? 이건 끔찍하게 인위적이야.

하지만 난 이걸 다만 그저…… 시험적으로 말해보는 거야…… 이 말이 어떻게 들릴지 궁금해, 알겠어? 당연한 얘기지만

이 모든 일은 진지하지 않아

누가 이걸 진지하게 받아들일까!

나한테 중요한 건 그저 나 자신의 목소리를 듣는 것뿐이야. 하지만 네가 하려는 말은 어떻게 들릴지 그것도 들어보고 싶어. 그러니까 부탁인데,

고개를 기울이고 팔과 다리를 조금 뻗고, 몸을 살짝 움츠리고

이렇게 말해봐. "네가 원한다면, 헨리크, 그래, 기꺼이 그렇게 하지."

브와지오. 난 배우가 아냐.

헨리크. 시를 외운다고 상상해봐.

브와지오. 상상하기 싫어.

헨리크. 네가 사제라서 어떤 정해진 기도문을 외운다고 상상해봐.

브와지오. 난 아무것도 상상하기 싫어.

헨리크. 천년쯤 지나면 사람들이 지금 우리가 말하는 것하고는 완전히 다르게 말할 거라고 생각하지 않아?

브와지오. 매우 가능성 있는 일이지.

헨리크. 그리고 그들의 대화는 끝없이 더 풍성할 것 같지 않아? 지금 우리 시대의 가수가 받아들일 수 없는 곡조가 수없이 많을 거야. 그러니까 이런 말을 시험 삼아 해보는 게 너한테 무슨 해가 되겠어? 그리고 고개를 조금 기울여.

브와지오. 시키는 대로 내가 읊어준다고 해서 너한테 그게 무슨 소용이 있겠어. 그 말들은 전혀 사실이 아니잖아.

헨리크. 당연히 아니지. 아니, 아니, 내가 뭔가 마술의 주문 같은 걸 믿는다고 생각하지는 마. 난 현대적인 지성을 가진 사람이야. 하지만 말한다고 해서 너한테 무슨 해가 되겠어…… 그리고 그렇게 말하면서 어떤 느낌이 드는지도 알게 될 거 아냐. 난 그냥 네가 이렇게 말하는 걸, 이 말을 입에 올리는 걸 한번 해보고, 시험해보길 원하는 거야…… 그게 어떤 건지 한번 보게……. 이건 어떤 의미에서는 과학적이야. 단어는 우리 안에서 어떤 심리적인 상태를 불러일으키거든…… 우리를 형성시키는 거지…… 우리 사이에서 현실을 창조해……. 네가 뭔가…… 이상한 말을 한다면…… 나도 마찬가지로 그보다 더 이상한 말을 할 수 있는 거고, 그렇게 서로를 지지해주면서 멀리까지 나아갈 수 있는 거야……. 그래, 그래, 그래, 알겠어, 이건 겉보기처럼 그렇게 어려

운 일도 말도 안 되는 일도 아니야. 둘 사이에서 모든 일이 일어나는 거야. 그래서 말인데

뭔가 비정상이라고 해서 너하고 무슨 상관이 겠어

네가 정상인데!

브와지오. 어쨌든 너한테 그게 꼭 필요하다면.

헨리크. 기다려, 기다려, 여기 내 옆에 서. 아무도 못 보겠지, 응? 열쇠 구멍으로는 안 보여. 이건 우리 사이의 일이야. 휴, 이 정적이라니. 아무것도 아닌 것 같지만 사람은 희미하게 느낄 수 있지. 앉아. 아니, 여기 서는 게 낫겠어, 이 의자 옆에 서서 고개를 좀 기울이고

팔은 늘어뜨려. 이제 내가 너한테

다가가서 여기 네 옆에 서서 나이가 더 많은 내가 내 손을 나이가 더 어린 너의 목덜미에 얹을 거야. 추워!

써늘하군, 안 그래? 내가 널 만진다…….

내 친애하는 브와지오……. 아냐, 아냐, 이건 괜한 거야…… 이런 도입부는 필요 없어……. **넌 자살을 해야만 한다, 왜냐하면 내가 그렇게 원했으니까.** 이제 네가 아는 대로 대답해.

브와지오. 좋아. 네가 원한다면 기꺼이 그렇게 하지.

헨리크. **내 결혼식에 참석해서 필요한 순간에 이 칼로 자살해라.** (브와지오에게 칼을 준다)

브와지오. **좋아.**

헨리크. 그래 네 생활은 어때? 최소한 먹는 건 잘 먹고 있
　　겠지?

브와지오. 나쁘지 않아.

헨리크. 몇 시야?

브와지오. 여덟 시 반.

헨리크. 그 시계는 네가 살 때 낸 값보다 최소한 두 배는
　　더 가치가 있을 거야— 내가 제대로 기억한다면…….

브와지오. 이걸로 이득을 보았어.

헨리크. 괜찮은 시계야. 지금으로서는. 그럼 안녕.

브와지오. 안녕.

　(퇴장)

헨리크. (혼자)

　　　　장난감
　　　　예를 들어 이게 장난감이라고 하자
　　　　하지만…… 이건 뭐였을까? 저 장난감들이 얼
　　　　마나 안전할 수 있는 것일까?
　　　　실제로 언어가 영향을 미치는 범위는 얼마나
　　　　될지 알고 싶군?
　　　　내 범위는 얼마나 될까?
　　　　꿈? 그래, 그래, 꿈…… 어린 시절…….
　(가구에 대고) 날 훔쳐보는 거냐? 난 곁눈으로 보이는 곳
　에, 시야 안에 있지, 그리고 내가 보는 모든 것은 나를
　쳐다본다
　　　　설령 내가 혼자라도

혼자라도

이 정적 속에서…… 손을 뻗는다. 이 몸짓은
참 평범해

정상이고

일상적이야

나는 의미 있는 몸짓이 된다, 왜냐하면 아무에
게도

향하지 않았으니까…….

정적 속에서 손가락을 움직인다, 그리고 나 자
신이

나로 인해 나 자신에게 뒤덮이게 되지

그리고 내 중심으로 인해 중심이 된다. 나, 나,
나! 난 혼자야!

그렇지만 만약에 나, 나, 나 혼자라면, 대체 어
째서

(이 효과를 이용해야지) 난 없는 걸까?

나, 내가 가장 가운데에, 가장 중심에 있다고 해서 그
게 무슨 의미인가 (내가 묻는다) 만약에 나, 내가 그
어디에서도 나 자신이

될 수 없다면?

난 혼자다.

난 혼자야.

지금, 너 혼자일 때, 완전히 혼자일 때, 넌 최소한 너
의 끊임없는 낭송을 잠시 멈출 수도 있었어

　　　　그 단어들의 조작을

　　　　네 몸짓의 생산을…….

하지만 넌 심지어 혼자 있을 때조차도 혼자 있다는 걸

위장하고, 넌 단지 계속

(여기선 솔직하게 얘기하기로 하자, 바로 이곳에서, 이

순간에)

　　　　넌 혼자 있는 척하고 있어

　　　　심지어 너 자신 앞에서도.

　　　　난 혼자야

　　　　난 혼자다(이걸 한 번 더 강조하자)…… 하지

만 저기

　　　　비명과 고함과 신음과 피, 아, 아, 그리고 공포

　　　　오, 그 어떤 사람도 한 번도 이렇게 어려운 문

제를

　　　　풀어야만 했던 적은 없었어

　　　　이렇게 끔찍한 고통과 수치의 소리 아래서

신음한 적이 없었다…… 대체 어떤 입장을 취해야 할

까? 대체 어떤 자세를 택해야 하지? 하, 뭐, 난

　　　　이 저열하고 무시무시하고

　　　　수치심을 주는 세상의 모습 앞에 눈살을 찌푸

릴 수도 있고

　　　　양팔을 하늘을 향해 치켜들 수도 있고

　　　　이 손은 주먹을 쥐거나 다른 손을 쳐들 수도

있고

이마에 현명하고 생각에 잠긴 주름을 지을 수
도 있고
나
그래, 그래, 나…… 난 할 수 있어
그런 자세를 취할 수 있지…… 당신들 앞에서
그리고 당신들을 위해서! 하지만 나 자신을 위
해서는 아냐! 난 그 어떤 자세도
필요치 않아! 난 남의 고통은
느끼지 않아! 그저 나의 인간성을
낭송할 뿐이야! 아냐, 난 존재하지 않아
난 그 어떤 "나"도 아냐, 아, 아, 나를 넘어서
나를 넘어서 난 자신을 창조해, 아, 아, 이 소리
없이
공허한 내 "아"의 오케스트라여, 내 공허 속에서
태어나 공허 속에 잠기는구나!

오, 암송자들!
(격분에 차서 이 단어를 내뱉자, 냉소적으로)
낯짝 가득히 도덕성과
책임감을 두르고 있구나! (조롱하듯이
악의적으로 고함치도록 하자, 손도 휘두르고)
당신들의 책과 철학은 아무 소용이 없어
그리고 논설도, 연설도, 체계도
그리고 논리도, 정의도, 전망도

영감도, 고양도, 계시도 이
이 20억 인구 앞에서는
그들은 영원하고 어둡고 사납고 미성숙한 열
기 속에서
자기들끼리 짓눌리고 있어…….
당신들의 파리는 공연히 흑녹색 심연의
코 옆에서 윙윙거리고 (나의 점잖은 웃음이
그리고 인간적이며 인간적인 내 웃음, 사적이
고 조용하고
정의되지 않았으며 또한 연구되지 않은 웃음이
바로 이 순간 나타나게 해야지……) 당신들이
끊임없이 어떤
자세를 취하고 있을 때 우리는 여기서 우리 방
식으로 서로 꼬집고 있어
우리 운명의 덤불 아래서.

(그리고 이제 이 독백을
끝맺으며)

나는 모든 질서를, 모든 이상을 던져버린다
그 어떤 추상도 원칙도 믿지 않아
하느님도 이성도 믿지 않아!
그 하느님들은 이미 지겨워! 나한테 사람을 줘!
나처럼 혼란스럽고 미성숙하며

완성되지 않고 어둡고 불분명한 사람을

내가 그와 춤출 수 있게! 함께 놀 수 있게! 그
와 싸우고

그를 흉내 낼 수 있게! 그에게 바보처럼 웃을
수 있게!

그리고 그를 강간하고, 그와 사랑에 빠지고, 그
의 위에서

나 자신을 끊임없이 새로 창조시키고, 그로 인
해 성장하고 그렇게 자라나서

나 스스로 인간의 교회에서 결혼식을 치를 수
있게!

(사방에서 모두 등장. 고관대작들, 숙녀들과 수상, 경찰청장과 폭력
배들. 음악. 무도회)

합창.

이것은 왕궁의 카드리유,* 이것은 무도회!
국왕 폐하 만세!

헨리크.

이것은 왕궁의 카드리유, 이것은 무도회!

수상.

국왕 폐하 만세!

헨리크. (수상의 손을 잡고 무대를 돌아다니며)

보아라, 보아라, 온 왕궁이 춤추는 모습을!

* Quadrille. 네 명이 한 조를 이루어 사방에서 마주 보며 추는 프랑스 춤.

287

풍성한 합창의 아름다운 꿈들과
달콤한 권력의 어두운 반짝임
그리고 금발 머리를 한 밤의 기적들…….

수상.

이 카드리유는 말할 수 없이 영광스럽구나
춤을 추니 모든 꿈들이 다정해지고
영혼까지 저 멀리, 멀리 잠기고
머리카락은 마치 아마처럼 금발이구나!

헨리크.

설령 의미가 없어도 운율은 흐르고
달콤한 연기의 마술적인 환영도 흘러라
박자와 운율이 한 바퀴 돌아서
크림반도*까지 흘러가게 하라! 쳇! 쳇! 쳇!
이젠 됐어! 멈춰!

(춤추던 사람들 멈춘다)

저들에게 고개 숙여 절하라고 명하라!

(춤추던 사람들 고개를 숙여 인사한다)

한 번 더!

(인사)

한 번 더!

(인사)

저 인사가 내 안에서 요동친다……. 내 사람들은 어디

---

* 우크라이나 남부에 있다.

있지? (폭력배들 등장) 다시 확실히 말하지만 저들은 끔찍해, 아멘. 경찰청장은 어디 있지? (경찰청장 등장) 저 폭력배들에게 모든 것과 모든 사람들의 낯짝을 붙잡으라고 해, 아멘. 만약에 누군가…… 나에게 덤비려고 하면, 그러면…… 그에게 덤벼라. 좋아. (잡힌 사람들 사이를 걸어 다니며 쳐다보면서) 모두 있나? 이 아줌마, 이건 누구지?

수상. 피룰루 공주입니다.

헨리크. 보자마자 공주인 줄 알았어, 아주 평범하거든. 저 천치는?

수상. 신분 높은 천치입니다.

헨리크. 천치 같은 눈길로 쳐다보는군. 그럼 저 부드럽고 하얗고 배가 나오고 축축한 인간은?

수상. 저건 대식가입니다.

헨리크. 귀 뒤에 찌꺼기가 묻었군. 대체 정확히 뭘 맛있게 먹는 거지?

수상. 바로 자기 자신의 역겨움이지요.

헨리크. 좋아, 내가 보니 바로 핵심만 골라서 데려왔군. (폭력배에게 대식가를 가리키며) 가서 발을 밟아라, 아프게.

(정적)

뭐야? 조용해, 정말로? (방 안을 돌아보며) 가장 엘리트들뿐이야, 사실. 이 명예로운 왕국에서 가장 상류층들만 모아왔다는 걸 딱 보면 알겠어. 하지만 어째서 전부 이렇게 늙은 거지? 이건 매머드들의 연합회잖아!

수상. 너그러이 용서해 주시지요, 국왕 폐하.

헨리크. 하지만 이건 사람이 아니잖아! 이건 캐리커처일 뿐이야! 이 안경, 이 턱수염, 이 콧수염을 보라고 — 저 돌은 얼마나 흉물인가 — 끔찍하게 말랐어 — 사지가 비틀리고 절단됐잖아 — 경화증에 걸린 불쌍하고 절망적이고 푸르스름한 핏줄에다 이빨엔 온통 봉을 박았고 발은 꼴사납게 휘어졌고 배는 툭 튀어나왔고 가슴은 푹 꺼지고 경화증에 척수마비에 온갖 병증에 질병에, 장애와 결함, 무시무시한 나체, 수치스러워! 게다가 이들은 얼마나 신분이 높은지! 노랗게 말라비틀어지고 응석받이에다가 일급 이발사들에게 온갖 아첨을 다 받았어! 시체야, 양말을 보여줘. 이건 최고급 실크로 안목 있게 디자인한 세련된 양말이구나 — 우아한 양말이야! 하지만 발은 다 망가져가고 있어. 이건 벌써 죽어가기 시작하는 사람들이야. 눈길이 무덤 속의 눈빛이라고. 그래 이 사람들이 여기 지도자란 말이야?

손님들. (춤추며)

　　　　이것은 왕궁의 카드리유, 이것은 무도회!
　　　　국왕 폐하 만세!

(춤을 멈춘다. 하인들 쟁반에 술병을 담아 등장)

하인들. 버건디! 토카이! 말라가!* 오포르토!

헨리크. (손님들에 대하여) 이 얼마나 술 취한 모습들인가! 뿔처럼 불쑥 튀어나온 코와 배, 뻔뻔하고 음탕한 대머리!

---

* Malaga. 스페인 안달루시아 지방의 도시, 혹은 이 도시 특산의 달콤하고 강한 와인.

닳아 터진 모자야 노래하라

내 결혼식에서! 저 불쑥 튀어나온 모양새가 나
를 즐겁게 하는구나.

하인들. 버긴디. 토카이. 말라가. 오포르토.

헨리크. 내 약혼녀는 어디 있지?

수상. 저기 벌써 흰 꽃으로 장식한 처녀들과 함께 들어오
고 있습니다.

헨리크. 나에게 가까이 다가와서 나를 향해 웃음 짓고 살짝
고개 숙여 인사하면서 눈을 내리깔게 해라. 나도 몸을
숙이고, 그녀의 어깨를 살며시 안으면서 그녀가 무릎
꿇지 못하게 하면서 동시에 그녀에게 오래전에 웃었던
그 웃음을 지어 보이겠다. (마니아와 헨리크 이대로 수행한다)

수상. (한옆에서) 국왕 폐하, 전부 다 들립니다.

헨리크. (큰 소리로) 바로 그 남들에게 들리게 하는 게 목적이
다. 우리는 서로 사랑하지 않아 — 그저 우리 둘 사이에
사랑을 만들어내고 있을 뿐이지…… (마니아에게) 어째서
웃지 않는 거지? 옛날처럼, 아무도 너를 강제로 범하지
않았고 네가 아직 고기 장수 집의 창녀가 아니었을 때
처럼 그렇게 나를 향해 웃어, 알아들어? 그렇지 않으면
넌 쓰러질 수도 있다. 그리고 곁눈질을 하지 말고 아무
도 눈으로 찾지 마라, 내가 브와지오를 질투하는 건 너
도 알고 있을 테니까. (수상에게) 난 일부러 이 모든 것을
큰 소리로 말하고 있다, 왜냐하면 여기선 아무것도 숨
길 필요가 없고 여기선 모든 것이 다 확실히 드러나 있

291

으니까. 봐라, 그녀가 얼마나 고마워하며 웃음 짓는지.
저 웃음이 수많은 기억을 떠오르게 하고 내 마음을 감
동시키는구나…… 그 기억에 대해서…….

내 소중한 사람, 너의 그 웃음이
그 기억에 반영되어 백배의 파도가 되어
나에게 돌아올 수만 있다면…….
나를 믿어, 겁내지 마라,
내 심장의 공허를 내가 채울 것이고
예전에 너를 사랑했듯이
다시 한 번 그렇게 너를 사랑하리라는 걸 믿어
라.

그녀가 남모르게 내 손을 꼭 잡도록 해라. 좋아. 이젠
어쩌지? 이 연회가 정상적인 궁궐의 연회가 될 수 있도
록 하려면 이젠 뭘 해야 하나, 위대한 시종장?

시종장. (공지한다)

세르클.*
세르클.
세르클.

하인들. 오포르토!

(손님들 '세르클'을 만든다)

시종장. 허락하옵소서, 국왕 폐하, 허락하옵소서, 국왕 폐하,
한 마디만 허락하옵소서, 국왕 폐하, 가장 완벽하신 이

---

* Cercle. 원(圓). 궁정의 행사이기 때문에 귀족적으로 보이기 위해 일부러 프랑스어를
사용하고 있다.

름이며, 위대하신 행운, 높으신 품격, 꽃 중의 꽃, 엘리트
중의 엘리트, 엄선된 정수, 바로 모든 사람들이 폐하의
손에 입 맞추는 영광을 그저 꿈꾸고 그저 소망할 따름
입니다. 제가 그 영광을 안았습니다! 제가 그 영예를 얻
었습니다! 제가 바로 국왕 폐하의 높으신 안전(案前)에
반박의 여지없이 인류의 자랑이며 광영인 우리의 저명
한 시인 폴 발레리를 소개하는 광영을 얻었습니다…….
그리고 저쪽은 바로 시인인 라이너 마리아 릴케입니다,
그 또한 인류의 자랑이며 광영이지요. 영원히 기억될
천재들입니다. 비교할 수 없는 보물들이지요!

헨리크. 와서 내게 절하도록 하라. (마니아에게) 내 어깨에 기대.
저 할망구들은 어째서 나한테 인사하지 않고 서로 고
개 숙여 절하는 거지?!
내가 밀어붙여 저 배때기에서 기름을 짜낼 테다!
누가 여기서 감히 농담을 하는가?
여기엔 농담 따윈 없어!

시종장. 잠시만요, 국왕 폐하, 용서하십시오, 국왕 폐하…….
폐하께 인사를 올리기 전에 저들은 서로 인사해서 자
신들의 위대함을 서로 확인해야만 합니다.

헨리크. 저 사람은 신장병에 걸린 게 틀림없어. 그게 무슨
말이지? 서로 인사를 해?

시종장. 사실대로 말씀드리온즉 저 비교할 바 없는 시인들
의 깊이와 위대함은 그 자신들의 위대함과 깊이의 결
과이기 때문에 그 누구에 의해서도 제대로 충분하게

평가받을 수가 없습니다. 다른 모든 사람들이 저 시인들보다 못하기 때문에 또한 저 시인들을 받아들이거나 평가할 수가 없고 이해할 수도 없습니다. 그리하여 저들은 서로 인사함으로써 서로의 위대함을 인정하는 것입니다, 그 위대함을 나중에 W. K. M.*의 발치에 바치기 위하여.

(시인들 헨리크에게 고개 숙여 인사한다)

수상. 오, 큰일이구나, 큰일이야…….

헨리크. 좋아. 저 류트를 연주하는 시인들의 멜랑콜리가 얼마나 유명한지 이미 알겠다. 허영과 가식을 계속 북돋워라. 저 긴 머리 미치광이는 뭐지?

시종장. 피아니스트입니다.**

헨리크. 어째서 저기 저 미친 여자들이 눈을 휘둥그렇게 뜨고 쉴 새 없이 늙어가는 자기 가슴을 붙잡으면서 달려드는 거지?

시종장. 배우와 음악적 거장과 가수들은 여자들에게 그런 경련을 불러일으킵니다.

헨리크. 바로 저런 2등급 신들이 나한테 필요 없는 것들이다. 나한테 고개 숙여 인사하여 자신들의 신성성을 나에게 불어넣으라고 명해라. 저 사내는 앞으로 길게 못살겠군 — 폐병 환자야. 손가락이 섬세하군. 그럼 저 아줌마는? 어째서 하녀가 저 여자에게 무릎 방석을 가져

---

* 대구경 기관 소총(Wielkokalibrowy karabin maszynowy)의 약자.
** (폴란드 출신 음악가였던) 쇼팽에 대한 암시.

다주는 거지?

수상. 오, 큰일이군, 큰일이야…….

시종장. 허락하옵소서, 국왕 폐하…… 용서하십시오, 국왕
　　　폐하…… 무슨 일인가 히면 저 공주께서는 국왕 폐하
　　　께서 이미 고귀한 의견을 말씀하셨듯이 그 자신이 상
　　　당히 평범한 편입니다. 그래서 국왕 폐하의 옥좌 앞에
　　　무릎을 꿇고 싶어 하나 공주의 무릎이 좀…….

헨리크. (공주의 치마를 들추어보며) 상당히 헤퍼 보이는군……
　　　실제로…….

시종장. 예, 그러나 시녀를 데리고 있어서, 공주가 국왕 폐
　　　하께 인사를 올리기 전에 시녀가 그 무릎에 위엄을 갖
　　　추게 해주었습니다.

헨리크. 사실은 나라도 저 여자애의 무릎 쪽이 더 좋아.

하인. (잔에 따라 나눠준다) 버건디!

시종장. 아니, 그럴 리가 없는데! 저건 공주의 시녀입니다!

수상. 공주의 시녀입니다. 그녀는 공주의 시중을 들지요.

헨리크. (숙녀에게) 이름이 뭡니까?

숙녀. 클로틸다입니다.

헨리크. 뭘로 먹고 돼지나, 아니, 실례했소, 뭘로 먹고삽니
　　　까?

숙녀. 연금으로 삽니다.

헨리크. 어떤 일에 종사하나요?

숙녀. 저 자신의 전반적인 허약함이요.

헨리크. 무엇을 위해 살죠?

숙녀. 모두의 전반적인 존경을 즐기기 위해서요.

헨리크. 이건 굉장한 여신이로군. 이건 귀한 보석들로 장
식되고 저 시녀에 의해 향이 켜진 제단이야. 공주는 내
앞에서 이 무릎 방석 위에 무릎을 꿇게 하고, 시녀는
저 발뒤꿈치에 입 맞추게 하라. 허영과 자만을 북돋워
라! 오, 몸이 가렵군. 저주받을 부스럼 같으니 — 시종
장, 내 왼쪽 어깨 아래 좀 긁어줘.

시종장. 여기요?

헨리크. 아니, 더 높이, 왼쪽으로.

시종장. 여기요?

헨리크. 아니, 오른쪽으로. 아무래도 상관없어. 하지만 이건
괴롭군…….

시종장. (비밀스럽게) 괴로우십니까?

수상. (호기심에 차서) 괴롭다구요?

헨리크. 아냐, 아냐, 아냐. 이건 어찌 보면 재미있군. 아버지
는 어디 있지? 예전에 내 아버지였던 사람을 고인이 된
내 예전 어머니와 함께 데려와라. 곧 시작하자. (마니아에
게) 내 손가락을 꼭 쥐어, 나도 네 손가락을 꼭 잡을 테
니까……. 그런데 여기는 텅 비어 있군. 아무도 없는 것
같아.

　　　　난 혼자야.

　　　　너와 함께…….

마니아. 사랑해요…….

헨리크. 그래, 그렇게 말해, 큰 소리로 그렇게 말해서 모두,

모두, 모두 다 들을 수 있게 해라. (수상에게) 아버지는 어

디 있지? 주정뱅이도 함께 데려와라!

수상. (기계적으로) 곧 아버지가 올 겁니다.

헨리크. (기계적으로) 어째서 아버지가 없지?

수상. (위와 같이) 아버지가 곧 올 겁니다.

헨리크. (위와 같이) 곧 온다면 오라고 해라.

수상. (위와 같이) 곧 아버지가 오게 될 겁니다.

　　(폭력배들이 아버지와 어머니와 함께 주정뱅이를 들고 와서 헨리크

　　의 발치에 내던진다)

헨리크. 그래서 뭐?

수상. 아무것도 아닙니다.

경찰청장. 아무것도 아닙니다.

헨리크. 아무것도 아니군.

　　가죽 덩어리야, 얼마 전까지도 내가 저 앞에 무릎을 꿇

　　었었지.

　　(발로 부모를 건드린다)

　　나도 모르겠어…….

　　뭐든 좀 먹었으면 좋겠네…….

　　(아버지 위에 앉는다)

아버지. 나도 뭐든 좀 먹었으면 좋겠다.

어머니. 나도.

헨리크. 여긴 지금 아무것도 먹을 게 없어요.

어머니. 없으면 할 수 없지.

아버지. 헨리크, 우리가 마차를 타고 벌판을 달리던 거 기

억하니?

마니아. 나도 가끔 날씨가 좋을 땐 같이 갔었죠.

헨리크. 예, 그렇게 산책 나가면 기분이 좋았었죠……. (일어 난다) 하지만 그게 중요한 게 아니에요. 아, 전혀 중요하 지 않아요! 이런 쓸데없는 잡담을 할 때가 아니야……. 난 나 스스로 결혼식을 치러야 해!

수상. 스스로 결혼식을 치르십시오!!

헨리크. 버건디!

하인. 버건디!

헨리크.

버건디!

헤이, 이봐, 시종장, 잔을 들자

내 아가씨의 명예를 위해!

시종장. 버건디!

수상. 버건디!

하인. 버건디!

헨리크.

내 충실한

신하들의 건강을 위하여!

손님들. (잔을 들며) 국왕 폐하 만세!

하인들. (쟁반을 들어올린다) 버건디, 버건디, 버건디!

손님들. (춤춘다)

이것은 왕궁의 카드리유, 이것은 무도회!

국왕 폐하 만세!

치켜든 와인 잔에 마술이 걸리네
이 무도회에서 마술이 꽃피네!

헨리크. (마니아와 함께 산책하며)

달콤한 밤의 마술적인 반짝임
홀릴 듯한 밤의 사랑의 기적
졸음에 겨운 산들바람의 영원한 환상
그리고 신기한 노래의 도취!

마니아.

오래전의 소녀다운 눈물과 꿈
소심한 한숨 속에 잠기는 울음
라일락이 다시 과거 속에 꽃피고
나의 형제가 다시 나타나는군요.

헨리크.

봐, 보라고, 저기 카드리유가 보여?
저 춤이 우리에게 행복한 꿈을 가져다주고
머리카락은 마치 아마처럼 아름답구나…….
됐어! 됐어! 멈춰!

(하인에게)

버건디!

하인. 버건디!

헨리크. 버건디!

하인. 버건디!

헨리크. (군중 속으로 들어서며)

썩 물러서라!

나한테서 물러서! 내가 너희들 사이로
들어서지 않나! 내가 들어선다!
내가, 내가 직접! 공간을!
공간을 만들어라! 내가 여기 있다!
여기, 바로 한가운데에!

그리고 이제 잘 들어라!

여기에 의자를, 빈 의자를 놓아라. 그리고 그녀가 의자
에 앉게 하라.

내가 그녀에게 가까이 다가가서…… 그래서 어쩌면 좋
지? 그래서 예를 들면 그녀를 건드리고…… 그녀를 건
드릴 거야…… 이 손가락으로…… 그리고 그건 즉 내
가 그녀와 결혼해서 그녀가 나의 진정하고 합법적이며
신실하고 순진무구하며 깨끗한 배우자가 되었음을 뜻
할 것이다. 다른 의식은 필요 없어. 내가 나 자신의 의
식을 만들어내겠다. 그리고 내가 그녀를 건드리는 순간
너희들은 한꺼번에 무릎을 꿇고 그렇게 무릎을 꿇음으
로써 내 건드림을 가장 신성한 성스러움의 경지로 고
양시켜라…… 혼인 의식의 높은 경지로…….

감히 무릎을 꿇지 않기만 해봐라! 감히 무릎을 꿇지 않
아 내 의식을 신성하지 않게 만들기만 해봐라! 이제 앞
으로 나와라, 앞으로, 더, 더, 오, 헨리크, 헨리크, 헨리
크!

조신들.

헨리크, 헨리크, 헨리크!

앞으로, 더, 더! 오, 헨리크, 헨리크, 헨리크!

헨리크.

나한텐 아무래도 상관없어

저들이 이걸 뭐라고 생각하든! 하지만…… 뭐

라고 생각하지?

뭐라고…… 뭐라고 생각하는 거지? (숙녀에게)

뭐라고 생각하시오?

숙녀. 아무 생각도 안 합니다.

헨리크. 당신들도 모두 생각하고 있어…… 당신들 모두 생

각한다고.

하인. 오포르토!

수상. 저들은 생각합니다.

경찰청장. 생각합니다…… 모두들…….

헨리크. (생각에 잠겨) 다들 생각한다……. (손님들 사이를 돌아다

니며 얼굴을 들여다본다. 브와지오와 마주친다) 아, 브와지오, 잘

지내나?

브와지오. 잘 지내.

헨리크. 무슨 일 있나?

브와지오. 아무 일 없어.

헨리크. 좋아. (둘이 얼굴을 마주 보고 선다)

수상.

우리의 국왕이

어쩐지 이상하게 생각에 잠기셨구나…….

경찰청장. 그래요, 왕이 생각에 잠기셨군요…….

헨리크. (혼잣말)

　　　　더 이상 마시고 싶지 않아…….

　　　　더 이상 안 마실 거야…….

　　(모두에게)

　　　　어쩌면 당신들은

　　　　내가 여기서 지배하는 이유가 오로지

　　　　그들이 관련돼 있기 때문이라고 생각할지도

　　　　모르지……. 그들이 자유롭게 풀려났다면

　　　　내가 그들에게 맞설 수 없을 거라고……?

　　(수상에게)

　　　　그래서

　　　　명령한다. 자, 당장!

　　　　저 죄수들을 풀어주어라, 내게 덤벼든다면

　　　　그렇게 하도록 내버려둬라!

수상. 폐하!

경찰청장. 폐하!

헨리크. (브와지오에게)

　　　　내가 너에게 뭘 기대하는지

　　　　알겠지!

　　(큰 소리로)

　　　　계속해! 그들을 풀어줘라! 결국 여기서 누가 통
　　　　치하는지

　　　　저들이 스스로 깨닫게 하라!

　　(아버지와 어머니 일어선다)

(이제서야 그들이 얼마나 끔찍한 몰골인지 볼 수 있다. 얼굴은 엉망
진창에 피투성이다)

헨리크.

오, 대체 얼마나 무시무시한 인위성인가! 그러
나 이 인위성은
무시무시하구나!

수상. 저들은 마치 지하실에서 나온 것 같군요!

헨리크.

나를 놀라게 하려고 하는가……?
어째서 내게 덤벼들지 않는 거지?
아무 일도 없나?

수상. 아무 일도 없습니다.

경찰청장. 아무 일도 없습니다.

고관대작-반역자들. 아무 일도 없습니다.

　(반역자들의 무리가 나쁜 의도를 가지고 다가온다)

헨리크.

폭력배들, 이리 와라!

　(폭력배들 헨리크 뒤에 선다)

만약 저들이 나에게
덤벼들면, 너희는 저들에게 덤벼라……. 하지만
저들은 어째서 덤비지 않는 거지?

수상. 아무 일 없습니다.

경찰청장. 아무 일도.

고관대작-반역자들. 아무 일도.

시종장. 아무 일도.

헨리크.

나는 부끄럽지 않아

너희들과 공감하지도 않고 겁을 내지도 않는다

아냐, 아냐…… 난 그저 너희들 앞에서 물러나

야 해

마치 겁을 내고 부끄러워하는 것처럼…….

저들이 내게 뭘 이해시키려고 하는 걸까?

수상. 아무것도 아닙니다.

경찰청장. 아무것도.

시종장. 아무것도.

헨리크.

오오, 덤비는군!

원하는 게 뭐야? 원하는 게 뭐지?

(아버지에게 달려가지만 감히 아버지를 건드리지는 못한다)

돼지!

주정뱅이. (옆에서 돌발적으로) 돼지!

헨리크. (주정뱅이에게) 돼지!

(헨리크와 주정뱅이 무대 앞쪽에서 마주친다)

주정뱅이.

돼지!

너 돼지 떼에서 돼지 계집과 함께 돼지처럼

돼지답게 긁어 모으는 돼지꾼 같으니!

304

헨리크. 돼지 주둥이야!

주정뱅이. 돼지!

헨리크. 돼지!

아버지. 이 무슨 돼지 같은 짓인가, 돼지 짓이야!

하인들. 오 버건디, 버건디, 버건디!

주정뱅이.

　　　　돼지 같은 돼지 놈아!
　　　　네 계집도 돼지 같은 돼지다! 돼지! 돼지! 꿀꿀!

헨리크.

　　　　네가 바로 돼지다!
　　　　너 돼지, 돼지, 돼지야!

손님들. 오 저런 돼지라니!

하인들. 오 버건디, 버건디, 버건디!

헨리크.

　　　　바보야
　　　　넌 바보다!

주정뱅이.

　　　　네가 바보다
　　　　돼지 꼬리 바보야!

헨리크.

　　　　돼지 주둥이!

주정뱅이.

　　　　돼지 몰이꾼
　　　　돼지 몰이 같은, 돼지스러운, 돼지처럼 변한

　　　　　돼지다운, 돼지쟁이, 돼지쟁이,
　　　　　돼지 새끼, 돼지 새끼야, 꿀꿀, 꽥꽥!

헨리크. 돼지!

어머니. 이건 돼지같이 더러워졌네!

경찰청장. 이건 침이 묻어 더러워졌네!

아버지. 오, 이런 돼지, 돼지들!

하인들. 오, 이런 버건디, 버건디!

헨리크.

　　　　　수퇘지야
　　　　　어디 한번 날 건드려봐라!

주정뱅이.

　　　　　그래 내가 널 건드려주마!
　　　　　내가 널 건드릴 거야, 건드릴 거다 널
　　　　　그런 다음에 내가 밀어붙이고 밀어젖히고 지
　　　　　지고 볶아서
　　　　　침을 뱉고 밖으로 뱉어낼 거다! —그렇지 않아
　　　　　요, 만카 아가씨?

　　　(정적)

주정뱅이. 이 손꾸락 다들 보여?

헨리크.

　　　　　말해, 무슨 말을 하고 싶은 거야?
　　　　　난 겁나지 않아…….

주정뱅이. 시민 여러분!

　　난 못 배운 사람이오……. 여기 보니 굉장한 행진을

하면서 결혼식을 올리고 있는 걸 알겠소……. 하지만 내가 묻고 싶은 건, 신부가 다른 사람에게 돼지 짓을 그…… 결혼을 당했는데 어떻게 이 남자가 여기서 그, 말하자면, 결혼식을 성사시킬 수 있냐는 기요…….

　　　이 손꾸락 보입니까?

　　　내 손꾸락을 다들 쳐다보쇼.

　　　내 손꾸락만 다들 쳐다보쇼…….

헨리크. 저게 날 놀리잖아!

주정뱅이. 다들 여기 내 손꾸락만 들여다보고 계시오!

헨리크.

　　　내 살가죽

　　　소름이 돋았어…….

주정뱅이. 모두들 내 손꾸락만 주의 깊게 들여다보시오. 그
　　손꾸락이 저기, 이 홀의 저쪽 방향을 가리키고 있소…….

헨리크. 난 웃고 싶어지는데…….

주정뱅이. 보시오, 내가 바로 이 손꾸락으로 저기 저쪽에 있
　　는 사람들 뒤에 있는 그 뭔가를 가리키는 모습을…….
　　저쪽에 한 젊은 사람이 있수……. 내가 이 내 손꾸락으
　　로 그 사람이 있는 방향을 가리키는 걸 보시오……. 곧
　　여기에 저 왕의 부끄러운 모습이 만천하에 드러날 거요!

헨리크.

　　　만져서 나를 만지는군

　　　부끄러운 줄 모르고…….

주정뱅이. (고함치며)

왕은 오쟁이졌다,
약혼녀가 그를 버렸어!
그저 옆으로 좀 비켜서
공개적으로 저기 그녀와
서로 비볐던 남자를 보시오!
저기 손님들 뒤에 서 있소!

(손님들 비켜서서 자리를 낸다)

(브와지오의 시체가 나타난다)

수상. 살해당했어.

경찰청장. 시체다.

아버지. 시체다.

어머니. 죽었어.

시종장. 시체다.

주정뱅이. (당황하여)

시체!
칼에 뚫렸어, 빌어머……
누가 뚫었지?

손님 중 하나. (헨리크에게) 폐하!

칼로 그가 조금 전에
자살했습니다!

주정뱅이. 자살했다고? 뭣하러 자살해?

헨리크. 내 명령에 따라……!

모두들. 왕이시여, 왕이시여!

헨리크. 하지만…… 이건 진짜인가?

(잠시 후에)

그의 머리에 뭔가 받쳐줘라.

모두들. 왕이시여, 왕이시여!

헨리크. 대체 누가 이걸 믿을 것인가? 이건 단지 꿈일 뿐이
야. 게다가 특이할 정도로 인위적이고. 하지만 그래도
그가 저기 누워 있어.

　　　한편 그녀는 저쪽에 서 있고.

　　　그리고 나는 여기 있지…….

(잠시 후)

　　　그러면 이젠 나 자신에게 결혼식을 치러줄 수
있겠구나!

모두들. 왕이시여, 왕이시여, 오, 헨리크, 헨리크, 헨리크!

하인들. 오 버건디, 버건디, 버건디!

헨리크. 대체 누가 이걸 믿을 것인가? 이건 단지 꿈일 뿐이
야. 게다가 특이할 정도로 인위적이고. 하지만 그래도
그가 저기 누워 있어.

　　　한편 그녀는 저쪽에 서 있고…….

(좀 더 낮은 목소리로) 이제 내가 그녀에게 다가가서 여기
서 곧 그녀에게 내 마음대로, 그녀에게 내가 원하는 대
로, 내 마음 내키는 대로 할 거야…… 그녀를 데려다가
내가 내 마음대로 결혼식을 내키는 대로 치르겠다……
화려하고 강력하게…….

　　　하지만 내가 무슨 말을 하려고 했더라?

　　　뭔가 말하려다가 잊어버렸다.

잠깐, 저건 뭐지……. 아하! 보아하니 이것 때문에 아무
일도 일어나지 않을 것 같구나, 왜냐하면…….

이젠 마음이 내키지 않아…….

(마니아에게) 미안해…….

수상. (무대 안쪽, 브와지오를 내려다보며) 셔츠에 얼룩이 졌군…….

아버지. 그래, 이제 그 누구도 그의 목숨을 돌려주지는 못해.

어머니. 아마도 돌아버렸나 봐요! 난 처음에는 이게 다 농
담이라고 생각했는데……. 하지만 그 뒤에 보니……
저렇게 누워서…….

주정뱅이. 떠들어봤자 소용없어. 끝이야. 다 끝났다고.

헨리크. 오, 난 이게 사실이 아니라는 걸 완벽하게 알고 있어!
하지만 그래도…….

　　　　신사 여러분

　　　　숙녀 여러분

　　　　무릎을 꿇으시오, 고개를 숙이시오

　　　　결혼식 대신…… 이제 장례식을 치러야 할 테니!

수상. 장례식.

아버지. 그래, 장례를 치른다면 장례를 치러야지.

헨리크.

　　　　그를 이리 데려와라. (마니아에게) 그의 옆에 서.

　　　　저 시체는 내 작품이다

　　　　하지만 저건 이해할 수 없는 작품이야…….

　　　　불분명하고…….

　　　　어둡고…….

나보다 강하고

아마도 내 것이 아니겠지!

장례 행렬을 만들어라!

상. 이건 장례식의 행진이구나!

버지. 이건 장례식의 행진이구나!

헨리크.

아냐! 난 여기서 그 어떤 것에 대해서도 책임이 없어!

난 나 자신의 말을 이해하지 못해!

난 나 자신의 행동을 통제하지 못해!

난 아무것도, 아무것도, 아무것도 몰라, 아무것도 이해 못 해!

너희들 중 누구라도 이해한다고 장담하는 자는 거짓말을 하는 거다!

너희들도 아무것도 알지 못해

바로 나처럼!

우리는 단지 우리들끼리 서로 연결되면서 끊임없이 서로 새로운 형상을 만들어내는 거야

그리고 그 형상들은 아래에서 위로 치솟아가지. 저 연기는 이상하구나!

이해할 수 없는 곡조야! 미치광이의 춤이다! 불분명한 행진이야!

그리고 땅의, 인간의 교회,

그곳에서 나는 사제다!

주정뱅이. 그곳에서 나는 사제다…….

아버지. (부드럽게) 헨리크…….

어머니. (부드럽게) 헨리크…….

헨리크.

난 죄가 없다.

난 어린아이처럼 죄가 없다는 사실을 선언하
겠다, 난 아무것도 하지 않았어, 아무것도 몰라

여기선 아무도 그 어떤 것에 대해서도 책임이
없어!

책임이란 전혀 존재하지 않아!

하지만 그래도 시체가 있다면 꼭 장례식을 해
야겠지, 그리고 꼭 장례식을 해야 한다면 너희
들 중 네 명이 그의 옆에 서서 신호를 받으면
그를 위쪽으로 데려가라…….

아냐, 책임이란 없어,

하지만 형식은 어쨌든

따라야 해…….

(고관대작 네 명이 브와지오 곁에 선다)

그래도 어쨌든 너희들 중 네 명이 거기, 그의 곁에 섰
다면, 너희들 중 네 명이 또 여기, 내 곁에 서라

그와 나……. 네 명과 네 명……. 저기와 여기…….

312

어머니. 내 아들아, 여기 이렇게 신경 쓰지 마라, 이 모든
  일을 그냥 내버려둬, 헨리크, 그래도 난 네 어머니잖니.
  넌 이미 평범하게 말할 수 없게 된 거냐? 평범하게 내
  게 입 맞출 수 없니?

헨리크.

          안 돼요. 아무도 아무에게도 평범하게 말할 수
          없어요.
          어머니는 공연히 스스로 저에게, 저는 공연히
          어머니에게 소리 지르고 있어요
          괜히 당신들에게 소리 지르고 있었어 나는
          그래, 난 감옥에 갇혀버린 거야…….
          감옥에 갇혔어
          죄가 없는데도……. 내가 무슨 말을 하려고 했지?
          이렇게 난 여기 서서
          말하고 있으니…….
          너희들의 손으로
          나를…… 건드려라…….

(그의 뒤에 서 있던 경비병들 헨리크의 어깨에 손을 얹는다)

          잠깐.
          아직 다 끝난 게 아냐.
  내가 여기 잡혀 있다면, 저기, 저기 먼 곳으로 내 행위
  가 전해지게 해야지

(브와지오의 시체를 일으킨다)

          그리고 너희를 지금 그 자리로부터 움직이게

313

하라
장례의 행렬로!

(행진. 막)

오페레타*

* Operetka. 작은 오페라.

등장인물

거장 피오르 선생
히말라이 대공
히말라이 공주
샤름 백작
피룰레트 남작
알베르틴카
알베르틴카의 부모
도둑놈들
교구장 신부
사장
장군
후작 부인
교수
후프나기엘 백작
하인 브와디스와프
하인들, 손님들.

작품 해설

현대의 희곡 원문은 점점 읽히지 않는 방향으로 가고 있다. 그보다는 무대 위에서 연기되고 공연될 때에만 비로소 생명을 얻는 대본 쪽에 점점 더 가까워지고 있다.

게다가 이 「오페레타」는 또 다른 이유에서 읽기 힘든 작품이다. 나는 언제나 오페라 형식에 매료되었다. 내 의견에 이것은 극장에서 탄생한 형식 중에서 가장 행복한 종류에 속한다. 오페라가 무척이나 게으르고 절망적으로 허세가 넘치는 형식이기는 해도, 그리고 오페레타도 마찬가지로 그 노래와 춤과 몸짓과 가면이라는 요소들 속에서 그 신성한 바보스러움과 천상의 경직성이 화려하게 날개를 펼치고 있기는 해도, 나에게 있어서는 완벽한 극 형식이며 완벽하게 연극적이다. 내가 결국 유혹에 넘어간 것도 이상한 일은 아니다…….

그러나…… 여기서 오페레타의 꼭두각시와도 같은 공허함을 어떻게 해야 진실된 드라마로 채울 수 있을 것인가? 모두 알다시피 예술가의 일이란 모순을, 불일치를 끝없이 연결하는 작업인데 — 그리고 만약에 내가 이처럼 경박한 형식을 시도한다면 그것은 이 형식에 진지함과 고통을 제공하여 그러한 정서로 채우기 위해서이다. 그러므로 한편으로는 이 오페레타는 처음부터 끝까지 오로지 오페레타여야만 하며 오페레타로서 고유한 요소들이 주체

317

성을 가져야 하고 훼손되어서는 안 되지만, 그러나 또 다른 한편으로는 인간성이 과장되어 나타나는 드라마여야만 한다. 이 바보짓을 극적으로 연출하기 위해서 얼마나 많은 노력이 들어갔는지 아무도 믿지 않을 것이다. 오페레타의 신성한 멍청함을 훼손하지 않으면서 그 안에 일정한 정도의 열정, 일정한 드라마, 일정한 정서를 불어넣는다는 것 — 이건 작은 문제가 아닌 것이다!

오페레타 특유의 기념비적인 바보스러움이 동작의 기념비적인 비애감과 짝을 이루어, 오페레타의 가면 뒤에는 우스꽝스러운 고통으로 일그러진 인간성의 얼굴이 피투성이가 된 채 감추어져 있다면, 이것이야말로 극장 무대에서 볼 수 있는「오페레타」의 가장 훌륭한 연출일 것이다. 그리고 독자의 상상 속에서도.

줄거리

제1막 — 제1차 세계대전 이전, 대략 1910년 무렵.

모든 일에 무심한 망나니이자 난봉꾼, 히말라이 대공의 아들 샤름 백작은 아가씨 중에 으뜸인 알베르틴카를 유혹할 계획을 세운다. 그러나 "정식으로 소개되지 않은 채" 알베르틴카와 어떻게 하면 아는 사이가 될 수 있을 것인가? 샤름은 다음과 같이 은밀한 계획을 꾸민다. 이 일을 위해 특별히 데려온 도둑놈, 젊은 건달이자 한량 한 명이 벤치 위에서 잠든 알베르틴카에게 몰래 다가가서 뭔가 훔쳐낸다…… 지갑이라든가, 목걸이라든가……. 그러면 샤름이 도둑놈을 잡아서 예의범절을 어기는 일 없이 아가씨 중에서 으뜸인 알베르틴카에게 자기소개를 할 수 있을 것이다.

그러나 이 어찌 된 일인가?! 알베르틴카는 잠결에 도둑놈의 손길을 느끼고 그것을 도둑질하려는 손길이 아니라 사랑의 손길이라고 꿈속에서 착각했다…… 목걸이를 향한 손길이 아니라 자기 몸을 향한 손길이라고……. 그리고 여기서부터 처녀는 흥분하고 매료되어 나체를 꿈꾸기 시작한다…… 그리고 한 번 더 나체를 드러내게 하는 그 손길을 느끼기 위해서 꿈속에 빠져들고자 한다…….

저주받을! 왜냐하면 샤름은 잘 차려입은 백작으로서

나체를 부끄러워하고 좋은 옷을 흠모하기 때문이다! 그리고 알베르틴카를 자신의 나체를 통해서가 아니라 세련된 행동 방식과 옷차림으로 유혹할 것이다! 그리고 그녀의 옷을 벗기는 것이 아니라 반대로 차려입히기를 원한다! ……가장 비싼 고급 옷 가게에서, 호화로운 모자 가게에서…….

그러나 바로 이때에 파리에서부터 히말라이 대공의 성에 방문차 찾아온 손님은 누구인가? 다름 아닌 세계적인 거장이며 남녀를 불문한 패션계의 독재자인 유명한 피오르 선생 아닌가! 그러므로 성에서는 패션쇼와 함께 거대한 무도회가 기획되었으며, 이 패션쇼에서 거장이 자신의 새로운 작품을 선보이기로 예정되었다. 그래서 알베르틴카가 나체를 꿈꿀 때, 옷차림과 패션과 세련된 최신 유행의 세계가 피오르 선생의 지휘하에 전지전능하게 펼쳐지기 시작한다!

거장은 그러나 확신을 갖지 못한 채 불안해하고 있다. 이 불안한 시대에, 타락하고 불길한 때에, 역사가 어디를 향해 가고 있는지 알 수 없는 이 시점에서 대체 어떤 패션을 만들 것이며 어떤 스타일을 선보일 것인가?

백작이며 기수(騎手)인 후프나기엘이 그에게 조언을 한다. 손님들에게 공동 작업을 부탁하자는 것이다. 이 행사를 가장무도회로 해서, 패션 경쟁에 참가하고 싶은 사람들은 스스로 기획한 미래의 의상 위에 자루를 씌워두게 한다. 미리 정해둔 신호가 떨어지면 자루를 벗기고, 심사

320

위원들이 가장 좋은 기획에 상을 나눠주고, 거장 피오르 선생은 이러한 아이디어를 풍성하게 얻어서 앞으로 몇 년 간 적용될 패션을 선언하면 된다.

저주받을! 알고 보니 후프나기엘은 후프나기엘도 백 작도 기수도 아니었다! 아니, 그는 전에 대공의 시종이었 던 유제프인데, 한때 일자리에서 쫓겨나서 지금은 선동가 이며 혁명운동가이다. 하, 하, 하! 이 가면을 쓴 테러리스 트는 마르크스주의자인 교수가 골라준 가짜 이름으로 성 에 잠입하여 가면무도회의 가면 아래 이 성에 예정된 것 보다 더 피투성이의 패션을, 더 끔찍한 의상을 몰래 끌어 들이려 한다…… 구두를 잘 닦아 광을 내고 있는 하인들 이 폭동을 일으키게 하려는 것이다…… 그는 혁명을 원한 다……!

제2막 ― 히말라이 성의 무도회.

새로운 패션 대회에 참가하기 위하여 자루에 든 손님들이 찾아온다.

샤름이 알베르틴카를 데리고 들어온다. 알베르틴카는 화려한 복장에 감싸여(왜냐하면 샤름은 그녀의 옷을 벗기 는 게 아니라 입히고 싶어 하기 때문이다), 그러나 아직도 도둑놈의 손길에 매료되어 자꾸만 잠들어버린다…… 그 리고 나체에 대한 꿈을 꾼다…… 꿈결에 나체를 불러낸 다…….

그리고 이 때문에 샤름과 그의 경쟁자 피룰레트는 미칠 지경이 되어버린다. 샤름은 도둑놈에게 목줄을 매어 끌고 무도회에 도착한다…… 도둑놈을 감시하기 위해서인가? ……도둑놈이 뭔가 사고를 치지 않게 하기 위해서. ……어쩌면 샤름은 도둑놈의 자유로운 손길을 질투하고 도둑놈이 도둑의 손가락으로 모든 것에 손댈 수 있다는 사실에 유혹당하고 흥분한 것일까……? 경쟁자인 피룰레트도 자기 도둑놈에게 목줄을 매어 데리고 왔다.

알베르틴카가 잠결에 부르는 소리에 대항하지 못하고 샤름과 피룰레트는 서로를 조롱하며, 자기 자신을 파괴하려는 비극적인 정욕 때문에 두 사람은 결투에 이르게 된다. 그리하여 마침내 무도회는 화장과 가면으로 그 화려함의 정점에 이르고, 절망에 빠진 발기불능의 경쟁자들은 도둑놈들의 목줄을 풀어준다. 도둑놈들이 원하는 대로 무슨 일이든지 저지르고, 뭐든 훔치고. 무엇이든 손대도록 하려는 것이다……!

혼란. 공포. 도둑놈들은 멋대로 훔치고, 손님들은 누가 자신들을 간지르고 만지고 쓰다듬는지 알지 못하는 채로 비명을 지르고 광란한다! 사방에 음탕함이 판을 치고 옷차림이 흐트러진 가운데 후프나기엘-기수-테러리스트는 하인들의 선두에 서서 전속력으로 움직인다……. 혁명이다.

제3막 — 히말라이 성의 폐허.

혁명.

역사의 바람이 불고……. 시간이 많이 흘렀다. 제1차와 제2차 세계대전이 모두 지나갔고 혁명도 지나갔다.

사람들의 옷차림은 미쳤다……. 바람이 불고 번개가 번쩍일 때마다 상상할 수 없이 괴상한 차림이 드러난다. 전등 대공, 여성 사제, 히틀러의 제복, 방독면……. 모두들 자신을 숨기고 서로 아무도 자신이 누구인지 모른다…….

기수 후프나기엘을 선두로 하인들의 기병대가 파시스트와 부르주아를 쫓아 전속력으로 질주한다.

그리고 거장 피오르 선생은 겁에 질려 굳어진 가운데 어떻게든 이 새로운 패션쇼에서 두각을 나타내려고 애쓴다.

잡혀온 파시스트들에 대한 재판이 벌어진다. 피오르는 정상적인 재판 절차를 헛되이 요구한다. 돌풍! 돌풍! 강풍이 숨을 막히게 하고 모든 것을 산산이 날려버린다…….

그러나 이 어찌 된 일인가?! 아, 이 어찌 된 일이란 말인가?! 샤름과 피룰레트가 나비를 쫓아다니며 등장하고, 그 뒤로 무덤 파는 인부 두 명이 관을 들고 따라온다. 그리고 두 사람은 자신들의 슬픈 사정을 이야기한다. 예전에 무도회에서 알베르틴카가 사라졌으며 두 사람이 찾아낼 수 있었던 것은 남아 있는 그녀의 풍성한 복장뿐이었다! 그리고 도둑놈들도 함께 사라졌다. 그리하여 두 사람은 알베르틴카가 나체가 되어 강간을 당한 뒤에 살해당했다는 확신을 가지고, 나체가 된 알베르틴카의 시신을 장례 치러주기 위하여 저 관을 가지고 세상을 돌아다니는 것이다.

그러자 모두가 관 앞에 자신들의 패배와 고통의 증거를 바친다. 그러나 이 어찌 된 일인가?! 아, 어찌 된 일이란 말인가?! 마침내 거장 피오르 선생이 인류의 옷차림과 패션과 가면을 저주하면서 가장 깊은 절망의 몸짓으로 관 앞에 성스러운, 평범한, 영원토록 도달할 수 없을 인간의 나체성을 바치는 순간…… 관에서 나체의 알베르틴카가 일어선다……!

어떻게 해서 관 속에 들어가게 된 것인가? 누가 그녀를 그곳에 숨겼을까?

무덤 파는 인부 두 명이 가면을 벗어 던진다—도둑놈들이다! 바로 이 두 사람이 무도회에서 알베르틴카를 훔쳐내어 옷을 벗기고 관 속에 숨긴 것이다…….

영원히 젊은 나체—젊음의 영원한 나체—나체의 영원한 젊음—영원히 젊음의 나체…….

음악, 시, 춤, 장식, 의상 전부 옛날 빈(Wien) 오페레타의 고전적인 스타일이어야 한다. 가볍고 오래된 곡조들로.

그러다 점진적으로 「오페레타」는 역사의 소용돌이에 말려들면서 광기를 더한다.

돌풍, 강풍, 굉음의 효과는 처음에는 대체로 장식적이지만 2막과 특히 3막에서 실제 돌풍으로 변한다. 3막의 셰익스피어적인 장면들은 감정적이고 비극적으로 연출되게 한다.

옷차림과 나체의 대조가 「오페레타」의 중심 줄거리이다. 가장 괴상하고 끔찍한 옷차림 안에 갇힌 사람의 나체에 대한 꿈이다…….

제1막

성당 앞 광장. 나무, 벤치, 산책로. 무대 앞쪽으로 한 옆에 상류 계층의 무리: 은행가, 장군, 교수, 후작 부인. 옷차림은 1914년 이전, 화려함: 제복, 프록코트, 실크해트, 구레나룻, 높은 목깃, 지팡이, 화려한 허리띠 등등. 세련된 행동 방식: 고개 숙인 인사, 미소, 예의범절 등등.

안쪽 깊이 왼쪽으로 하인들의 무리: 네 명, 제복 차림, 하인다운 주둥이.

성당 너머에서 샤름 히말라이 백작 등장. 잘생긴 청년, 35세, 한량이며 무척 세련되었으나 모든 일에 무관심한 건달. 완벽한 옷차림, 실크해트, 장갑, 지팡이, 외알 안경. 그 뒤에 하인 브와디스와프.

신사들의 무리. (노래, 약하게)

> 오, 백작, 백작, 샤름 백작
>
> 오, 샤름 백작!

샤름.

> 오, 백작, 백작, 샤흠 백작
>
> 오, 샤흠 백작!

(위풍당당한 자세로 굳은 듯 멈추어 선다. 브와디스와프에게)

브와디스와프, 내 왼쪽 소매흘 바호잡고 오흔쪽 어깨 아래흘 긁어줘. 금방 나올까?*

* 샤름 백작은 프랑스어식으로 'R'을 'H'에 가깝게 발음하는 버릇이 있다. 한국식으로는 'ㄹ' 발음을 마치 'R' 발음처럼 영어식으로 굴려 낸다고 생각하면 거의 비슷할 것이다.

브와디스와프(50세, 구레나룻, 제복). 백작 나리의 명령대로 하겠습니다. (어깨를 긁어주고 소매를 바로잡는다) 아니오, 백작 나리께는 유감입니다만 아직도 좀 기다리셔야 합니다, 성스러운 미사가 아직 끝나질 않았어요, 하지만 조금 있으면 끝납니다요, 백작 나리, 그럼 그녀가 나오겠지요, 백작 나리…….

샤름. 그험 그 도둑놈은?

브와디스와프. 저기 덤불 뒤에 숨어 있으라 했습니다, 백작 나리…….

샤름. 보여줘, 한번 봐야겠다.

(브와디스와프 덤불 뒤에서 도둑놈을 데리고 나온다. 18세, 맨발, 마른 체격, 건달, 부랑배)

흠, 그냥 괜찮은 도둑놈이호군, 보아하니 자기 일흔 잘 알겠지…….

브와디스와프. 그렇죠, 재판에서 처벌도 받았답니다, 나리……. 전문가예요.

샤름. 덤불 뒤에 숨어서 기다히하고 해. 저 애가 없으면 아무것도 성공할 수 없어. (브와디스와프 도둑놈을 숨긴다) 여자가 총계 몇 명이지?

브와디스와프. 훌륭하신 백작 나리께서는 오늘까지 257명을

이러한 특징을 살리기 위해, 한국어 표기법상 폴란드어와 프랑스어의 R을 'ㄹ'로 옮겨야 하지만 샤름 백작과 이후 등장하는 히말라이 대공과 공주 부부가 말할 때는 'ㅎ'으로 옮겼고, 이 밖에도 이들의 말투를 보다 효과적으로 드러내고자 문맥을 어그러뜨리지 않는 선에서 일부 'ㄹ'을 'ㅎ'으로 표기했다.

일정에 넣으셨고 피룰레트 남작은 256명입니다.

신사들의 무리. (깨어난다)

　　오, 백작, 백작, 샤름 백작!

　　오, 오, 피룰레트 남작!

샤름. 그 괴상망측한 남작! 숨 좀 돌리게 사탕 하나만 줘. 속이 쓰히구나. 어제의 굴과 샴페인과 닭고기, 하, 하, 레온치아, 세트 앙샹트헤스,* 미모사와 난초 꽃, 보석과 앵무새, 단지 그 뒤가 좋지 않았어, 파홀 도뇌흐,** 클럽에서 그 바카하,*** 13575 더하기 12830, 합하면 거의 2만 6천에 가까운데, 하, 하, 전부 다 잃었지, 굉장한 밤이었어…… 집시들 같으니하고…… 눈 좀 붙였으면 좋겠군(하품). 아, 아! (생기를 띤다) 저주받을 남작! 마치 날 따라잡을 수 있는 줄 아는군. 257과 256이라. 휘유, 휘유. 신발 끝을 긁어줘, 거기 왼발 두 번째 발가락 있는 데. (브와디스와프 긁는다) 휘유, 휘유! 남작! 내가 전부 다 잃었어. 그런데 이 아가씨는 옷차림을 어떻게든 해줘야 할 것 같아. 쳇!

(하품)

　　모든 걸 어떻게든
　　입혀줘야만 하지!

(화를 내며) 남작! (신사들의 무리에게 고개 숙여 인사한다. 신사들

---

* cette enchanteresse. 그 매력적인 여자.(프랑스어, 이하 '프')
** parole d'honneur. 명예를 걸고 말하는데.(프)
*** 바카라(baccara). 트럼프 놀이의 일종.

의 무리도 웅장하게 고개 숙여 답한다)

(노래)

> 오, 나한테 남작이 대수인가!
> 하, 하, 하, 남작!
> 난 샤흠 백작
> 여성들의 지배자!
> 난 건달 샤흠
> 그히고 한량 샤흠
> 살롱의 유명한 버릇없는 망나니, 휘유, 휘유,
> 콧수염, 외알 안경
> 내 지팡이, 내 실크해트, 내 몸가짐 (하품)
> 하지만 총독 부인들과
> 공주들과
> 백작 부인과 읍내 여자들과 재봉사들과 흑인
> 여자들과
> 오, 오, 소중한, 아, 거부할 수 없는, 아, 기억에
> 서 지워지지 않는, 아, 마술과도 같은, 아, 켈
> 시크,* 켈 샤흠** 그리고 켈 마니에흐!***

(피룰레트 남작 등장, 35세, 사냥꾼 복장, 산탄총, 외알 안경, 채찍, 깃
털을 꽂은 작은 모자. 건방진 태도. 그 뒤로 사격수 스타니스와프, 사
냥꾼 가방을 들고 등장)

---

* quel chic. 얼마나 멋진가.(프)
** quel charme. 얼마나 매력적인가.(프)
*** quelles manières! 얼마나 매너가 좋은지!(프)

피룰레트. (노래)

하, 하, 하, 샤름은 정말 샤름이군, 아 내 눈에
보이는 저게 누군가, 어쨌든
저건 샤름이야!
정말 웃기는군!
정말 재미있어!
어유, 어유, 어유, 샤름, 칫, 칫, 칫, 샤름!
난 피룰레트 남작!
난 사냥꾼, 사냥감을 쫓아가서 탕, 탕, 하면 끝,
벌써 내 것이지, 하, 하, 하, 잡아서 어깨 위에
걸치고, 난 나를 사랑해, 아, 아, 라무르!*

(말한다) 스타니스와프, 총계가 얼마지?

스타니스와프. 남작 나리께서 256명, 샤름 백작은 257명입
니다.

피룰레트.

어유, 어유, 어유, 샤름, 칫, 칫, 칫, 샤름
난 피룰레트 남작! 누군가 코를 쳐들고 뽐내면
그 코에 한 방 먹여주지!

신사들의 무리. (약하게)

오, 오, 오, 오, 오, 샤름 백작!
오, 오, 피룰레트 남작!

샤름. 친애하는 피홀레트 남작, 내가 잘못 본 게 아니면,

* l'amour. 사랑(프).

331

보아하니 남작께서는 우히의 정신이 아득해질 정도로
매혹적인 앵무새 코코코 라 트헤 벨르*에게 난초 꽃다
발을 던져 사냥꾼의 운을 좀 더…… 흠, 흠…… 여성적
인 분야에서 시험해보혀 하신 것 같습니다만…… 하,
하, 하! 으뜸패 없이 쓰리카드!**

(남작 앞을 거만한 태도로 걸어 다닌다)

피룰레트. 저 소중한 샤름! 만약에 백작께서 우리의 앵무새
코코코 라 트레 벨르의 도취될 듯한 향수에 관하여 뭔
가 그리움을 간직하고 계시다면 저에게 와서 냄새를
맡으시지요, 저는 그 향수 냄새가 몸에 푹 배서 터져버
릴 지경이니까요. 하, 하, 하! 포하트!***

(샤름 앞에서 걸어 다닌다)

샤름. 스페이드의 여왕!

피룰레트. 클럽의 4와 잭!

샤름. 패스!

피룰레트. 패스!

샤름. 두 배 걸겠어!

피룰레트. 두 배를 두 배로 걸지!

샤름. 패스!

* la très belle. 매우 아름다운.(프)
** three notrump. 브리지 용어. 정해진 으뜸패가 없는 상황에서 일정한 카드 세 장을
내놓는다는 뜻으로 "나는 좋은 패를 가졌다, 내 패가 강하다"라는 관용구로도 쓰인다.
이 장면에서 샤름과 피룰레트는 말로 주고받는 자존심 대결을 카드 게임에 비유해서
대사가 끝날 때마다 자신의 '패'를 제시한다. 쓰리카드, 포하트 등은 모두 그런 비유이다.
*** 브리지 용어. 하트의 에이스, 킹, 퀸, 잭, 10 중 네 장을 가졌다는 뜻.

룰레트. 패스!

사들의 무리. (약하게)

> 오, 오, 오, 오, 오, 샤름 백작!
>
> 오, 오, 피룰레트 남작!

샤름. 오흐되브흐 에 소스 벨몽토!* 실례합니다만 남작, 제
가 잘못 본 게 아니라면 남작은 어린 노후홀 사냥하기
위해 그 총을 가지고 나왔겠지요, 세상에 끔찍해라! 작
은 노후한테 총을 쏠 수는 없어요! 그리고 남의 땅에서
밀렵을 하는 것도 권할 만한 일은 아닙니다, 세상에 끔
찍해라. 케임브히지, 트헹 드 뤽스,** 코냑 마흐텔, 히츠
카흘튼!

피룰레트. 칫, 칫, 대체 언제부터 게을러빠진 한량들이 순진
무구한 어린 노루를 변호하기 시작했답니까? 바공 리!***
물랭 루즈! 뭡니까, 백작은 지금 코를 치켜들고 뻐기는
건가요? 일곱 명의 메나드!****

샤름. 아합 암말 네 마히!

피룰레트. 오달리스크***** 두 명과 속기사 한 명!

샤름. 흑인 여자 한 명과 전화 안내양 세 명!

피룰레트. 두 배로 걸지!

---

* Hors d'œuvres et sauce Belmontó! 샤름은 프랑스어로 음식과 소스 이름을 마치
감탄사처럼 사용하는 버릇이 있다.
** train de luxe. 특급열차, 호화로운 기차.
*** wagon-lit. 침대차.
**** 술의 신 바쿠스의 시녀.
***** 옛날 터키 하렘(부인들이 거처하는 방)의 여자 노예.

샤름. 두 배홀 두 배호!

피룰레트. 돌려!

샤름. 돌려!

피룰레트. 패스!

샤름. 패스!

신사들의 무리. (약하게)

　　　　오, 오, 오, 오, 오, 샤름 백작!

　　　　오, 오, 피룰레트 남작!

샤름. (무심하게) 지후하군.

피룰레트. (무심하게) 속이 쓰려.

샤름. 소화불량.

피룰레트. 편두통.

샤름. 돌려.

피룰레트. 돌려.

샤름. 패스.

피룰레트. 패스.

　　(피룰레트 하인과 함께 퇴장)

샤름. 꿩과 지빠귀. 선동. 건방진 애송이. 기운이 빠지는군.
브와디스와프, 주사! (브와디스와프가 주사를 놓아준다) 알베
흐틴카는 아가씨들 중에 으뜸이지. 257. 256. 젠장, 또
내가 졌어. 콜롬보 거히. 귀한 별미와 훈제 고기. 지후
하군 휘유우우우우…….

　　(무대 안쪽의 우산 위에 앉는다. 우산은 의자이기도 하다)

신사들의 무리. (대화가 점차 활기를 띤다) 블로톤 경의 조그만 의

자…… 블로톤 경의 조그만 의자…… 블로톤 경의 조그
만 의자…… 블로톤 경의 조그만 의자 (더욱 활기를 띠며)
블로톤 경의 조그만 의자…….

장군. 블로톤 경의 조끼.

사장. 블로톤 경의 조끼라고요?

후작 부인. 물론 그렇지요, 바로 그겁니다, 블로톤 경의 조끼!

장군. 두 가지 색깔로 된…….

교수. 옷깃 아래쪽이 꺾여 있는 디자인으로.

사장. 신사 여러분은 무슨 말씀을 하시는 겁니까? 옷깃 아
래쪽이 꺾인 조끼라고요?

(오르간 화음. 성당에서 히말라이 대공 부부가 거장 피오르 선생과
함께 걸어 나온다)

대공.* 우히의 소중하신 교구장 신부님께서 우히의 소중하
신 주 하느님을 숭배하는 설교를 얼마나 훌륭하게 해
주셨는지, 이 얼마나 좋은 일입니까, 우히의 소중하신
하느님이 우히의 소중하신 교구장 신부님의 숭배를 받
으셨으니 말입니다, 호산나!

공주. 저 높은 곳을 향해 알렐루야! 앙샹테!**

(신사들의 무리와 서로 인사한다)

공주. 바로 여기, 여허분, 우히의 소중하신 손님들이 아베

* 히말라이 대공과 공주 부부도 아들인 샤름 백작과 마찬가지로 뽐내며 'R'을 전부
프랑스식으로 'H'와 비슷하게 발음하는 버릇이 있다. 327~328쪽 각주 참조.
** Enchanté. 반갑다는 뜻의 인사말.(프)

335

뉘 데 샹젤리제*에서 곧장 찾아오셨군요. 바호 다흠 아
닌 거장 피오흐 선생, 진짜 그분입니다, 저와 남편은 디
없는 영광이하고 느낀답니다…….

대공. 저희들은 우히의 소중하신 거장 피오흐 선생께서 아
렇게 친히 방문을 해주셔서 정말로 아내와 둘이서 디
없이 기뻐하고 있답니다…….

공주. 거장께서는 유헙 패션의 진정한 지배자이시지요.

대공. 여성의 옷차힘뿐 아니라 남성복도 마찬가지입니다
게다가 매년 그해에 해당하는 새호운 디자인을 선보이
시니…….

공주. 자 여러분, 거장 피오흐 선생께서 제 남편의 초대흘
받아들여서 히말라이 성을 방문하여 매년 선풍적인 인
기흘 끌며 거행되는 여성복과 남성복 양쪽의 패션쇼흘
기획하기 위하여 히말라이 성에 방문해 주셨답니다. 호
산나! 저 높은 곳으로 알렐루야!

대공. 이 행사는 아주 특별한 전조흘 나타내는 것이지요,
이번에 우히 히말라이 저택에 유헙 패션을 지배하시는
선생의 목소히가 울려 퍼질 테니까요.

신사들의 무리.

　　　　아, 아, 아, 아, 아, 바로 거장 피오르 선생!

　　　　아, 아, 아, 아, 아, 패션쇼!

　　　　오, 얼마나 경이로운가! 오, 얼마나 경이로운가!

* 샹젤리제 거리.

오르. (노래한다)

　　내가 바로 피오르다!

　　내가 바로 남성과 여성 패션의 거장!

　　나는 옷의 대가!

　　아, 아, 아, 아, 엘레강스, 아, 아, 아,

　　디스팅션,* 아, 아, 아 패션!**

　　그리고 날카롭게 흔적을 남기는 스타일…….

　　(냉소적으로) 렘브란트와 미켈란젤로, 하, 하, 하!

　　단테와 괴테, 하, 하, 하!

　　베토벤과 바흐, 하, 하, 하!

　　내가 바로 거장!

　　내가 바로 실루엣을 탄생시키는

　　취향을 바꾸는

　　메슈, 메담***

　　내가 바로 구레나룻을 꽃피우고 여성복의 가

　　슴 부분을 둥글게 파고 스타킹을 분홍빛으로

　　물들이고 에나멜 구두를 빛나게 하라고 명령

　　하는

　　내가 바로 거장!

　　내가 바로 피오르!

샤름. (다가와서)

* distinction. 독특함, 차별성.
** fashion. "디스팅션"과 함께 원문에 영어로 쓰여 있다.
*** Messieurs, Mesdames. 신사 숙녀 여러분.(프랑스어 복수형)

> 내가 바호 샤흠!
> 내가 바호 샤흠!
> 아, 샤흠 백작!
> 유일한, 꿈속의, 사항스허운…….
> 내가 바호 샤흠
> 나의 실크해트
> 나의 지팡이
> 내가 바호 샤흠이다
> 그리고 이게 나의 몸짓!

피오르와 샤흠.

> 내가 바로 피오르(샤흠)
> 내가 바로 남성과 여성의 거장!

피오르. 친애하는 샤름 백작, 진실로 말씀드리는데 파리에 있을 때 저에게 전해진 소식에 따르면 일곱 개의 번쩍이는 장식이 달린 실크해트를 백작님처럼 멋지게 쓰고 다니는 분은 아무도 없다고 하더군요.

샤름. 참 그리고 저의 이 조끼흘 봐주십시오.

신사들의 무리.

> 블로톤 경의 조그만 의자
> 블로톤 경의 조그만 의자…….

대공. 샤흠의 도움을 받으시면 거장 선생께서 위대한 일들을 해내실 수 있을 것이라 믿어 의심치 않습니다. 오늘날, 사회 민주적이고 무신론 사회적인 지금과 같은 시대에 옷차림은 상류계급의 가장 강력한 요새가 되었지

338

요. 이 모든 뉘앙스, 말하자면 섬세함, 미묘한 색감, 비밀을 깨치지 못한 자들은 이해할 수 없는 이 신비로운 복장 규정이 저 낮은 영역으호부터 높은 영역을 구분해주지 않았다면 세상이 어떻게 되었겠습니까. 옷차림과 행동거지, 바로 이것이 우히흘 저 높은 곳에서 지켜주는 요새이지요! 호산나! 하층계급은, 간단히 말해서 우히의 패션과 또한 우히의 행동 방식을 대등할 정도호 익히기 위해서 할 수 있는 일은 다 하고 있습니다만, 바호 그헣기 때문에 끝없이 혁신을 불러오고 눈속임을 위한 힌트흘 주어야 하는 법이지요…….

공주. 망측한 일이에요, 한시도 쉴 틈 없이 계속 쫓아오니까요, 네글리제*의 옷깃을 헤베흐베흐** 스타일로 바꾼 지 얼마 되지도 않았는데 내 미용사가 똑같은 옷깃을 달고 있지 뭐예요. 게다가 최악인 건 하인들이에요. 상상들 해보세요, 어제는 제 의상 담당 하녀가 제 변기에 앉아서 사이즈를 재보고 있는 걸 잡았지 뭐예요…….

대공. 아니 미안하지만 여보, 페흐난다…… 부탁인데 (점잖게 무대 안쪽의 하인들을 가리킨다) 조심해…… 하인들!

공주. 하인들……! (입을 다문다)

은행가. 쉬이이잇……. (목소리를 죽여) 제 시종은 말입니다, 나 참 어이가 없어서, 저의 넥타이 매는 방식을 따라 한답니다!

---

* négligé. 얇은 가운처럼 생긴 여성의 실내복, 화장복.(프)
** réverbère. 가로등.(프)

장군. 쉬이이잇……. 저의 당번병은 제 구두약을 사용해요.

대공과 공주. 쉬이이잇……. 하인들!

모두들. 쉬이이잇……. 하인들!

대공. 아마 아무것도 못 들었을 겁니다……. 쉬이잇…….

무리들. 아마 못 들었을 겁니다……. 쉬이잇…….

대공. 하지만 들었으면 어때……! 들었으면 어때요……!
(부른다) 콘스탄티! (하인이 달려온다) 구두홀 좀 닦아주게!

장군. 좋은 생각입니다, 맹세코 말하는데 먼지가 너무 많아
요! 루테크! (당번병 루테크가 달려온다) 군화 코에 광을 내
줘, 얼굴이 비칠 정도로!

대공. 각자 자기 위치에 있는 게 마음에 드는군요!

사장. 오늘은 날씨가 무더워서 먼지가 신발에 달라붙는군.
발레크! 너도 빗자루질 좀 해라, 저기 옆쪽에서부터 시
작해. (하인이 청소를 시작한다) 파리에서 오셨으니 우리 거
장께 이 동네는 틀림없이 좀 심심해 보이겠군요.

피오르. 아니 또 무슨 말씀을!

공주. 거장께서 우리홀 친절히 대해주시느하 그허시죠! 프
한치세크! 여기 좀 와서……. (후작 부인에게) 에우할리아,
당신 구두에도 먼지가 끼었네요……. 프한치세크, 어서
후작 부인의 구두홀 닦아드혀.

후작 부인. 피티, 피티.*

샤름. 브와디스와프! 어서 거장 선생의 구두홀 닦고, 그다

---

* piti. 후작 부인의 입버릇이다. '작은, 어린(사람)'이라는 뜻의 프랑스어 '프티(petit)'를
잘못 발음했거나 '자비'라는 단어 '피티에(pitié)'를 잘못 발음한 것.

340

음에는 교수님과 내 구두흘 닦아! (하인들은 바닥에서 일하
고 신사 숙녀들은 위에서 대화한다)

교수. (샤름에게) 무한히 감사드립니다. (마치 피오르에게 토하는
듯한 모습)

피오르. 파르동?!

교수. 파르동!*

공주. (피오르에게) 제대호 존경받지 못하는 불쌍한 우히 교
수님은 만성적으호 치유할 수 없는 구토증에 시달린답
니다. 교수님의 강박적으호 만성적인 구토증은 가장 위
대한 국제적 권위자들이 치효했으나 효과가 없었지요.
교수님은 진실로 가장 위대한 전문가들에게 구토흘 했
고, 게다가 또 여허 명의 조수들과 간호부와, 크 세 주,**
제 남편과 저에게도 구토흘 했답니다, 우히의 소중하신
교수님에게 구토흘 당하지 않은 도구나 사람을 찾기가
힘들 정도예요. 여흠에는 우히의 소중하신 교수님께서
화단에, 꽃에, 씨앗에, 벌레나 강아지들한테 구토흘 하
고, 또 예흘 들면 곤충이나 나무에, 혹은 채소밭의 손수
혜에 구토흘 하죠.

대공. 우히의 소중하신 교수님의 구토는 경현적이고 발작
적인 특성을 지니고 있으며 의심의 여지없이 만성적입
니다 (교수가 후작 부인에게 구토한다) 오, 제발!

후작 부인. 피티, 피티!

* pardon. 가볍게 사과하는 말. 프랑스어이지만 폴란드어에서도 쓰인다.
** que sais-je. 뭐가 됐든, 기타 등등.(프)

대공. 바로 저기 우히의 소중하신 교구장 사제님이 오시는
　　　군요.

　　　(교구장이 성당을 나와 다가온다)

교구장. 하느님의 이름으로!

공주. 우히의 소중하신 교구장 신부님께서 우히의 소중하
　　　신 주 하느님을 숭배하는 설교흘 얼마나 훌륭하게 해주
　　　셨는지! 자 신부님, 이쪽은 거장 피오흐 선생입니다!

교구장. 찬양 있으라!

피오르. 앙샹테 압솔뤼망!*

후작 부인. 피티, 피티.

대공. 제가 무슨 말을 하고 있었죠? ……아하, 우히의 소중
　　　하신 교수님께서는 또한 나뭇잎과 잔디와 소파와 수프
　　　그흣과 작은 그흣, 울타리, 담벼학, 가정교사나 모자에
　　　도 구토흘 하신답니다. 의사들이 확언하듯이 이것은 만
　　　성적으흐 속이 울렁거리고 구역질이 나며 구토흘 하게
　　　만드는, 말하자면 유기적으로 혐오스허운 상태이지요.
　　　아 참, 말이 나왔으니 말인데! 교수님, 교수님의 친구인
　　　그 유명한 기수이자 스포츠맨 후프나기엘 백작은 대체
　　　어디에 있습니까? 우히에게 소개해 주시기흐 약속하셨
　　　는데요?

교수. (구토하며) 파르동! 후프나기엘 백작은 아직 성당 안에
　　　서 기도에 심취해 있습니다만 곧 나타날 겁니다.

* Enchanté absolument. 매우 반갑습니다.(프)

고구장. 발렌토바! 지금 보니 나도 샌들에 먼지가 좀 묻었군!

(사제관 가정부 발렌토바가 샌들을 닦기 시작한다)

신사들의 무리. 블로톤 경의 조그만 의자……. 블로톤 경의 조그만 의자……. 블로톤 경의 조그만 의자……. (점점 약하게) 블로톤 경의 조그만 의자……. (사그라든다)

하인 1. 너, 거기 서, 어딜 밀고 들어와?

하인 2. 이건 내 발이야!

하인 3. 요즘 그 구두코들이 그렇게 뾰족하더군…….

당번병. 야, 이 자식아, 내가 장군님 닦아드리는 거 안 보여?

하인 3. 요즘 양말은 줄무늬가 있어.

브와디스와프. 밀지 마, 이놈아!

사제관 가정부. 저놈은 천벌을 받을 거야!

하인 2. 구두약이 다 떨어졌어. 혀로 핥아야지.

하인 3. 나도 광낼 약이 다 떨어졌어, 하지만 혀가 있지.

가정부. 저 불량배들에게 천벌이 내리길.

하인 3. 발레크, 여기 핥아, 뒷굽 바로 밑에.

하인들. (핥으며) 오, 광을 내서 번쩍이게 해야지!

그리고 번쩍이게 광을 내야지!

혀로!

혀로!

헤이 하, 헤이 하, 헤이 하!

신사들의 무리. (깨어나며) 블로톤 경의 조그만 의자…….

공주. 여러분 모두 이미 무도회 초대를 받으셨기를 바랍니다, 그 무도회에서 의심의 여지없이 거장 선생의 보기

드문 패션쇼흘 저 높은 곳까지 높이 돋보이게 하겠지
요, 호산나, 호산나, 알렐루야, 알렐루야!

대공. 무도회가 거장의 품격에 어울리기를 바라는 것이 저
희의 소망입니다, 그리고 거장 선생은 무도회흘 저 높
은 곳까지 돋보이게 하시겠지요, 호산나, 호산나!

신사 숙녀들. 블로톤 경의 조그만 의자!

교구장. 품위 있는 오락만큼 좋은 것도 없지요.

장군. (당번병에게) 여기 밑창도 핥아.

교구장. 바로 저기 후프나기엘 백작이 오시는군요! 그리스
도교인의 찬양을 받아 마땅한 분이십니다, 저의 후원자
여러분, 하느님의 집인 성당에서 마지막으로 걸어 나오
십니다, 찬양하라, 찬양…….

대공. 기수들은 언제나 신앙심이 깊더군요, 흥미로운 일이
지요, 살면서 몇 번이나 기수를 만날 일이 있었는데 언
제나 신앙심이 깊었답니다.

교수.

웩!

웩!

신부님께 소개드립니다

여러분께 소개드립니다

백작 후프나기엘입니다

저의 친구이며 동료이지요, 웩, 웩, 웩!

하인. (공주의 구두를 핥으며) 요즘은 신분 높은 숙녀들이 모두
속치마에 장식을 달아서 입고 다니네, 카시카한테 얘기

344

해 줘야겠어.

하인 2. 핥기나 해, 치마 속 들여다보지 말고, 불한당 자식아.

공주. (노래한다) 오, 백작, 비교할 수 없는 챔피언!

대공. (노래한다) 오, 더비, 롱샹,* 프히 그랑프히!

후프나기엘. (노래한다)

　　　　오, 이제 전속력으로 질주, 질주, 질주!

　　　　오 나의 머릿속엔 오로지 질주…….

　　　　헤이, 달려, 달려, 구보가 웬 말이냐!

　　　　질주하여 나는 언제나 빠르게 달려

　　　　채찍으로 한 번, 채찍으로 두 번,

　　　　그리고 전력으로 질주, 하나, 둘, 셋

　　　　헤이, 질주, 질주, 이것이 나의 꿈!

　　　　헤이, 질주가 나의 평범한 몸짓!

신사들. (노래한다) 헤이, 질주, 질주, 질주하라, 헤이 질주하
라, 질주, 질주, 질주해서 우리는 느린 구보로 달린다!

　　(굳은 듯 멈춘다)

샤릅. (천천히 무대 안쪽으로 멀어진다, 브와디스와프 뒤를 따른다) 지
후해. 속 쓰혀. 소화불량. 브와디스와프, 브와디스와프
가 내게 한 방 놓아줘. (브와디스와프 주사를 놓는다) 그녀는
대체 어째서 이렇게 오랫동안 안 나오는 거지?

브와디스와프. 이제 곧 눈에 보일 겁니다!

샤릅. 그히고 언제나 저 벤치에 앉는다고?

* Derby, Longchamp. 둘 다 유명한 경마 대회.

브와디스와프. 언제나, 언제나 그렇습니다.

샤름. 저기 그 도둑놈을 데혀와. (브와디스와프 덤불 뒤에서 목줄을 맨 도둑놈을 데리고 나온다) 어째서 그렇게 목줄을 매어놓은 거지?

브와디스와프. 왜냐하면 재판으로 처벌까지 받았으니까요. 만약을 위해 확실히 해두어야지요.

샤름. 뭐, 좋아. 그 애가 무슨 일을 해야 하는지 확실히 머릿속에 새겨줬겠지? 한 번 더 반복하지. 그녀가 보통 때처럼 친구흘 기다리기 위해 이 벤치에 앉을 거야. 정해진 신호가 떨어지면 이 도둑놈이 뒤에서 몰래 다가가서 확…… 그녀의 물건을 뭐든 집어 오는 거야, 가방이든 손수건이든……. 그허면 내가 도둑을 잡아서 내 소개흘 하는 거지…… 하, 그해, 물론 당연한 일이지만 이런 상황에서는 내가 자기소개흘 할 권리가 있을 뿐만 아니라 바호 자기소개흘 하는 게 의무니까……. 그런 뒤에는 그녀흘 저녁 식사에 초대하고 두고 보는 거야, 하, 하, 하, 피홀레트의 낯짝을! 그녀에게 토시흘 사줘야지.

브와디스와프. 이미 명령대로 다 됐습니다, 이미 다 되어 있지요, 백작 나리…….

샤름. (마치 부끄러워하는 것처럼) 알겠나 브와디스와프, 브와디스와프가 이해해줬으면 해, 브와디스와프가 받아들여주길 바하, 브와디스와프가 날 나쁘게 생각하지 않았으면 좋겠어, 나는 당연히 저런 좀도둑의 도움을 받겠다고 달려가지 않는 쪽이 좋지만, 난 모흐겠어, 정말로 모

346

흐겠어, 알겠어 브와디스와프, 내가 어떻게, 나 정도 몸가짐을 가진 사람이, 상휴층 출신인데, 내 체면에, 어떻게 성당 앞 벤치에 앉은 아무 암컷 염소한테나 달라붙겠어……. 만약에 그게 윈느 코코트,* 아니면 콩테스** 아니면 뒤셰스*** 혹은 발레 공연에서 만났거나, 아니면 또 유부녀거나 여배우면 사정이 완전히 다흐지. 하지만 이런 암컷 염소한테 달라붙지 않을 거야! 벤치에서! 광장에서! 난 심지어 열 걸음 거히에서 그녀에게 어떻게 인사해야 될지도 모르겠어! 스 네 파 몽 장흐,**** 알겠어, 브와디스와프! 그헣지만 이런 범죄자에 부항배는 할 수 있어, 그에겐 어떻게 되든 똑같으니까, 소개받지 않고 다가가는 것뿐만 아니하 심지어 옷장이나 아니면 지갑 속에 손을 대는 것도 할 수 있다고! 물론이지! 난 못 해! 그는 할 수 있어. 어쩐지 사실 이 자연의 법칙이 한 이상하기는 해. 나는 할 수 없는데 그는 할 수 있다니. 그러니까, 알겠어, 브와디스와프, 그가 일을 시작하면 나는 곧장 안면을 틀 수 있는 펑계가 생기는 거야. 그리고 나중에 그녀에게 털가죽 토시와 보석 목걸이흘 사줄 거야. 이해해, 브와디스와프?

브와디스와프. 이미 다 돼갑니다! 이미 다 돼가요. 오호, 오

---

* une cocotte. 사랑스럽고 귀여운 여자 혹은 행실이 나쁜 여자.(프)
** Comtesse. 백작 부인.
*** Duchesse. 공작 부인.
**** Ce n'est pas mon genre. 이건 내 분야가 아니야.(프)

는군요!

(도둑놈과 함께 덤불 뒤로 몸을 숨긴다)

(오르간 화음)

(성당에서 알베르틴카가 부모와 함께 나온다)

어머니. 교구장 신부님의 설교는, 또 얼마나 멋진 설교였
  는지 교구장 신부님 말씀이, 아 그게 정말 설교야, 설
  교……. (알베르틴카에게) 허리 똑바로 펴고 걸어!

아버지. 비는 안 오겠지만 해가 또 저렇게 참 저게 그…….

어머니. 올해는 이마에 곱슬머리를 약간 내려뜨리고 귀를
  살짝 덮도록 드리우는 게 유행이구나. 봤니, 틴카?

아버지. 해가 그 참 저게, 비가 안 오니까아아…….

어머니. (알베르틴카에게) 왜 그렇게 다리를 가만두지를 못하
  니, 왜 그렇게 다리를 얌전히 두지를 못하고 자꾸 우물
  우물 움직여……. 틴카! 천벌 받는다! 사람들이 보잖니!

아버지. 에! 여보 저기 좀 봐! 저기 저 사람 보여……?

어머니. 연미복을 입은?

아버지. 이건 참 기막힐 노릇이군! 저건 샤름이잖아!

어머니. 샤름? 샤름? 샤르무스? 샤르메크? 봐라 틴카, 아냐,
  보지 마, 너하고 무슨 상관이니, 똑바로 앞만 봐라, 천
  벌 받는다!

아버지. 연미복을 입고! 바카라 판에서 곧장 나온 모습이
  군, 하지만 성당에 기도하러 온 건 아니겠지, 히, 히!

어머니. 왜 그러니, 틴카? 여기 있을래?

알베르틴카. 야지아를 기다려야 해요.

어머니. 천벌 받는다. 점심 식사에 늦지 마라. 그리고 쓸데
　없는 곳에 기웃거리지 마라. 귀 뒤로 머리카락 넘기고.
　뜨개질거리는 어떻게 했니? 뜨개질거리 가져가라, 괜히
　두리번거리지 말고…….

아버지. 가요, 여보, 갑시다, 늦겠어…….

　(부모 퇴장)

　(알베르틴카 벤치에 뜨개질거리를 가지고 앉는다)

알베르틴카. 파리들. 오, 파리. 야지아. 나무. 덥네. 더워.

　(하품)

　(샤름 그녀 앞으로 실크해트를 쓰고 장엄하게 걸어 지나간다)

　(알베르틴카 쳐다보고 몰래 하품을 한다)

　(샤름 돌아서서 다시 지나간다)

　(알베르틴카 쳐다본다)

　(샤름 다시 지나간다)

　(알베르틴카 쳐다본다)

　(샤름 다시 한 번)

　(알베르틴카 쳐다본다)

　(샤름 다시 한 번)

알베르틴카. 어머나……! 저 사람은 뭐지……? 졸음이 오
　네…….

　(잠든다)

　(샤름 브와디스와프에게 신호하고, 브와디스와프 도둑놈과 함께 덤불
　뒤에서 나온다. 샤름이 새로 신호한다. 브와디스와프 도둑놈의 목줄을
　풀어준다. 도둑놈은 자유를 얻어 몇 번 빙글빙글 돌며 춤춘 뒤에 알베

르틴카에게 몰래 다가가 상당히 긴 시간 동안 그녀를 더듬는다)

샤름. 뭘 저렇게 질질 끄는 거야!

알베르틴카. (잠결에) 오-오-오…….

(도둑놈 알베르틴카의 목걸이 펜던트를 목에서 떼내어 샤름 쪽으로
도망치고, 샤름은 그를 붙잡아 쓰러뜨린다)

(꽝음)

(바람. 돌풍, 즉시 멈춘다)

샤름. 불한당!

브와디스와프. 악한이다, 악한!

샤름. (도둑놈에게서 받은 펜던트를 들고 알베르틴카에게 다가가며) 아
가씨, 소개도 받지 않고 이렇게 말을 거는 무례를 용서
하십시오, 하지만 바호 저기 저 도둑놈이 아가씨가 순
진무구하게 잠든 틈을 타서 감히 이 펜던트를 훔쳤습
니다. 그래서 당장 막아서는 것이 저의 의무하고 생각
했습니다. 그러나 소개받지 않은 채호 아가씨에게 말을
걸고 있군요. 저는 히말라이 백작입니다.

알베르틴카. 어머나!

샤름. (노래하고 춤춘다)

　　　　　나는 샤흠!
　　　　　숙녀들의 정복자!
　　　　　나는 건달 샤흠,
　　　　　그리고 한량 샤흠
　　　　　하지만 총독 부인과 공주들과, 백작 부인들과,
　　　　　성읍 여자들, 재봉사들과 흑인 여자들까지

오, 오, 오, 소중한, 아, 미워할 수 없는 남자
게다가 저 콧수염, 외알 안경에 지팡이까지!
왜냐하면 나는 샤흠
숙녀들의 정복자!

알베르틴카. (노래하고 춤춘다)

나는 알베르틴카
아, 아가씨들 중의 으뜸!
이렇게 작은 팔
이렇게 작은 다리
이렇게 조그만 귀, 그리고 조그만 치아
여기 조그만 내 코, 오, 오, 네 것이 아냐!
또 여기 조그만 내 입술, 네 것이 아니지!
오 너는 내 꿈에서, 마술과도 같이 꿈에 나타나
오 너, 오 너는, 마술 같은 꿈…….
아, 내 치아, 아 내 입술, 조그만 내 혀, 아 내
조그만 귀, 오 아냐, 네 것이 아냐, 아, 조그만
발, 아, 이 눈, 아냐, 아냐, 네 것이 아냐, 아, 내
가슴, 오 아냐, 네 것이 아니지, 아, 내 팔, 오
너는 내 꿈에서, 오 너는 내 꿈속…….
마술과도 같이 너는 내 꿈에 나타났지!

샤흠.

마술과도 같이 너는 내 꿈에 나타났지!
이미 아가씨께 자기소개를 하는 영광을 얻었으니 이제
이 벤치에서 아가씨 옆에 적절하고 예의 바흐게 거히

351

홀 두고 앉아 조금 쉬어도 될까요······?

알베르틴카. 그러세요······! 백작님은 친절하시군요! 그런 데 무슨 말씀이죠? 제가 잠들었나요? 뭔가 꿈을 꿨어 요······ 마치 손이······ (부끄러워하며) 오오······. 그 꿈이 라니. 어떤 손이 어딘가 어떻게 그렇게······. (샤름을 결눈 질로 의심스럽게 쳐다보며 의상의 가슴 부분을 만진다)

샤름. (당혹해하며) 그건 바호 저 도둑놈이······.

알베르틴카. 도둑놈이요?

샤름. 아가씨는 아무것도 모호시나요?

알베르틴카. 뭐가요? 덥네요. 파리들. 잠이 들어서 이런 꿈 을 꿨어요······. 손(샤름을 의심스럽게 쳐다본다). 하지만 백 작 각하는 왜 여기 앉아 계시죠, 백작 각하하고 무슨 상관인가요, 어째서 백작 각하는 여기 제 옆에 계시는 거죠?

샤름. 그래도 어쨌든 제가 아가씨에게 파피용*의 형태와 도 같이 미묘한 남녀 간의 암시홀 건네도 괜찮을까요? 사실 레 팜므**란 소스 벨몽토와도 같죠! 지나치게 많이 사용하지 않는 것이 좋아요. 소화하기 힘드니까. 브와 디스와프, 이제까지 총계 얼마지?

브와디스와프. 백작 나리가 257명, 피롤레트 남작이 256명 입니다.

샤름. 바호 그헣지. 속이 쓰혀. 지후하군.

---

* papillon. 나비.(프)
** les femmes. 여자들.(프)

알베르틴카. 오오, 오!

야름. 아프슈마크!*

알베르틴카. 오!

야름. 소화불량. 코감기. 통계와 편두통. 다수의 법칙.

알베르틴카. 오!

야름. 하지만 어쨌든 여기 우히가 이렇게 그늘에서 벤치 위에 앉아 있으니 제가 보기엔 아가씨홀 막심 헤스토항으로 초대하는 것 외에는 달리 방법이 없겠습니다. 내가 여성들을 참아줄 수 있는 건 오호지 배가 꽉 찼을 때, 그것도 좋은 헤스토항의 음식으로 배홀 채웠을 때 뿐이지요. 여성이 뱃속에 맛있는 가금 요히홀 가득 채웠을 때는, 말하자면 같은 여성이 그냥 평범한 감자나 메밀 죽으로 배홀 채웠을 때보다 더 맛이 좋으니까요. 아가씨홀 막심 헤스토항으로 초대합니다. 예홀 들어 대하홀 곁들인 굴 요리, 오븐에 구운 타조 알, 연어 그하탕, 마요네즈, 지빠귀…….

알베르틴카. 오!

야름. 브와디스와프, 알약! 하지만 희망을 잃지 말기호 하죠, 핏빛 전등갓의 어스흠한 불빛 속에, 집시 밴드의 도 취될 것 같은 음악 소히 속에, 오, 오, 오흐되브흐와 술에 취해 흥청대는 여자들 속에서, 핏속에는 샴페인 거품과 집시 밴드가 연주하는 떤꾸밈음이 차오흐고 바호

---

* abschmack. 입속의 씁쓸하고 안 좋은 맛.(독일어)

353

여기 당신의 감각이 불타오흐며 내가 몸을 숙이고, 당
신은 몸을 빼혀 하고, 나는 몸을 숙이고, 에보에, 에노
에,* 당신은 몸을 빼혀 하고, 하, 나아아아, 집시들, 상
굴, 나는 그때부터 당신을……

알베르틴카. 어머! 옷을 벗기나요……?

샤름. 절대 아니죠! 벗기면 안 됩니다! 입혀야죠! 보흐트 상
점에서 제작한 두더지 꼬리호 만든 토시.

알베르틴카. 오!

샤름. 파히에서 제작한 망사호 만든 스타킹!

알베르틴카. 오!

샤름. 레이스가 달린 분홍 속옷!

알베르틴카. 오!

샤름. 위쪽으로 휘어진 짧은 스커트, 살구 크힘!

알베르틴카. 오!

샤름. 프호방살 소스에 담근 버섯 무늬가 있는 블라우스…….

알베르틴카. 오!

샤름. 채소 깃털이 달린 조그만 모자!

　(어두워진다. 바람, 돌풍)

　(굉음)

알베르틴카. 백작! 당신은 내게 옷을 입히는군요
　벗기는 대신에!

샤름. 파흐동? 파흐동? 파흐동?

* évo(h)é. 바쿠스의 주신제에서 흥에 겨워 외치는 소리.(프)

알베르틴카.

모르겠어요?
난 이 치마 밑으로는
나체라고요!

(쾅음)

신사들의 무리. (깨어나서, 약하게, 점점 강하게, 극적으로) 블로톤 경의 조그만 의자, 블로톤 경의 조그만 의자, 블로톤 경의 조그만 의자……. (그대로 굳어버린다)

샤름. (얼이 빠져) 초가을의 은빛 여우 털로 가장자리홀 장식한 레이스 달린 네글리제, 아니면 실크 원단에 스코틀랜드식 주름 장식을 단 평상복…….

알베르틴카. 나체……. 나체를 원해요!

(쾅음)

신사들의 무리. (절망에 빠져 약하게) 블로톤 경의 조그만 의자, 블로톤 경의 조그만 의자, 블로톤 경의 조그만 의자……. (점차 멈춘다)

하인들. (사납게) 후우우우우우우! (바람)

(알베르틴카 도망친다)

샤름. (멍청하게) 여자가 옷을 입히는 것보다 벗기는 쪽을 원하는 건 처음 본다…….

신사들의 무리. (매우 크게, 사납게) 블로톤 경의 조그만 의자, 블로톤 경의 조그만 의자!

(피롤레트가 사격수를 데리고 등장)

피롤레트. (웃음소리로 샤름을 공격하며)

355

하, 하, 하, 하 — 하, 하, 하, 하!

하, 하, 하, 하, 하, 하, 하!

샤름. (자신을 방어한다)

하, 하, 하, 하 — 하, 하, 하, 하!

하, 하, 하, 하, 하, 하, 하!

피룰레트.

여자가 도망갔어! 헤? 삼가 조의를 표합니다!

패배로군, 하, 하! 으뜸패 없이 쓰리카드!

샤름. (당황하여) 이해할 수 없어……. 이해할 수 없어…….
이해할 수 없어……. (기계적으로 피룰레트에 대응하여) 하,
하, 하!

피룰레트. 백작 나리가 대체 뭘 이해할 수 없다는 건가? (샤
름에 대응하여) 하, 하, 하!

샤름. (피룰레트에 대응하여) 하, 하, 하! ……이해할 수 없어,
아시겠소 남작, 이상한 일입니다, 내가 수작을 걸면서
그녀에게 옷차림을 가지고 이것저것 해주겠다고 알려
줬어요. 그런데 그녀는 나체홀 원한단 말입니다!

피룰레트. 나체를?

샤름. 나체홀요, 투 쿠흐.*

피룰레트. 실례지만, 그러니까 백작이 하시려는 말은, 네글
리제와 셔츠와 평상복과 속옷 대신에…… 거기 그러니
까 무슨 허리, 허벅지, 무릎관절, 빗장뼈 같은 게 있단

* tout court. 간단히 말해서.(프)

356

말이오? ……그뿐이에요?

샤름.

　　　　그뿐이오!
　　　　몸
　　　　몸뿐이에요…….

　　(바람)

피룰레트. 오, 이런 자연의 소음이라니!

샤름. 오, 이런 자연의 소음이하니!

둘 다. 오, 소음, 오 소음, 오 소음!

샤름. (생각에 잠겨) 몸.

피룰레트. (생각에 잠겨) 몸.

샤름. 벌거벗은.

피룰레트. 벌거벗은.

샤름. 그뿐.

피룰레트. 그뿐.

둘 다. 그리고 소음, 소음, 소음!

　　(의자 뒤에서 브와디스와프가 목줄을 맨 도둑놈을 데리고 나타난다)

브와디스와프. 저, 나리?

샤름. 뭐?

브와디스와프. 이 악당은 어떻게 할까요? 보내줄까요, 경찰
　　에 넘길까요, 어쩔까요?

피룰레트. 그건 개요 아니면 밥벌레요? 백작은 어디서 그런
　　놈을 찾아냈소?

샤름.

멈춰, 남작!

기다혀, 남작!

난 뭔가 이해하기 시작했어요…… 아아아…… 아아아…… 아아아……. 왜냐하면 그녀가 벤치 위에서 잠들었거든. 내가 이 도둑놈을 그녀에게 보내서, 그가 뭔가 훔치면 내가 그흘 붙잡아서 내 소개흘 하혀고……. 그헌 계획이었어! 하지만…… 쳇! 이제 알겠어!

피룰레트. 그래서 뭐요? 빨리 말해봐요!

샤름. (겁에 질려 혼잣말) 그녀는 꿈속에서 가슴을 더듬는 그의 손길을 알아챈 거야…… 하지만 그게 내 손이하고 생각한 거지……. 그게 나였다고 생각한 거야!

피룰레트. 뭐라고요?!

백작이 직접 자기 손으로 그녀의 가슴을 만졌다고요? 이 벤치 위에서, 나무 아래에서, 광장에서, 그것도 그녀에게 정식으로 소개되지 않은 채로?! 대체 어디서 그런 야만적인 생각을?!

신사들의 무리. (극적으로) 블로톤 경의 조그만 의자!

샤름. 그녀는 그게 나하고 생각한 거야! 바호 내가 그녀흘 더듬었다고! 그래서 그녀가 나체흘 원하게 된 거야. 나와 함께 나체흘! 위대하신 하느님!

(바람, 그러나 느릿하다)

피룰레트. 뭐라고요, 뭐라고요, 나체를, 백작과 함께 나체를? 그게 무슨 말이오, 그러니까 백작이 지팡이도 없이, 외알 안경도 없이, 실크해트도 없이, 바지도 없이, 속옷

358

도 없이?

샤름. 나와 함께 나체홀 원해요.

피룰레트. (자기 배를 잡는다)

하, 하, 하, 하 — 하, 하, 하!

하, 하, 하, 하 — 하, 하, 하!

브와디스와프. 호, 호, 호! 호, 호, 호!

신사들의 무리. 하, 하, 하, 하, 하, 하!

하인들의 무리. 하, 하, 하, 하, 하, 하!

샤름. (노래한다)

뭐요 남작, 아, 또 뭡니까 남작?

남작은 뭘 원하는 거요? 왜 그렇게 웃는 거요?

미안하지만 실례하겠소! 꺼져, 꺼져, 꺼져!

무례하게! 이게 뭐요?

피룰레트. (노래한다)

벌거벗은 샤름, 벌거벗은 샤름!

하, 하, 하, 헤이 펄쩍 뛰어라!

하, 하, 하, 하, 벌거숭이야!

벌거벗은 샤름, 벌거벗은 샤름!

(서로 상대방 앞에서 거만하게 행진한다)

샤름. 포하트!

피룰레트. 다이아몬드 슬램!

샤름. 투카드!

피룰레트. 투카드를 두 배로!

샤름. 으뜸패 없이 쓰리카드!

피룰레트. 스페이드 그랜드슬램!

샤름. 패스!

피룰레트. 패스!

> 친애하는 샤름 백작, 백작이 옷을 다 벗어 벌거숭이가
> 되면 잊지 말고 나를 부르시오, 내가 보면서 경탄해줄
> 테니까, 하, 하, 하, 하, 하, 하!

(사격수를 데리고 퇴장)

샤름. (완전히 절망에 빠져) 무혜한 놈!

> 거만한 놈! (의자-우산 위에 앉는다)

> 전부 잃었어…….

신사들의 무리. (매우 여리게, 점점 강하게) 블로톤 경의 조그만
의자, 블로톤 경의 조그만 의자, 블로톤 경의 조그만 의
자, 블로톤 경의 조그만 의자…….

교수. 웩…….

사장. 속 쓰림. 위산 과다. 소화불량…….

대공. 예, 예, 자 여허분, 성스허운 말입니다, 저 자신도 저
높은 곳에 있음을 느끼며 제 아내도 마찬가지입니다,
뭔가 소화불량이나 탐식, 과식하고 비슷해서, 이건 꼭,
마치 소위 말해서 지나치게, 지나치게 많은 카나페, 크
힘, 연미복, 과자, 여성용 모자 상인, 헤어스타일, 콤포
트* 목깃, 디저트, 크림 무스, 생크림, 크 세 주,** 하인
들, 단추들, 마차들…….

---

* 과일에 설탕을 넣고 졸여서 아주 달게 만든, 동유럽에서 즐겨 마시는 음료의 일종.
** 뭐가 됐든, 기타 등등.(프)

교수. 웩…….

대공. 바호 그겁니다! 교수님이 내가 하혀는 말뜻을 먼저 말하셨어요!

공주. 체할 것 같은 분위기가 어째 공기 중에 떠도는군요.

장군. 과도해.

사장. 과도해.

후작 부인. 피티, 피티.

교구장. 아, 이런 시대라니! 주 하느님께 바치리라!

공주. 모든 희망은 우히의 거장 선생께 달려 있지요! 선생님, 부탁이니 우히의 패션을 되살려주세요! 남성과 여성의 실루엣을 새홉게 되살려주세요!

피오르. (생각에 잠겨)

　　　여성의 실루엣과

　　　남성의 실루엣을

　　　되살린다……?

신사들의 무리. 오 그렇습니다, 오 그렇습니다, 오 그렇습니다!

피오르. 말하기는 쉽지!

　　말하기는 쉽지 — 새로운 패션을 창조하시오!

　　새로운 형태를 고안하시오! 새로운? 하지만 어떤?

　　패션……. 패션은 시대를 거슬러 갈 수 없어

　　패션이 시대야. 패션이 역사다!

　　내가 어쩌면 실수하는 걸까,

　　패션이 역사라고 말한 것이……?

대공. 　　　　　　　　　　　　　　　　역사입니다!

사장. 역사는 패션이지요!

장군.   예, 역사입니다!

후프나기엘. 역사입니다!

공주. (대공에게) 패션이 역사인가요?

대공. 그렇소, 패션이 역사이지요!

신사들의 무리. (팔을 위로 쳐들며) 역사는…… 패션…… 입니다!

(침묵)

피오르.

역사…….

나는 피오르! 난 거장! 난 피오르!

인류에게 새로운 외관을 선사한다! 어떤 걸?

오, 이전의 거장들에게 창조는 쉬웠었지!

하지만 오늘날엔 어렵다…….

5년, 10년, 15년 뒤에는 어떻게 될까? 세월이 무엇을 가져다줄까? 세월은 얼마나 빨리 흐르는지…….

오, 내가 알지 못하는 세월이 날 얼마나 괴롭히는지!

미래는 나의 현재 속에 들어 있는데…….

그 형태를 예측할 수 없다!

러시아……. 영국……. 해양 외교……. 델카세…….* 발칸반도 사람들……. 사회주의…… 황태자……. 어디로? 어떻게? 어떤 방향으로? 무엇을 향해서? 대체 어

---

* 테오필 델카세(Théophile Delcassé). 20세기 초 프랑스의 정치인.

떤 바지통 모양을 제안해야 하는 거지, 10년쯤 뒤에는 바지통이라는 게 사용될지 아닐지도 모르는데? 어쩌면 그 미래의 옷은 깃털이나 철제 고리로 만들어지는 것 아닐까? 미래…….

　　　미래는 검은 구멍이고 세월은 알 수 없다
　　　역사에는 얼굴이 없다!

신사들의 무리. 역사에는 얼굴이 없다!

공주. 신사 숙녀 여러분. 감히 미루어 짐작할 수 없이 뜻 깊은 우리 예술가의 창조적 고통을 저 높은 곳까지 존경합시다…….

피오르. 세월이 얼마나 빨리 흐르는지! 예를 들어 이 벤치를 보자. 마치 움직이지 않고 서 있는 것 같지만, 얼마나 빨리 달려가는지! 빨리 달리고 또 달린다…… 하지만 어디로……? 무엇이? 어디로? 어느 방향으로, 무엇을 향해서? 모든 것이 속도를 내서 달리고 또 달린다, 위대하신 하느님!

후프나기엘. (노래한다)

　　　오 이것은 전속력으로 질주, 질주, 질주!
　　　채찍으로 한 번, 채찍으로 두 번!
　　　오 나의 머릿속엔 오로지 전속력으로 질주…….
　　　헤이, 달려, 달려, 구보가 대체 무엇이냐!
　　　전속력으로 나는 언제나 달려간다
　　　그리고 전속력을 향해 하나, 둘, 셋
　　　헤이, 질주, 질주, 이것이 나의 꿈!

헤이, 질주, 그것이 내 평범한 몸짓!

신사들의 무리. (생각에 잠겨) 블로톤 경의 조그만 의자…….

대공. (약간 놀라서) 뭐하고요! 전속력으호? 바호 그거죠! 사람들이 그렇게 말할 때 탁자홀 치면 가위가 대답을 하죠!

공주. 우히의 소중하신 백작께서 우히의 비관적인 대화에 진실로 스포츠맨다운 낙관주의홀 불어넣으시는군요 메흐시! 메흐시!*

후프나기엘. 저는 안장에서 내리는 데 익숙치 않아서 말입니다. 아니, 안장에서 내려가는 덴 익숙치가 않아요. 전속력으로 달리는 게 제 전문이지요! 말입니다, 거장 선생, 선생의 불안감에는 공감할 수 없습니다. 저 벤치? 달린다고요? 전속력으로? 어디로 가는지 모르게? 그게 뭡니까? 올라타서 속도를 내서 전속력으로 달리는 겁니다! 역사? 달려가요? 전속력으로? 그게 뭡니까? 올라타서 속도를 내서 전속력으로 달리는 겁니다! 저는 안장에서 내리는 덴 익숙지 않아요!

교수. 웨에에에…….

공주. (교수에게) 방해하지 마세요!

후프나기엘. 여기서 중요한 건 무릎과 허벅지에 힘을 주고 고삐는 약간 느슨하게 풀고 채찍을 쓰는 겁니다! 선생의 그 패션쇼에 대해서도 어떤 아이디어를 낼 수도 있습니다만…….

---

* Merci. 고맙습니다.(프)

채공. 오, 백작께서 뭔가 생각하시는 게 있다면 어서 말씀
하시지요, 우히는 오해전부터 아무 생각도 없었으니 말
입니다…… 내가 뭐하고 했죠……?

피오르. (혼잣말)

생각

어떤 생각?

밤.

후프나기엘. 비루먹은 말이 지나친 짐을 나를 땐 짐을 덜어
주는 것이 최선이니, 넘어지지만 않는다면 어디든 가고
싶은 곳으로 날아가게 둬야 한다……. 이게 바로 제가
제안하고 싶은 말입니다.

패션쇼를 맞이하여 무도회는

가면무도회가 되게 하고

무도회가 가면을 쓰게 합시다!

마치 바로 우리의 시대처럼!

신사들의 무리. 그리고 또? 그리고 또? 그리고 또?

후프나기엘.

가면의 무도회, 비밀의 무도회

번쩍이는, 아, 무도회장에 줄줄이 서서

모든 시대와 모든 세월의

가장 경이로운 의상으로 가득한 무도회!

신사들의 무리. 그리고 또? 그리고 또? 그리고 또?

후프나기엘.

그러나 이 의상들의 파도 속에

몇몇 손님들은 자루를 쓰고 있겠지요
자루를 쓴 무리가 있을 겁니다!
자루는 거꾸로 쓰게 하고
자루에는 구멍을 내서 구멍에서 머리가
나오게, 그러나 가면으로 가려서
누구인지 알 수 없게 해야죠!

신사들의 무리. 그리고 또? 그리고 또? 그리고 또?

후프나기엘. 피오르 선생이 정해진 신호를 내리면 자루를 벗게 합시다. 그러면 미래의 패션이 나타날 겁니다……. 아시겠어요? 뭣하러 거장이 혼자 자기 머리에서 새 패션을 고안해야만 합니까? 이렇게, 말하자면 우선 시험적으로 의견을 재보는 쪽이 낫지 않습니까? 잔디밭에 뭐가 숨어서 삑삑 소리를 내는지 알아보자는 것이죠. 새로운 취향은 어떻고 새로운 경향은 어떻고 새롭게 사람들의 마음에 드는 게 어떤 것인지 말입니다. 그리고 손님들에게 새로운 패션 경연 대회에 참여하라고 초대합시다. 각자 자기 나름대로 걸맞은 의상을 고안해내고, 그 의상 위에 자루를 씌우게 하는 거죠. 자루가 벗겨지고 의상이 드러나면 거장 선생께서 그 의상에서 영감을 얻고 나서 상을 내리고, 앞으로 다가올 몇 년간 남성복과 여성복의 최종적인 모델을 고안해내면 되는 겁니다. 어때요? 이대로 갑시다! 전속력으로
헤이, 질주, 질주!
난 전속력으로 질주한다

366

채찍으로 한 번!

채찍으로 두 번!

대공. 아니, 그렇게 빠흐게 말고! 그렇게 전력 질주는 말
고…….

후프나기엘.

부세팔로스!*

달리게 하라, 싣고 뛰게 하라!

내가 말에서 떨어지지 않는 한!

신사들의 무리.

달리게 하라, 싣고 뛰게 하라!

내가 말에서 떨어지지 않는 한!

교수. (돌연히) 웩!

공주. 무슨 일이죠?

교수. 웩!

대공. 어떻게요?

교수. 웩!

사장. 무엇을요?

교수. 웩!

피오르. (생각에 잠겨)

자루…….

이 발상은 어쩌면 좀 지나치게…… 하지만 나
쁘지 않아…….

---

* 알렉산더대왕의 애마. 폴란드어로는 몸집이 무겁거나 사나운 말을 가리킨다.

그래…… 그래…….

후프나기엘. 그럼 전력으로 질주합시다!

대공. 질주!

공주. 전속력으호!

사장. 그럼 전진, 달립시다!

장군. 채찍으로 한 번!

후프나기엘. 그리고 질주, 질주!

교구장. 전속력으로 달립시다!

신사들의 무리. (소리친다) 블로톤 경의 조그만 의자!

공주. 그험 모두 성으호 가시지요!

교수. (옆에서) 웩, 웩, 웩!

  (신사 숙녀들은 무릎 꿇고 있는 하인들의 무리를 남겨둔 채 퇴장)

  (피오르는 내키지 않는 듯 뒤에 처져 그들과 함께 퇴장하지 않고 벤
  치를 쳐다본다)

피오르.

> 질주…… 그래, 그래…… 질주…….
>
> 말에 올라타서 달리고 또 달리는 건 얼마나 쉬
> 운가…….
>
> 그러나 부동성(不動性) 자체에서 시작된 질주가
> 말을 타고 달리는 것보다 못하지……. 부동의
> 질주!
>
> 전속력으로, 그냥 움직이는 게 아니라 달려, 달
> 려…….

  (벤치를 만진다)

넌 어디로 달려가나, 벤치야?

무엇을 향해서 그렇게 미친 듯이 달리지? 어느 곳으로?

어디로?

무엇을 향해서?

오, 전부, 전부, 전부, 나무도 돌도

집도 성당도, 땅도 하늘도 전부

마치 말처럼 전력으로 질주하는구나! 난 움직이지 않을 거야!

조각상으로 변해서 이 질주를

멈추게 하겠어……!

(움직이지 않고 서 있다)

어쩌면 질주가 멈출지도…….

(비탄에 차서 양팔을 위로 들어 올리며)

소용없어! 소용없어!

나 자신도 달려가고 있어! 날아간다고! 전력 질주로!

질주하는 말!

(꽹음)

(피오르 퇴장)

하인들. (광분하며) 베어 죽이자!

목 졸라 죽이자!

죽이자!

깨부수자!

전부 죽여!
전부 베어버려!
그리고 질주, 질주다, 펄쩍 뛰어라!
질주, 질주다, 펄쩍 뛰어라!

막

제2막

히말라이 성의 현관 복도. 왼쪽에는 무도회장으로 가는 입구. 안쪽에
는 패션쇼 무대. 대공과 공주가 들어오는 손님들을 맞이한다. 하인들.

손님들. (들어오며)

　　　아, 아, 아, 아, 무도회구나 무도회!

　　　아, 아, 아, 아, 이런 것이 무도회!

대공과 공주.

　　　아, 아, 아, 아, 환영합니다, 환영합니다!

　　　아, 아, 아, 아, 아, 고개 숙여 인사드립니다!

　　(사냥꾼 복장을 한 샤름이 우비를 둘러쓴 알베르틴카와 목줄을 맨
　　도둑놈들 데리고 들어온다. 도둑놈은 펄쩍펄쩍 뛰며 쿵쿵거리고 냄
　　새를 맡는다. 샤름은 여성복 상자를 몇 개 짊어지고 있다.)

대공. (하인에게)

　　　헤이 거기, 창문!

　　　가을이다, 헤이, 가을!

공주. 외풍이 심하네!

대공. 저건 샤흠이야, 맹세코.

샤름. 추측하긴 어협지 않지요. 잘 지내요 엄마? 아버지도
　　잘 지내시죠? 손님들 많이 오셨어요?

공주. 저 높이 많이 오셨지. 어떻게 지내니, 샤흠, 아마 또
　　배가 터질 정도호 홀딱 잃었겠지, 그헌데 세상에, 그 목

371

줄을 건 인물은 대체 누구냐, 설마 개는 아니길 바한다
내 무도회에 개흘 데히고 들어오는 건 강하게 반대하
고 싶구나.

샤름. 하지만 개는 대체호 얌전하다는 걸 아시잖아요. 이건
일종의 원시적인 야생 상태의 하인인데 안전을 위해서,
필요하면 가둘 수 있게 목줄을 매둔 거예요. 엄마, 아
빠, 소개할게요, 이쪽은 마드무아젤 알베흐트 크후제크
예요, 시장 상인의 딸…….

대공. 메조마주!* (한옆으로) 하지만 여기에 상점 주인의 딸
을 대체 무슨 자격으호 데히고 들어온 건지 잘 이해흘
못 하겠구나. 아마 내가 추측하기에는 접대부호 데히고
온 거겠지…….

공주. 난 나가겠어요!

샤름. 다툼은 잠시 멈추세요. 다 좋습니다, 세상에 정말이
지, 제가 그녀에게 저 모자흘 씌워준 건 부정하지 않겠
습니다, 그리고 피홀레트가 언제나 저흘 쫓아다녀야만
하니 그가 돈을 대서 그녀의 저 구두흘 구해주었고 우
리 둘이 대체호 돈을 대서 그녀에게 복장을 이것저것
구해주었죠. 하지만 그녀는 아직 보석 종류는 받으혀
하지 않고 수표는 더 말할 것도 없으니, 어쨌든 접대부
는 절대호 아닙니다. 중요한 건 뭐냐 하면 이 아가씨도
모델이하는 거죠, 알겠어요 아빠, 제가 그녀흘 패션쇼

---

* Mes hommages. 경의를 표합니다.(프)

에 내보내고 피오흐를 밀어붙였어요. 피오흐는 자기 작품을 선보일 모델이 필요해요. 그히고 그녀는 몸매가 아흠답죠. 기회가 되었으니 성도 구경하고…… 익숙해 지고……. 속 쓰림. 우울증. 브와디스와프, 주사! (브와디 스와프 샤름에게 주사를 놓는다)

공주. 제발, 쯧, 쯧, 쯧, 제발, 저 접대부가 모델이하면 모델 이 어떻게든 접대부가 될 수 있다는 뜻이잖니, 쯧, 쯧, 제발, 저 높이 제발 부탁이다, 쯧, 쯧!

대공. 쯧, 쯧, 쯧! (한옆으로 알베르틴카를 향해) 잘빠졌군!

공주. 조용히 해요!

　(사장과 장군이 자루를 걸치고 들어온다. 자루 밖으로 머리만 보인 다. 얼굴에는 가면을 썼다)

공주. 저 가면들 좀 봐!

대공.

　　　　저 자후 속에 바호
　　　　미해의 비밀이 숨어 있다!

대공과 공주.

　　　　아, 아, 아, 아, 아, 무도회다 무도회!
　　　　아, 아, 아, 아, 아, 환영합니다 환영해!

사장. (펄쩍펄쩍 뛰며) 그남 하우투 쿠포투 루!

장군. (펄쩍펄쩍 뛰며) 므뉴투바부넴무우우우…….

사장. 부우우우! 플랍!

공주. 세상에!

대공. 나의 왕비님, 저건 익명성을 강화하기 위한 것이하오! 하, 하!

공주. 아아…….

장군. 플룹.

사장. 플랍.

대공과 공주. (정중하게) 불룩 팔락 불룩 팔락 불룩 팔락!

공주. (겁에 질려) 아아!

대공과 공주.

아, 아, 아, 아, 아, 무도회다 무도회!

아, 아, 아, 아, 이헌 것이 무도회!

샤름. (알베르틴카에게) 부디 떨지 말고, 자, 집에 있는 것처험 편안하게, 자, 이쪽으호, 이쪽으호 오세요! (알베르틴카를 무대 위로 데려간다) 모델들을 위한 특별한 단상입니다. (단상 위에 알베르틴카를 세운다) 자 곧 피오흐 선생이 올 겁니다. 소스 부흐기뇬느…….* (도둑놈에게) 쉬이이잇…….

브와디스와프. 아주 사납습니다, 백작 나리.

(알베르틴카가 샤름의 도움을 받아 우비를 벗는다. 완벽한 화장, 화려한 머리 모양, 깃털 목도리, 장갑, 보석 목걸이, 양산, 손에 모자와 털가죽 토시 등등을 들었다…… 이 모든 것에 짓눌려 알베르틴카는 거의 제대로 움직이지도 못한다)

모두들. 오오오오오오!

샤름. (약간 난처해하며) 이건 그허니까, 엄마, 내가 보석 목걸이흘 사고 피홀레트가 깃털 목도히흘, 내가 장갑을,

---

* sauce bourguignonne. 양파를 넣어 만든 프랑스 소스의 일종. 샤름은 각종 소스의 이름을 감탄사처럼 사용한다.

피훌레트가 양산을 사줬어요……. (도둑놈에게) 쉬이이
잇…….

브와디스와프. 아주 사납습니다, 백작 나리.

대공과 공주. (안쪽으로 들어가는 사람들에게) 환영합니다, 아, 환
영합니다!

(후작 부인이 가면을 쓰고 자루를 둘러 입고 등장)

공주. 어?

후작 부인. (보기 흉하게 펄쩍펄쩍 뛰며) 글루글루글루글루글루.

대공. 어?

후작 부인. 글루글루글루글루글루글루글루글루글루!

공주. 어?

대공. 우?

후작 부인. 글루글루글루글루글루글루글루글루글루!

공주. (대공에게)

여보 마우히쩍, 제발 부탁인데 이럴 수는 없어요, 무슨
수흘 써서든 의사소통을 좀 해보세요! 가서 저들에게
말해봐요.

대공. 말을 해보하고? (날카롭게) 구아, 구아?

후작 부인. 글루글루글룻!

사장. 플룻 플랏!

장군. 플랏 플룻!

대공. 플롯 플릿. (공주에게) 다들 서로 유창하게 이야기하고
있소, 그저 무슨 말인지 알 수가 없을 뿐이지.

(후작 부인이 끔찍하게 펄쩍 뛰어 옆으로 돈다)

공주. 왜 저렇게 뛰는 거죠?!

장군과 사장. (미친 듯이) 플라플라플라플라플라플라우우우우우우우우!

대공과 공주.

아, 아, 아, 아, 아, 무도회구나 무도회!

아, 아, 아, 아, 아, 이헌 것이 무도회!

블로톤 경의 조그만 의자! (안쪽으로 들어가는 손님들에게 고개 숙여 인사하며) 환영합니다, 환영합니다!

(피룰레트가 샤를처럼 사격수 차림으로 등장. 샤를의 도둑놈과 똑같은 도둑놈에게 목줄을 매어 데리고 들어온다)

샤를. (이 모습을 보고) 아앗! 쳇! 뻔뻔하게!

피룰레트. 으뜸패 없이 쓰리카드!

샤를. 포하트!

피룰레트. 으뜸패 스몰 슬램!

샤를. 두 배호 걸지!

피룰레트. 두 배를 두 배로!

샤를. 패스!

피룰레트. 패스!

(서로 각자의 도둑놈들을 끌고 갑작스럽게 상대방의 앞을 지나다닌다)

샤를. (멈추어 서며) 정말로, 사프히스티,* 이건 너무 지나쳤어, 내가 그녀에게 모자홀 사주니까 남작이 그녀에게 깃털 목도히홀 사주고, 내가 장갑을, 남작이 구두홀, 그

---

* sapristi. 원래는 그리스도의 성체(聖體)라는 뜻으로 'Sacrum Corpus Christi'의 준말.
구식 감탄사로 "세상에!" "맙소사!" "제기랄(빌어먹을)!" 정도의 의미.(프)

히고 내가 사냥꾼 차림으호 사나운 도둑놈에게 목줄을
매어 나타나자 남작이 사냥꾼 차힘으호 사나운 도둑놈
에게 목줄을 매어 나타나다니! 세상에 이헌, 이 무슨 원
숭이짓이한 말이오!

피룰레트. 두 배로 걸지! 투카드 더블! 백작은 대체 무슨 생
각을 한 거요? 백작이 도둑놈들을 독점하기라도 한 거
요? 나도 할 수 있어! 백작은 자기 걸 가지고 있으니까
(좀 더 조용하게, 마치 부끄러운 듯이) 나도 내 것을…….

샤름. (조금 더 조용히) 뻔뻔하다니까, 다시 말하지만…….

알베르틴카. (갑작스럽게) 므흐흐므흐…… 므흐…….

공주. 뭐지? 뭐예요?

알베르틴카. 므흐……. (선 채로 잠든다)

대공. 마치 잠든 것 같은데…….

(가을바람이 불고 창문이 소리 내며 떨리고 조명이 깜빡거린다)

참 이 날씨가, 이건 정말…….

샤름. (좀 더 조용히) 보아하니 그녀가 잠든 것 같은데…….

알베르틴카. (잠결에) 힘들어…….

아, 힘들어…….

피룰레트. (좀 더 조용히, 샤름에게) 자주 저렇게 잠듭니까?

샤름. (괴로워하며, 피룰레트에게) 저 도둑놈이 잠들어 있는 그
녀의 가슴에 손을 얹었을 때부터 계속 잠을 자혀고 들
어요. 기회만 있으면 잠들어 버린다구요.

알베르틴카. (잠결에) 힘들어…….

피룰레트. 다시 한 번 손으로 더듬어주기를 바라니까 잠이

드는 것이군요…… 가슴이나 어디 다른 곳을……. (자신
의 도둑놈에게) 쉬이이잇…….

샤름. (자기 도둑놈에게) 쉬이이잇……. 누워!

　(피룰레트에게) 저놈이 그녀흘 더듬게 하혀고? 내가 그녀
흘 더듬을 거야! 내가!

　(부끄러워하며) 그녀는 이제껏 그게 내 손이하고 생각하
고 있어요…….

피룰레트. (갑작스럽고 사납게) 그럼 백작도 더듬으시오!

샤름. 남작은 나흘 뭐하고 생각하는 거요?!

　(정적)

알베르틴카. (잠결에) 나체…….

피룰레트. 뭐라는 거요?

샤름. 나체…….

피룰레트. 나체?

샤름. 나체…….

피룰레트. 나체? 나체? 나체를 원한다고?

샤름. 나체…… 나와 함께…….

피룰레트.

　　　　백작 옷을 벗으시오!
　　　　그녀가 당신과 함께 나체가 되기를 원한다면,
　　　　전부 다
　　　　벗으시오!

샤름. 남작 미쳤소?!

피룰레트. 그녀가 당신과 함께 나체가 되기를 원한다면 백

378

작은 옷을 벗으시오!

샤름. 옷을 벗으하고?

피룰레트. 하, 하, 하!

샤름. (화가 나서) 무슨 말이오 남작? 무슨 말이오 남작?!

피룰레트. 하, 하, 하, 백작의 나체!

샤름. 그건 또 무슨 소히요 남작?

피룰레트. 벌거벗은 백작, 하, 하, 하!

샤름. 벌거벗은 남작, 하, 하, 하!

피룰레트. 속옷까지 벗은 백작, 하, 하, 하!

샤름. 속옷까지 벗은 남작, 하, 하, 하!

피룰레트. 두 배로 걸지!

샤름. 두 배흘 두 배호!

피룰레트. 패스!

샤름. 패스!

　　(침묵)

알베르틴카. (잠결에) 나체에에에…….

샤름과 피룰레트. 또!

피룰레트. 오, 이 무슨 고문이람!

샤름. (열기를 띠며) ……왜냐하면 그녀는 더듬은 사함이 바로
　　나인 줄 아니까, 내가 그녀흘 더듬었다고 생각해요…….

피룰레트.

　　　　하지만 백작이 아니었잖소! 그건 저 건달이었어!
　　　　저 깡패, 저 악당, 도둑놈
　　　　게다가 불한당! 그가, 바로 그가 그녀를 더듬었어!

그리고 그가 벌거벗고 그녀와 함께, 왜냐하면
그의 나체가
당신 것보다 낫기 때문이지, 백작!

샤름.

설마하니! 무슨 소히요 남작? 무슨 말이오 남
작?!
남작은 나흘 누구와 비교하는 거요? 저 불량배
하고?

피룰레트.

그래 비교했소, 하, 하, 하!

샤름.

그보다는 차하히
오해 묵어서 쭈그허든 당신 물건을
당신의 그 개하고 비교하는 게 백배 낫겠군!

피룰레트.

조심하시오 백작
그러다 내 개를 당신에게 풀어놓는 수가 있어!
그럼 끝이 안 좋을 거요!

샤름. 내 개가 더 사나워! 물어!

피룰레트. 물어! 물어!

(도둑놈들 짖으면서 서로 덤빈다)

후작 부인, 장군, 사장. (날카롭게) 툴라투불라기우우우우우우우우
기우우우우!

피룰레트. (겁에 질려) 내가 네 주둥이를 주둥이에다 주둥이!

샤름. 내가 네 주둥이하고 주둥이흘 주둥이에다!

(도둑놈들을 데리고 둘 다 퇴장)

(어두워진다…… 그리고 일종의 슬프고 절망적인 어스름이 형성된
다. 무대 안쪽에 실크햇트를 쓰고 뻣뻣하고 검은 형태의 두 신사가
나타난다. 결투의 증인들)

결투의 증인들. 발사!

(샤름과 피룰레트 발사한다)

(빗나갔다. 서로 자리를 바꾸고 지나치면서 고개를 숙여 인사한다)

결투의 증인들. 발사!

(발사한다. 빗나갔다. 노스텔지어)

샤름. 패스!

피룰레트. 패스!

(거대한 슬픔. 노스텔지어. 결투의 증인들과 함께 둘 다 퇴장한다)

대공과 공주. (깨어난다) 블로톤 경의 조그만 의자.

블로톤 경의 조그만 의자.

모두들. 오, 오, 오, 오, 오, 무도회구나 무도회!

오호, 오호, 오호, 오호, 오호, 이런 것이 무도회!

후작 부인, 사장, 장군. 갸우갸우투우이우이우우우우우우우우
아아아아!

공주.

아, 제발, 제발, 마우히쩍
정말로 웃겨서 배가 터질 지경이에요
과연 누가 저 자후 안에 들어 있을지……
한번 보고 싶네요!

대공.

> 자후 속은 들여다보지 않는 게 좋아요
> 비밀을 지키는 게 규칙이니까!

(교구장이 사제복을 입고 등장)

공주. (겁을 먹고) 어머나, 저건 또 누구죠, 저 까만 사람은 대체, 마우히쬑!

대공. 아니 저건 우히의 소중하신 하느님께서 보내신 우히의 소중하신 교구장 신부님 아니오!

교구장. 하느님의 뜻대로!

대공과 공주. 하느님의 뜻대호! 하느님의 뜻대호!

후작 부인. 갸우!

공주. 어머나, 누군가 어딘가 물었어요…… 뭔가 물었어…….

대공. 진정해요, 페흐난다!

모두들.

> 아, 아, 아, 아, 아, 무도회구나 무도회!
> 아, 아, 아, 아, 아, 이런 것이 무도회!

교구장. 그리고 당신의 뜻대로 이루어지리이다!

(교수와 후프나기엘이 자루와 가면 차림으로 굴러 들어온다)

교수. 우-우-우-우-우-우-우-우-우-우-우!

후프나기엘. 으-르-르-르-르-르-르-르!

공주. 환영합니다, 우-우-우-우-우-우-우-우-우-우-우, 환영합니다, 으-르-르-르-르-르-르-르, 저 높은 곳으로 호산나 우-우-우-우-우-우-우-우 으-르-르-르-르-르-르-르-르-르-르-르 환영합니다!

대공. 진정해요, 페흐난다!

후작 부인. (돌연히) 갸우!

   (정적)

   (창문이 덜덜 소리 내어 떨리고 무대 안쪽 어딘가에서 바람이 분다)

공주. (멍해져서) 뭔가 좀 지후하네…….

   (정적)

알베르틴카. (잠결에)

       나체…….

       나체…….

공주. 저 애가 또, 저 애는 뭘, 저 애는 뭐가, 어째서 저 애는, 뭣 때문에, 마우히쬑, 저 애는 뭐가, 저 애는 뭘 원하는 거죠?! 아직도 뭐가 모자라서 모두들 잠들기를 바라는 건가요!

(피오르가 연미복을 입고 난초를 들고 등장)

고함. 오, 오, 오, 오, 피오르, 오, 피오르, 오 피오르!

피오르. 내가 바로 피오르…….

모두들. (갑자기 생기를 띠며) 오, 오, 오, 무도회, 그러니까 무도회, 이것이 무도회!

   오, 오, 오, 오, 이런 게 바로 무도회지!

피오르.

       오호, 오호, 오호, 무도회구나 무도회!

       오, 오, 오, 오, 오, 바로 이게 무도회!

모두들. 오 피오르, 오 피오르, 오 피오르, 오 피오르!

피오르.

       빛의 홍수 속에 가면의 무리

그 형체들에 숨겨진 신비한 밤
아직 태어나지 않은 의상들의 숲
오, 이 얼마나 굉장한 대리석인가, 그 안에 잠든
생명을 거장이 깨워 일으키리라!

모두들. 오 거장, 오 거장, 오 거장, 오 거장!

피오르.

신기한 발상의 어두운 심연
모두 각자 스스로 꿈꾸게 하라
그러다 거장이 나타난다, 거장이 일구어낸다
그 꿈속에서 미래의 조각상들을!

모두들. 오 거장, 오 거장, 오 거장, 오 거장!

피오르. 아, 내 모델이 이미 단상 위에 서 있는 게 보이는
군! 완벽해! 단지 보아하니, 파롤 도뇌르* 마치 최소한
상점 열 군데를 돌고 방금 집에 돌아온 것 같군…….
내가 여기 대공 부부와 함께 심사 위원으로서 자리에
앉고, 저쪽으로 자루 쓴 참가자들이 자루를 벗은 뒤에
행진을 할 거야…… 그래…… 여기에 조그만 의자를
하나 세워주시오……. 좋아. 뭔가 어쩐지……. 이건 어
쩐지 뭘까? 헹?

알베르틴카. (잠결에) 나체…….

피오르. 헹?

알베르틴카. 낯…….

* parole d'honneur. 명예를 걸고, 솔직히.(프)

대공. 졸고 있는 겁니다, 어제 샤흠과 함께했던 저녁 식사에 소스 랑그도크*와 크헴 수비즈**가 나왔거든요. 그해서 뭔가 꿈을 꾸는 모양입니다…….

공주. 꿈을 꾸지요, 꿈을 꾸지만, 그해도 뭔가 다흔 것에 대해 꿈을 꿀 수도 있었을 텐데……. 나체하니, 설마하니 세상에나, 무슨 나체죠! 제발! 나체하니, 여허분, 그건 선동적이에요, 철저하게 사회주의적이라고요, (천둥 같은 목소리로) 만약에 평민들이 우히의 궁둥이가 똑같이 생겼다는 사실을 발견한다면 대체 어떻게 되겠어요?!

피오르. 헹?

대공. (천둥 같은 목소리) 실제호 제 아내 페흐난다의 말이 일리가 있습니다, 만약에 우히 궁둥이가 그다지 다흐지 않다는 사실이 알려진다면 도대체 어떻게 될까요…….

공주. (천둥 같은 목소리) 바호 궁둥이예요, 다시 강조하지만, 바호 궁둥이입니다! 왜냐하면 만약에 팔이나 다히나 전반적으호 사지나 아니면 얼굴이하면 혈통이 더 확실히 드허나지요. 하지만 궁둥이는! (하인에게) 얀, 여기 신발을 좀 닦아주지 않겠니!

대공. (천둥 같은 목소리) 사실상 우히의 범위 안에서 보자면 궁둥이보다 못생긴 얼굴도 가끔 있지요. (하인에게) 내 신발도 닦아. 먼지.

---

* 랑그도크(Languedoc)는 프랑스 남부의 지역 이름. 특산품과 지역 음식 중에서 토마토와 달팽이를 넣은 소스가 있다.
** crème soubise. 양파 수프.

공주. (천둥 같은 목소리) 그것도 사실이에요, 마우히쬑의 말을 인정해야 하지요. 그런데 참, 거장 선생의 구두 끝에도 먼지가 앉았네. (하인에게) 닦아.

(하인들이 신사 숙녀들의 구두를 닦기 시작한다)

대공. 생각해 보십시오, 거장 선생, 저에게 사촌이 있는데 코를 후벼 파는 습관이 있답니다. 그런데 여기서 흥미로운 점은, 누구든 아시는지 모흐겠지만, 그 사람은 비호 콩콩브흐 드 라 퀴유 드 고달레즈의 공작이하서, 그허니까, 물론, 그의 코 파는 행동은 공작의 코 파는 습관이하 모든 것이 괜찮답니다.

공주. 하지만 만약에 그가 콩콩브흐 드 라 퀴유 드 고달레즈의 공작이하는 걸 모흔다면 코를 후벼 파는 것은 저열하지요.

대공. 오, 바호 그헝습니다! 제가 상정하고 싶은 부분은 그허니까 귀족은 바호 단 한 가지만 빼면 평민과 구분되는 특별한 어떤 특성을 전혀 가지고 있지 않은데, 그 단 한 가지하는 것이 결정적인 특성이하서 구체적으호 말하자면 귀족이하는 사실이지요. 그허면 여허분, 귀족이한 대체 무엇입니까? 귀족은 귀족이에요, 그것뿐입니다. 귀족은 귀족이지요. 그러나 여허분 주목해 주십시오, 예흘 들어 내가 내 하인들보다 전혀 나을 것이 없고, 심지어, 크 세 주,* 어쩌면 제가 더 못하다고 쳐도,

---

* 여기서는 '말하자면', '예를 들어' 정도의 의미.

386

어쨌든 그것은 모두가 알고 있는 사실이고, 저는 머히가 아둔한 무식쟁이에 게으흠뱅이, 얼간이, 게다가 지후하고 멍청한 바보에 먹보이고 대식가에다 고집만 센 천치죠. 그리고 제 아내도, 투 르 몽드 르 세,* 갈 데 없는 고집쟁이 얼간이예요. 하지만 나는 그해도 히말라이 대공이니까, 그래서 저의 멍청함은, 그허니까 바호 누구의 멍청함이겠습니까? 히말라이 대공의 것이죠. 그헌데 무명인의 멍청함은, 인정해야겠지만, 그허니까 크나페크 씨의 경우하면 그것은 투 쿠흐** 크나페크 씨의 멍청함으호 남게 되는 것입니다…… 달리 방법이 없어요…… 그히고 바호 그게 유일한 차이점이한 말입니다!

공주. 내 남편 마우히찍가 성스허운 말씀을 해주셨어요! 성스허운 말입니다! 그헌데 이제 부디 무도회장으호 들어가시지요, 자 갑시다, 가세요!

대공. 저 높은 곳으호 들어갑시다!

(대공과 공주, 피오르와 자루를 쓴 참가자들 모두 퇴장. 교수와 후프나기엘만 남는다. 후프나기엘이 발로 하인을 슬쩍 민다)

교수. 웨에엑…….

후프나기엘. 걷어찬다.

교수. 웨엑웨에에엑.

후프나기엘. 걷어찬다…….

(정적)

* tout le monde le sait. 온 세상이 다 아는 사실이다.(프)
** tout court. 간단히 말해.(프)

교수. 무도회장으로 들어가지 웨엑웨에에에…….

후프나기엘. 잠깐. 그 전에 광을 내야지. 교수님 발을 내밀어 주시지요. (하인에게) 닦아!

하인들. 광내자!

교수. 뭣하러 광을 내지? (비밀스럽게) "백작 나리"는 무슨 생각을 하는 거요? 구체적으로 "백작 나리"는 어떤 계획을 세우고 계시오? 유제프! 난 유제프와 함께 일을 하고 내가 유제프를 성으로 데려왔고 내가 유제프를 유명한 기수 후프나기엘 백작이라고 소개했지만…… 조심해! 하느님의 이름으로 조심해, 이건 신성모독이야!

후프나기엘. 걷어찬다.

교수. 걷어차, 걷어차, 하지만 나는 한마디 해야겠어, 왜냐하면 그렇지 않으면 웨, 웨에에, 웨에에엑, 웨에에에엑 토할 테니까 웨에에에에엑 유제프, 너 자신, 성, 이 지역 전체와 우리가 사는 지구와 은하수와, 거대한 하늘 전체도 내 우주적 구토 속에, 형이상학적이고 물리학적이며 현상학적인 구토 속에…….

후프나기엘. 걷어찬다. (교수의 엉덩이를 걷어찬다)

교수. 오, 이제 좀 낫군! 고마워! (비밀스럽게) 하지만 유제프는 조심해야 해, 유제프라는 걸 들키지 않게!

후프나기엘. (하인들에게) 광내라!

하인들. 닦아라!

후프나기엘. 닦아라!

하인들. 광내라!

후프나기엘. (옆의 홀에서 들려오는 음악에 귀를 기울이며) 저 왈츠는
    마치 꿈꾸는 것 같군, 헤이, 헤이!

교수. 빨리 가자! 이제 됐어!

하인 1. 야! 밀지 마! 제자리 지켜!

하인 2. 떠들지 마, 떠들지 마, 왜 그렇게 떠들어? 개똥같이!

하인 3. 이건 누구 발이야?

하인 1. 이건 그 새로 온, 그 백작 발인데, 말 타고 다닌다
    는 그 사람.

하인 2. 야, 이 발은 엄청난데…… 이게 백작의 발이라고 누
    가 믿겠어…… 크다…… 마치 우리 발 같잖아, 야…….

하인 3. 두꺼운 발이다. 그러고 보니 꼭 우리 발 같네. 좀
    봐봐!

하인 4. 닦아라, 떠들지 말고, 개똥들아!

후프나기엘. (교수에게, 하인들 앞에서 체면을 지키기 위해) 블로톤
    경은 현재 조그만 의자를 몇 개나 소유하고 계십니까?

교수. 제가 잘못 안 게 아니라면 경께서는 총계 열네 개를
    소유하고 계시지요.

하인 2. 야, 여기 봐, 이 발은 빙빙 도는데!

하인 1. 돈다고?

하인 2. 마치 날 밀어내려는 것 같잖아. 좀 봐!

하인 3. 뭔가 거기 좀 움직이는데…… 마치 밀어내려는 것
    같잖아?

하인들. 에에에에! 그 발은 대체 뭐야?

교수. 그런데 유의할 점은 어쨌든 두 개의 조그만 의자를

레이디 애슬리에게 제공했기 때문에 경은 아마 이제는 조그만 의자를 열두 개만 소유하고 계실 겁니다 웨엑 웨엑웨에에…….

후프나기엘. 그러면 우리의 소중하신 블로톤 경은 조그만 의자를 열두 개 이상 소유하지는 않으신 건가요?

교수. ……에에에엑 토한다!

하인 2. 야! 너희들! 내가 알아봤어! 이건 바로 유제프의 발이야! 이건 유제프라고!

하인 1. 유제프?!

하인들. 유제프! 이건 우리 유제프야!

후프나기엘. 그런데 저는 경께서 조그만 의자를 최소한 열여섯 개 소유하고 계실 거라고 생각했지요.

교수. 열여섯 개가 될 수도 있었겠지요, 하지만 두 개를 피트 후작에게 선물하셨고 두 개는 이미 말씀드렸듯이 레이디 애슬리에게 드렸답니다. 그런데 저는 웨엑…… 저는 웨……. 웨엑…… 오른쪽으로. 웨엑…… 왼쪽으로. 토하고 또 토합니다. 웩. 구역질 나. 역겨워. 구토. 웩. 웩. 가로로 세로로. 안쪽으로 혹은 비스듬히. 웩. 웩. 이게 웬 구토인가. 얼마나 역겨운가. 얼마나 구역질이 나는지, 뱉어내고 토해낸다, 구역질, 구역질, 절대적인, 급진적인, 보편적이고 우주적이며 물리적이고 형이상학적이고 전지전능하고 무소불위의 구역질, 구역질, 구역질, 구역질!

후프나기엘. 걷어찬다! 걷어차! 걷어찬다! 잠깐, 발을 빼내야지 (하인에게) 저리 가! (하인들 물러선다, 후프나기엘 교수를 걷어찬다) 자!

교수. 오! 하느님께서 보상을 내리시길! 그러니까, 보상은 내려야겠지만 하느님은 아니야. 하느님은 없어. 상황이 있을 뿐이지. 내가 그 상황 안에 있어. 나는 선택을 해야 해. 난 혁명을 선택하겠어. 이미 몸이 나아졌군. 혁명!

후프나기엘.

　　　　그래, 혁명!

　　　　무산계급의 혁명이다!

교수. 혁명이다, 하지만 유제프는 들키지 않도록 하게! 내가 책임이 있어. 내가 유제프를 여기로 데려왔으니까.

후프나기엘. 교수님 겁내는 거요? 그건 단지 교수님이 혁명적 행위에 신념을 갖지 못했다는 사실만 증명할 뿐이오. 혁명적 행위에 대한 신념은 바로 그 혁명적 행위가 성공하기 위해 반드시 필요한 조건이오. 혁명적 행위는 단계별로 나누어져 있고 계획에 따라 발전하지요. 첫 번째 단계는 귀족과 부르주아의 가장 중심에 침투하는 거요. 이건 이미 해결됐지.

교수. 해결됐지, 해결됐어, 하지만 이전에 대공의 시종이었다가 약 6년 전에 명령 불복종으로 일자리에서 쫓겨난 유제프라는 게 밝혀진다면…… 그리고 그 뒤로 또 5년간 정치적 선동죄로 감옥에 있었고…….

후프나기엘. 겁먹었소?

교수. 그거야 항상…….

후프나기엘. 우리 혁명 이론의 137조 B항을 생각해봅시다.

교수. 137조 B항? 좋아. 그래. 물론이지. 그 조항에 따르면
　　나의 의식은 부르주아의 의식, 다시 말해 뿌리부터 부
　　르주아적 착취로 인해 왜곡된 의식이며, 다시 말해 내
　　가 느끼고 생각하는 모든 것이 왜곡돼 있고 병들어 있
　　고 사악하고 거짓되고 부적절해…… 그 결과 내가 느
　　끼는 이 특정한 불안감도 또한 왜곡돼 있고 뿌리부터
　　완전히 썩어 있어서 나는 나 자신에게서 이것을 뽑아
　　내야 하고 없애버려야만 하지, 뽑아버리고 추방해야만
　　해…… 웨에에에에…… 웨에에에에……. 웩! 웩!

후프나기엘. 걷어찬다! (교수를 찬다)

교수. 고마워! 이제 좋아졌군! 고마워 (엉덩이를 문지른다) 오,
　　내가 얼마나 나 자신을 증오하는지!

후프나기엘. (음울하게) 부르주아를…… 증오하시오?

교수.

　　　　증오해!
　　　　하지만 나의 이 증오 또한 증오하지
　　　　왜냐하면 내 것이니까! 나에게서 나온! 누가 증
　　　　오한다고?
　　　　내가 증오해, 내가! 나, 부르주아
　　　　나는 병적으로 잘못된 체제의 창조자
　　　　나는 병적인 부산물, 나는 궤양, 나는 질병
　　　　사회적 죄악으로 골수까지 침식되어
　　　　그래서 나 자신을 증오하지 하지만 나의
　　　　증오도 증오해…… 그리고 또 다시 증오하지

> 내가 내 증오를 증오하는 그 증오를
>
> 증오한다는 사실을⋯⋯ 그리고 토해, 토한다,
>
> 웩!

후프나기엘. 썩어빠진 불한당⋯⋯.

교수. 나 자신으로부터⋯⋯ 벗어던질 수 있게⋯⋯.

후프나기엘.

> 벌레야, 기뻐해라, 우리가 너를 밟아주마.
>
> 혁명이 널 없애버릴 거다.

교수. 알고 있어. 고마워. 오 그렇지!

후프나기엘. 혁명적 행위가 진행되고 있다.

첫 번째 단계는 이미 말했듯이 부르주아의 가장 중심으로 침투하는 것이다. 해결됐지.

두 번째 단계는 피착취 계층과 접촉하는 것이다. 이건 진행 중이지. (더 조용히) 내 발을 알아봤어! 내가 그들 중 하나라는 걸 알고 있어!

혁명적 행위의 세 번째 단계는 사회체제의 전복을 불러일으킬 목적으로 모든 파괴적인 요소들을 자극하는 것이다. 진행 중. 그 자루를 씌우는 건 괜찮은 생각이었다고 인정해야겠어! 자루는 음모와 무정부 상태의 분위기를 만들어내니까, 역사의 구조적 과정의 현재 국면에서 숨겨진 독소들을 방출하는 작업을 더 쉽게 만들어줄 거야. 두고 보시오 교수!

교수. 웩. (후프나기엘이 그를 찬다) 오, 고마워!

후프나기엘. 지성은 두 가지로 구분된다. 하나는 엉덩이에 발길질을 당하지 않은 종류이고 또 하나는 엉덩이에 발길질을 당한 종류이지. 두 번째가 좀 더 이성적이야.

교수. 솔직히 말하지, 유제프, 유제프의 행위는 내가 보기에 소위 말해 부조리하고 바보스럽고 미친 것 같고 나에게 있어 유제프는 너무나 덜떨어져서 머리가 돌아버린 얼간이이고 반편 지식인이고 무식쟁이에다 대체로 돌대가리야. 그러니까 유제프도 알다시피 이런 멍청이 같은 행위로부터 멀찌감치 떨어져 거리를 유지할 수 있을 만한 이성이 나한테 부족한 건 아니란 말이지. 하지만 대체 누가 그렇게 생각하지? 바로 나야. 그런데 나는 누구지? 난 뿌리부터 계급적 착취로 왜곡된 사람이야. 난 부르주아야. 난 계급의 적이지. 따라서 유제프와 유제프의 혁명적 행위에 대한 나의 의견은 나로 인하여 나와 함께, 나와 함께, 나와 함께 토해 내어져야만 하는 거야. 웩!

　　　웩!

　　　웩!

　　(교수와 후프나기엘 무도회장으로 퇴장)

　　(정적)

알베르틴카. (잠결에) 나…… 나아아아아아체…….

　　(피오르 들어온다)

피오르. 조용하군.

　　평화로워.

　　이해한다…….

받아들인다…….

깨닫는다…….

정적. 평온. 아무것도 움직이지 않아.

알베르틴카. (잠결에) 나아아아…… 나아아체…….

피오르. 뭐라는 거지?

(정적)

아무것도 움직이지 않고, 모든 것이 빠르게 달
려간다

현기증 날 정도로 앞을 향해…….

(정적)

무엇을 향해서?

(갑작스러운 거센 바람, 조명이 흔들리고 창문이 덜걱덜걱 흔들린다)

알베르틴카. (잠결에) 나아아아앗…….

(무대 양쪽에서 샤름과 피룰레트가 외투와 실크해트 차림에 권총을
들고 또한 목줄을 맨 도둑놈들을 데리고 등장)

샤름과 피룰레트.

발사! (발사하지만 빗나간다. 서로 자리를 바꾸며 고개 숙여 인사)

발사! (발사한다)

피룰레트. 패스.

샤름. 패스. (둘 다 권총을 버린다)

(목줄을 맨 도둑놈들을 데리고 서로 가까이 다가간다)

샤름. 저주받을…… 널 죽일 거야, 죽인다, 죽인다…….

피룰레트. 저주받을…… 널 죽인다, 죽인다, 죽인다…….

샤름. 널 없앨 거야…….

피룰레트. 널 죽인다…….

(서로 뚫어져라 들여다본다)

샤름. 마치 거울에 대고 쏘는 것 같아…….

피룰레트. 마치 거울에 대고 쏘는 것 같아…….

알베르틴카. (잠결에)

나아앛……ㅊ……ㅊ…….

샤름과 피룰레트. 또!

피룰레트. (비밀스럽게) 옷을 벗어…….

샤름. (비밀스럽게) 옷을 벗어…….

피룰레트. (도전적으로) 난 바지를 벗겠어!

샤름. (도전적으로) 난 바지홀 벗겠어!

피룰레트. 패스.

샤름. 패스.

피룰레트. 오 이런!

샤름. 오 이헌!

피룰레트. (비밀스럽게)

……네 것은 축 늘어져 말라빠졌지…….

네 것은 빈혈성에다 류머티즘에 걸렸지

네 것은 세련되게 나약해…….

샤름. (비밀스럽게)

……네 것은 부끄럽게도 응석받이야…….

네 것은 섬세하게 휘청거리지

네 것은 치명적으호 비틀려 있어…….

피룰레트. 너 자신에게 말하는 건가?

샤름. 아니, 너한테!

피룰레트. 너에게 나는 나 자신에게!

샤름. 나 자신에게 나는 너에게!

피룰레트. 패스!

샤름. 패스!

알베르틴카. (잠결에) 낮…….

샤름과 피룰레트. 또!

피룰레트. 오, 이 무슨 고문인가!

샤름. (열기를 띠며) ……왜냐하면 그녀는 그게 나하고, 나였
　　다고 생각하거든…… 내가 그녀를 더듬었다고 생각해.

피룰레트.

　　　　　하지만 그건 백작이 아니었잖소! 지금 당장 그
　　　　　녀를 더듬으시오!
　　　　　만약 원하지 않는다면 대신 당신의 그 도둑놈
　　　　　이라도
　　　　　꽉 붙잡아두시오, 왜냐하면 그가 더듬을 테니까,
　　　　　이미 그녀를 더듬었듯이!

(도둑놈들 목줄에 매인 채로 으르렁거린다)

샤름.

　　　　　저주받을 개들! 그들은 뭐든 해도 돼
　　　　　하지만 나는 부끄러워 해야만 하지!

알베르틴카. (잠결에) 나아아아…….

샤름과 피룰레트. (도둑놈들을 붙잡으며)

　　　　　또!

저주받을 개들!

(음악. 무도회장으로부터 대공, 공주, 교구장, 피오르와 손님들이 술
탄, 후리,* 여자 목동 등 아주 괴상한 의상을 입고 나타난다. 그 뒤로
자루를 쓴 참가자들, 즉 사장, 장군, 후작 부인, 후프나기엘과 교수가
따라온다)

(알베르틴카는 무대 안쪽에서 단상 위에 서 있고 그 옆에 하인들의
무리, 앞쪽에는 샤름과 피룰레트가 도둑놈들을 데리고 서 있다)

(일종의 잠에 취한 카드리유, 모두들 졸면서 춤추듯이 빙빙 돈다)

모두들. (약하게)

　　　　　오, 오, 오, 오, 오, 오, 무도회구나 무도회!
　　　　　오, 오, 오, 오, 오, 오, 이게 바로 무도회지!

대공과 공주.

　　　　　헤이 무도회 그해서 무도회 이것은 무도회 오
　　　　　무도회
　　　　　홀 전체가 빛나는 조명으로 번쩍번쩍 빛나는
　　　　　구나!
　　　　　그럼 자 모두들 뛰고 춤춥시다
　　　　　이 훌륭한 영지가 무도회 음악으로 수헌거히
　　　　　도혹!

모두들. (좀 더 크게)

　　　　　그럼 자 모두들 뛰고 춤춥시다
　　　　　자랑스러운 콧수염이 무도회 음악 소리에 슥

* 이슬람교에서 성스러운 전쟁을 위해 목숨을 바친 전사가 천국에 가면 만나게 된다는
아름다운 여인.

슥 떨리도록!

피오르.

오 무도회, 그래 무도회, 아 무도회, 오 무도회!
모두 각자 꿈을 꾸게 하라
그리고 거장이 나타나, 거장이 형성한다
그 꿈으로부터 미래의 조각상들을!

자루 쓴 참가자들. (광기에 차서, 춤추며)

갸우 파파구 쿠쿠 고
이이이 파타푸 타타사마
탄파르구 피우우우 이이이 브주우우
트브스 프프프 르르르르 그르그르 투타웃!

후프나기엘. 그리고 혁명!

교수. 웩, 웩, 웩!

교구장. 하느님의 뜻대로 이루어지기를!

모두들.

오호, 오호, 오호, 오호, 오호, 무도회구나 무도회!
오, 오, 오, 오, 오, 이게 바로 무도회!

피오르.

하! 어떤 의상이 미래의 뱃속에 숨어 있는지
내가 미리 알았더라면
하지만 그보다 더 알고 싶은 것은
저 자루 속에 무엇이 들어 있는가
저 매듭 속에, 저 매듭 속에, 저 매듭 속에!

자루 쓴 참가자들. (날카롭게) 푸티잇 푸암 파타타!

후프나기엘. 그리고 혁명!

교수. 웩, 웩, 웩!

교구장. 하느님의 뜻대로 이루어지기를!

모두들.

> 호, 호, 호, 호, 호, 무도회, 오 무도회!
> 그래서 호, 호, 호, 호, 이게 바로 무도회!

하인들. (사납게) 다리를 다 뜯어내라!

교수. 웩, 웩, 웩!

대공. (공주와 함께 이리저리 돌아다니며 손님들과 인사하며)

> 아, 아, 메흐시, 아, 아, 봉주흐!
> 춤춥시다, 춤춰요, 음악이 울리니
> 춤추며 당신의 다히가 뛰어오흐네
> 악단이 무엇을 연주하는지 묻지 말아요!

공주.

> 오, 앙샹테, 아, 아, 샤흐메*
> 무도회가 자후 속에 들어갔구나! 에 비앵, 엘라
> 스!**
> 무도회가 자후 속에 있다면 묻지 말고 춤춰요
> 자후 속에 무엇이 들었는지 묻지 말아요!

대공과 공주. 본느 민느 아 모베 주!***

---

* Enchantee. 반갑습니다.(프) Charmée. 매혹적이군요.(프)

** Eh bien. 좋아, 혹은 '야, 아니, 이런'.(프) Hélas. 저런, 어쩌나.(프)

*** Bonne mine à mauvais jeu. 나쁜 놀이에 좋은 표정을.(프)

모두들.

> 호, 호, 호, 호, 무도회구나 무도회
> 오호, 오호, 오호, 오호, 그래 이것이 무도회!

교구장. 하느님의 뜻대로 이루어지기를!

샤름.

> 헤이, 내 도둑놈아, 뭐 하냐?
> 목줄을 너무 심하게 당기잖아!
> 메 켈르 마니에흐!* 오, 이 무슨 망신이야!
> 대체 뭘 그렇게 원하는 거냐!

피룰레트.

> 헤이, 내 도둑놈아, 뭐 하냐?
> 뭘 그렇게 계속 원하는 거지?
> 대체 뭐냐 이 자식아, 뭘 원하냐고?
> 오, 라, 라,** 켈르 마니에르!

모두들. 오, 라, 라, 켈르 마니에르!

샤름. (슬프게) 하지만 그녀는 계속 자고 있어!

피룰레트. (슬프게) 하지만 그녀는 계속 자고 있어!

피오르. (놀라며) 그런데 그녀는 계속 자고 있군…….

대공과 공주. 그런데 그녀는 계속 자고 있어…….

　(정적)

공주. (멈추어 서며) 뭐가 이렇게 조용하지?

알베르틴카. (잠결에) 나체에에에…… 낮…….

* Mais quelles manières. 이 무슨 태도람!(프)
** Oh, la, la. 아 저런, 저걸 어째.(프)

(도둑놈들 마구 덤비기 시작한다)

피오르. (돌연히 공포에 질려)

      나체가 패션쇼에 침투한다면

      난 어쩌면 좋지? 난 어쩌면 좋지?

대공. (큰 소리로)

      나체는 나가하! 계속 춤춰하!

      이 춤이 화산처럼 흔들리는데

      빙빙 돌기흘 멈출 필요는 없어!

공주. (극적으로) 모두들 춤을 춥시다!

자루 쓴 참가자들. (광기에 차서) 브즈티이이이 투타 투아 이이

    이잇!

하인들. (사납게) 발을 뜯어내라!

후프나기엘. 그럼 혁명이다!

교수. 웩, 웩, 웩!

샤름. (슬프게) 하지만 그녀는 계속 자고 있어!

피룰레트. (슬프게) 하지만 그녀는 계속 자고 있어!

    (정적)

공주. 뭐가 이렇게 조용해……?

알베르틴카. (잠결에) 나체에에에…….

대공. 모두들 춤을 춥시다!

    (정적. 춤)

알베르틴카. (잠결에) 낯…….

    (정적. 춤. 졸린 듯 빙빙 돈다. 정적)

샤름. (돌연히) 패스!

피룰레트. 패스!

샤름. (극적으로)

    패스! 이젠 못 하겠어! 내 걸 풀어줄 거야!
    목줄을 풀어주겠어!

피룰레트. 백작 무슨 말이오?

샤름.

    풀어준다고! 원하는 곳으호 튀어 가하고 해! 마
    음껏 하고 싶은 대호 하하고 해!
    내가 할 수 없다면 최소한 저놈이하도.
    풀어준다!

피룰레트.

    멈추시오! 만약에 백작이
    그쪽을 풀어준다면, 나도 내 것을
    하느님의 이름으로 풀어주겠소.

샤름. 그럼 풀어주시오! 난 아무해도 상관없어!

    (둘 다 도둑놈들의 목줄을 풀어준다. 도둑놈들 손님들의 무리 안으로
    뛰어들어 사라진다)

샤름. 마음대호 가! 마음껏 살아!

피룰레트. 원하는 곳에 가닿기를!

샤름. 아무나 원하는 대호 더듬기흘!

피룰레트. 아무거나 원하는 걸 훔치기를!

샤름과 피룰레트. 우린 패스! 우린 패스! 우린 패스!

대공과 공주. 헤이 춤추자, 춤추자, 춤추자!

공주. (빙글빙글 춤추며 돌면서)

오호, 앙샹테, 아, 아, 샤흐메

봉주흐, 봉주흐! 메흐시, 메흐시!

당신의 다히가 춤추며 뛰어오흘 때

묻지 말아요, 악단이 무엇을 연주하는지!

모두들. 오, 오, 오, 오, 오, 오, 무도회구나 무도회!

　오, 오, 오, 오, 오, 오, 이게 바로 무도회!

자루 쓴 참가자들. (날카롭게) 투이미파푸잇 투푸투!

　이투이투쿠!

하인들. (날카롭게) 발을 뜯어내라!

후프나기엘. 그럼 혁명이다!

교수. 웩, 웩, 웩!

교구장. 하느님의 뜻대로 이루어지기를!

대공.

메흐시, 메흐시! 봉주흐, 봉주흐!

모두들 춤을 춥시다! 함께 춤춰요!

계속 춤을 춥시다! 멈추지 말고!

한순간도 놓치지 말고! 춤춰요! 계속!

공주.

오호, 앙샹테, 아, 아, 샤흐메

하느님의 이름으흐, 춤춥시다!

(모두들 졸음에 겨워 빙글빙글 돈다. 오로지 알베르틴카만이 단상 위에 잠들어 있고 옆에 하인들의 무리가 서 있으며 반대쪽에 샤름과 피룰레트가 얼어붙은 듯 그대로 서서 기다리고 있다)

(숙녀 중 한 명 돌연히 쇳소리를 지른다)

숙녀의 쇳소리. 히이이이이익!

대공과 공주. (춤추며) 트할랄라!

다른 숙녀의 쇳소리. 히이이이익!

대공. 트할랄라!

쇳소리들. 히이이이이익!

　간지러워!

　(도둑놈이 훔친 손가방을 들고 몰래 도망치려는 모습이 보인다)

자루 쓴 참가자들. 우이트트트트트트티부우우우우아아아

　아핏!

공주. 저긴 또 무슨 일이야?

　(춤은 이제 멈출 듯이 간신히 이어진다. 두 번째 도둑놈이 훔친 보석

　을 들고 몰래 빠져나가려 한다)

신사들 중 한 명의 쇳소리. 히이이이익! 이건 누구 손이야!

숙녀들. 아이, 아이, 간지러워!

신사. 숙녀분이 날 간지럽히다니!

숙녀. 선생이 간지럽혔잖아요!

자루 쓴 참가자들. 투우우우우탐파우무우우우부우우투파타이팃!

목소리들.

　　　　실례지만 가보겠어요!

　　　　이게 무슨 행실이람!

　　　　어머나! 손!

　　　　무슨 짓이에요! 무슨 짓입니까!

　　　　어머나, 어깨!

　　　　아이아이아이아이! 발!

내 가슴!

(조명도 함께 미친 것처럼 꺼졌다가 다시 켜지곤 한다. 도둑놈들 훔친 물건을 들고 몰래 빠져나간다. 전반적인 무질서)

대공과 공주. 춤을 추세요! 춤춰!

비명들.

이봐요 지금 어디를 간지럽혀요! 이봐 아가씨 어딜! 아저씨 어딜 만지는 거예요!

살려줘! 비벼댄다! 히, 히, 히, 히! 저리 가! 간지러워!

어머나! 아이아이아이! 오, 오! 경찰! 경차아아알!

자루 쓴 참가자들. 투팔타마마타뭅!

샤름의 고함. 패스!

피룰레트의 고함. 패스!

(후프나기엘 한 번에 번쩍 뛰어 교수 위에 올라타서 말 타듯이 교수를 타고 간다 ― 둘 다 가면을 쓰고 자루를 입은 차림 ― 하인들의 무리를 이끌고 선두에 서서 손님들을 공격한다)

후프나기엘. 헤이, 전속력으로!

자루 쓴 사람들. 투투투!

(조명이 꺼진다)

(정적)

고함. (어둠 속에서) 혁명!

하인들. 발을 뜯어내라! 구두 닦는 건 질렸다!

고함. 혁명!

자루 쓴 사람들. 툽툽툽! 아 푸잇!

(어둠, 정적)

피오르. (옆에 서 있다가 손전등을 켠다) 항상 나의 손전등을 가지고 다녀서 다행이로군. 항상 나의 손전등을 가지고 다녀서 다행이야. 저걸 좀 들여다봐야 해……. 저 속을 좀 둘러봐야지, 뭔지 어떻게 된 건지…….

(움직이지 않고 서 있는 손님들과 하인들의 무리, 교수 목에 올라탄 후프나기엘을 천천히 손전등으로 비춘다. 손님들의 의상은 끔찍한 상태로 여기저기 찢어지고 가슴과 어깨가 드러났고 손은 꼬집거나 간지럽히려다 말고 멈추어 있다……. 피오르의 손전등이 물건을 훔치는 중에 멈춰 서버린 두 도둑놈을 다 찾아낸다…… 피오르는 알베르틴카에게 손전등을 향한다)

그런데 그녀는 계속 자고 있군…….

(샤름과 피롤레트를 비춘다. 둘은 공포에 질린 채 얼어붙어 있다)

(대공과 공주를 비춘다. 잡혀 뜯긴 의상을 입고 있다)

(후프나기엘을 비춘다. 자루와 가면이 사라졌다. 얼굴은 피투성이에 끔찍하고 증오를 띠고 있다)

아아, 백작 후프나기엘……. 가면을 벗어던졌군……. 하지만 이 새로운 패션은 뭐지……?

(장군을 비춘다. 가면은 반쯤 너덜너덜해졌고 자루는 조각조각 잡혀 뜯겼다. 장군은 히틀러 장교의 제복을 입고 외알 안경을 끼고 권총을 들고 있다)

아! 그러니까 우리 장군이 이 자루 속에 있었군! 하지만 대체 무슨 패션을 생각해낸 거지?

(후작 부인을 비춘다. 이미 가면도 자루도 벗겨지고 없다. 후작 부인은 독일 강제수용소의 여자 감독관으로 분장했다. 채찍과 수갑 등등

을 갖추고 있다)

후작 부인……. 이 사람들 대체 무슨 패션을 상상해낸

거야……. 제발!

(사장을 비춘다. 가면이 없다. 그러나 얼굴에는 다른 가면, 즉 주둥이

부분이 거대한 방독면을 쓰고 있다. 손에는 폭탄을 들었다)

사장이 설마…….

(강력한 굉음. 돌풍. 어둠)

샤름의 고함. 패스!

피룰레트의 고함. 패스!

막

제3막

히말라이 성의 폐허.

같은 무도회장이지만 지금은 폐허가 되었다. 벽들은 무너지고 약간의 가구만 남았다. 화려한 식탁보가 덮인 탁자, 바닥에 세워둔 키 큰 전등, 안락의자 몇 개…… 안쪽에는 잔해가 뒹군다.

바람이 세게 분다. 돌풍, 돌담의 틈 사이로 비밀스러운 하늘과 불꽃, 섬광, 번쩍이는 불빛이 보인다…….

피오르 연미복 차림으로 등장.

피오르. (바람과 싸우며) 여기 누구 있소?

대공. (머리에 거대한 전등갓을 써서 얼굴을 거의 가리고 전등인 척하며) 전등입니다.

피오르. (펄쩍 뛰어 물러서며) 누구?

대공-전등. 전등이요.

피오르. 대공 아닙니까!

대공-전등.

　　　　쉬이잇…… 쉬이잇……. 제발 부탁이니!
　　　　조심하세요!

피오르. (바람 속에서 소리친다) 웬 바람이 이렇게!

대공-전등. 이건 역사의 바람입니다!

　　(바람이 휙휙 소리 내며 분다)

피오르. 모두들 어디 있죠?

대공-전등. 흩어졌어요……. 그리고 잃어버렸죠…….

피오르. 이건 지진 때문입니까?

대공-전등. 누가 알겠어요?! 무슨 일인가 있었는데…… 하지만 누가 알겠어요, 네?

피오르. 공주는요?

대공-전등. 여기 옆에요. 선생은 못 알아보시나요? 탁자인 척하고 있어요.

피오르. (탁자에서 펄쩍 뛰어 물러난다. 탁자는 사실 네발로 엎드려 화려한 식탁보를 덮고 숨은 공주다) 아!

대공-전등. 쉬이잇……. 안전하게.

(후프나기엘이 교수를 타고 전속력으로 질주하여 하인들의 무리를 이끌고 무대로 쳐들어온다. 하인들의 무리는 의기양양하게 귀족들의 옷을 부분적으로 휘감고 있다)

후프나기엘. (교수를 채찍으로 치며) 전력으로, 헤이, 질주하라!

하인들. 발을 뜯어내라!

(날아가듯이 무대를 휩쓸고 지나간다)

피오르. 혁명인가요?

대공-전등. 예, 혁명이지요…….

(구걸하는 노래를 부르며 거지 등장)

거지.

> 오, 도와주시오…….
> 오, 적선하시오…….
> 오, 누구든 한 푼만 줍쇼!
> 녹색, 녹색, 자작나무 숲…….

410

　　　　녹색, 녹색, 개암나무 숲…….

피오르. 누구요?

거지.

　　　　녹색, 녹색, 자작나무 숲…….

　　　　녹색, 녹색, 개암나무 숲…….

피오르. 넌 누구냐?

거지. (돌연히) 블로톤 경의 조그만 의자! (도망친다)

피오르.

　　　　무슨 일이 일어난 거지?

　　　　분명 무슨 일인가 일어났어……. 뭐가? 무슨
　　　　일이 일어난 거야?

대공-전등.

　　　　나도 모흐겠어요……. 뭔가 어떻게든……. 나
　　　　체가
　　　　뭔가 어떻게…… 모흐겠어요……. 그 뒤에는
　　　　웃음소히와 쉿소히
　　　　다들 쉿소히흘 내기 시작했어요, 마치 누군가
　　　　간지험을 태우는 것처험
　　　　나도 마찬가지흐 뭔가 간지험을 태우는 느낌
　　　　이었고…… 등에…… 그히고 겨드항이에
　　　　그히고 내 시계가 떨어졌어요. 사함들이 서흐
　　　　짓밟기 시작했고
　　　　히힉 소히, 웃음소히, 그 뒤에는 비명 소히, 고
　　　　함 소히

411

모든 일이 한꺼번에 일어났어요……. 바호 그
때 하인들이 귀족들에게 덤볐어요. 선생도 아
시겠지만 이건 거의, 신문에 난 그대로, "체제
전복을 꾀하는 무희들이 상황을 유히하게 이
용하였다"…….

피오르. 그래요, 그래…… 그렇게 됐군요……. 그럼 이젠
어쩌죠?

대공-전등. 지금은 혁명이지요.

피오르. 혁명?

대공-전등. (불분명하게) 벌레들.

　(또다시 하인들의 무리가 교수를 탄 후프나기엘과 함께 덮친다)

하인들. 발을 뜯어내라!

　(바람처럼 무대를 휩쓸고 지나간다)

피오르. 저건 뭡니까?

대공-전등. 나도 몰라요.

피오르. 저들은 어디로 저렇게 급히 가는 거죠?

대공-전등. 자기 자신에게서 도망치는 거요.

　(바람)

피오르.

　　기괴한 형태, 광기에 찬 형상
　　아냐, 모르겠어, 알 수 없어, 이해할 수 없어,
　　그러고 싶지도 않아,
　　납득할 수 없어, 받아들일 수 없어 불쌍한 피
　　오르!

오, 불쌍한, 불쌍한 피오르!

왕공과 공주. 불쌍한 피오흐!

(교구장이 쓰레기 더미 사이에서 모습을 드러낸다. 사제복은 옷핀으로 여기저기 고정시켜 마치 블라우스와 치마처럼 보인다. 머리에는 커다란 여성용 모자를 쓰고 손에는 양산을 들었다.)

피오르. 검은 여인이여, 당신은 누구요?!

교구장-여자. 거장 선생!

피오르. 아, 아, 이건 사제복이었군!

교구장-여자. 하느님의 뜻대로 이루어지기를…….

피오르. 교구장 신부님, 어떤 운명을 겪으셨소?

교구장-여자.

말로 다할 수 없지요.
말로는 표현할 수 없습니다. 내가 어떤 길을 걸어왔는지
묻지 마세요, 그리고 대체로
아무것도 묻지 않는 게 좋아요. 난 숨어야만 해요.
용서하시오, 그러나 나는 숨어야만 해요. 그리고 선생도
똑같이 하기를 권하겠소.

피오르.

나더러 여자, 전등, 탁자로 변장하란 말이오!
안 돼! 난 피오르다!

교구장. 피오르!

413

대공-전등. 피오호!

공주-탁자. 피오호!

   (후프나기엘과 하인들이 덮친다)

   (꽝음이 울리고 어두워진다)

하인들. 발을 다 찢어버려라!

피오르. (후프나기엘에게) 괴물아! 멈춰!

후프나기엘-기수.

        그럴 수 없어!

        나는야 전력 질주!

피오르. (교수를 가리키며) 그 말이?

후프나기엘-기수. 이건 내 지성이오!

교수-말. 웩!

피오르. 누굴 쫓는 거요?

후프나기엘-기수. 도망치는 놈들을!

피오르.

        얼굴이 너무 피투성이가 되었지만, 그래도 당
        신을 알아보겠소
        당신은 백작 후프나기엘!

후프나기엘-기수.

        아냐! 난 이데아다!
        꺼져!

피오르.

        교수님!
        교수님 맞죠? 교수님!

(교수는 네발로 엎드려 안장을 얹고 입에 고삐를 물고 히힝 소리를

내며 뛰어다닌다)

교수-말.

오 그렇지, 오 그렇지, 고마워!

웩! 웩!

하인들. 발을 뜯어내라!

후프나기엘-기수. 가자!

(하인들과 함께 달려간다)

피오르.

오, 굉장한 추적!

오, 굉장한 도주!

(같은 방향으로 달려가던 장군, 사장, 후작 부인 뛰어들어온다. 제2막

끝부분과 같은 의상)

피오르.

멈추시오! 누굴 쫓는 거요?

그리고 누구에게서 도망치는 거요?

장군, 사장, 후작 부인. 굴루투불루!

피오르. 오, 좀 더 분명하게 자기 의견을 설명하시오!

장군, 사장, 후작 부인. 투이투타투무!

피오르.

후작 부인! 아니 이건 후작 부인, 부인 아닙니까!

사장님! 다른 사람도 아닌 바로 사장님 맞죠!

우리의 소중한 사장님! 그리고 당신, 장군님!

설마 말하는 법을 잊은 거요?!

대공-전등.
> 인간사에서 벌어지는 일들을
> 언어 안에 다 담을 수 없을 때
> 언어는 무너집니다…….

교구장-여자. 누가 저들을 알겠어요…….

공주-탁자. 에휴, 에휴, 저열한 것들…….

피오르.
> 친구들!
> 자기 자신으로 돌아오시오! 변장을 벗어던지시
> 오!
> 이 놀이는 이제 됐어, 오, 이건 너무 고통스러
> 워!

대공-전등. 바호 그게 요점이에요, 이미 우힌 자신으호 돌아
갈 수 없소.

교구장-여자. 돌아갈 방법이 없어요.

공주-탁자. 자기 자신으호 돌아가하고요? 어떻게 그렇게 할
지 궁금하군요.

피오르. 그럼 어쩌죠?

대공, 공주, 교구장.
> 앞으로
> 오로지 앞으로! 목이 부러지도록!
> 앞으로 앞으로! 질주!

(후프나기엘과 하인들 달려 들어온다)

후프나기엘-기수. 전력 질주 또 질주!

(장군, 사장과 후작 부인을 본다)

저들이다! 잡아라!

사장, 장군, 후작 부인. 투이프리투우우우우우우우우타투아!

(하인들이 이들을 잡는다)

피오르. (후프나기엘에게) 어쩔 생각이오?

후프나기엘-기수.

어쩔 거냐고? 나도 몰라요. 하지만 어찌 됐든
저들의 발을 뜯어낼 거요! (하인들에게) 뜯어라!

피오르. 세상에 맙소사!

공주-탁자. (혼잣말) 이제서야…….

교구장-여자. 있었거나 말았거나…….

대공-전등. 하지만 어쩌겠어…….

후프나기엘-기수. (힘겹게, 그러나 점점 매끈하게)

그들에게서 뜯어내라…….

그들에게서 뜯어내…….

그들에게서 발을 뜯어내라!

오른쪽으로 전진

그 뒤에는 왼쪽으로!

하인들. 구두 닦는 건 질렸어! 가자! 가자!

후프나기엘-기수.

헤이, 전력으로 달려라, 질주, 질주

또 질주, 질주, 헤이 하!

교수-말. 또 웩, 또 웩, 또 웩!

피오르. 서라! 재판 없이는 그렇게 하지 마시오!

417

공주-탁자. 재판! 말은 좋지!

대공-전등. 재판?

교수-말. 웩!

　(갑작스럽고 거센 바람)

교구장-여자. 바람이 무척 부는군!

피오르. 난 잘 모르겠소, 잘 이해를 못 하겠어, 잘 납득할
　수 없소, 잘 알 수 없어, 하지만 재판이 반드시 필요하
　다는 건 알고 있소, 재판 없이는 안 돼, 그렇게 해선 안
　돼…… 어떻게 그럴 수가……? 재판도 없이…….
　안 돼, 재판이 없으면 안 돼!

교구장-여자. 바람도 참 거세군!

대공-전등. 술 취한 사함이 울타리에 달라붙듯이 그 재판에
　달라붙는군…….

교구장-사제. 바람 부는 것 봐!

대공-전등. (더 큰 소리로) 재판이 무슨 소용이오! 그 반역자,
　부흐주아, 파시스트들을 찢어버히자!

공주-탁자. 히틀러 추종자들도!

피오르.

　　　　파시스트? 히틀러 추종자? 그게 뭐지?
　　　　난 아무것도 모르겠어.
　　　　이건 날 높은 곳으로 끌어올리고 충만하게 채
　　　　워주고 있어, 그래, 난 충만해, 높이 고양되었
　　　　어, 한계를 넘었어, 난 아무것도 몰라, 아무것
　　　　도 몰라, 하지만 알아, 재판 없이는 안 돼, 안

돼, 안 돼, 안 돼, 재판 없이는…….

이 일은 조사되어야 해!

후프나기엘-기수.

돌풍이 부는 동안 그가 재판을 원하게 되었군!

천둥 번개가 울리자 그가 재판을 원해!

조사를 원하는군, 아무것도 보이지 않는데

어쨌든 사방이 어두운데도…….

(갑자기 어두워진다, 돌풍)

교구장-여자. 그런데 이건…… 모두들 버티시오…….

대공-전등. 우! 우!

공주-탁자. 아이아이아이!

피오르. (바람을 피해 몸을 가리며) 재판! 재판! 난 재판을 원해!

(꽝음. 사방이 진정되고 약간 밝아진다)

후프나기엘-기수. 돌팔이 변호사!

좋아, 당신이 원하는 재판을 하게 해주지. 난 여기 앉겠
어. 그리고 여기에 피고인들, 저 파시스트들, 히틀러의
개들이 서게 하라!

내 말을 검사로, 당신을 변호인으로 임명한다. 가자! 전
속력으로 처리하지. 바람이 너무 세고 금방이라도 비가
쏟아질지 몰라. 가자! 전속력으로 (교수에게) 내 말아, 기
소를 시작하라!

교수-말. 웩, 구역질, 웩, 웩, 웩, 웩, 구역질, 웩 구역질한다!

웩, 웩, 웩, 웩!

후프나기엘-기수. 개들!

대공-전등. 불한당들!

공주-탁자. 무법자들!

교구장-여자. 개들!

교수-말. 웩, 웩, 웩!

후프나기엘, 대공과 공주, 교구장. 유죄다! 발을 뜯어내라!

(갑작스럽고 거센 바람)

교구장-여자. 이런 외풍이라니! 마구 부는군!

피오르. 멈춰, 저 말은 아무 얘기도 안 했어! 구역질은 언어
가 아니오!

후프나기엘-기수. 돌팔이 변호사야, 언어가 필요한가?

범죄가 천년 세월 동안 프롤레타리아들에게 행해졌다,
거대한 범죄가, 침묵 속에, 정적 속에, 말없이 일어났다,
대규모의, 조용한, 눌러 부수고 목을 조여 숨막히게 하
는 범죄가, 여러 세대에 걸쳐 수십 세기 동안, 말없이,
조용히, 한 번도 입 밖으로 드러나지 않은 채……

당신은 그 침묵에서 고작 몇 마디 말을 뽑아내
고 싶은 건가?

됐어, 떠들 필요 없어! 파시스트들, 부르주아
들, 개들! 찢어버려라! 빨리! 돌풍이다!

하인들. 찢어버려!

피오르. 저들의 목소리도 들어주기를 요구합니다!

후프나기엘-기수. 돌풍이다!

피오르. 멈춰! 멈춰!

후프나기엘-기수. 돌풍!

420

피오르. 오, 저들의 말도 들어보시오!

후프나기엘-기수. 고집쟁이로군!

　좋다. 혁명 법정은 피고측 범죄자들의 말을 들어보겠
　다. 자기 자신을 변호해봐라! 가자!

장군, 사장, 후작 부인. (공포에 질린 긴 설명을 하며 더듬거린다) 우이
　트푸투암마아아아에에트루쿨리타쿠마부아 리 느나아
　르레이울이이이이우티르풀로흔브그드슈우울피티이임
　느마프그르스흐클로흐크이이우레크바쯔스돌피흐구이
　이이르탈쿠이흐그그그흐브구우우우투파타그 토투탈레
　메부투피오이구일

장군. 굴루굴루굴룰굴룰!

공주-탁자. 저건 완전히 양치질하는 소히잖아!

후프나기엘-기수. 됐어! 유죄다!

피오르. (바람 소리보다 더 크게 소리치려 애쓰며)

　　항의합니다
　　이 모든 일에는 뭔가 말해지지 않은 부분이 있
　　어요!

후프나기엘-기수. 그 말은 바람이로군! 검사여! 너의 결론은
　무엇인가?

교수-말. 웩!

하인들. 다리몽둥이!

피오르. 멈춰!

후프나기엘-기수. 돌풍이다!

피오르. 멈춰!

후프나기엘-기수. 돌풍!

피오르.

> 증언합니다
> 누가, 누구를, 어째서, 무엇 때문인지
> 이해할 수 없어요. 그래, 이해할 수 없어! 이해
> 할 수 없어! 이해할 수 없어!

후프나기엘-기수. 돌풍!

대공-전등. 돌풍!

교수-말. 돌풍!

피오르. 오, 오, 끔찍해, 끔찍해, 끔찍해!

후프나기엘-기수. 저들을 계속 끔찍하게 몰고 가라!

대공, 교구장. 돌풍!

하인들. 돌풍!

피오르. (후프나기엘에게) 사람이 되시오! 가면을 벗으시오!

후프나기엘, 하인들, 대공과 공주, 교구장. 돌풍!

  (격렬한 바람, 꽹음, 번개)

피오르.

> 여기선 가면이 가면을 고문하는구나! 모두들
> 가면을 벗으시오!
> 보통의 인간이 되시오!

모두들. 돌풍! 돌풍!

장군, 사장, 후작 부인. 위투쿠크마콜라타투부불굴룰루굴룰!

피오르. (광란하며) 투이투쿠이이이이잇투투볼리타바티이이이
  이이!

모두들. (광란하며) 타프타투쿠이이이이이트히우칼라파탈루!

(돌풍, 굉음, 어둠)

(바람이 약해지고 사방이 밝아진다)

(샤름과 피룰레트가 목가적인 차림으로 밀짚모자를 쓰고 잠자리채를 들고 등장한다. 얼굴에 분장을 하고 천치같이 즐거워하는 광대의 모습)

(그 뒤로 도둑놈들 두 명 함께 검은 가면을 쓰고 무덤 파는 인부의 모습으로 검은 관을 들고 등장한다)

샤름과 피룰레트. (노래)

> 헤이, 하, 얼룩덜룩 호랑나비
> 재빨리 날아오르면 내가 쫓아서 날아오른다!
> 헤이, 하, 얼룩덜룩 호랑나비
> 재빨리 날아오르면 내가 쫓아서 날아, 오, 날아 오른다!
>
> 내 나비야, 날 피하진 못해!
> 내가 이 망으로 널 잡을 테다!
> 내 나비야, 재빨리 날아오르더라도
> 내 망을 피하진 못하지, 못해!

피오르. 미쳤어!

대공-전등.

> 요즘엔 세상의 드넓은 길마다
> 미치광이가 모자하진 않지…….

교구장-여자.

> 끝없는 세상의 모든 길에

423

미치광이가 모자라진 않아…….

샤름. (피룰레트에게)

저기 좀 봐, 저거 혹시 그, 예전에 저기
피오흐였던 사함 아냐……?

피룰레트. 그런 것 같군…….

샤름. (피오르에게)

만약에 내가 피오흐의 남은 모습을 보고 있다
면, 피오흐 또한
어느 백작의, 남작의 나머지 모습을 보고 있겠
지…….

피오르. 내가 피오르였지…….

샤름. 난 샤흠이었어…….

피룰레트. 난 피룰레트…… 한때는…….

대공-전등. 난 한때 대공으로 불렸지…….

공주-탁자. 난 공주였어…….

후프나기엘-기수.

한때 언젠가 난 하인이었지만, 그 뒤엔
백작 후프나기엘이자 기수가 되었다…….

교구장-여자. 난 교구장이었어…….

장군. 난 장군…….

사장. 난 사장이었지…….

후작 부인. 난 후작 부인이었어…….

모두들. (하인들 제외)

우린 그랬지, 한때 그랬어, 우린 그랬어, 전에,

424

전에, 그랬었지

(힘겹게)

그건 예전, 옛날 일이야…….

피오르.

부탁이니 백작이 내게 설명해주시오, 남작이
말해주시오
저 관은 뭡니까?

샤름. 변장입니다.

피룰레트. 더 안전하니까.

샤름. 아시겠소 거장 선생, 만약 누군가 우리흘 따라온다
면, 우히는 미쳐버린 거요, 관을 들고 다니니까, 우히는
정신병자니까 그뿐이오! 하지만 저 관으호 말하자면.
이상하고도 오해된 이야기요, 기억 속에서 그 무도회흐
돌아가야만 하겠지, 선생도 기억하시오, 언젠가 하느님
만이 아실 이유흐, 오호통재하, 내가 저 도둑놈의 목줄
을 풀어주었소……. 오호통재하! 풀어주지 않는 편이
좋았을 텐데, 그 때문에 모든 불운이 시작되었소. 하지
만 그 저주받을 알베흐틴카가 그헣게 계속 나체와 나
체와 나체와 나체와 나체와 나체에 대해서……
난 너무 신경이 곤두서서, 그 나체, 나체, 나체, 나체, 나
체, 나체, 나체, 나아아앗…….

피룰레트. 패스!

샤름. 패스!

그때 우히가, 나와 피훌레트가 도둑놈들을 놓아주었소,

마음대호 좀 돌아다니하고, 좀 헤매 다니하고…… 왜
냐하면 선생도 아시겠지만 내가 직접 할 수 없으면 최
소한 시켜보고 싶은 마음이 들지 않습니까, 저런 짐승
들이나마 서호서호……. 레송!* 하지만 그랬더니! 악몽
이야! 악몽이하고! 남작도 기억하시오?

피룰레트. 기억하지요…….

샤름.

손님들 무히 사이호 들어가 사하져 버히더니 곧
자기들의 그 더허운 도둑놈의 손으호
뻔뻔하게 욕심 사납게 모두에게 다같이
멋대호 다가가서……. 그허니까 핸드백과
주머니와 지갑과 목걸이와
시계와 팔찌들에……. 그 짐승 같은 손을
집어넣고 손님들의 무히 속에서 비단과
공단과 연미복과 코호셋과 제복 속으호
몸을 만지고 간지흐고 쓰다듬고
비비고 부벼대고, 그래서 비명과
음탕한 고함이, 어지허운 웃음소히가
누가 누구흘 만지는지 아무도 모흐고, 그러다
실밥이 터지고 가슴이 드허나고 바지와 속옷과
모든 것이 날아다니기 시작하고…….

대공-전등. 그래, 기억나……. 그때 내 하인들이 손님들에게

* Laissons. (그들을) 내버려두자.(프)

426

달려들었지…….

피롤레트. 그때 우리가 알베르틴카에게 덤벼들었소!

샤름. 하지만 그녀는 이미 없었어!

피롤레트. 사라졌지!

샤름. 우리가 찾아낸 건 내던져진 나머지 옷가지들뿐이었
  어, 속옷을 포함해서.

피롤레트. 그래, 속옷도 포함해서.

샤름. 충격이야!

피롤레트. 어안이 벙벙했지! 알베르틴카는 어디에?!

샤름. 그리고 도둑놈들도 함께 사하졌소. 마치 물속에 던져
  진 돌멩이처럼 없어져버렸지.

  오, 피오흐 선생!

  오, 친애하는 거장이여! 그녀가 어떻게 됐을까
  요?

  하! 분명하지! 저열한 개들! 더허운 도둑놈들!

  저 도둑놈들이 그녀에게 덤벼들어

  옷을 전부 벗고 알몸을 강간했겠지

  그헣게 하허고 우히에게서 그녀흘 훔쳐갔을
  테니까……. 그히고 도망쳤어…….

피롤레트. 살해했을 거야!

피오르. 그럼 시체는 어디 있지?

샤름.

  없어, 그녀의 나체 시신은 없소!

  하지만 우히에게 그녀는 죽었소! 이미 살해당

427

했소!
그 때문에 우히는 저 관을 구해서
저 무덤 파는 인부들을 고용한 거요…….

피룰레트.

그리고 이제는 드넓은 세상을
돌아다니며 찾고 있는 거요
나체의 알베르틴카 시신을!

샤름.

나체의 알베흐틴카 시신을…….

샤름과 피룰레트. (노래)

내 나비야, 날 피하진 못해!
내가 이 망으로 널 잡을 테다!
내 나비야, 재빨리 날아오르더라도
내 망을 피하진 못하지, 못해!

피룰레트. 나체에 도둑맞은, 살해된 그녀를 찾아내면 우리
는 장례를 치러줄 거요!

피오르. 잠깐, 잠깐, 잘 이해할 수 없군요, 이 지하 세계의
혼돈 속에서 괴상하고 또 괴상한 허위 진술과 가장과
변신으로 가득한 오늘날의 패션, 패션, 패션…….
황무지가 되어버린 세계의 패션……. 고통스러운 가면
극! (생각에 잠겨) 저 관은 대체 뭐지……?

대공-전등. (다가오며)

관! 때맞춰 나타났구나! 그리고 나에게 어울려!
나흘 환영하하, 관이여! 허학한다면 내가

428

여기 이 관 속에 나의 재산과 화려함과

영광과 명예를 집어넣겠다! 그리고 나의 패배를!

공주-탁자. (다가오며)

나는 이 관 속에 내 왕관과

진주와 사파이어와 다이아몬드와 에메랄드와

그리고 나의 신음 소리를 넣는다!

교구장-여자.

나는 나의 하느님을 이 관 속에 넣으리니

가라! 미사는 이미 끝났다!

교수-말.

잠깐!

잠시만 기다리시오! 나를 빼놓고 그 관을 가져

가지 마시오!

난 그 안에 나 자신을 넣겠소! 윅! 이제 난 없어!

오, 이 얼마나 좋은가! 난 죽었어!

장군.

실례합니다!

저건 우리를 위한 관이오! 재판의 판결로 우리

에게 내려졌소!

우리에게, 피고인들에게! 영원토록 유죄판결을

받은 우리들!

관이여, 나는 네 안에 비밀을 넣겠다

혐오스럽고 피투성이며 무시무시한, 받아들일

수 없는

도저히 말할 수 없는 자의 비밀을!

장군, 사장, 후작 부인. 우잇투이이이이이이이투우우우우우투
투우우우이이이!

대공-전등. 슬프도다!

공주-탁자. 슬프고 슬프도다!

후프나기엘-기수.

멈춰! 다들 멈추시오!
만일 모두가 자신의 죽음을
저 관 안에 넣는다면, 나 또한 조금만
자리를 내주길 부탁하겠소. 자 부디, 저 안에
나의 희망과 투쟁과 승리와
프롤레타리아의 수천 년 고통과
프롤레타리아의 수천 년 고통과
그리고 나의 영원한 질주를!

대공과 공주, 교구장, 교수. 슬프다, 오 슬프도다, 슬프도다!

샤름과 피룰레트. 슬프다, 오 슬프도다!

하인들. 슬프다, 오 슬프도다, 슬프도다!

피룰레트.

부풀어 오른 관이여, 통탄할 장례식이여
오 슬프다, 슬프도다, 슬프도다……!

모두들. 슬프다! 오, 슬프도다!

(피오르 앞으로 나선다)

피오르.

물러서!

저 관에서 물러나라. 내가 앞으로 나서겠다!

내가 관에 다가서겠다, 나, 피오르가!

모두들. 오 피오르, 오 피오르, 오 피오르!

피오르.

친구들!

나, 피오르, 거장이자 의상의 창조자

나, 패션의 위대한 독재자이며

최신 유행하는 옷차림의 조각가인 내가!

(관에 다가선다)

패스!

샤름. 패스!

피룰레트. 패스!

피오르.

인간의 옷을 저주한다, 가면을 저주한다

피투성이가 되어 우리의 몸 안으로 파고드는 가면을

패션을 저주한다, 창의성을 저주한다

바지와 블라우스의 디자인을 저주한다

우리 안에 지나치게 파고든 그것을!

모두들. 저주를!

피오르.

나, 피오르

나 여성복과 남성복의 거장이 관 안에

신성한, 그러나 의상으로 인해 영원히 모욕당한

인간의 나체를 집어넣겠다!

모두들. 신성한 나체여 잠들라!

피오르.

신성한 인간의 나체여 영원히 잠들라!
우리는 너를 다시는 체험하지 못하리.

샤름. 바지!

피룰레트. 재킷!

사장. 양말!

장군. 속옷!

공주. 목도히!

대공. 지팡이!

교구장. 넥타이!

후작 부인. 스커트!

후프나기엘. 신발!

모두들. (피오르 제외) 레깅스, 외투, 구두, 데콜테, 구두끈, 프루프루,* 먀우먀우, 잠옷 가운, 잠옷 상의, 스타킹, 장갑, 기타 등등, 기타 등등, 기타 등등, 기타 등등, 기타 등등, 기타 등등…….

피오르.

신성한, 그러나 성취할 수 없는 나체
영원히 잠들라!

(마치 그것을 관에 넣는 듯한 몸짓)

---

* frou-frou. 실크가 바스락거리는 소리를 나타내는 의성어, 혹은 실크 속옷의 일종. 프랑스에 같은 단어를 제목으로 하는 유머러스한 잡지와 코믹 뮤지컬도 있다.

알베르틴카의 목소리. (관 속에서) 나아앚…….

사람들의 고함. 뭐야?

　(정적)

알베르틴카의 목소리. 나아앚…….

샤름. 그녀다!

피룰레트. 그녀야!

피오르. 조용!

　(정적)

알베르틴카의 목소리. 나아앚…….

샤름. (빠르게) 그녀야!

피룰레트. (빠르게) 그녀가 여기 어딘가 있다!

샤름. 내 나체를 꿈꾸고 있어!

피룰레트. 그녀다!

샤름. 그녀가 여기 어딘가 있어!

피룰레트. 내 나체를 꿈꾸고 있다!

　(관 뚜껑이 벗겨지고 알베르틴카의 벌거벗은 어깨가 드러난다)

모두들. 그녀다!

피오르.

　　　　오, 해방이다!

　　　　영원히 젊은 나체를 맞이하라!

　(알베르틴카 천천히 관 속에서 나체로 나타난다)

피오르. 오, 평범한 나체여, 불멸의 나체여!

모두들. 영원히 젊은 나체여!

　(신격화)

433

샤를. (갑자기 뛰어오르며)

> 잠깐!
> 누가 당신을 여기 집어넣었소?
> 누가 당신을 숨겼지?

알베르틴카. (무덤 파는 인부들을 가리키며) 저들이!

(무덤 파는 인부들이 가면을 벗어던진다. 가득히 웃음 띤 도둑놈들의
얼굴이 드러난다)

피룰레트. 그들이다!

샤를. 도둑놈들이야!

둘이 함께. 그 개들이다!

(무대 전체 노래한다)

도둑놈들. (노래한다)

> 우리다!
> 우리다!
> 우리다!

알베르틴카. (춤춘다) 난 알베르틴카!

도둑놈들. (춤춘다) 아, 아가씨들 중에 으뜸!

알베르틴카.

> 이건 내 허벅다리, 팔, 다리!
> 이건 내 가슴!
> 아, 이건 내 귀와 치아!

도둑놈들. 저건 그녀의 가슴, 허벅다리, 발!

알베르틴카. 난 알베르틴카!

도둑놈들. 아, 아가씨들 중에 으뜸!

알베르틴카. 영원히 젊은 모습!

도둑놈들. 무덤 속에서 일어나!

알베르틴카. 관 위에서 춤추네!

도둑놈들. 즐겁게 놀고 싶어 하지!

알베르틴카와 도둑놈들. (춤추며) 아, 알베르틴카, 아가씨들 중에 으뜸, 무덤 속에서 일어나, 영원히 젊은 모습, 관 위에서 춤추네, 즐겁게 놀고 싶어 해

> 그리고 사랑과
> 그리고 사랑과
> 그리고 나체를
> 그리고 나체를
> 끊임없이 꿈꾸지, 아 꿈꾸네…….

샤름. 그리고 나체흘

피룰레트. 그리고 나체를

샤름과 피룰레트. 끊임없이, 아 끊임없이, 아 끊임없이, 꿈꾸네 아 꿈꾸네!

모두들.

> 끊임없이 꿈꾸네!
> 끊임없이 꿈꾸네에에에
> 끄으읗임어어없이이이 꿈꾸네에에에에.

피오르, 샤름, 피룰레트.

> 영원히 젊은 나체를 맞이하라!
> 영원히 나체인 젊음을 맞이하라!
> 젊게 나체인 젊은 나체

나체로 젊게 나체인 젊음

피오르.

하지만 이해할 수 없어
하지만 이해할 수 없네
그리고 수긍할 수 없어
그래, 수긍할 수 없어

샤름과 피뢸레트.

오, 패스 또 패스, 오, 패스 또 패스!
패스, 패스, 패스 그리고 패스!

피오르.

하지만 이해할 수 없어
아, 수긍할 수 없어
계속 이해할 수 없어
그래, 수긍할 수 없어
그녀는 어쩌다 저 관 속에 들어간 거지?

모두들. (알베르틴카와 도둑놈들 제외) 그녀는 어쩌다 저 관 속에
들어갔지?

도둑놈들.

그건 우리다!
그건 우리다!
그건 우리다!

알베르틴카. 그건 저들이, 그래, 그건 저들이, 아, 그건 저들
때문이지, 저들이, 아, 저들이, 그래, 저들이야, 아, 저들
이지, 아, 아, 아, 저들이 아, 그건 저들이야······.

도둑놈들.

　　　　그건 우리다!

　　　　그건 우리다!

　　　　그건 우리다!

모두들. 그건 저들 때문이야, 그건 저들이 아 그건 저들이,

　　그래, 저들이야…….

도둑놈들.

　　　　그건 우리다!

　　　　그건 우리다!

　　　　그건 우리다!

　　　　　　막

맨발에서 나체까지
(비톨트 곰브로비치의 알려지지 않은 희곡에 대하여)

역사-이야기(오페레타)
─ 부분들

맨발에서 나체까지
(비톨트 곰브로비치의 알려지지 않은 희곡에 대하여)

몇 달 전 내 친구 프랑수아 봉디(François Bondy)가 독일의 도이처 타셴부흐 출판사에서 의뢰를 받았으니 자신과 함께 곰브로비치의 연극에 대하여 책을 써보자고 제안하였다. 나는 이게 얼마나 예상 밖의 큰 일이 될지 모르는 채로 기꺼이 동의했다. 4월에 받은 두 개의 포트폴리오에는 곰브로비치가 쓴 288장의 수기 원고와 12장의 타자 원고가 들어 있었는데, 그의 아내 리타 곰브로비치가 우리에게 전달한 것이었다. 그것이 「오페레타」의 초고라고 했다. 곰브로비치는 자신이 손으로 쓴 원고를 모두 파기했다. 그가 생애 마지막 몇 달 동안 고통이라는 주제로 작업했던 희곡은 전혀 흔적조차 남지 않았다(내가 듣기로는 자비와 희생의 도덕주의를 배제하고 고통을 비인간화시키기 위해 파리를 중심으로 구성할 예정이라고 했다). 「오페레타」의 초고가 우리 손에 들어올 수 있었던 것은 곰브로비치가 이 주제를 몇 번이나 버릴 뻔하면서도 거의 20년이나 붙잡고 작업했기 때문이다. 포트폴리오에 내가 생각했던 것처럼 「오페레타」의 이후 버전들이 들어 있는 것이 아니라 두 편의 다른 희곡 작품 일부가 포함되어 있었고 그 두 작품 중 더 나중에 집필된 작품만이 「오페레타」와 실제로 관련이 있다는 사실을 알게 되어 나는 무척이나 놀랐다.

첫 번째 작품은 뮤지컬 코미디가 될 예정이었다. 따로 한 장짜리 카드가 개인적인 메모 사이에 파묻혀 있었는데, 거기에는 (실존하는 혹은 상상으로 만들어낸) 폴란드나 혹은 외국 가문들의 족보, 계산서, 편지 초고들이 들어 있었고, 같은 포트폴리오 안에서 나는 작품 제목을 발견했다.

HISTORIA
(OPERETA)*

인물과 사건들은 (우리가 앞으로 보게 되겠지만) 「오페레타」와는 전혀 관계가 없지만 핵심 발상은 비슷하다. 곰브로비치는 여기서 이미 인간의 나체를 우리 시대 역사의 가면과 의상에 대비시키고 있다. 보존된 장면들을 순서대로 재구성하는 것은 쉽지 않았다. 페이지 수가 잘못 기재되어 있거나 거의 모든 장마다 수많은 다양한 버전들이 있었다. 내가 여기 제시할 텍스트는 가장 흥미로운 부분들을 바탕으로 한 것이다(나머지는 그저 자질구레하게 본 주제에서 벗어나는 내용들을 담고 있으며 작품 자체에 아무런 새로운 내용도 덧붙이지 못한다).

---

* 옐렌스키는 초고에서 발견한 원래 제목이 '오페레타(Opereta)'였음을 밝히고 있다. 이후에 폴란드에서 실제로 발표된 작품 제목은 '더 작은 오페레타'라는 뜻의 'Operetka'이다.

원고 중 한 장면의 여백에 적힌 날짜(1951년 9월 18일)는 「역사-이야기」가 「오페레타」보다 4년 빨리 집필되었음을 보여준다. 그러므로 이 발상을 시간 순서대로 재구성해볼 가치가 있다.

도미니크 드 루(Dominique de Roux)와의 '대화'에서 (그러니까 1967년에) 곰브로비치는 이렇게 증언한다 (혹은 우리도 알다시피 이렇게 썼다). "나 자신도 놀랍게도, 파리에서 라벨리(Jorge Lavelli)의 연출로 무대에 올려진 나의 희곡들은 다른 무대에도 올려졌고 아주 괜찮게 잘해나가기 시작했다. 그래서 나는 아직 은행에서 일하던 무렵에 쓰기 시작했던 — 그리고 포기했던 — 희곡인 「오페레타」의 초고를 다시 끄집어냈고 그 뒤에 탄딜*에서 또다시 그 작품과 씨름했다가 — 또 집필을 미루었다……."**

곰브로비치가 자기 자신을 특집으로 다룬 '카이에 드 레른느(Cahier de l'Herne)'***에 직접 쓴 약력은 또 조금 다르다.

1955년: 7년간 일했던 폴란드 은행을 그만두다. 뮤

---

* Tandil. 아르헨티나의 부에노스아이레스 서북쪽에 있는 도시.
** 도미니크 르 루와 곰브로비치가 나누었던 인터뷰 형식의 '대화'는 본래 프랑스 편집자 피에르 벨퐁(Pierre Belfond)이 여러 작가와 예술가들과의 인터뷰 시리즈 중 하나로 기획한 것이다. 이후에 곰브로비치가 드 루의 동의를 얻어 프랑스어로 진행된 인터뷰 전체를 폴란드어로 옮겨 써서 1968년 '증언(Testament)'이라는 제목의 회고록으로 출간했다.
*** 프랑스의 고전 비평서 시리즈.

지컬 코미디 「오페레타」 집필 시작.

1958년: 탄딜 체류.

1965년:「오페레타」 두 번째 버전 집필.

1966년: 9월 2일 「오페레타」 탈고.

여기서 보듯이 '대화'에서 곰브로비치는 「역사-이야기」에 대해 (폴란드 은행 근무 중 썼던 「오페레타」의 첫 번째 버전으로) 기억하는데, '카이에 드 레른느'의 약력에서는 이를 생략했다. 위의 날짜를 보면 그의 창작에서 한 번은 소설, 다음은 희곡이라는 흥미로운 순서를 발견할 수 있다 (물론 1953년부터 지속적으로 썼던 「일기」는 제외한다). 아래가 바로 그 연보다(발표가 아닌 집필 자체를 중심으로).

1928~32년: 성장기의 회고록(소설)

1934~5년: 이보나, 부르군드의 공주(희곡)

1935~6년: 페르디두르케(소설)

1944~5년: 결혼식(희곡)

1948~50년: 대서양 횡단선(소설)

1951년: 역사-이야기(희곡)

1955~7년: 포르노그라피아(소설)

1958년: (탄딜) 오페레타 I(희곡, 초고)

1961~2년: 코스모스(소설)

1965~6년: 오페레타(희곡)

이 연보는 이탈리아의 기자 피에트로 사나비오가 곰브로
비치에게 던졌던, 어떤 때는 연극으로, 어떤 때는 소설로
생각을 표현하는 여러 가지 이유가 있냐는 질문에 대한
재미있는 대답을 제시한다.

"그 이유는 순전히 현실적인 성격을 띠는데, 희곡
을 소설보다 빨리 쓸 수 있을 것같이 보이면, 그러니까 소
설 하나를 쓸 때는 2년씩 인생을 바치는데 이건 그럴 것
같지 않으면 연극 쪽으로 시작한다. 나 스스로 '이건 얼마
안 걸려, 단순한 일이야!'라고 말한다. 그리고 열정에 가득
차서 일을 시작한다. 그러나 결국 희곡 하나도 다 쓰는 데
1년이나 반년이 걸리고, 절대로 끝까지 뚫고 나갈 수 없
을 것 같아 보인다. 항상 똑같은 이야기다."*

장면들의 재구성
제1막: 1914년, 바르샤바에 있는 곰브로비치 가족의 응접
실. 비톨트의 가족 — 아버지, 어머니, 형인 야누쉬와 예쥐,
누나 레나 — 이 "오래된 사진 속의 장면처럼 앉아 있다."
모두가 다 "비투시! 비테크! 비톨트! 이 녀석 어디 있어?"
하고 부른다.

17세의 비톨트가 마치 머슴처럼 맨발로 들어온다
(학교에서 "수위의 아들인 부도덕한" 유제크와 함께 돌아

* 피에트로 사나비오(Pietro Sanavio), 「곰브로비치: 형식과 의식(Gombrowicz: La
Forma e il rito)」(이탈리아 텔레비전에 방송된 곰브로비치와의 두 번의 인터뷰, 저자
논평 포함) 75쪽. 마르실로 에디토레(Marsilio Editore), 베네치아, 1974. — 원주

왔다). 가족의 비난:

아버지 — 비톨트가 자신에게 망신을 준다.

어머니 — 비톨트 때문에 자신이 병든다. 맨발로 다니면 "가장 끔찍한 신체적이고 도덕적인 병"이 옮을 수 있기 때문이다.

야누쉬 — 비톨트는 "몽상가이고 원칙의 노예이며 맨발로 다니면서 불한당들에게 아첨한다".

예쥐 — 비톨트는 사촌인 백작 부인 엘라 앞에서 가족을 망신시킨다. "비톨트가 맨발로 구금(口琴)*을 켜며 목가(牧歌)를 불렀다"는 것이 사실이냐고 엘라가 물었다.

레나 — "맨발로 다니는 것은 죄가 아니다." 하지만 만약에 비톨트가 "어머니를 괴롭히고 아버지를 짜증나게 하기 위해서 그렇게 한다면 그건 괜찮지 않다".

비톨트는 침묵한다("논의에 뛰어들 가치가 없고 뛰어들지 않는 쪽이 더 잘 하는 일이다. 그리고 어쨌든 나는 공부를 해야만 한다, 졸업 시험을 봐야 하지 않나").

아버지 — (큰 소리로 부른다) 곰브로비치, 이름과 중간 이름은 마리안 비톨트!

가족은 시험 위원회로 탈바꿈한다. 가족 구성원 각자 자신이 스스로 갖고 있다고 생각하는 덕목을 가지고 비톨트를 시험한다.

아버지 — 명예와 의무.

---

* 쇠틀 중앙에 용수철 장치가 있어 입에 물고 손가락으로 퉁겨 소리 내는 원시적인 악기.

어머니 — 미덕과 청결.

야누쉬 — 남성성.

예쥐 — 기사도, 우아함, 관대함.

레나 — 신앙심.

비톨트는 침묵을 지키며 한쪽 맨발에서 다른 쪽 맨발로 짝다리를 선다.

"졸업 후보의 용기를 북돋우기 위해", "그의 신뢰를 불러일으키기 위해", 그를 "은밀하게 현대적으로" 시험하기 위해, 가족은 신발과 양말을 벗기로 결정한다. 맨발은 이렇게 가족을 느슨하게 하여, 모두들 빙빙 돌며 발을 구르기 시작하고 그러면서 자신들의 숨겨진 특징으로 비톨트를 시험한다.

아버지. 훌륭한 사람이 될 수 있겠니, 존경받고, 흠잡을 데 없는, 나처럼…… 연금을 1만 5천씩 받을 수 있겠니?

어머니. 삶을 두려워할 줄 아니, 겁쟁이가 되어 도망치고, 숨고 회피할 줄 아니……. 속임수를 쓸 줄 아니?

야누쉬. 매력적인 남자가 되기 위해서 충분히 무자비해질 수 있겠어? 삶을 즐길 줄 알아? 쟁취할 줄 알아?

예쥐. 얄팍하게 표면적이 될 수 있겠어 — 의식적으로 표면 위에서만 기어 다닐 수 있겠어?

레나. 하느님은 없다는 걸 알아? 처음부터 없는 것에
대한 신앙을 버리는 걸 할 줄 알아?

비톨트는 이 모든 질문에 대하여 이렇게 대답한다. "그래!
오 그래!" ("난 이 모든 것을 이해해. 그래, 오 그래! 난 이
모든 것을 핏속에 가지고 있어.")

비톨트는 만점으로 시험에 합격했다!

미성숙 시험에!

비톨트가 확실히 관심을 갖고 있는 소녀인 크리샤가
등장한다. 그녀를 테니스 경기에 데려가기로 약속했던 것
이다. 그런데 이건 뭐지? 비톨트가 맨발이네?

크리샤.

넌 어째서 정상적이지 않은 거니
다른 남자애들은 모두 신발 신었는데!
군대라도 가는 게 어때!
거기라면 널 훈련시켜줄 거야!

크리샤 퇴장, 그러나 가족은 "군대라도 가는 게 어때!"를
반복한다.

비톨트.

군대는 싫어요, 싫어……. 그보다는,
나도 모르겠어……. 그보다는, 그녀가…….

가족은 고집을 부리고 위협하다 갑자기 시험 위원회에 이
어 징집 위원회로 돌변한다. 그리고 비톨트에게 옷을 벗
고 신체검사에 응하라고 요구한다.

비톨트는 전적으로 거부한다.

아버지가 경찰을 부르고 경찰은 비톨트를 체포한다.
재판. "병역기피와 맨발의 혁명적 정신 상태에 대하여……
지배자이신 황제를 모욕한 죄에 대하여" 비톨트는 "지하
감옥에서 형틀에 묶여 5년 강제 노동형"을 받는다.

비톨트는 항의하려 하지만, 그러나…….

> 아버지. 피고는 목소리가 없습니다, 목소리를 빼앗겼
> 습니다, 피고의 목소리는 들어줄 수 없습니다!

작품의 초고 중 하나에서는 판결 뒤에 비톨트가 "황제의
자비를 구하러 간다"("나는 가족을 위협하며 더 높은 법
원에 항소한다").

완성된 버전에서 이 장면 바로 뒤에 비톨트의 장대
한 독백이 곧바로 이어진다.

> 비톨트. 난 목소리를 낼 수 있어요. 당신들이 내 목소
> 리를 빼앗아갈 수는 없어요. 난 말할 거예요, 목
> 소리가 있으니까. 아무도 절대로, 결단코 절대로
> 내 목소리를 빼앗지 못해요…….

그리고 당신들에게 아주 중요한 일에 대해 말하
겠지만, 그러나
나의 벗은 맨발이 내 입을
동반할 거야……. 여기, 아래쪽에서
내 인성이 드러나게 하고
난 맨발로 말할 거야, 맨발로…….
난 세상을 책임지고 있다…….

뭔가 끔찍한 일이 준비되고 있는데 무슨 일인지
내가 알지 못해……. 어디서? 무엇이? 어떻게? 여
러분, 이것은 사라예보에서 일어난 페르디난드 대
공 살해 사건이다. ― 내가 대체 왜 그를 죽였지?

가족이 목소리를 내어 유감을 표현한다. "불쌍한 아이가
미쳤구나……."

똑같은 독백의 다른 버전에서 비톨트는 마찬가지로 자
신의 불길한 예감을 표현하며 거기에 대해 반박하려 한다.

비톨트. 신발, 신발, 신발 ― 오 우리의 이빨을 걷어차
는 이 신발에 나의 신발로 감히 작별을 고할 용기
가 있다면! 나의 맨발은 역사 앞에 무방비하구나!

역사가 만들어지는 그곳에
도달할 수만 있다면!

강대국의 정치!

하지만 나는 무방비해!

(전혀 아무런 무대 지시 없이) 질문이 이어진다.

이건 대체 무슨 신발이지?

이에 대한 가족의 독백은 비톨트를 조롱한다. "그 신발은 어떤 발에 속해 있겠지…… 곧 그 발을 보게 될 거다…… 천천히…… 그 무릎도 누군가의 것이겠지……. 네가 보기엔 어떠냐? 그가 앉은 곳이 보여……?"

알고 보니 이것은 황제의 신발이다…….

여기서 무대 지문은 이렇다. 알렉산드로브나 왕비의 살롱이 나타난다. 니콜라이 황제, 브이루보바.

덧붙이자면 희곡의 초고 중 하나에서 곰브로비치는 자기 가족 구성원들을 황제의 궁정 인물들과 동일시한다 (아버지=니콜라이2세, 어머니=왕비, 야누쉬=라스푸틴, 예쥐=시종장, 레나=대공녀 안나). 가족을 시험 위원회나 징집 위원회로 변하게 했던 것처럼, 어쩌면 자기 가족을 무대 위에서 황제의 궁정으로 변하게 하려고 했을지도 모른다. 황제의 궁정 장면이 1막의 마지막 장면으로 되어 있는 희곡 개요가 이 사실을 암시했을 것이다. 왕비의 살롱은 이 버전에서라면 바르샤바에 있는 곰브로비치 가족의 응접실로 나타났을 것이다.

반면에 텍스트에서는 곰브로비치가 집필 과정에서 이런 발상을 버린 것으로 보인다. 이 장면은 단지 부차적인 일부분만 존재한다. 장관들과 장군들이 차르에게 사라예보에서 페르디난드 대공이 살해되었다는 소식을 보고하며 프랑스 대사 모리스 팔레올로그와 함께 차르가 군대 소집을 지휘하도록 설득하려 한다. 왕비는 라스푸틴이 자기 앞에 고개를 숙이기를 요구했다고 니콜라이 황제에게 알린다. 그런 대가를 치러야만 라스푸틴은 황태자의 건강을 회복시켜줄 것이다.

그래도 핵심적인 장면은 보존된 초고를 바탕으로 재구성해볼 수 있다. 황제의 집무실이다. "이웃한 방에서 역사적인 회담이 이루어지고 있다. 군대를 동원할 것인가? 황제는 구원받을 길을 찾고 있다." 황제는 (이미 '맨발'로서 역사적인 임무를 짊어진) 비톨트에게 조언을 부탁한다. 비톨트의 조언은 다음과 같다.

니콜라이 황제이기를 그만둔다
부수고 나갈 것
러시아인이 아니게 된다
황제가 아니게 된다
아버지이자 남편이 아니게 된다
도망친다!

우리는 황제가 자신에 대한 조언에 어떻게 반응할지 알지 못한다. 그러나 의심할 바 없이 이 조언들은 황제에게 비슷한 전략을 빌헬름2세에게도 적용한다는 발상을 제시한다(혹은 비톨트도 그에게 그런 제안을 던지거나). 전쟁이라는 부조리를 피할 수 있을 것인가? "아직 빌헬름과 합의할 가능성이 있을까? 그의 내면의 인간성에 호소해서?" 니콜라이2세는 맨발의 비톨트를 비밀 자문으로서 "황제의 내면에서 인간을 이끌어내어 빌헬름2세이기를 그만두게 할 목적으로" 빌헬름2세에게 보낸다.

제2막: 베를린에 있는 빌헬름2세 황제의 궁전.

　　"궁정은 똑같은 모습으로 남아 있고 지배자만 바뀐다." 무대 위에 폰 오일렌부르크 대공(빌헬름2세의 친구, 동성연애 스캔들로 타격을 입음, 스캔들은 1906년에 그가 궁정에서 물러나는 실질적인 이유가 됨)과 폰 플레스 대공이 있다. "둘 다 대단히 겁을 먹었다."

　　플레스.

　　　　겁쟁이 오일렌부르크! 우리는
　　　　내면의 연약함을 죽여버려야 한다!
　　　　우리가 남자가 되어야만 하는
　　　　그 시간이 다가온다!
　　오일렌부르크.
　　　　남자!
　　　　나, 난 남자가 되고 싶지 않아!

플레스. 제발 부탁이니 입 다무시오 대공! 누가 듣겠
소…….

그 '누구'는 비톨트다. 두 대공은 비톨트가 다름 아닌 자
신들이 기다리던 "니콜라이 황제의 밀사이며 비밀 자문"
임을 알아본다.

창문 너머에서 "수천 명 군중의 목소리", 고함, 명
령, 북소리가 들려온다.

비톨트. 독일 황제를 직접 알현할 수 있게 들여보내
주십시오.

갑자기 "문을 통해 안쪽으로 독일 황제가 그 유명한 콧수
염을 달고 폰 힌덴부르크와 폰 루덴도르프 두 장군을 동
반하고 나타난다". 그들은 사단 숫자를 세고 예언하듯이
미래의 전투 장소를 언급한다("솜, 베르됭, 아르덴, 슈맹
데 담").

오일렌부르크와 플레스는 황제에게 니콜라이2세의
밀사가 알현을 청한다고 말한다.

황제는 황실 자문 회의를 연다. 군대 동원에 대한 투
표까지 겨우 15분의 시간이 남았다……. "빌헬름은 겁에
질려 의견을 내놓는 장관들의 얄팍한 발언을 겁에 질린
채로 받아들인다."

비톨트는 황제에게 일대일로 대화해야 한다고 단도

직입적으로 말한다. 오일렌부르크와 플레스가 항의한다. "저희들 없이는 안 됩니다." 비톨트는 강경하다.

원고로 남겨진 이 장면의 부분은 여기서 끝난다. 초고를 보면 황제가 마침내 비톨트를 개인적으로 면담하는 데 동의하는 것으로 결론이 난다. 비톨트는 "병사를 황제에게 접근시키는 것, 병사를 황제 앞에 대령시키는 것, 병사와 황제 사이에 **창조되고 있는 비밀이 있는 것**"을 원한다.

젊은이는 늙은이를 창조하고
낮은 계층이 높은 계층을 창조한다.
병사가 그를 황제로 붙잡아두고
역사의 힘을 바꾸게 한다 -?-?-?

비톨트는 빌헬름이 도망치도록 설득한다.

2막의 마지막 장면은 전쟁(1914~8년)이 될 예정이었다.

제3막: 1933년과 1935년 사이 바르샤바의 지에미안스카 커피숍.

맨발의 비톨트는 "시인들 사이에서" 테이블에 앉아 있다(오트비노프스키, 피엥타크, 바쥐크, 슈비아토페우크 카르핀스키, 아담 마우에르스베르게르).

마우에르스베르게르는 불평한다. "우리 사이에 재능은 많지만…… 우리가 쓰는 모든 것이 가난하고 맨발이다."

비톨트.

어쩌면 그 맨발이야말로
우리의 장점이고 힘이겠지.

마우에르스베르게르.

널 이해 못 하겠어, 내 친구 비톨트
왜냐하면 탁자 위에서 너는 그렇게
화려하고 재치가 넘치고 자신의 혈통을
자랑스러워하지. 그런데 탁자 아래에서는
맨발이야.

비톨트.

형제들, 우리는 모두
맨발 아닌가.

모두. (맨발을 탁자 위로 올리며) 사실이야!

비에니아바-드우고쇼프스키가 등장한다. 그는 맨발이 아니라 "박차를 달았다". 그는 비톨트를 공격한다. "당신은 우리의 아름다움, 창기병의 미(美)를, 깃발을 더럽히려 하지……."

비톨트. 이렇게 방문해주시는 영광을 입게 된 연유는
무엇입니까?

비에니아바-드우고쇼프스키.

나의 상관이신
유제프 피우수드스키 장군께서

선생과 이야기하고 싶다고 하셨소!
당신의 조언이 필요하오. 당신의
전례가 없이 꿰뚫는 듯한 통찰에 대한 소식이 흠,
흠,
벨베데르에 알려졌소.

그런데 저기 "저쪽 테이블에 두건 달린 외투를 입고 앉아 있는 사람"은 누구인가? 피우수드스키가 지에미안스카에 온 것 아닌가!

피우수드스키.
질문은 이거요.
내겐 한편으로는 어두운 사상을
만들어내는 이웃이 있고, 다른 편의 이웃은
우리를 삼켜버릴 수도 있소. 나의 유일한 생각은
폴란드를 지키는 것이오. 그래, 그래, 맨발
우리 맨발 친구, 보아하니 거기 뭔가
당신에겐 보이고 느껴지는 듯한데, 뭐라고 조언
하시겠소?

비톨트는 피우수드스키에게 신발을 벗으라고 조언한다. 장군은 동의한다("왜냐하면 나는 마차를 타기도 했고 마차 밑에 들어가 있기도 했으니까"). 그러나 비톨트는 그런 뜻으로 말한 게 아니다. 그는 피우수드스키가 "춤추고 노래하기를 원한다…… 발가락으로 머리를 긁기를 원한다…… 깃털처럼 가벼워지는 것을 시험해보기를 원한다".
피우수드스키는 격분하며 거부한다.

그러나 비톨트의 진정한 충고는 다음과 같다.

있는 것을
방어하지 않기 위해 노력하라,
현실에서 떨어져 나와서
창조에 몸을 맡겨!

피우수드스키는 '맨발'이 하는 이 충고를 무시하고 그에게 비밀 임무를 주어 히틀러에게 보낸다. "난 보낼 사람이 없어요! 나 자신은 안 갈 거요, 그를 찾아가기 싫으니까. 그에게 5년간 불가침조약을 제안하시오. 어쩌면 조약을 끝까지 지킬지도 모르지."

비톨트는 피우수드스키에게 "자기 자신에게서" 도망치라고 충고한다.

피우수드스키는 그래도 포기하지 않고 이 장면은 그의 대사와 함께 끝난다.

가라!
히틀러에게 가라!
헤이, 리마노프 숲이 안개 너머에 있네!
그리고 난 크라쿠프로 가야 하네!

희곡의 개요에는 이 최종 막에 이어질 두 개의 장면이 예
견되어 있다.

히틀러-스탈린
전쟁(1939~45)

「역사-이야기」는 이 정도이다. 7년 뒤에 집필된 「오페레
타」의 첫 버전에는(최종 버전과는 상당히 다르므로 나는
이 버전을 「오페레타 I」로 부른다) 장면 구성이 포함되어
있는데, 거기에 「역사-이야기」의 등장인물인 힌덴부르크
가 나온다. 이 장면에서 알베르트와 알베르틴카(그렇다!
「오페레타 I」에는 이 두 명이 등장한다!)가 제1차 세계대
전의 혼란과 폐허 속에서 모습을 드러낸다. 그들의 집은
파괴되었다. 부모님은 살해당했다. 아무도 없다.

둘이 듀엣으로 노래.
우리는 집이 없네, 대체 누가 우리를
데려갈까
그리고 대체 누가 우리를 어디로든
이끌어줄까!
이전에 있었던 것의 잔해 위에서
우리는 앞으로 있을 것을 향해 한숨을 쉬지만
그래도 지금 당장은 아무것도
없네…….

여기서 힌덴부르크의 모습이 보이는데(이 부분은 수기 원고 중 별도의 카드임) 몸을 숨긴 채 그들의 노래를 듣고 있다.

이 젊은이들의 모습은
집도 없고 의지할 곳도 없는데 내 마음을 채우네
씁쓸함과 에너지로 동시에…….

이어지는 뒷부분은 없지만, 작가가 히틀러에게 가는 길을 터주었듯이 이 젊은이들도 히틀러에게 이끌어가려는 것이 명백하지 않은가?

왕실 드라마와 가족 드라마

곰브로비치의 희곡 세 편은 모두 왕실 드라마이다(심지어 히말라이조차 어엿한 대공이 아닌가). 여기서 셰익스피어 왕실 드라마의 본을 받았다는 것은 곰브로비치 자신이 여러 번 언급했다. 그러나 나에게는 언제나 이 구조가 더 개인적인 다른 구조를 숨기고 있으며, 「결혼식」의 헨리크처럼, 곰브로비치가 왕실의 신화 속에 자기 자신의 정신의 근본을 볼 수 있는 구조를 만들어내고 있는 것으로 보였다. 이 구조가 동일한 「이보나, 부르군드의 공주」와 「결혼식」에서 시작해보자(「오페레타」에서는 얘기가 복잡해진다).

자 그래서 왕과 왕비(부모)가 있다. 그들의 아들이자 왕좌의 후계자이며 동시에 희곡의 주인공은 작품의 연출자이며 작가의 현신이다. 주인공에게는 약혼녀가 있어서

460

(이보나 혹은 마니아) 그녀와 강제로 결혼하려 하지만 결혼까지는 절대로 이르지 못한다. 주인공에게는 또한 가장 친한 친구가 있다(찌릴 혹은 브와지오). 「결혼식」에서 헨리크는 자신이 브와지오에게 "지하의, 불법적이고 부도덕한 성향"을 가졌다고, 그리고 "남자는 (…) 여자를 오로지 다른 남자를 통해서만 감지할 수 있다"고 의심한다. 「오페레타」에서 샤름은 실제로 곰브로비치의 현신이 아니지만 (작가는 마치 프로테우스*처럼 여기서 피오르, 도둑놈들, 심지어 알베르틴카의 모습 속에 나타난다) 알베르틴카의 "옷 입히기"에 흥분해서 피룰레트와 경쟁하게 된다. 더 흥미로운 것은, 샤름이 비톨트 혹은 『포르노그라피아』 속 프리데리크의 모습을 오페레타적으로 희화화한 요소들을 갖고 있다는 것이다. ("남성으로서 불능"이라고 곰브로비치는 그에 대해 말하는데, 알베르틴카를 "도둑질하듯, 자유롭게 만지는 것"을 질투하고 "도둑이 도둑과 같은 손가락으로 모든 곳에 숨어들어가 훔칠 수 있다는 사실이 그를 자극하고 흥분시킨다.") 샤름과 피룰레트가 도둑들의 목줄을 풀어주는 것은 놀랄 일이 아니다. "원하는 대로 하게 하라, 훔치게 하라, 숨어들게 하라."

　'대화'에서 곰브로비치는 자신의 부모를 다음과 같이 묘사한다. "내 아버지? 잘생긴 남자였고, 혈통이 좋고 풍채가 당당하며 (…) 지평이 넓고 예술에 관한 일에는 감

---

* 예언과 변신술에 능했던 그리스신화 속 바다의 신.

수성이 별로 없는 사람이었다. (…) 반면에 어머니는 생기 있고 예민하고 커다란 상상력을 지녔으며 게으르고 요령이 없고 신경질적이고(굉장히), 트라우마와 공포증과 환상으로 가득했다. [어머니의 가족에게는] 마음의 병이 아주 많았다. (…) 또한 어머니는 사람을 대단히 짜증나게 하는 한 가지 특징을 가지고 있었는데, 바로 자신을 있는 그대로 보는 능력이 없는 사람이었다는 것이다. 더욱이 어머니는 자기 자신을 정확히 반대로 보았다 — 이것은 그 자체로 도발하는 성격을 지닌다. (…) 어머니의 자기기만에 미치도록 시달려서 (…) 나는 한 점의 자비도 사랑도 없이, 차가운 아이러니와 함께 오랫동안 어머니와의 밀고 당기는 관계를 이어갔다. 어머니는 나를 매우 사랑했다. (…)"

이것은 곰브로비치 연극의 첫 번째 왕실 부부인 「이보나, 부르군드의 공주」의 이그나찌 왕과 마우고쟈타 왕비를 연상시키지 않는가? 이그나찌는 표면적인 선량함 아래 저속한 평범함, 우월감("위에서부터")을 지닌 인물이고, 마우고쟈타는 의미 없는 글이라도 계속 써야만 하는 숨은 서광(書狂) 환자로서 감상적이고 잔혹하며 동시에 비겁하다. 이들은 작가가 자신의 부모를 "한 치의 자비도 없이" 희화화한 모습이다.

「역사-이야기」는 나의 추측을 확증해줄지도 모른다. 즉 비톨트와 그의 가족은 여기서 실질적으로 희화화된 채로, 그러나 가면을 쓰지 않고 나타난다.

비톨트가 가족에게 심문을 당하게 되는 첫 번째 장

면은 군데군데 너무나 날카로워서, 「코트워바이 백작 부인의 연회」의 결말을 연상시킨다.* 그 안에는 약간의 심리 드라마와 이전에 입은 상처를 떨쳐내려는 소거(掃去)의 의식이 들어 있다. 곰브로비치도 '대화'에서 여기에 대해 회상하지 않는가? "사랑은 아주 이른 시기에 영원히 나에게서 사라졌는데, 그것이 내가 그 안에서 형태와 고유의 표현을 찾아내지 못했기 때문인지 아니면 내 안에 사랑이 없었기 때문인지 모르겠다. 사랑이 없었던 것인가, 아니면 내가 마음속에서 그것을 짓눌러 없애버린 것인가? 혹은 내가 느낄 수 있었을 사랑을 어머니가 죽여버린 걸까?"

어머니에 대한 비톨트의 태도에 대해서 타데우슈 켕핀스키(Tadeusz Kępiński)의 책은 흥미로운 측면을 밝혀 준다. 『비톨트 곰브로비치와 그의 유년의 세계』(문예 출판사, 크라쿠프, 1974)에 의하면 "이테크**는 특별한 억압을 받고 있었는데, 왜냐하면 (…) 그에게 어머니가 모든 주의를 기울이고 모든 실험을 가했기 대문이다. 그는 자신을 방어할 고유한 방법을 고안해내야만 했는데, 종종 그것은 완전히 작위적이었다." 켕핀스키는 언젠가 어린 비톨트가 사과를 먹으면서 손가락으로 거칠게 껍질을 벗겨 그 벗긴 껍질을 먹는 것을 눈치챘다. 사과를 먹지 그러냐는 말에 비톨트는 이렇게 말했다.

---

* 「코트워바이 백작 부인의 연회」는 곰브로비치의 단편집 『바카카이』에 실린 작품이다. 화려한 연회가 벌어지는 성의 바깥에서 떠돌이 소년이 살해당한다.
** 비톨트의 애칭.

"바로 그렇게 하고 있어."

"그럼 왜 껍질을 벗겼어?"

"과일은 껍질을 벗겨 먹겠다고 어머니한테 맹세했거든."

켕핀스키는 또한, 김나지움* 3학년 때 동급생 중 한 명이 주먹을 쥐고 비톨트에게 덤벼들었던 일에 대해서 이야기한다. 무슨 일인지 묻자 그 친구는 켕핀스키에게 이렇게 말했다. "이렇게 해야만 했어. 어머니에 대해서 저런 식으로 말하면 안 돼. (…)

— 비톨트는 너의 어머니를 모르잖아.

— 우리 어머니가 아니라 걔네 어머니에 대해서 하는 말이야. 그러면 안 돼."

작은 일화들이라고? 어쩌면 그럴지도 모른다. 그러나 '대화'에 소개된 진술에서 곰브로비치가 「역사-이야기」의 구상안 중 하나에 어머니라는 인물의 특징에 대해 괄호 안에 넣었던 단어인 '모친 살해'에 대한 실마리를 얻을 수 있을지도 모른다.

아버지에 대해서라면, 켕핀스키는 「역사-이야기」 중에서 시험 장면을 훌륭하게 묘사하는 사실에 대해 언급한다. "어느 날 곰브로비치 씨가 (…) 이테크는 올바른 대답을 하지 않는다고 확언했다. 가끔은 주제를 벗어나고 가끔은 완전히 합리적이지 못하며 대체로 이상하게 대답한

---

* 중고등학교를 합친 형태의 전통적인 인문계 남자 기숙학교.

다. 여기에 대해서 비톨트가 말했다.

"그 이유는 지나친 존경심이 저에게서 논리 능력을 빼앗아가기 때문입니다."

어머니의 "자기 스스로 속임수"를 꿰뚫어보고 비톨트는 그녀의 사랑을 저버린다. 한편 아버지와 형들로 이루어진 남자들의 세계에서 그는 소외된다. 켕핀스키에게 그는 이렇게 말한다. "야누쉬, 심지어 예쥐도 아버지하고 서로 이해해." 켕핀스키의 논평에 따르면 "그 관계 안에서 자기 자신을 어떻게 바라보는지는 덧붙이지 않았다. 그럴 필요가 없었다".

야누쉬보다 열 살 아래, 예쥐보다 아홉 살 아래였던 비톨트는 형들에게 지배당했다. 켕핀스키는 예쥐가 비톨트를 압도했으나, "남동생을 희생양으로 삼아서 웃게 만들 수 있는 사람이었고 (…) 기회가 있을 때마다, 게다가 즐겁게 비톨트를 깎아내렸다." 누나인 레나를 비톨트는 "두 가지 측면에서 묘사했다. 이상주의적인 활동가로서 매우 존경스럽고 고귀하지만, 동시에 혈통과 환경의 슬픈 산물이기도 하다." 가족 구성원 각자가 있는 그대로의 모습을 드러내는 장면에서 각자 자신이 스스로 가지고 있는 이상의 부정적인 측면을 나타내지만, 오로지 레나만은 그보다 더 인상적인 차원에서 묘사된다. 레나는 흔들리지 않는 신앙에 의존했으나, 이제는 "존재하지 않는 것에 대한 믿음을 버릴 줄 안다"고 인정한다. 이것은 『포르노그라피아』의 아멜리아와 비교되는데, 아멜리아는 죽음의 순간

465

에 십자가를 피하고 "삶을 위해 절대성을 포기한다".

　　"가족 드라마"에 대해서는 이 정도로 하겠다. 그러나 곰브로비치는 「역사-이야기」의 기획안 중 하나에서 자신의 가족을 '무대 위에서' 러시아 황제의 가족으로 변신시켜 극이 진행되는 중에 관객들의 눈앞에서 자신의 왕실 드라마의 자전적인 원천을 확증할 생각이었다. 그의 가족들이 변신하게 될 인물들은 우연히 선택된 것이 아니었다. 언제나 비톨트의 건강 문제로 덜덜 떠는 어머니는 강박적으로 아들의 혈우병에 집착하는 왕비가 된다. 꼼꼼한 관리자인 아버지는 니콜라이2세로 변하는데, 이 황제는 연대(聯隊) 하나 규모를 이끌 만한 인물이었지 제국을 다스릴 재목은 아니었다고 전해진다. 형 야누쉬는 비톨트에게 있어 "남성성"의 화신으로, 라스푸틴이 될 예정이었다. 예쥐는 매력적이고 친근해서 — 시종장이다. 그리고 레나는 이상적인 보호자이며 여주인공, 희생양인 대공녀 안나다.

　　비톨트: 주인공이자 작가

비톨트는 사나비오와의 인터뷰에서 이렇게 말했다. "나의 모든 이야기와 희곡에는 모든 것을 다 아는 인물이 하나씩 있는데, 그 인물을 감독이라고 해도 좋을 것이다." 그 감독은, 당연한 일이지만 곰브로비치가 자기 인물들 중 하나로 나타난 것이다. 그러나 보통 그는 가면을 쓰고 있으며 자기 흔적을 철저하게 지우는 일이 많아서, 진정한 그의 현신은 "비톨트"나 "곰브로비치"라는 이름이 붙은

466

인물이 아니라 그를 동반하는 "도플갱어"이다.

『포르노그라피아』에서 감독은 비톨트가 아니라 프리데리크이다. 『코스모스』에서도 마찬가지로 비톨트가 아니라 레온이다. 화자(話者) 비톨트가 감독인 것은 오로지 『대서양 횡단선』에서뿐인데, 거기서도 곤잘로에게 복잡하고 흥미로운 사건들의 열쇠(그리고 무엇보다도 "아버지의 세계"를 "아들의 세계"로 대체한다는 발상)를 넘겨준다.

「역사-이야기」는 예외인데, 여기서 비톨트는 감독일 뿐 아니라(사건 전개의 방향을 잡고 그에게 새로운 형태로 덤벼드는 다른 인물들을 도발한다) 극 안에서 자신의 목소리로 이야기하며 — 무엇보다도 이상한 것은 — "맨발"이라는 자신의 역할을 통해 극의 상징적인 의미를 자기 스스로 짊어진다. 이것은 하나의 인물에게 너무 큰 짐이라서, 이런 기능을 이후에 「오페레타」에서 몇 명의 인물이 나누어 가지게 된 것은 놀랄 일이 아니다.

얀 브원스키(Jan Błoński)는 「역사-이야기」와 「오페레타」에 대한 자신의 저명한 논평에서(『대화[Dialog]』 제6호, 1971) 이 작품에서 작가의 목소리는 피오르를 통해 나타나고 감독의 역할은 도둑놈들에게 맡겨졌으며 상징적인 기능은 알베르틴카에게 주어졌다고 현명하게 지적했다(작가는 이 인물들과 자신을 각각 조금씩 동일시한다고 덧붙여두자). 『페르디두르케』와 「역사-이야기」 사이의 원초적인 지점에서의 공통점이 눈에 띈다. 소설 『페르디두르케』에서 30세의 작가는 고등학생으로 변신한 화자와 자신을 동일시한다. 희곡 「역사-이야기」에서 40세의 작가는 본인의 이름을 넣지만 졸업 시험을 하루 앞둔 열일곱 살 비톨트의 입을 통해서 말한다. 전자나 후자나 그 방식 자체에서 곰브로비치의 기본적인 발견을 표현하는데, 그것은 바로 사람 안에 미성숙과 성숙이 공존한다는 사실이다. 우리 모두 "안감에 어린아이가 꿰매져 있다".* 이런 기본적인 지점은 전자와 후자 양쪽에서 피카레스크한 일련의 모험으로 이어지는데, 『페르디두르케』에서는 그 배경에 폴란드 사회가 있으며 「역사-이야기」에서는 우리의 시대가 펼쳐진다. 여기에 관련된 더욱더 원론적인 지점이 또 한 가지 있다. 브루노 슐츠(Bruno Schulz)는 『페르디두르케』에 대한 서평에서 곰브로비치가 『페르디두르케』에 도달한 것은 "열정 없는 인식이라는 매끈하고 안전한 사색의 길을 통해서가 아니라 병리학, 바로 병리학의 측면에서"였다고 지적했다. 「역사-이야기」의 숨은 주제는 내가 보기에 개인적인 병리학이 보편적인 임무로 바뀌어가는 과정이다(그렇다면 이것은 곰브로비치의 실존적 상황에 대한 희곡이 되었을 것이다).

다른 어떤 작품에서도 (심지어 『대서양 횡단선』에서조차도) 곰브로비치는 개인적인 고백이라는 길을 이토록 멀리 갔던 적이 없다. 『일기』에서도 그는 치환으로 국한했을 뿐이다. "나의 원천은 마치 분수처럼 수치심으로 솟아

---

*『페르디두르케』에 삽입된 단편의 제목. 내면에 미성숙함을 감추고 있다는 뜻. 국내 번역서에 수록된 제목은 '어른이며 아이인 필리도르/필리베르'이다.

오른다." 1967년이 되어서야, 「역사-이야기」의 부분들을 쓴 지 16년 뒤에, 곰브로비치는 '대화'에서, 세계적인 명성에 힘입어, 자기 작품 세계의 어떤 숨겨진 바탕에 대해 언급했다. "나는 비정상적이고 비뚤어져 있으며 병들고 타락했다 — 역겹고 고립되어 있으며, 몰래 한옆으로 숨어든다 (…) 그러니 도대체 무엇이 그 내면적 완화의 원인이었기에 그 결과 나는 비웃음당하던 소년에서 모든 종류의 기형을 다 갖춘 (…) 존재의 괴물이 되었던 것인가?"

위의 "수치스러운 원천"은 「역사-이야기」에서 출발점이 된다.

이미 오래전부터 계획하고 있었다……
당신들 부엌의 찌꺼기로 먹고사는 것을. 당신들의 쓰레기 속에서
그리고 당신들의 뒷마당
그곳이 내 자리다…….
어쩌면 나는 더러운 타락자일지 몰라도, 그러나
당신들 일이 내게 무슨 상관인가…….

더욱더 두드러진 것은 비톨트의 사고방식 분석인데, 여기서 작가는 주인공의 사고방식을 양육보다는 본성과 연관 짓고 인간이 피조물 중에서 가지는 우월한 위상을 부정하는 듯하며, 아버지-교수의 입에서 그 분석은 놀라운 방식으로 이어진다.

그의 내면에 뭔가 눈멀고
뭔가 어두운 게 있어. 그가 고귀하다면
그건 마치 생리적으로 필요한 행위를 해결하는
개가 고귀한 것과 마찬가지라고 하겠지. 의식은 있지만
그의 의식이라는 건 뼈다귀를 찾는 개의 의식과 같아서
순전히 생리적 필요일 뿐이야. 만약 그의 내면에 어떤
도덕적 필요성이 있다면, 그것 또한
다른 필요성과 마찬가지로 가라앉히겠지…….

……아무것도
믿지 않고, 신앙을 못 견뎌 하고, 신앙을 느끼지 못하고,
이성을 믿지 않아. 세상은 그에게 있어
두서없는 모험이고, 뒤죽박죽 흘러가는
이야기야. 그리고 그는 눈을 감고 살아가지
가장 어두운 굴에 처박힌 두더지처럼! 마치
아메바가 빛을 향해 기어가듯이, 그의 생각은
진실을 향해 움직여…….
책은 별로 안 읽었지만, 그런데도
뭔가 알아……. 하지만 뭘 알지?
뭔가 지식을 갖고 있지만
무슨 지식을……?

어쩌면 뭔가 느끼는지도…….

어쩌면 뭔가 알지도…….

그러나 이 "눈먼 두더지", "아메바"는 또한 "이기주의자"이며…… "자신이 세상의 중심이 아니라는 사실을 믿지 못한다……".

이처럼 무(無)와 전지전능이 공존하는 느낌을 비톨트는 제1막의 독백에서 표현하는데, 여기서 맨발의 소년은 ("한옆으로 몰래 지나가는" 소년이 세계적인 작품의 작가로 변하게 되는 것과 비슷한 방식으로) 역사적인 의무를 짊어진 "맨발"로 변신한다.

난 세상을 책임지고 있다
내가 세상의 주인이다! 오, 나를 비웃지 마라. 안다, 알아,
내가 열일곱 살 꼬맹이라는 걸.
난 아무것도 아니야
난 강아지야
날 진지하게 받아들이지 마
나 스스로 자신을 진지하게 받아들이지 않으니까……. 하지만 나는 있다, 나는 있다, 나는 당신들보다 더…… 존재해
그리고 내 어깨 위에서
모든 것이 휴식을 취한다……. 내가 움직인다

471

모든 것을! 오, 어떻게 이럴 수가 있지! 내가 동시에 이렇게 미성숙하고

이렇게 성숙하다니! 하느님! 하느님! 하느님! — 맨발의 나의 하느님 — 맨발로 하느님 — 이 진퇴양난에서 저를 구하소서!

이 글을 쓰는 것은 성숙한 작가이지만, 그는 내면에 아이를 감추고 있어서 그 아이가 이렇게 말하는 것이며, 작가는 "유년과 하느님 사이에" 풀어져 있으나 그것은 그 자신처럼 맨발의 하느님이다.

그 맨발에 대해 생각해볼 때이다…….

"맨발"과 알베르틴카
혹은 맨발에서 나체까지. 브원스키가 위의 에세이에서 매우 현명하게 지적한 바와 같이, "알몸"과 같은 개념은 곰브로비치의 작품에서 결단코 종결되지 않은 일련의 연상작용을 작동시키는데, 그 연쇄 안에서는 어떤 조합도 반드시 그 앞의 것에서 이어지지는 않는다—즉 그런 연상들이 속한 일련의 연쇄 작용으로부터 고립시켜서는 안 된다는 것이다. 브원스키는 다음과 같은 일련의 연속 작용을 제안한다. 나체-아름다움-젊음-열등함-혼란-에너지-자연.

"맨발"은 물론 성적이고 사회적인 부분에 중점을 두고 강화시키는 쪽의 연쇄 작용에 속한다. 에로티시즘에

더 구체적으로 걸맞은 쪽은 나체보다는 곰브로비치의 맨발이다. 그는 '대화'에서 이렇게 확언했다. "나는 살롱을 너무나 싫어했고, 조용히 찬장과 부엌과 마구간과 머슴과 하녀들을 숭배했다. (…) 일찍이 깨어난 나의 에로티시즘 때문에 (…) 나는 노동으로 단련된 강건하고 더러운 육체에 이끌렸다." 이쯤에서 상기해야 할 사실은 전쟁 이전 폴란드의 재산 관계에서 머슴과 하녀의 동의어가 맨발이었다는 것이다. 그렇기 때문에『페르디두르케』의 미엥투스는 소년의 내면에서 우수에 찬 머슴을 발견하고, 그 소년이 궁정의 식탁에서…… 맨발을 내놓았을 때 그토록 황홀해하며 기뻐하는 것이다. 마찬가지로 맨발로 서 있던 것은 의심의 여지없이 위에 언급된 '대화'의 "잠바를 입고 모자 없이 빗속에서 내 형 야누쉬와 이야기하던 머슴인데, 야누쉬는 우비를 입고 우산을 쓰고 있었다. 세차게 내리는 빗속에서 그 머슴의 눈, 뺨, 입은 전혀 꾸밈없었다. 아름다웠다."「역사-이야기」에서 야누쉬는 바로 이 방향에서 비톨트를 공격한다. "맨발로 촌뜨기들을 핥아주지, 촌뜨기들이 네 주둥이를 잡아끌고 가도록. 우리가 그들을 붙잡지 않으면 그들이 우리를 잡을 거다, 왜냐하면 누군가 누군가의 주둥이를 잡아야 하고 삶은 삶이니까, 신발, 신발, 신발."

연상의 연결 지점은 더 풍부해진다.

우비-우산-신발-높은 사회적 위상-잔혹함

그리고 그 반대편에는,

맨발-맨머리-낮은 사회적 위상-아름다움

「오페레타」에서 나체에 대비되는 것은 의상인데, 브워스키는 다음의 순서로 늘어놓는다.

의상-늙음-형식-역사-문화

이런 대비는 「역사-이야기」에 이미 존재하지만 발에만 한정돼 있다. 비톨트의 맨발에 대조하여 형제들은 자신들의 조그만 신발의 우아함과 그 신발의 잔혹함을 뽐낸다. 이런 대조는 비톨트의 맨발이 황제의 **신발**에 맞서는 장면에서 세밀하게 나타난다.

신발, 신발, 신발— 오 내가 이 신발과 작별할 용기만 있다면, 우리 이빨을 걷어차는 이 신발을! 내 맨발은 역사 앞에서 무방비하구나.

이리하여 브워스키가 제안한 두 번째 연상 작용 또한 풍성해지는데, 의상과 신발이 결합되고, 역사와 잔혹함 그리고 강대국의 폭력이 결합되는 것이다.

맨발은 무대에서 연출될 가능성을 갖는데, 그것은 나체가 갖지 못하는 것이다. 비톨트의 맨발이 보여주는 고집은 무대 위에서 이보나의 침묵이나 「결혼식」에서 주정뱅이가 망신스러운 **손가락**에 대해 말하는 것과 같은 힘을 가질 수 있다. 이것은 곰브로비치 연극에서 특징적인 요소이다. 물리적인 도발이 언어적 도발을 극단적으로 강화시키는 것이다. 그러나 비톨트는 자신의 맨발로 도발함으로써 무엇을 얻으려는 것일까? 정확히 무엇을 향해 움직이는가? 브원스키는 (언제나 그렇듯이 정곡을 찔러) "나체"가 가상성, 무엇이든 가능하다는 개념(그러나 곰브로비치 자신이 사용한 개념은 아니다)에 가까울 수 있다고 제안한다. 이것은 맨발에도 마찬가지로 적용되지만, 곰브로비치가 「역사-이야기」에서 자주 언급하는 다른 개념과 특히 더 가깝다 — 바로 헐렁함이다. 신발은 종종 꽉 끼지 않는가? 곰브로비치는 언젠가, 그의 책에 대한 가장 멍청한 의견들은 가장 꽉 끼는 신발처럼 그를 옥죈다고 썼다. 신발은 그러니까 신체 부위 중에서도 뭔가 어린아이 같고 무방비한 것을 간직한 — 맨발을 옥죈다. 가족은 시험을 앞둔 비톨트의 용기를 북돋울 목적으로 신발과 양말을 벗기로 하면서 즉시 "헐렁해져" 자신의 숨겨둔 진실을 보여주는데, 이것은 마치 신발에 달린 사회적 훈장의 반대 측면이 맨발인 것만 같다.

맨발의 기능은 피우수드스키와의 장면에서 더 면밀하게 규정된다. "나에게 뭐라고 충고하겠는가?"라는 그의 질문에 비톨트는 "신발을 벗으시오!"라고 대답한다. 피우수드스키는 이 예상 밖의 제안에 동의하지만, 단지 "마차

위에도 있어봤고 아래에도 있어봤으니 벗을 수 있다"는 이유 때문이다. 이런 관점에서 신발을 벗는다는 것은 피우수드스키 장군에게 있어 혁명적인 과거로, 베즈다니에서 기차를 공격할 때로 돌아가는 것일 뿐이다.* 비톨트는 오해가 있었음을 눈치챈다. 그가 말하려던 것은 피우수드스키를 장군이라는 계급처럼 혁명가라는 역사적 위상 전체가 만든 신화의 감옥에서 해방시켜줄, 좀 더 근본적인 맨발이었기 때문이다. 그래서 그는 피우수드스키에게 "발가락으로 머리를 긁고," "깃털처럼 가벼워질" 것을 요구하는데, 이런 "헐렁함"은 독재자 제누가 자신의 사도들에게 요구하는 것과 같은 자기 소멸의 경지에 가깝다.** 피우수드스키는 그제야 이해한다.

> 망할 놈! 넌 피우수드스키를
> 뭘로 바꾸려는 거냐? 내가 국가다,
> 내가 민족이다!

그는 "내가 역사다"라고 덧붙일 수도 있었을 것이다. 「오페레타」의 나체처럼 여기서 맨발은 바로 역사의 반대말이다.

---

* 1908년 리투아니아의 빌뉴스 근교에 있는 베즈다니(Bezdany)에서 피우수드스키가 이끄는 폴란드 독립군이 러시아제국의 우편열차를 공격한 사건을 말한다.
** 제누(Xenu)는 미국의 SF 작가 L. 론 허바드(L. Ron Hubbard)가 1952년에 창시한 사이비 종교 사이언톨로지(Scientology)에 등장하는 외계의 독재자이다. 사이언톨로지의 이론에 따르면 제누는 7천 5백만 년 전에 우주인들을 지구로 데려와 수소폭탄으로 몰살시켰다고 한다.

역사학자: 어느 정도로?
피우수드스키가 비톨트에게 말한다.

> 실례하겠소. 선생의 비밀스러운 정체를
> 내가 알고 있습니다.
> 선생은 아마도 역사학자이지요?
> 비톨트. 어느 정도는.

어느 정도인지 조사해보도록 하자. 희곡의 기획안 중 하나에 커다란 글자로 적힌 메모에서 시작하겠다.

역사의 힘을 바꾸다 -?-?-?

어느 방향으로? 곰브로비치는 자신을(특히 「오페레타」를) 좌파 혹은 우파로 판단하려는 서구 비평가들을 언제나 비웃었다. 곰브로비치는 '대화'에서 이렇게 말한다. "「오페레타」는 (…) 우파도 좌파도 아니고 그것은 모든 종류의 정치사상이 파산했다는, '의상'이 파산했다는 선언이다. 여기에 동의하겠다." 그리고 계속해서 말한다. "나의 정치, 그 형태의 약화는 우파인지 좌파인지에 대해서는 무관심하다." 더 구체적으로 말하자면, 특히 문화 속에 나타날 때 그러하다고 할 수 있을 것이다. 『페르디두르케』는 전복적인 소설을 표방했는데, 실제로 그러할 수 있었던 이유는 기본적으로 당시 아직 폴란드의 문화에 강하게 남아 있었던 귀족 지주의 모습을 잔혹하게 희화화한 덕분이었다. "나는 무신론자이며 게다가 친유대주의자이고 게다가 '아방가르드' 작가이며 심지어 어떤 면에서는 '파괴자'이기도 하다…… 내가 대체 어떻게 꽉 막힌 보수주의자일 수 있겠는가?"라고도 곰브로비치는 말한다. 그리고 다른 어딘가에서 그는 좌파란 언제나 그에게 성향이 잘 맞는 활동 영역이었다고 현명하게 지적하였다. 그것은 좌파가 투쟁이고 부정이며 전복이고 반(反)순응주의일 때만 그렇다고 그는 덧붙였어야만 했다. 좌파가 "건설적인" 사상 안에 굳어지는 순간, 이런저런 다른 문화의 영역을 지배하기 시작하는 순간, 곰브로비치는 그것과 싸운다. 『페르디두르케』에서 이미 그러했는데, 여기서 그는 므워지아크* 가족을 통해서 그 진보적인 합리주의를 웰스** 식으로 비웃었는데, 특히 그런 합리주의의 보루였던 것이 『문학 소식』***이었다. 전쟁 후**** 서구 문화와 접촉하면서—특히 유럽으로 돌아온 뒤에—곰브로비치가 초기 작품들에서 그토록 잔혹하게 회초리를 댔던 바로 그 폴란드 시골 귀족과 자신을 동일시하면서 극단적으로 서구 문화에서 자신을 단절시킨 것은 놀랄 일이 아니다. 바로 이 시기

* 폴란드어로 '젊은이'라는 뜻으로, 『페르디두르케』에 등장하는 가족의 성이기도 하다.
** H. G. Wells(1866~1946). 영국의 SF 작가. 『타임머신』, 『투명인간』 등 걸출한 과학소설을 썼다.
*** Wiadomości Literackie. 1924년부터 1939년까지 바르샤바를 중심으로 발간되었던 주간지. 사회, 정치, 문학, 문화계 소식을 주로 다루었다.
**** 제2차 세계대전 후를 말한다.

에 집필된 것이 『일기』인데, 벌써 첫 줄부터 — 마스콜로*의 『공산주의』(1950년대 파리 지식인 스테레오타입의 가장 세련된 형상화였다)를 공격하면서 — 무기를 꺼내 드는데, 그 모토는 "현명할수록 더 멍청하다"이다. 말년의 그의 고백은 여기에서 온 것이다. "나는 자기의 보편적인 존재 이유를 내가 형식과의 (그러므로 문화와의) 거리라고 이름 붙인 것에서 발견한 폴란드 귀족이라고 스스로 규정할 수도 있었을 것이다." 그리고 그는 덧붙였다. "귀족이 세상에서 가장 현대적인 사람이 되어서는 안 될 이유를 모르겠다⋯⋯ 자기 자신을 진정으로 현대적인 방식으로 대한다면 말이다." 이 시대에 어긋나는 냉소주의에 서구 비평가들은 종종 어리둥절하거나 짜증을 냈다(곰브로비치의 예측에 따르면 이 때문에 비평가들을 위해서 그가 점잖은 자리에서 사리 분별 없는 행동이라고 할 만한 것을 내보였던 게 중요했다). 반면이 이런 태도를 심지어 좀 지나치게 진지하게 받아들였던 아직 젊은 폴란드 비평계에서 기뻐했던 것은 놀랄 일이 아니다. 위에 언급한 에세이에서 얀 브원스키는 곰브로비치에게 있어 후프나기엘(혁명)은 대공(옛 질서)과 같은 세계에 속한다고 강조한다. 양쪽 모두 똑같이 굳어져버린 형태를 대표하는 것이다. 그렇다면 지적이고 젊은 폴란드인은 자기 나라를 위하여 어떤 변화를 기대할 수 있을까? "반(反)혁명"은 생각

---

* 디오니 마스콜로(Dionys Mascolo, 1916~97). 프랑스의 작가. 1953년에 『공산주의(Le Communisme)』를 출간했다.

할 수조차 없다(그리고 어쨌든 그것을 바라는 사람은 아무도 없다). 그 어떤 "좌파적"인 혁명도 불가능하다(게다가 그런 걸 바라는 사람이 아직도 있단 말인가?). 이런 조건에서 폴란드 귀족의 "여름철과 같은" 성향 — 곰브로비치가 좋아하는 표현이다 — 으로 특징지어지는 온건하고 관용적인 냉소주의, 그러니까 폴란드 문화 안에서 진정한 뿌리를 찾을 수 있는 냉소주의로 돌아가는 것은 필수적인 "헐렁함"(『일기』와 「역사-이야기」의 핵심 개념)으로 이어질 수도 있는 것이다. 브원스키가 적절하게 지적하는 바와 같이 이런 후기 곰브로비치 — 냉철하고 품위 있고 여름철의 성향을 가진 — 의 현신은 「오페레타」의 피오르다. 그러나 이런 덕목들로 돌아가는 것만으로는 충분치 않아서, 변화의 여러 매개체 중 하나 — 즉 자신의 힘을 과거에서 얻는 인물을 제시할 수 있을 뿐이다. 필요한 것은 미래를 향해 방향을 돌린, 가상적이며 모든 것이 가능한 힘이다. 이런 힘의 현신을 브원스키는 알베르틴카에게서 찾는다. 이런 방식을 통해서, 「오페레타」를 바탕으로 브원스키는 곰브로비치가 역사를 대하는 태도를 규정한다. "그의 작품들은 구세계가 샤름이나 피룰레트나 히말라이 대공 부부의 다른 손님들처럼 "패스"를 외쳤기 때문에 생겨났다. 그의 작품들은 구세계에서 생겨났지만 그것에 거스른다. 그리고 이제 곰브로비치는, 마치 두 명의 도둑놈들이 알베르틴카를 제물로 바치듯이 자기 작품들을 멀고 알 수 없는 미래에 바친다."

곰브로비치와 「역사-이야기」 속 "구세계"의 관계라는 이 중요한 사항은 많은 새로운 사실들을 밝혀준다. 우선 희곡의 구조 자체에서 첫 번째 장면들(가족 장면)의 기능을 생각해보자. 이후의 역사적인 장면들에서 반드시 필요한 비톨트의 "맨발"을 이 장면에서부터 정당화하려는 의도는 분명하다. 이 장면들은 주인공이 역사적 차원에서 받아들여야 하는, 메시아적 성격을 띠는 임무를 위해 주인공을 준비시킨다. 비톨트가 "맨발"이라는 인물로 변하는 것은 어느 정도는 (우리가 이미 아는 차르의 감옥 장면에서) "이전에는 구스타프였으나 콘라드가 태어났다"와 같다.* 사실상 음유시인들의 삶과 작품 속에서, 이와 비슷하게 그 세계의 정상(황제나, 교황이나……)과 부딪친 일이 얼마나 많겠는가. 1막의 장대한 독백은 장대한 즉흥 대사를 연상시킨다. 비톨트의 "개인적인" 맨발은 이제부터 역사의 **신발**에 크기를 견주게 될 것이다.

그러나 1막은 또한 「오페레타」의 1막과 마찬가지로 1914년 운명적인 날이 오기 전의 모습 그대로 "구세계"의 형상이기도 하다. 읍내와 봉건지주의 성 대신 한 가족의 규모로 축소된 "구세계"인 것이다. 그러나 우리는 그 안에서 똑같이 굳어버린 형태들, 비슷한 속물주의와 모든

---

* 폴란드의 대표적 낭만주의 시인 아담 미쯔키에비치(Adam Mickiewicz, 1798~1855)의 장편 서사시극 「선조들의 밤(Dziady)」에 나오는 장면. 주인공 구스타프가 역사적, 민족적 정체성을 깨닫고 낭만주의적 주인공 콘라드 발렌로드(Konrad Wallenrod)로 다시 태어난다.

종류의 변화에 대한 두려움을 발견한다. 이게 전부가 아니다. 1막은 한 줄의 시 안에 내가 보기에 형용할 수 없는 무게를 지닌 고백을 담고 있다. 비톨트가 여기서 자신이 사라예보에서 페르디난드 대공을 살해했다고 자백하는 것이다. 이 사건은 이미 알려진 바와 같이, 어떤 하루를 구세계가 몰락한 날, 현대 드라마가 시작된 날이라고 알아볼 수 있게 해주는 역사 영화 속의 한 장면이다.

가장 흥미로운 것은, 비톨트가 이 상징적인 살해 사건을 자기 존재의 "수치스러운" 사실 탓으로 돌리는 듯 보인다는 점이다. 이전 장면에서 그는 이미 자신을 "비정상적인 타락자"라고 선언했다. 독백을 하면서 그는 세상에 대한 위협의 원인을 바로 자신의 실존적인 결함에서 찾는다.

세상은 빠져나갔고
나를 좋아하지 않고, 나도 세상을 좋아하지 않아—
어떤 반감이
우리 사이에 생겨났다—그 결과
여러 사건들의 치명적인 파도가 일어나고 모든 것이
나쁜 방향으로 돌아섰다—나쁘게 끝날 것이다—
나쁜 쪽으로
돌아서야 한다…….

그리스인들은 괴물의—teratos—탄생이 세계의 자연적인 질서를 위협한다고 믿었고 이런 오래된 상상은 꿈의 어두운 전율과 시 속에 살아서 전해진다.* "괴물" 로트레아몽만이 그것을 받아들인 게 아니라, 이성적인 고전 작가 T. S. 엘리엇도 「대성당의 살인」에서 "자연에 거스르는" 일련의 현상들을 예고한다.**

　　나에게 가장 흥미로운 점은 짜증스럽고 순전한 어떤 우연의 일치이다. 도미니크 르 루는 자신의 책 『곰브로비치(Gombrowicz)』(파리, 1971)에서 프랑스에 대해 대단히 괴상하게 묘사하다가(프랑스의 모습에서 일종의 하급 귀족 강제수용소 같은 모습을 찾는다) "대체 누가 마침내 사라예보에서 대공을 살해할 것인가"라는 외침으로 전혀 이해할 수 없게 묘사를 끝내버린다. 『곰브로비치』에서 사라예보를 왜 언급하는가? 작가 곰브로비치가 여기에 대해 그에게 뭔가 말해준 걸까? 그에게 이 질문을 던지려 했지만 아직까지 연락이 닿지 않고 있다.

　　브원스키가 곰브로비치의 작품이 "구세계에서 생겨났으나 그것에 거스른다"고 썼을 때는 곰브로비치가 최소한 잠들어 상상하면서 훨씬 더 멀리 나아갔다는 걸 예견하지 못했다. 곰브로비치는 자신이 구세계의 몰락에 책

---

* 그리스어로 테라스(τέρας)는 '괴물'을 뜻하며 이성(logos)의 반대개념으로 여겨진다. teratos(테라토스)는 '괴물의'라는 뜻이며 문법적으로 생격 형태이다.
** 로트레아몽 백작(Compte de Lautréamont)은 프랑스 초현실주의 시인 이시도르뤼시앵 뒤카스(Isidore-Lucien Ducasse, 1846~70)의 필명. 「말도로르의 노래(Les Chants de Maldoror)」(1868~70)에서 신과 인간을 모두 저버린 절대악의 현신이며 '괴물'인 말도로르의 모습을 묘사했다. T. S. 엘리엇(Thomas Stearns Eliot, 1888~1965)의 「대성당의 살인(Murder in the Cathedral)」(1935)은 영국 캔터베리 주교 토머스 베케트가 1170년 캔터베리대성당에서 살해당한 사건을 주제로 한 시극이다.

임이 있다고 느꼈던 것이다. 진심으로 구세계를 애도했던 것일까? 그러나 그렇게 되면 이미 "맨발"의 임무에 대한 논의로 넘어가야 한다.

"맨발"의 임무

나는 곰브로비치의 원고를 바탕으로 「오페레타」를 프랑스어로 번역했다(문학 출판사[Instytut Literacki] 판본은 그때 겨우 인쇄 중이었다). 원고에는 2막의 결미에 막간극 발레 공연이 삽입될 것을 예견했는데, 곰브로비치는 최종 버전에서 어쨌든 내 조언을 듣고 이것을 삭제했다. 나는 그에게 편지를 써서 1930년대 요스(Jooss)* 발레 스타일의 그 인상주의 인테르메조**(나는 전쟁 전에 그들의 작품 「국제 연맹」에서 아주 비슷한 콘셉트를 본 적이 있다)가 희곡의 오페레타 스타일의 완벽함을 망칠 것이라고 했다. 나는 원고를 처분했지만, 그 삭제된 부분은 내가 가진 「오페레타」 판본에 써 넣었다.

> 발레: 장엄한 역사적 카드리유. 갑작스러운 카드리유, 모두 춤춘다, 역사적 의상을 입은 손님들, 예를 들면 차르, 카이사르, 라스푸틴, 히틀러, 스탈린. 이 무도회장으로 한 무리의 하인들이 말을 타고 난입

---

* 쿠르트 요스(Kurt Jooss, 1901~79). 독일의 발레 댄서, 안무가. 고전발레를 연극과 혼합시킨 창작으로 유명하다.
** intermezzo. 막간극.

한다 — 혼란(그리고 검은 옷을 입은 인물이 춤추는 사람들 사이로 글자가 새겨진 막대를 들이민다. 1914-1918, 1930 위기, 1935-스페인-아비시니아, 1939-1945 등등).*

그리하여 「역사-이야기」의 지평에 모습을 나타냈던 모든 역사적 인물들이 — 눈 깜빡할 사이에 — 카드리유 도중에 —「오페레타」의 무대 위에 등장할 예정이었다. 모든 인물 중에서 피우수드스키만 예외인데, 「오페레타」를 집필하면서 곰브로비치는 이미 폴란드 독자뿐 아니라 전 세계 관객을 향해 말하고 있었던 것이다.

곰브로비치는 어릴 때부터 제1차 세계대전에 매혹되어 있었는데, 어린 시절에 마워쉬쩨**에서 전쟁을 목격했기 때문이다. '대화'에서 그는 이렇게 회상한다. "굉음이 멀리서, 그리고 가까이에서 들렸고, 대포 (…) 퇴격하는 군대, 진군하는 군대, (…) 웅덩이 위의 시체들 (…)." 한편 그의 형 예쥐는 바르샤바의 문학 연구소에서 수집한 매우 흥미로운 회고에서 다음과 같이 썼는데, 그 회고는 내가

---

* '1914-1918'은 제1차 세계대전, '1930 위기'는 그해 시작된 대공황, '1935-스페인-아비시니아'는 1935년에 에티오피아(옛 이름 아비시니아)와 소말리아 사이에 일어난 국경분쟁에 이탈리아(당시 이탈리아왕국)가 끼어들면서 일어난 국제 위기를 말한다. 이 사건은 제2차 세계대전의 전조로 여겨졌는데, 옐렌스키가 이탈리아왕국과 스페인을 혼동한 듯하다. 스페인은 이 직후인 1936-9년 내전을 겪고 프랑코가 지배하는 독재국가가 되었다.
** Małoszyce. 폴란드 남부의 도시로 곰브로비치의 고향.

"레른느(L'Herne)"의 시리즈*에 일부만 포함시킬 수 있었다. "그때 열 살이었던 비톨트는 비극적인 사건들을 차분하게 호기심을 가지고 대했다. 내 생각에는 그때 당시 연합군 포로들과 중심 국가들 사이의 열띤 논쟁 속에서, 내면의 문제들에 대한 무관심 속에 국제정치에 대한 그의 흥미가 생겨난 것 같다." 예쥐는 또한 자신이 비톨트와 함께 "세계대전 시기와 그 이전의 사건들에 대한 회고 문학"에 열중하여 "그때 우리는 다양하게 모은 정치가, 외교관, 장군들의 회고록을 대부분 프랑스어로 거의 다 읽었다"고 회상한다. 틀림없이 그러한 독서 경험 덕분에 러시아 황제의 궁정 장면에 프랑스 대사 모리스 팔레올로그가 등장하는 것이라 짐작할 수 있는데, 이 시대에 대한 팔레올로그의 회고록은 회고록 종류 중에서도 고전이다. 비톨트가 "맨발"로서 자신의 임무를 뻬쩨르부르그에서 시작하는 것도 놀랄 일은 아니다. 그가 5년 강제 노역형을 받는 것은 희곡을 다른 역사적 차원으로 돌려놓는 구실이 된다("나는 황제의 자비를 빌러 간다. 가족을 위협하며 항소한다"). 생각해보면 낭만적 메시아 주의의 독창적인 탈신화화인 희곡을 처음으로 방문할 자격이 러시아 차르 아니면 다른 누구에게 있단 말인가?

차르의 궁전에서 벌어지는 두 장면의 해석은 내게 자명해 보인다. "사라예보에서 대공을 살해하면서" 비톨

---

* 443쪽 각주 참조.

트는 "구세계"를 파괴했다. 그러나 이제는 무슨 일이 있어도 전쟁이라는 부조리를 피해야만 한다. 그것을 수행하기 위해서는 오로지 니콜라이2세와 빌헬름을 덮은 황제의 "의상" 속에서 인간을 "불러내야" 한다. 황제로서 이두 사람은 역사의 치명적인 흐름에 묶여 있다. 이들에게 내면에 아이를 간직한 사람으로서, 개인으로서의 가상성과 모든 일에 대한 가능성을 되돌려 줌으로써 역사의 흐름을 돌이킬 수 있다. 그러므로 양쪽 장면의 구상안이 거의 동일한 축약어로 쓰여 있는 것도 놀랄 일은 아니다. 역사적 장면들은 모두 비톨트의 똑같은 조언으로 끝난다. "도망쳐!" 어떤 도주를 말하는 것인지 비톨트는 피우수드스키와 대화하는 장면에서 설명한다.

도망쳐라
부수고 나가!
우리는 함정에 빠졌다!
우리는 파괴의 형벌을 받았다!
우리를 구해줄 유일한 것은
우리 자신에게서 도망치는 것

뻬쩨르부르그에서 도망치고, 베를린에서 도망치고, 바르샤바에서 도망치지만, 그러나 무엇보다도 "부수고 나가야"한다……. 가면과 의상을 벗어던지고 "자기 자신에게서 도망친다". "경비 서는 군인"과 합체하여 "단순한 사람"이 되어, 미성숙, 맨발, 나체의 녹색 지대에 들어선다…….

여기서 비톨트 곰브로비치가 전쟁 직전에 감행했던 다른 도주의 메아리를 보게 된다. 전쟁은 그를 바르샤바에서 부에노스아이레스로 이끌었고 젊음의 녹색 지대로 복귀시켰다. '대화'에서 그가 하는 말을 들어보자.

"나는 『대서양 횡단선』에서 나 자신을 탈영병으로 상상했는데, 왜냐하면 정신적인 의미에서 나는 탈영병이었기 때문이다. 뭐라 해야 할까, 나는 충격을 받았고 크게 타격을 입었지만, 뭔가 기적적으로 바다 건너에 있게 되었다는 사실에 행복하기도 했다 (…) 내가, 곰브로비치 씨가 얼마나 열정적으로 열등함에 몸을 던졌는지! (…) 얼마나 멋진 휴식이었는지! 얼마나 자유로워졌는지! 내가 아르헨티나에서 보냈던, 가장 힘들었던 처음 몇 년에 대해서는 미쯔키에비치를 인용해서 말할 수 있을 것이다.

> 억압 속에 태어나 사슬에 묶여
> 나는 평생 단 한 번 이런 봄을 맞이했을 뿐이다……."*

「역사-이야기」 원고 여백에 적힌 이 미쯔키에비치의 두 줄짜리 시를 발견했을 때 내가 감동했다는 사실을 인정하겠다.

그리고 또 한 가지 말하자면, 곰브로비치는 자기 삶의 이 순간에 바로 이런 감정, 그러니까 자신은 역사의 대

---

* 미쯔키에비치의 서사시 「타데우슈 씨(Pan Tadeusz)」(1834)의 한 구절.

상일 뿐 주체가 아니라는 감정을 느꼈는데, 그 감정을 그는 이 희곡에 녹여넣었다.

> 우리가 느끼는 "나" 자신의 요구는 통제할 수 없고 너무나 강력해서, 가끔 나는 세계적인 혼란이 일어난 이유가 단지 내가 아르헨티나에 가서 내가 제때 알아보거나 되찾지 못했던 내 인생의 청춘기에 다시 한 번 몸을 담글 수 있게 하기 위해서였다고, 그 이유뿐이었다고 믿고 싶어진다. 바로 그 때문에 전쟁과 아르헨티나와 부에노스아이레스가 있었다고.

「역사-이야기」의 기본적인 장면들은 구상안 단계에 머물러 있다. 그러나 완성된 장면들이 지엽적임에도 불구하고 그중에서 여러 가지 흥미로운 것들을 건져낼 수 있다.

비톨트를 베를린 궁정에 받아들이는 두 귀족 중 하나로 오일렌부르크 대공*을 (폰 플레스**와 함께) 선택한 것

---

* 필리프 프레드리크 카롤 알렉산데르 보도, 오일렌부르크와 헤르트펠트의 대공, 폰 산데르스 백작(Filip Fryderyk Karol Aleksander Bodo, Fürst zu Eulenburg und Hertefeld, Graf von Sanders), 1874년 독일 쾨니히스베르크에서 태어나 1921년 린덴부르크에서 사망. 장교이자 외교관(동시에 아마추어 시인이자 작곡가), 빌헬름2세의 가장 친한 친구이자 신임받는 부하였으며 '에기르의 노래(Der Sang an Ägir)'라는 제목으로 자신이 쓴 시조차 빌헬름2세가 쓴 것으로 돌릴 정도였다. 오일렌부르크는 비스마르크를 몰락시키고 그 당시에 황제의 제1 정치 자문이 되었으나, 1906년에 진보주의 기자인 막스 하르덴(Max Harden)이 자신의 신문 『미래(Die Zukunft)』에서 오일렌부르크가 동성애자라고 비난하자 황제는 오일렌부르크를 궁정에서 퇴출시켰다.
— 원주
** 요한 헨리크 폰 플레스 대공, 호호부르크 백작, 퓌어슈텐슈타인 남작(Jan Henryk

은 물론 동성애적인 주제를 도입하려는 목적에서였다. 동성애는 곰브로비치가 한 번도 노골적으로 젊음—열등함—아름다움—가상성이라는 일련의 연상 안에 넣은 적이 없지만, 의심할 바 없이 곰브로비치적인 구조에서 이 연쇄에 속한다. 어쨌든 다른 사람도 아닌 푸토 곤잘로*가 곰브로비치에게 질서와 전통과 성숙함의 "아버지 나라"를 젊음과 무질서와 자유의 "아들 나라"로 대체하라고 제안한다.

그렇지 않다면 곰브로비치가 '대화'에서 『대서양 횡단선』을 묘사하면서 동성애를 마치 "자신을 재창조할 자유"와 동일시하는 것처럼 보인다는 사실을 달리 어떻게 설명하겠는가.

나, 곰브로비치는 젊은 폴란드 남자와 사랑에 빠진 "푸토"(동성애자를 비하하는 말)와 알고 지냈으며 주변

Fürst von Pless, Graf von Hochberg, Freiherr zu Fürstenstein), 1861년 현재 폴란드령 프쉬취나에서 태어나 마찬가지로 장교이며 외교관이었으나 궁정과 관련이 있었다는 기록은 전혀 찾을 수 없고 "리벤부르거 원탁회의(Liebenburger Tafelrunde)"[빌헬름2세의 가장 신임받는 신하들로 구성된 자문 회의 — 옮긴이]와도 아무 관련이 없었다. 곰브로비치가 『역사-이야기』의 여백에 적어 넣은 데이지 플레스(Daisy Pless)라는 이름에서 그가 왜 희곡에 포함되었는지를 알 수 있을 것이다. 플레스 대공은 델라웨어 백작(Earl of Delaware)의 딸인 레이디 메리테레사 올리비아 웨스트(Lady Mary-Theresa Olivia West, 별칭 데이지[Daisy])와 결혼했다. 데이지 플레스는 전 세계에 유명한 미녀였으며 1920년대에 회고록을 집필했는데, 곰브로비치도 분명히 이것을 알고 있었을 것이다(회고록은 유럽 상류사회에서 대단히 많은 독자를 거느렸다). 노년에 플레스는 젊은 스페인 여성인 아르키콜라의 여후작 클로틸드 다 실바(Clotilde da Silva dos Marqueses de Arcicolar)와 두 번째로 결혼했는데 그녀에 대한 이야기는 나중에 하겠다. 프쉬취나의 대공 부부는 슐롱스크의 피아스트 가문 혈통인 것을 자랑스러워했고 종종 자녀들에게 피아스트 가문['Piast'는 10세기에 폴란드를 지배했던 폴란드 최초의 왕조 — 옮긴이]의 이름을 지어주었다. — 원주
* Puto Gonzalo. 『대서양 횡단선』의 주요 등장인물 중 하나이며 동성애자이다.

정황으로 인해 상황의 중재자가 되었다. 젊은이를 동성연애자의 품 안으로 밀어 넣을 수도 있고, 아니면 옛 폴란드의 당당하고 명예로운 소령인 아버지 곁에 남게 할 수도 있다. "푸토"의 품속으로 그를 밀어 넣는 것은 성적도착증에 넘겨주는 것이고 무엇이든 허용되는 혼란의 무질서 쪽으로, 한없는 비정상성 안으로 미는 것이다.

그를 동성연애자의 손에서 끄집어내 아버지에게 돌려준다는 것은 그를 이제까지의 전통적인, 신을 믿는 폴란드의 바탕 위에 붙잡아둔다는 것이다.

어느 쪽을 선택할 것인가? 과거에 대한 충성인가…… 아니면 어떤 식으로든 자신을 재창조할 자유인가? 이전의 형상에 얽매일 것인가…… 아니면 자유를 주고 뭐든 원하는 대로 하게 할 것인가! 스스로 재창조하게 하라! 제1차 세계대전으로 이어지게 된 여러 사건들의 회상록을 읽은 독자로서 곰브로비치는 분명히 빌헬름2세가 동성연애자들로 구성된 "리벤부르거 원탁회의"라는 이름의(오일렌부르크의 영지에서 따온 이름) 왕궁 비밀결사의 영향에 굴복했다는 비난을 알고 있었을 것이다. 만약에 비톨트가 "보초를 선 병사"라는 주장을 양쪽 황제 모두에게 적용한다면, 빌헬름의 경우 동성애적인 암시를 분별해낼 수 있을 것이다("병사를 황제에게 가까이 둔다"). 오일렌부르크는 이 장면에서 "나는 남자이고 싶지 않다"고 외치면서 확연하게 이런 종류의 도발을 하는 것으로 "맨발"의 의심을 사고, "맨발"이 빌헬름과 일대일로 만나기를 원하자 항의한다.

> 폐하, 조심하십시오
> 왜냐하면 이 맨발은 한옆으로 당신에게
> 뭔가 심상치 않은 것을 제안할 준비가 되어 있으니
> 까요
> 당신의 위신을 깎을 무엇인가를. 그는 그 목적으로
> 여기 나타난 것입니다…….

이것은 『일기』에 있는 또 다른 상상의 도발을 연상시키지
않는가.

> 주네! 주네!* 상상해보시오, 이 무슨 수치인가, 저 동
> 성연애자가 내게 달라붙었어, 계속 내 뒤를 따라다
> 녀, 나는 친구들과 같이 가는데 여기 그가 모퉁이
> 에, 가로등 아래 어딘가에 서서 마치 고개를 끄덕
> 이며……. 내게 신호하는 것 같아! 마치 우리가 완
> 전히 같은 종류의 인간이라는 듯이! 망신이야! 게다
> 가 — 협박의 가능성도!

피우수드스키와의 장면은 이전 장면과 차이가 있다. 이전
과 비슷하게 "그를 자기 자신에게서 해방"시키려는 노력

---

* 장 주네(Jean Genet, 1910~86). 프랑스의 극작가.

이 포함된 것은 사실이지만(이미 『일기』에서 곰브로비치는 이렇게 기록했다. "피우수드스키 장군은 […] 피우수드스키에게 짓밟혔다") 여기서는 완전히 변한 접근 방식이 눈에 띈다. 두 황제가 제국적인 의상의 형태에 붙잡힌 개별적인 인간의 표상으로 나타나는 반면, 피우수드스키는 거의 현실적이다. 실제의 언어와 비슷한 언어로 말하고 그의 우려도 현실에 부응한다. 그가 비톨트에게 맡기는 임무는 놀랍다. 여기서 중요한 것은 그 어떤 실존적인 과업도 아니고 단순히 불가침조약인데, 그 조약은 어쨌든 피우수드스키 자신이 히틀러와 맺었던 것이다. 내 생각에는 니콜라이2세가 역사적인 임무로 향하기 위해 꼭 필요한 디딤돌이었듯이 피우스드스키도 곰브로비치에게 있어 그가 의도한 히틀러와의 갈등을 "사실적으로" 정당화하기 위해 필요했을 것이다. 곰브로비치가 이 장면을 완성하지 않은 것이 얼마나 아쉬운지 — 나는 말하고 싶었다 — 얼마나 아쉬운지! 그래도 그 장면은 (누가 이 사실을 눈치챘는지 모르겠지만) 곰브로비치의 연극 무대에 존재하는데, 단지 히틀러가 마치 성녀 안나의 옷 주름 속에 감추어진 프로이트의 독수리처럼, 혹은 숨은그림찾기에서 사냥꾼이 여우를 찾아다니지만 그 여우는 나무의 잎사귀 윤곽 속에 있을 때처럼 숨겨져 있다. 우리는 피우수드스키가 비톨트를 히틀러에게 보내려 하는 장면에서 겉보기에 비밀스러운 비톨트의 진술이 어떤 의미인지 일단 밝혀내기로 하자.

히틀러는 존재하지 않아!
히틀러는 없다!
아, 히틀러가 없다는 사실을
폭로할 수만 있다면!

곰브로비치가 히틀러에 관심을 가진 것은 그의 역사적인
역할이라는 관점에서만은 아니었다. 히틀러가 "존재하지
않는다"는 것, 혹은 자기 자신이 만들어낸 권력으로 강화
된 채로만 존재한다는 것을 곰브로비치는 이미 『일기』에
썼다. "이런 강화의 가장 이상한 점은 그것이 외부에서 형
성된다는 것이다 ── 히틀러에게는 모든 것이 손 안에서 저
절로 자라나지만 그 자신은 이전과 똑같이 평범하고 자기
의 약점도 전부 가지고 있다. 그는 골리앗인 척하는 난쟁
이이다. 그는 겉보기에만 신(神)인 평범한 사람이다. 마치
몽둥이처럼 내리치는 사람의 부드러운 손바닥이다. 그리
고 히틀러는 이제 그 위대한 히틀러의 손아귀 안에 있다."
　　곰브로비치는 이렇게도 썼다.
　　"히틀러는 자기 그룹 전부를 펄펄 끓는 상태로 만들
고 그 안에 있는 사람 하나하나의 능력을 높이 끌어올려
단체로서 그 그룹을 무시무시하게 만든다. 지도자를 포함
해서 모든 사람이 겁먹고 있다. 그룹은 초자연적인 차원
에 들어섰다. 그것을 구성하는 사람들은 자기 통제력을
잃었다. 지금은 이미 아무도 물러날 수 없는데, 왜냐하면
그는 이미 "인간적인" 상태가 아니라 "사람 사이의" 상태

에 있기 때문이다."

우리는 궤도에 올랐다. 히틀러는「결혼식」에 나온 인간 사이의 성당에서 찾아야 한다.

곰브로비치 작품의 비평 에디션은 쉽지 않을 것이다. 곰브로비치는 작품을 수정했고 이후에 나온 여러 판본에서 여러 언어로 변경했다.「결혼식」은 가장 처음에 스페인어로 출간되었고(*El Casamiento*, EAM, 부에노스아이레스, 1948) 그 후 문학 출판사에서 폴란드어로 출간되었으며(1953년) 이후 프랑스어와(레트르 누벨[Lettres Nouvelles], 1965) 다른 언어로 출간되었다. 최종 버전으로 보이는 것은 프랑스어 버전이며, 반면『작품집』(문학 출판사, 1975) 중「결혼식」원문은 1953년도 폴란드어 버전을 그대로 사용했다.

내가 아는 한 주정뱅이의 역할이 이후에 계속 변한 것을 아무도 눈치채지 못했는데, 그는 외국에서 보낸 사절의 형상으로 변한다. 프랑스어(최종) 버전에서 그는 단순히 외국 대사이다. 그 이전의 폴란드어 출간본에서는 약간 더 많은 것을 알 수 있다. "방금 소식을 들었는데 여러분이 폴란드 국경에서 군대를 동원하신다고요"라고 재상이 말한다. 이는 독일에 대한 암시인데, 프랑스어 버전에서는 삭제되었다. 그러나 이미 첫 번째 판본인 스페인어 버전에서 히틀러 자신이 보낸 대사임이 확연하게 드러난다("el embajador de Hitler"). 덧붙여 말하자면 주정뱅이에게서 민족의 현현과 혁명적 기운을 발견했던 뤼시앵

골드만*을 곰브로비치가 비웃은 것도 무리는 아니다.

실상은 단순해서, 이 장면에서 몰트케**나 다른 나치 외교관에 대해 얘기하려는 게 아니다. 바로 히틀러 자신이 자기 "대사"의 입으로 헨리크를 유혹하여 그 둘의 의도가 동일하다는 사실을 확신시키려고 애쓰는 것이다.

> 내가 너와 함께 어떤 종교의 사제인지
> 더 현명하게 말해주지. 우리 사이에서
> 우리의 신이 태어나 우리와 함께 있다.
> 그리고 우리의 교회는 하늘에서 온 게 아니라 땅에
> 서 왔고
> 우리의 종교는 위에서가 아니라 아래에서 왔다.
> 우리 자신이 신을 창조하고 거기서부터 시작해서
> 사람과 사람의 미사를, 비밀스럽고
> 어둡고 눈먼, 땅에 가까운 야생의 미사를 본다.
> 그 미사에서 내가 주사제다.

곰브로비치는 히틀러가 "신의 교회"를 "사람 사이의 교회"로 대체하려는 그의 "어둡고 눈먼" 의도의 실험적인 구현임을 보았다. 그러나 사람 사이의 교회는 실제로 비인간적일 필요는 없다. 바로 이 지점에서 곰브로비치는

---

* Lucien Goldmann. 프랑스의 비평가, 문학자.
** 한스 아돌프 폰 몰트케(Hans-Adolf von Moltke, 1884~1943). 나치 독일의 주 폴란드 독일 대사.

『일기』 가운데 가장 사적인 진술 중 하나에서 이렇게 비난
한다.

> 인간적이고 비인간적이라는 두 개의 질서가 존재한
> 다. 의미와 정의와 사랑에 대한 우리의 실현 불가능
> 한 요구 앞에서 세상은 부조리하고 괴물 같다. 단순
> 한 생각이다. 의심할 바 없다. 나를 값싼 악마로 만
> 들지 마라. 나는 인간의 질서 쪽에 있을 것이다(그리
> 고 심지어 하느님 쪽에 있을 것이다, 안 믿지만). 삶
> 이 끝나는 날까지, 그리고 죽어가면서도.

변호

끝까지 완성되지 않고 그저 우연히 보존되었을 뿐인 희곡
의 일부를 출간하는 것이 좋은 일일까? 어쩌면 곰브로비
치는 「역사-이야기」를 절대로 출간할 의도도, 심지어 완성
할 의도도 없었던 것일까, 어쩌면 이건 그저 콘서트를 앞
두고 워밍업을 하는 거장의 손가락 연습이었던 것일까?

곰브로비치에 대한 나의 태도는 "객관적"이지 않
다(심지어 그의 덕분에 객관주의를 별로 믿지 않는다는
말도 해야겠다). 그에 대해서 나는 너무 많은 것을 우연
의 일치, 비이성적인 사건들, 위에서 말한 객관적 우연
(hasard objectif)*의 덕으로 돌리는데, 객관적 우연이란

---

* 추상적인 개념이 우연히 다른 개념과 연관된다는 초현실주의자들의 관념.

무신론자의 형이상학이기도 하다. 「역사-이야기」도 이와 같다. 희곡의 모든 막에는 내 인생과 관련된 인물이 있으며, 그 관련성은 마치 모든 길이 로마로 통하듯이 또다시 나를 곰브로비치에게로 이끈다.

『페르디두르케』를 읽을 수 있었던 것은 내가 가장 좋아하는 숙모 마그다 스카르쿤스카의 친구인 레나 곰브로비치 덕분이다(둘 다 여성 지주 연맹의 부회장이었다).* 가족 중에서는 내가 열정적으로 책을 좋아하는 것으로 알려져 있었는데, 그래서 나의 숙모가 내 손에 『페르디두르케』를 쥐어주었다. "레나의 남동생이 그걸 썼단다. 난 아무것도 이해를 못 하겠고, 레나는 동생이 미쳤을까봐 겁내고 있어. 넌 어떻게 생각하니?" 나는 그때 열여섯 살이었고 어릴 때부터 나에게는 주어지지 않은 어떤 열쇠가 존재하는데 그것만 있으면 내 주위에 무슨 일이 벌어지는지 정말로 이해할 수 있을 것 같았다. 『페르디두르케』가 나에게 그런 열쇠였다. 나 자신, 가족, 학교, 나라 전체, 모든 것이 갑자기 마치 복잡한 퍼즐의 조각들이 마침내 합쳐지듯이 나에게 이해할 수 있는 그림으로 합쳐졌다.

2막에서 연결 지점은 플레스 대공이었다. 뮌헨에 발령받아서 지낼 때 나의 부모님은 그의 두 번째 아내인 스페인 후작의 딸과 친해졌는데, 그녀는 결혼을 무효화시킨 후에 그의 아들(그러니까 자기 수양아들) 볼크 폰 호흐베

---

* 레나 혹은 이레나 곰브로비치(Irena Gombrowicz)는 비톨트 곰브로비치의 누나.

르크(Bolk von Hochberg)에게 시집갔다. 사람들은 그녀에 대해서 "해피엔드로 끝난 페드라*"라고 했다. 그녀는 여전히 아주 예뻐서 이국적인 새와 같은 매력이 있었고, 나는 가느다란 손목에 걸린 그녀의 팔찌가 내던 소리와 금 사슬에 보석 박힌 살아 있는 거북이가 연결되어 있던 것을 기억한다. 전쟁이 끝난 후에 브레너(Brenner)에서 국경이 열렸을 때 나는 제1기갑부대에서 지프를 타고 처음 이탈리아로 넘어간 병사들 중 하나였다. 뮌헨을 지나가면서 나는 클로틸드 호호베르크를 찾아갔다. 그녀는 폭격으로 무너진 자기 빌라의 잔해 속에서 살고 있었고 많이 변했다. 나를 차갑게 맞이했다. "이 모든 일은 당신들 잘못이에요!(Tout ça, c'est votre faute!)" 나는 어리둥절했다. "예, 예." 그녀는 분노에 차서 퍼부었다. "당신들, 폴란드와 독일과 프랑스 귀족들이 이 국수주의라는 걸 고안해서 이런 재앙을 불러온 거예요. **우리들**에게는 유럽 전체가 집이었다고요!" 이것이야말로 곰브로비치에게 귀족계급의 비밀을 가르쳐주던 가에타노(Gaetano) 대공에게 걸맞지 않은가?

비에니아바를 나는 알고 지냈고 매우 좋아했다. 점령된 바르샤바를 떠난 뒤 나는 1939년 12월 로마에 있었고 비에니아바는 로마 대사였다(『대서양 횡단선』의 대사와 무척이나 달랐으나 같은 시기였다). 나는 즉시 프랑스

---

* 그리스신화에서 테세우스와 결혼했으나 테세우스의 아들과 사랑에 빠진다.

에 있는 폴란드군으로 가고 싶었으나 비에니아바는 나에게 로마에서 그의 개인 비서 자격으로 얼마간 지내라고 고집을 부렸다(근심 걱정이 많은 내 어머니가 부탁해서 그랬다는 사실은 그때 알지 못했다). 나는 18세였고 그때는 그 제안이 꽤나 자랑스러웠다. 몇 달이 지나 나는 지겨워져서 그에게 나를 다시 군대로 보내달라고 부탁했는데(프랑스 비자를 얻으려면 우리 쪽 대사가 프랑스 영사관에 편지를 보내야 했다) 그가 거절해서 나는 (나의 "지위"를 아는) 프랑스인들에게 가 나에게 비자를 내줄 것을 부탁했다고 말했고 — 곧바로 발급받았다. 비에니아바는 매우 기뻐하며 한꺼번에 털어놓았다. "그럼 자네는 군대로 갈 거고 자네 어머님도 날 원망하지 않으시겠지⋯⋯." 그것이 짧은 기간 내 의지와는 상관없었던 나의 "탈영"이었다.

곰브로비치는 인생에서 잠깐 제 길을 벗어난 이런 토막 이야기를 좋아했으며, 대체로 "우주의 비밀 속에서 아무도 모르게 형성된 운명의 입자들"을 좋아했다(브원스키의 유명한 문구를 여기서 인용했다). 곰브로비치는 족보를 뒤지다가 (그 당시 파리에서 자신의 가장 중요한 "제자"였던) 나와 5대조 할머니가 같다는 사실을 발견하고 대단히 기뻐했다. 상당히 개인적이고 경박한 주장이라고? 곰브로비치는 이 사실을 매우 소중하게 여겼다. 그러나 여기에는 더 진실된 주장이 있다. "내가 글을 쓰는 주된 목적 중 하나는 비현실에서 현실로 뚫고 가기 위해서이다"라고 곰브로비치는 말했다. 그는 아무도 그의 엉덩이를 걷어차거나 얼굴에 소금을 뿌릴 수 없는 방향으로 자신의 삶과 작품을 이끌었다. 「역사-이야기」가 최소한 아주 조금이라도 그의 현실에 빛을 비춘다면, 이 작품을 출간하는 것은 정당하다고 나는 생각한다.

마지막으로 가장 중요한 사실을 잊지 말도록 하자. 「오페레타」를 완성하기 전에 곰브로비치는 『일기』에 이렇게 적었다.

> 오페레타여, 널 대체 어쩌면 좋을까, 내가 어떻게 해야 할까, 어떤 방법을 고안해내야 너의 자루들이 역사의 목소리로 말할까? (…) 상상력이 무대 위 사람들의 무게에 짓눌렸다고 느낄 때, 그 어색함 (…) 때문에 마룻바닥의 판자가 삐걱거리고…… . 그 무게가 너에게 날개를 달아준다는 것을, 의미로, 동화로, 예술로 바뀐다는 것을 네가 이해하면 (…) 그러면 이전 원고들은 차례차례 휴지통으로 들어간다. (…)

「역사-이야기」는 이런 「오페레타」의 이후 버전들의 형체 없는 배아(胚芽)일 뿐이다. 곰브로비치가 자신의 맨발을 영원히 살아 있는 알베르틴카의 나체로 변화시켜야만 했고, 자신의 역사적인 인물들을 카드리유의 4인조로 축소시켜야만 했던(마침내 그 전체를 삭제해야 했던) 이유는 그 — 약간 지나치게 글자 그대로 역사적인 — 「역사-이야기」에서 「오페레타」로 옮겨가서 모든 것이 진실로 "의미,

501

동화, 예술"로 변화하도록 하기 위해서였고, 바로 그 때문에 마침내 "역사의 목소리로 말하는" 것이다.

콘스탄티 A. 옐렌스키(Konstanty A. Jeleński)

역사-이야기(오페레타)
— 부분들

개요(부분 1)

제1막

　제1장: 가족

　제2장: 졸업 시험

　제3장: 징집 위원회

　제4장: 황제 니콜라이2세*

제2막

　황제 빌헬름2세**

　전쟁.

제3막

　피우수드스키*** — 시인들

　히틀러 — 스탈린

　전쟁.

* 니콜라이2세(1868~1918)는 러시아의 마지막 황제. 그의 부인이 알렉산드라
표도로브나 왕비이다.
** 빌헬름2세(1859~1941)는 독일의 마지막 황제이며 프러시아의 왕.
*** 유제프 피우수드스키(Józef Piłsudski, 1867~1935). 폴란드의 국가 영웅이며 독립투사.
독립 폴란드의 첫 국가원수, 국가 자문 위원회 위원장, 국방부 장관을 역임했다.

제1막 기획(부분 2)

어머니(삶으로부터의 도주 — 환상 — 스스로 제어하지 못함) = 혐오 = 미학, 아름다움의 선생님 = 러시아 왕비, (아들) = 풀어주는 의사(모친 살해).

아버지(정상성, 환경의 법칙. 실제적인 감독관, 사무원, 평범함) = 징집 위원회 위원장 = 황제 니콜라이2세.

야누쉬(파시즘, 인위적인 남자, 두려움, 공포, 약함, 현실주의) = 학문을 경멸하는 선생 = 군 입대를 강요하는 의사 = 라스푸틴[삭제됨] = 장군.

예쥐(도주, 여성성, 형식, 가벼움, 개인주의) = 얕보고 경시하는 선생 = 의사, 창기병, 재미 = 시종장.

레나(수학, 정확성, 덕목, 신뢰, 믿음직함, 남성성) = 수학 선생님 = 군에서 받아들인 믿음직한 의사 = 대공녀 안나.

라스푸틴(안나 브이루보바), 사빈코프*

사제들로서의 가족

폭탄

---

* 그리고리 라스푸틴(Grigorii Rasputin, 1869~1916). 러시아제국 말기 '황제의 친구',
치료자, 정교의 수도승 등으로 알려지며 정치와 사회에 영향을 끼친 기인. 실제로는
농민 출신으로 정교 사제 서품을 받은 적이 없으며 행적도 많이 왜곡되었으나
여전히 러시아제국과 러시아 왕실의 멸망에 영향을 끼친 인물로 알려져 있다. 안나
알렉산드로브나 브이루보바(Anna Aleksandrovna Vyrubova, 1884~1964). 러시아제국
마지막 왕비였던 알렉산드라 표도로브나의 시녀. 후일 황실의 몰락에 대한 회고록을
남겼다. 보리스 사빈코프(Boris Viktorovich Savinkov, 1879~1925). 러시아제국 말기의
혁명가, 무정부주의자였던 작가.

제1막 설명

나는 동갑내기들과 교류한다.

나의 훈육에 대한 논의.

가족은 시험 위원회로 탈바꿈하지만, 각자 다른 방향으로 나를 양육하면서 위원회는 기괴하게 끝난다.

위원회는 징집 위원회로 변하지만, 내부 마찰로 인해 위원회는 대실패로 끝난다.

체포

나는 황제의 자비를 빌러 간다(나는 가족에게 위협을 가하며 더 높은 기관들에 항소한다).

황제의 집무실. 황제가 나에게 조언을 청한다. 옆방에서는 **역사적인 회담**이 열리고 있다 — **징집할 것인가?** 황제는 구원을 바라고 있다.

어떻게든 빌헬름과 합의에 도달할 길이 있을 것인가? 그의 내면의 인간성에 호소하여? 이 말도 안 되는 상황에서 과연 벗어날 수 있나?

그저 사람이 되는 것.

보초를 선 병사.

황제 = 병사(동갑).

옛것과 황제의 **그리움.**

황제 니콜라이2세이길 그만둬라!

부수고 나가다

나의 조언:

> 도망친다
>
> 러시아인이길 그만둔다
>
> 황제를 그만둔다
>
> 아버지이자 남편이기를 그만둔다
>
> [이 부분 여백에 적힌 기록]
>
> 헤겔 — 역사
>
> 수치 — 죄악
>
> 두려움 — 성숙해가는 힘에 대한
>
> 천둥 — 번개.

(가족은 마치 오래된 사진 속의 모습처럼 앉아 있다)

가족. 비톨트!

어머니. 비투시, 비테크

　　어디 있니, 내 보물?

레나. 어디 있어, 비톨트?

아버지. 비톨트!

예쥐. 저기, 비톨트는 어딨죠?

야누쉬. 이 자식 어딨어? 비톨트! 비톨트!

　　(비톨트 등장)

어머니. 나 병나는 것 같다, 또 몸이 안 좋아. 바제도. 오,
　　내 바제도!*

아버지. 왜 끙끙거리는 거요, 토샤, 왜 끙끙거리며 괴로워
　　하는 거요?

어머니. 나만큼 불평을 적게 하는 사람은 결단코 아무도 없
　　었어요,
　　그래요, 난 불평하는 걸 싫어해요!
　　난 불평을 할 줄 몰라요, 전혀
　　난 말하는 것도 안 좋아하고! 하지만 최근에 의사가 나
　　한테

* 바제도병(Basedow's disease). 자가면역질환의 일종. 주로 갑상선에서 발병하여 심장이
두근거리거나 근육이 약해지는 등 갑상선 질환의 전형적 증상들이 많이 나타난다.

또 나빠졌다고 했어요 ― 하지만 모든 게 아무래도 좋
아요, 이런 건 중요하지 않아 ― 하지만
하지만 비테크…….
아마 일부러 이러는 걸 거야, 날 더욱더
심한 병에 걸리게 하려고! 너 일부러 이러는 거니?
정말 모르겠니, 이런 방법으로는
신체적으로나 도덕적으로나 가장 끔찍한
병이 옮게 될 뿐이라는 걸?

아버지. 무슨 일인데?

어머니. 또 학교에서 그 애랑 같이 돌아왔지 뭐예요
그 도덕성이라곤 털끝만큼도 없는 유제크,
우리 경비원의 아들하고!

(아버지, 예쥐, 야누쉬 일어선다)

레나. 친구와 함께!

야누쉬. 친구와 함께!

레나. 미안한데요.
저한테는 이게 확실하지 않아요. 이해를 못 하겠어요.
논리적으로 생각할 때, 도대체 어째서 학교에서 유제크
랑 같이 집으로 돌아오면 안 되는 거죠, 둘 다 똑같은
학교에 다니고 둘 다 그 학교에서 똑같은 집으로 돌아
오는데 말예요.

어머니. 이해를 못 한다니, 레누트카, 그렇지만 병균이란
미생물이…….
그 애는 재미없는 성격이야! 예의도 없고

경비원의 아들…….

경비원은 주정뱅이라고!

예쥐. 하, 하, 하 — 청소원하고! 맨발로 왔나?

어쩌면?! 하, 하 — 경비원, 청소원

듣기 좋네!

아버지. 넌 편견이 심하구나. 우리 가족은

소박해. 코를 치켜들고 잘난 체할 이유가 없지만,

그 애가 괜찮은 아이라면…….

어머니. 오 내 바제도!

하지만 병균이, 미생물이. 온 세상이 다

미생물로 가득하다고요!

야누쉬. 히스테리야!

레나. 과장하지 않았으면 좋겠어요.

(부분 4)

아버지. 어머니가 물으시길

어째서 신발을 신지 않고 다니냐고 하신다. 모두들 신
발을 신고 다녀. 신발 없이 다니는 건 신발을 갖지 못
한 사람들 뿐이야. 이게 뭐냐, 내가 묻지 않니! 내가 묻
는다고! 이게 무슨 의미인지 내가 묻고 있다! 조용히 묻
겠다 — 이게 대체 뭐냐?!

그게 무슨 태도야?!

이건 무슨 정신병이냐? 그렇게

특이하고 싶어? 아니면 무슨 철학이라도 되냐! 아니면

넌 나까지 웃음거리로 만들고 있다는 걸

깨닫지 못한 거냐!!!

예쥐. 맨발이었어요, 맹세코

맨발!

어머니. 네가 아직 깨닫지 못한 모양인데, 너 자신과 나까지

심한 병에 걸리게 만드는 거야! 병균! 미생물!

미생물이 가득해!

맨발로 땅을 건드리다니!

끔찍하게 더러운 것을,

시궁창, 진흙,

쓰레기, 썩어 문드러진 것들을,

어떻게 — 발로

세상을 건드리니!

넌 세상이 뭔지 아직 깨닫지 못한 모양이구나!

야누쉬. 왜 신발을 안 신고 다니냐, 응? 자갈이라도 핥고 싶

어?!

원칙과 이론

이론과 원칙

공론가!

삶이 삶이라는 걸 겁내지 마라!

네가 먼저 주둥이를 낚아채지 않으면

저들이 네 주둥이를 잡아끌고 갈 거야!

예취. 맨발, 하, 하 맨발!
　　가장 끔찍한 게 뭐냐면, 내가 어제
　　우리 사촌 누이
　　여백작 엘라를 만났는데 — 엘라가
　　물어보더라, 우리 불쌍한 비톨트가
　　맨발로 구금을 켜며
　　웬 목가적인 노래를 부르냐고?!
　　하, 하, 하
　　하, 하, 하!!
야누쉬. 빌어먹을! 염병할!
　　네가 그놈들하고 맨발로 어울려 다니는 건
　　아마 네 주둥이에 한 방 먹이라고,
　　그리고 죽여, 죽여!
어머니. 병균이란,
　　신체적인 병균뿐만이 아니라
　　무엇보다 도덕적인 병균도 말하는 거야! 그 막돼먹은
　　것들하고!
아버지. 내가 묻겠는데
　　어째서 날 미치광이로 만드는 거냐?
　　대답해! 내 평생
　　난 정상적인 사람이었다.
　　이젠 아들이 미치광이라니!
비톨트. (왜 이렇게 무섭지!
　　난 대체 뭘 겁내는가? 저 사람들은 뭘 상대로

자신을 방어하는가?)

야누쉬. 주둥이와 주둥이.

그리고 죽여, 죽여!

예쳐. 맨발, 하, 하, 맨발!

어머니. 병균과 미생물!

아버지. 괴짜 짓은 못 참겠다!

비톨트. (다들 피하고 있어!)

레나. 사랑하는 비톨트!

엄마의 신경을 건드리지 말아줄래? 결정적으로

난 너한테 어울린다면 네가 왜 신발 없이 다니면 안 되

는지 모르겠어.

그건 죄가 아니야. 하느님도

그런 건 금지하지 않아. 하지만

부탁인데 — 엄마의 신경을 건드리지 말아줘!

비톨트. (불쌍한 누나!

왜 덜덜 떨지?!)

레나. 내 부탁을 들어줘, 만약에

맨발로 다녀야만 하는

무슨 특별한 이유가 없다면 — .

비톨트. (맨발? 어째서

내가 맨발로……?)

가족. 17살.

비톨트. (17살!)

가족. 넌 성년 시험을 통과하지 못할 거야.

비톨트. (내가 성년 시험을 통과하지 못한다고?)

예쉬. 네가 무슨 수로 통과할 수가 있겠어 — 맨발로, 맨발로, 맨발로 — '성년 시험'을?

　　(가족이 커다란 탁자에 둘러앉았다)

비톨트. (만약에 내가 시험을 통과 못 한다면, 그래서 결과적으로 어떻다는 거지? 아무것도 아닌데⋯⋯.)

어머니. 이 애가 대체 언제 성년 시험을 통과할까? 머릿속이 아직도 새파란, 새파란 꼬마야, 네가 대체 무슨 수로 성년 시험을 통과할 수 있겠니? 내 보물, 네가 어떻게 성년 시험을 통과하겠어?

아버지. **성년 시험**

비톨트. (그래서? 뭐가?)

예쉬. (문득 덧붙이듯)

　　그러니까 '성년 시험'이란 말이지.

야누쉬. (그냥 생각난 듯)

　　그러니까 성년 시험이야

레나. (매우 슬프고 무겁게)

　　비톨트, 이건 시험⋯⋯. 성년 시험이야⋯⋯.

가족이 시험 위원회로 바뀐다.*

* 폴란드를 비롯한 동유럽 국가들에서는 전통적으로 학기말 시험이나 졸업 시험 등
중요한 시험은 모두 구술시험 형식으로 진행된다. 대개 선생님이나 교수 12명으로
이루어진 시험 위원회 앞에서 학생이 주어진 주제에 대하여 말로 논술을 하는
형식이다. 작품 안에서 "성년 시험"이라고 표현된 것은 고등학교 졸업 시험을 말하는데,
폴란드에서는 대학 입학과는 관계없이 고등학교 졸업 시험이 인생에서 가장 어렵고

아버지. 성과 이름?

비톨트 곰브로비치, 맞나? 좋아.

이 예비 졸업생은, 숙녀 신사 동료 여러분,

그다지 특출한 능력을 보이지는 못했고

그래도 한 학년씩 진급은 해가며 공부는

그럭저럭 해낸 것 같습니다. (목소리를 낮추어) 그런 반면

이 애가 정상인지 밝혀야만 할까요? 흠…… 제가 혹시

몇 가지 특이 사항을 알려드려야 할 이유는 없겠죠

가족. 아…… 예, 예 (모두들 맨발을 내려다본다)

(부분 5)

아버지. 내가 이해할 수 있게 말해봐라……. 대답을 해! 대
답을 요구한다! 내가 질문을 하고 대답을 요구한다
고……. 정상적이고 똑바른 대답을, 왜냐하면 내가 정상
적이고 똑바른 인간이니까……. 자 대답해봐라, 네가 어
떤 방법으로 성년 시험을 통과할 수 있는지 — 왜냐하면
어쨌든 너는 성년 시험을 치러야 하고 난 네가 그 시험
을 통과하길 요구하니까 — 내가 묻고 질문한다, 넌 맨
발로 나타나서 괴짜처럼 행동하면 그 시험을 통과할 수
있다고 생각하는 거냐……. 내가 묻겠는데, 이 모든 것

가장 중요한 시험으로 여겨지며, 이 시험을 통과하면 어른으로 취급받는다.

이 너의 지적인 성숙함이 모자란다는 증거가 아니겠니?

비톨트. (정말로 내일이 시험이네…….)

아버지. 그리고 넌 통과 못 하겠지!

아들들. 그래, 통과 못 할 거야!

어머니. 그래, 통과 못 할 거야, 내 강아지, 통과 못 해!

비톨트. (통과 못 할 수도 있어…….

　　내가 통과 못 할 거라고 언제나 말하는 쪽이 더 좋아.
　　그렇게 말하면

　　반대로 통과할지도 모르니까)

어머니. 하지만, 아가야, 네가 대체 어떻게 시험을 통과하
　　겠니

아버지. 시험을 통과 못 할 게 뻔하지

예쳐. 보기만 해도 망할 것 같은 인상이야

야누쉬. 그리고 널 떨어뜨릴 거야, 넌 성숙함이 모자라…….

비톨트. (성숙함…….

　　아마 통과 못 할 거야……. 만약에

　　내가 정말로 성숙했다면, 세상은

　　나를 성숙하게 대해줬겠지……. 유감스럽게도

　　가장 가까운 가족조차도 나를

　　별것 아닌 듯이

　　대해도 된다고 생각해)

아버지. 곰브로비치 비톨트

비톨트. 뭐? 뭐?

가족. 곰브로비치 비톨트

비톨트. 뭐? 뭐?

가족은 시험 위원회로 탈바꿈한다.

아버지. 곰브로비치 이름과 중간 이름
　마리안 비톨트
　여러 선생님들, 시험을 시작하기 전에 이 예비 졸업생
　에 대해서 한두 마디 하겠습니다. 그러니까……. 그러니
　까……. 그러니까……. 공부 머리는 꽤 느린데, 그래도 어
　떻게든 운이 좋아서 한 학년씩 진급은 했습니다. 성적은
　평범하게 만족스러운 편……. 흠……. 하지만 여기에 문
　제가 있죠. 왜냐하면 겉보기에 이 학생은 심지어 어느
　정도 재능을 나타내기도 합니다…… 아니, 아니, 어느
　정도 높은 지적 능력을, 고상함이라고도 할 만한 것을
　요……. 흠, 흠, 흠……. 겉보기에 말이죠. 이 부분에 밑
　줄 긋고 표시해두고 싶습니다— 그렇게 보인다고요.
　하지만 실은 그렇지 않습니다.
　왜냐하면
　높은 수준의 어떤 장점들은 모두
　의심스럽고 어두운 성격을 띠며
　눈멀고 저열하게 되기 때문입니다…….
어머니-선생님. 신발도 없이…….
예취-선생. 실제로 맨발로…….
　(소동, 논평)

아버지-선생. 곰브로비치 이름과 중간 이름
　　마리안 비톨트. 공부는
　　꽤 못하는 편이지만, 그럼에도 불구하고
　　학년은 계속 올라갔지. 배우는 걸 싫어한다.
　　새로운 내용을 경멸하고. 지식을 믿지 않아.
　　수학은 절대로 이해하려고 노력하지 않았지.
　　역사는 대단히 의심하는 태도로 대하고
　　철학은 지루해하고⋯⋯. 외국어에는 꽤 재능이 있지만
　　언어를 존중하지 않아. 대체로
　　이 청년은 보아하니 전혀
　　존중이라는 걸 할 능력이 없어. 그런데도 겉보기에는
　　비교적 똑똑하고 생각을 할 줄 아는 학생에 속한다고
　　해야겠지 — 그의 내면에 뭔가 눈멀고
　　뭔가 어두운 게 있어. 그가 고귀하다면
　　그건 마치 생리적으로 필요한 행위를 해결하는
　　개가 고귀한 것과 마찬가지라 하겠지. 의식은 있지만
　　그의 의식이라는 건 뼈다귀를 찾는 개의 의식 같아서
　　순전히 생리적 필요일 뿐이야. 만약 그의 내면에 어떤
　　도덕적 필요성이 있다면, 그것 또한
　　다른 필요성과 마찬가지로 가라앉히겠지⋯⋯. 언제나
　　한옆으로는
　　비밀스러운 음모에 열중하고, 어쩌면 중독에 빠졌을지도,

어쩌면 허용되지 않는 생각에, 어쩌면
또 다른 모략에 열중할 거야……. 그래, 그래, 그래, 여
러분,
우리는 이 학생에게 성년의 증명서를
내주기 전에 잘 생각해봐야만 합니다…….
가장 잘하는 건 외국어와 역사. 충분히 똑똑하지만
무정부주의에 이기주의자이고
자기중심적이지……. 자신이 세계의 중심이 아니라는 걸
믿을 수 없어 하고 ― 하지만 동시에
자신이 아무것도 아니라는 걸 느껴. 아무것도
믿지 않고, 신앙을 못 견뎌 하고, 신앙을 느끼지 못하고,
이성을 믿지 않아. 세상은 그에게 있어
두서없는 모험이고, 뒤죽박죽 흘러가는
이야기야. 그리고 그는 눈을 감고 살아가지
가장 어두운 굴에 처박힌 두더지처럼! 마치
아메바가 빛을 향해 기어가듯이, 그의 생각은
진실을 향해 움직여. 마치 개가
생리적 필요를 해결하듯, 그도 딱 그 정도로 고결하거나
깊이가 있어! 나방이 날아오르듯
그도 딱 그렇게 의식적이야! 그리고 마치 개가 짖듯
고양이가 야옹거리듯, 그도 딱 그렇게 고귀하지.
책은 별로 안 읽었지만, 그런데도
뭔가 알아……. 하지만 뭘 알지?
뭔가 지식을 갖고 있지만

무슨 지식을……?

어쩌면 뭔가 느끼는지도…….

어쩌면 뭔가 알지도…….

부분 7

어머니. 이 학생의 괴상한 차림새에 대해서 그…… 자연
　스럽게 즐거워하는 반응이 일어난 것을 위원장님께서
　는 너그러이 용서해 주시지요……. 학생의 지적인 성숙
　함을 고찰하시는 위원장님 의견에 전적으로 동의합니
　다……. 프랑스어와 역사에 대해서 질문하기 전에 저
　는 — 그러니까 말하자면 — 전반적인 영적이고 정신적
　인 상태를 좀 더 자세히 들여다보았으면 합니다
　대답해보세요
　(신앙 과목의 총책임자이며
　담당 교사로서 질문합니다). 질문에
　대답해보세요 — 학생은
　인간의 유일한 길은
　덕목과 의무와 신앙의 길이라는 사실을
　깨닫고 있나요?
아버지. 명예가 뭔지 이해하나?
야누쉬. 남자로서 산다는 것 — 남자의
　소명을 완수한다는 것이

519

어떤 건지 이해하나?

레나. 하느님과 신앙이 뭔지 알아?

예쥐. 기사도, 우아함, 관대함이

뭔지 알며

사람들에게 친절하게 대할 줄 알아?

아버지. 한쪽 맨발로 짝다리 서 있다가 다른 쪽 맨발로 짝
다리 서는군…… . 지금 이 특정한 경우에는 어쩌면 약
간…… 좀 더 속을 터놓고 접근하는 게 낫겠어…… . 아
그래, 우리 학생. 나도 지금 신발 벗는 거 보이지…… .
이렇게 우리끼리 얘기 좀 해보자구…… . 여러 선생님
들도 이 상황의 심리적인 특이성을 고려해서서 학생이
용기를 내고 반항심을 가라앉히도록 신발을 벗어주시
지요…… .

예쥐. 양말도 벗을까요?

아버지. 물론 — 물론이지요. 그래, 그래, 하, 하, 우리 학생
도 보다시피 이젠 모두 다 맨발입니다.

가족. 맨발!

맨발!

맨발!

그리고 헤이 하!

트랄랄라

맨발로

펄쩍, 팔딱, 뜀뛰어라

트랄랄라!

(일어나서 발을 구르기 시작한다)

비톨트. (이건 뭐야?

　　하지만 아버지, 어머니, 누나와 형들인데

　　아, 이건 혐오스럽군!)

어머니. 우리 아가 내 말 들어라

　　이제 맨발로 질문을 할 테니까

　　세상과 사람들을 혐오하니?

　　우리끼리 말해보자 ─ 삶을

　　두려워할 줄 아니, 겁쟁이가 되어

　　도망치고, 숨고 회피할 줄 아니,

　　속임수를 쓸 줄 아니?

비톨트. 그래요, 할 줄 알아요, 엄마!

레나. 하느님은 없다는 걸 아니,

　　처음부터 없는 것에 대한

　　신앙을 버리는 걸

　　할 줄 아니!

비톨트. 그래, 할 줄 알아.

예취. 얄팍하게 표면적이 될 수 있겠어

　　무엇이든 핵심은 전부

　　진실은 전부 피하고 ─ 의식적으로

　　표면 위에서만 기어 다닐 수 있겠어…….

비톨트. 그래, 물론 할 수 있지.

아버지. 그리고…… 우리끼리 말인데, 아들아,

　　훌륭한 사람이 될 수 있겠니,

존경받고, 흠잡을 데 없는,

나처럼…… 연금을

1만 5천씩 받는.

야누쉬. 주둥이를 붙잡을 수 있겠어 ─ 여자들 마음을 사로
잡을 수 있겠어 ─ 여자들 마음을 사로잡는다는 게 무
슨 뜻인지 이해할 수 있겠어 ─ 매력적인 남자가 되기
위해 충분히 무자비해질 수 있겠어 ─ 남자가 뭔지 이
해할 수 있어……? 만약에 네가 순진무구하지 않다면.
삶을 즐길 줄 알아? 쟁취할 줄 알아?

비톨트. 그래, 물론 그래,

난 그 모든 걸 이해해 그래, 물론 그렇지,

난 그 모든 걸 핏속에 간직하고 있어!

아버지. 그렇다면 넌 '미성년 시험'을 통과했다.

어머니. 사랑하는 아들아 축하한다 ─ '미성년 시험'을 만점
으로 통과했어! 내 인생에서 가장 아름다운 시간이구나.

아버지. 증조할아버지가 남기신 금시계를 주마!

부분 8

가족. (자기도 모르게) 맨발로

또 펄쩍 또 펄쩍

맨발로!

(입을 틀어막는다)

어머니. 겁에 질리는 법을 아니,

　두려워 — 할 줄 아니…… 역겨워하면서

　그리고 역겨워할 줄 아니…… 겁에 질려서?

　아, 아, 아, 두려워, 두려워, 아, 아!

비톨트. 오 물론이죠!

야누쉬. 쾅, 쾅, 쾅!*

　쾅, 쾅, 쾅!

　겁에 질려 쾅쾅

　때리는 법을 알아?

비톨트. 오, 물론!

야누쉬. 땡, 땡, 땡! 멍청이, 얼간이! 땡, 땡!**

　남자가 뭔지 알아,

　남자가 될 수 있어,

　여자들 앞에서 — 겁탈을 할 줄 알아?

　겁탈이 뭔지 알아?

비톨트. 오 물론, 당연한 일을!

아버지. 이 무슨 미치광이인가, 이 무슨 정신병자인가,

　이건 네 아빠한테는 악몽이다,

　말해봐라 내 아들, 넌

　정상적으로 성공하는 인생을 살 수 있니, 평범하게

　평생을!

비톨트. 오 물론이죠.

* 원문 '바흐(bach)'. 곰브로비치가 좋아하는 의성어.
** 원문 '벵크(bęk)'. 역시 곰브로비치가 만들어낸 의성어.

가족. 우리는 네가 자랑스럽다! 시험을 만점으로 통과하다
    니! 미성년 시험을!
비톨트. 이 말들에 담긴 이처럼 고통스러운
    반어법을 난 이해한다
    그리고 당신들이 나를 가지고 놀며
    몰래 비웃는 것도.
    하지만 다들 잘못 알고 있어. 당신들이 날 갖고 노는
    게 아니라……
    내가 당신들을 갖고 노는 거야……!!
    이미 오래전부터 생각했어
    당신들이 비웃는 걸 진지하게 받아들이는 걸
    그리고 당신들이 중요하게 여기는 걸 비웃어버리는 걸.
    당신들 부엌의 찌꺼기를 먹고 살아가는 걸. 당신들의
    쓰레기 속에서
    그리고 당신들의 뒷마당에서
    거기가 내 자리니까…….
가족. 하, 하, 하! 하, 하, 하! 하, 하, 하! 저능아!
    쓰레기! 또 맨발이네, 발가락처럼 대단한
    미성년의 챔피언이 납셨네! 쓰레기야. 쓰레기 청소부다!
비톨트. 내가 더러운 저능아일지도 모르지만, 당신들 일이
    내게 무슨 상관이람.

    (크리샤 입장)

크리샤. 문도 두드리지 않고 이렇게 불쑥
    쳐들어와서 죄송합니다만…… 비톨트가
    오늘 저와 함께
    테니스 시합에 가기로 약속했어요!
어머니. 사랑하는 크리샤, 소중한 아가씨
    우리가 널 얼마나 예뻐하는지 너도 알잖니,
    그럼 비톨트와 함께 가렴, 시합에 가
    만약에…….
크리샤. 뭐죠?
아버지. 맨발!
크리샤. 하지만 왜요?
야누쉬. 직접 물어봐!
크리샤. 넌 어째서 정상적이지 않은 거니
    다른 남자애들은 모두 신발 신었는데!
    군대라도 가는 게 어때!
    거기라면 널 훈련시켜줄 거야!
    아, 난 불운해.
    (퇴장)
가족. 군대라도 가는 게 어떠니!!
비톨트. 군대는 싫어요, 싫어……. 그보다는,
    나도 모르겠어! 그보다는, 그녀가…….
야누쉬. 군대에서 널 남자로 만들어줄 거다! 군대에선 네
    머릿속의 그 환상을 두드려 부숴줄 거야……. 넌 신체
    적으로 발달할 거고. 지금은 병약하잖아!

525

아버지. 시간 엄수하는 법과 질서와 규율을 배울 거다.

비톨트. 군대는 안 돼요, 안 돼! 난 싫어……!

아버지. 그래도 군대야!

비톨트. 안 돼!

야누쉬. 징집이다!

비톨트. 안 돼!

예쥐. 징집 위원회야!

비톨트. 안 돼!

아버지. 내가 말하겠는데, 된다! 거부하지 마십시오! 징집
　　　위원회 앞에 나오십시오!

비톨트. 뭐?!

가족. 탈의하십시오!

비톨트. 싫어!

아버지. 신체검사를 받습니다. 피하면 안 됩니다, 군 복무
　　　의 의무를 회피하면 처벌받게 됩니다! 본 징병 대상자
　　　는 의무를 다할 의향이 있습니까?

비톨트. 싫어, 싫어, 싫어!

아버지. 경찰 불러! 체포해!

　　　(경찰 등장, 체포한다)

　　　그럼 이제 피의자가 자기 입장을 변호하기 위해 할 말
　　　을 해보십시오. 하지만 그 전에 검사님이 기소장을 읽
　　　어주십시오.

비톨트. 무슨 이유로…….

아버지. 피고의 목소리를 제한합니다. 피고는 목소리가 없

습니다. 피고는 목소리를 빼앗겼습니다. 검사님.

가족. 검사님.

검사. 형사법 제b조 7항에 명시된 병역기피와 맨발의 혁명
적 정신 상태에 대하여 정부의 판결에 따라 —
지배자이신 황제를 모욕한 죄로 —
지하 감옥에서 형틀에 묶여 5년 강제 노동형에 처한다!

어머니. 오 이런 불행이!

비톨트. 이해할 수 없어…….

아버지. 피고는 목소리가 없습니다, 목소리를 빼앗겼습니
다, 안 돼, 피고의 목소리는 들어줄 수 없습니다.

비톨트. 제발 허락해주세요!
이게 무슨 뜻이죠? 누가 허락하지 않는 거죠 — 내가 뭔데
당신들이 내게 허락하지 않는 거죠 — 대체 누가 나의
목소리를
빼앗아갈 수 있죠? 내 목소리를!
내 목소리가 여기서 울리는데!
호, 호, 호, 홀라 — 내 목소리
내 목소리!
내 목소리!

부분 10

비톨트. 난 목소리를 낼 수 있어요. 당신들이 내 목소리를

빼앗아갈 수는 없어요. 난 말할 거예요, 목소리가 있으니까. ─아무도 절대로, 결단코 절대로 내 목소리를 빼앗지 못해요. 이제 내가 말한다! 조용히 해, 내가 말한다! 입 다물어, 입 다물어, 내가 말해, 내가 말해, 내가 말한다!
그리고 당신들에게 아주 중요한 일에 대해 말하겠지만, 그러나
나의 벗은 맨발이 내 입을
동반할 거야…… . 여기 아래쪽에서
내 인성이 드러나게 하고
난 맨발로 말할 거야, 맨발로…… .
오, 알겠어…… .
어째서 나를 이렇게 지독하게 갖고 노는지…… . 내 가족 여러분!
내 맨발을 보고 생각하는군
날 가지고 뭐든지 해도 된다고!
내가 맨발이 아니었다면, 신발이 없는 상태가 아니었다면,
다른 평범한 남자아이들과 같았다면 ─ 과연 당신들이 나를 이런 식으로 가지고 놀았을까? 하지만 내 안에서 뭔가 풀어지는 게 있어.
그리고 그 결과 모든 일이 어쩐지
힘들고 무섭도록 풀어져버렸어. 모든 일이 허락되었어. 모든 일이 가능해졌어…… . 모든 것이, 모든 것이 허용

되었어…….

하느님! 하느님! 하지만 내 입술의 이 "하느님"이라는 말조차
내 맨발을 통해서 보면
풀어져버린다!
오래전부터 눈치챘어
세상은 나와 같다는 걸!
예전에 난 즐거웠던 적도 있었고
세상도 어쩐지 더 즐거웠지만
아주 오랜 시간 동안
뭔가 내 안에서 망가졌어. 그 결과
세상도 좋지 못하고, 내 가족조차
불쾌하게 들려.

난 세상을 책임지고 있다
내가 세상의 주인이다! 오, 나를 비웃지 마라.
안다, 알아,
내가 열일곱 살 꼬맹이라는 걸.
난 아무것도 아니야
난 강아지야
날 진지하게 받아들이지 마
나 스스로 자신을 진지하게 받아들이지 않으니까…….
하지만 난…….

난……. 당신들보다 더……. 난

내 어깨 위에서

모든 것이 휴식을 취한다. 내가 움직인다

모든 것을! 오, 어떻게 이럴 수가 있지! 내가 동시에 이렇게

미성숙하고

이렇게 성숙하다니! 하느님! 하느님! 하느님! ─ 맨발의

나의 하느님 ─ 맨발로 하느님 ─ 이 진퇴양난에서 저를 구하소서!

또 이것도 여러분에게 말하고 싶다 ─ 오래전부터

세상과 나 사이에 뭔가가 망가졌다. 세상은 나에게서

빠져나갔고

세상이 나를 좋아하지 않고, 나도 세상을 좋아하지 않아 ─ 어떤 반감이

우리 사이에 생겨났다 ─ 그 결과

여러 사건들의 치명적인 파도가 일어나고 모든 것이

나쁜 방향으로 돌아섰다 ─ 나쁘게 끝날 것이다 ─ 나쁜 쪽으로

돌아서야 한다, 좋은 쪽이 아니라……. 당신들의 얼굴이 좋지 않아, 당신들의 얼굴이 좋지 않아, 당신들의 얼굴이 좋지 않아, 당신들의 얼굴이 좋지 않아 ─

오, 이건 어떻게 될 것인가

뭔가 끔찍한 일이 준비되고 있어

내가 알지 못하는 일이……. 어디서? 무엇이? 어떻게?

여러분, 이것은
사라예보에서 페르디난드 대공 살해 사건이다.
— 내가 왜 그를 죽였지?
내가 왜 그를 죽였지?
내가 죽였어?
나를 처벌하시오, 나를 처벌하시오. 처벌하시오.

아버지. 불쌍한 아이가 미쳤구나
미쳤어 불쌍한 아이가

가족. 꽃으로 화환을 만들어
그의 관에 바치세요…….

야누쉬. 그의 관에서
백리향과 고사리가 자라나길
제비꽃이 피어나길
무더기…….
무더기…….
무더기…….

어머니. (순진하게) 불쌍한 아이가 미쳤구나,
미쳤어 불쌍한 아이가,
그 아이도 죽는 편이
그리고 나도 죽는 편이 나았어.
미치광이들을 위한 병원에서
일생을 마쳐야겠지!
그리고 이렇게 끝나겠구나
이 놀이도…….

비톨트. 높으신 법정에 청원합니다! 검사님! 이 일이 좋지 않
게 끝날 것 같은 예감이 듭니다! 뭔가 좋지 않은 것이
나와 세상 사이에 있고 만약 내가 이 짐을 내려놓는 데
성공하지 못하면
만약 내가 때맞춰 이걸 해결하지 못하면 — 피가 흐를
것이고
모든 것이 들썩일 겁니다! 모든 것이 망가질 거예요! 모
든 것이 점진적으로 무시무시하게 소멸해버리게 될 겁
니다. 하느님, 하느님, 하느님, 오, 내가 용기를 낼 수 있
다면, 영원 속에서 하느님을 불러낼 권리가 있다면, 하
지만 난 할 수 없어요……
그래서 난 거대한 재난의 예감 속에 무시무시하게 괴
로워합니다. 모든 것이 끝나갑니다
모든 것이 우스꽝스러워지고
모든 것이 서로 맞서게 되고, 악의를 갖고, 적대적이 됩
니다.
모든 것이 죽어가고
나는 서 있어요!
하느님!
맨발로!
신발, 신발, 신발 — 우리의 이빨을 걷어차는 그 **신발**에
서 벗어날 수만 있다면. 나의 무방비한 맨발은 **역사를**

마주하는 것입니다. 역사가 생겨나는 그 장소로 갈 수
만 있다면! 힘의 정치학!

하지만 나는 무방비해요!

이건 무슨 신발이지?

[가족?].

이건 황제의 신발이다!

여기서 뭘 원하는 거지, 이 신발은?

[가족?].

친애하는 친구여

넌 내가 누구인지 이해해야만 한다. 이 신발은
특정한 발에 속한 물건이다!

누구의 발이지?

곧 그 발을 보게 될 거다. 여기 무릎이 —

누구의?

천천히.

가족. 그 무릎은 누군가의 것이겠지. 네가 보기엔 어떠냐?

비톨트. 전혀 모르겠어요. 누군가…… 강력한 사람의…….

아버지. 그래…… 그렇게 보이는구나, 그렇지. 선생처럼 뛰
  어나신 분이 아무하고나 접촉하실 수는 없으시겠지요.

비톨트. 부탁이니 비꼬지 마세요.

어머니. 그건 아주 강력한 사람이어야겠구나, 우리 사랑하
  는 비테크 아가야!

비톨트. 그게 과연 누구였을까?

예쥐. 아무나 이곳에 올 용기를 내지는 못했을 텐데…….

533

비톨트. 그게 과연 누구였을까?

야누쉬. 그가 앉은 자리가 보여?

비톨트. 아빠를 미치광이로 만들지 마! 날 비웃지 마
내가 형들을 비웃는다!

(알렉산드로브나 왕비의 살롱이 나타난다. 니콜라이 황제, 브이루보바)

미뉴에트

> 붓꽃, 바늘꽃, 장미꽃, 당아욱
> 그리고 꽃다발 커다란 무더기!
> 히아신스, 수레국화, 앵초!

왕비. 아직도 다리가 아파요?

황제. 내 다리는 완전히 괜찮아요……. 그런데 당신은 왜,
대체 어째서 겁내는 거요!

왕비. 당신이 겁내니까 나도 겁내지요.

황제. 소중한 왕비! 뭘 겁내는 거요? 내가 러시아제국의 황
제가 아니오?

왕비. 그래요, 그래요 — 하지만 우리 아들 알렉세이는 불
치병을 앓고 있고 아무도 그 애를 고치지 못하니 아마
하느님의 은총이나 아니면 저 수도승, 라스푸틴밖에 없
나 봐요.

라스푸틴. 늙은 바보 여인이여, 내 발밑에 고개를 숙이면 내
가 너의 아들을 고쳐주겠으나 그렇지 않으면 가라!

(왕비 몸부림친다)

제1막. 제4장. 부분 12

(알렉산드라 표도로브나 왕비의 살롱이 나타난다)

(황제와 장군들. 안쪽에 왕비)

황제. 살해당했어!

장군. 그렇습니다 황제 폐하, 살해당했습니다.

장관 2. 사라예보.

장관 3. 델카세.*

장관 1. 비비아니.**

황제. 오스트리아-헝가리제국 정부는 3자 동맹을 지지한다
　　는 반응이다. 영국의 반응은?

장관 1. 베트만홀베크의 정치.***

장관 2. 빌헬름, 빌헬름, 빌헬름.

황제. 푸앵카레.****

장관 1. 사라예보.

장관 2. 델카세.

장관 3. 비비아니.

* 테오필 델카세(Théophile Delcassé, 1852~1923). 제1차 세계대전 당시 프랑스 외무부
장관.
** 장 라파엘 아드리앵 르네 비비아니(Jean Raphaël Adrien René Viviani, 1863~1925).
제1차 세계대전 당시 프랑스 국무총리.
*** 테오발트 폰 베트만홀베크(Theobald von Bethmann-Hollweg, 1856~1921). 제1차
세계대전 당시 독일제국 수상.
**** 레몽 푸앵카레(Raymond Poincaré, 1860~1934). 프랑스의 외무부 장관, 국무총리를
지냈으며 제1차 세계대전 당시 프랑스 대통령이었다.

황제. 무엇보다도 먼저 비상경찰대를 조직할 것. 평온한가?

장관 1. 평온합니다.

황제. 신사 여러분

　가서 조금이라도 푹 주무시오. 나도 좀 잘 테니

　그리고 만약에 뭔가 중요한 일이 일어나면

　나를 깨우시오!

　(장관들 퇴장)

　(…)

왕비. 아직도 다리가 아파요?

니콜라이. 내 다리는 완전히 괜찮아요, 걱정해줘서 고마워요…… 저 촛불은 어둡게 타오르는군.

왕비. 그게 나쁜 징조라고 생각해요……?

니콜라이. 가장 높으신 분의 뜻을 믿읍시다……. 전능자께서 우리를 돌보아 주시기를…… 이 제국도…… 러시아와 나를…….

　나와 러시아를,

　러시아!

　러시아!

왕비. 신이여 자비를 베푸소서!

니콜라이. 저건 뭐지?

왕비. 고양이가 뛰어갔어요. 저건 무슨 징조일까요? 무엇이 우리를 위협하는 거죠?!

536

니콜라이. 미치광이가 되지 마시오……. 당신은 미쳤어……

　　미쳤어……. 우리는 기름 부음을 받은 사람들이오.

왕비. 알렉세이는 오늘 더 안 좋아졌어요. 오! 이럴 수는

　　없어요

　　아니야 이럴 수는 없어요. 하지만 성스러운 수도승이

　　자기 발밑에 엎드린다면

　　우리를 위해 돌봐주겠다고 약속했는데!

황제. 미쳤군!

왕비. 난 무릎 꿇겠어요!

황제. 조용히, 조용히!

왕비. 무릎 꿇겠어요!

니콜라이. 그의…… 더러운…… 발밑에…….

　　안 돼, 내 소중한 반려자여, 그건 너무 심해요,

　　어쨌든 당신은 왕비 아니오! 거기 누구냐?

목소리. 프랑스 대사 모리스 팔레올로그*입니다.

니콜라이. 들어오시라 하라! 어쩐 일이시오, 친애하는 대사님,

　　대사님의 건강한 모습을 보니 한없이 기쁩니다. 앉으시

　　지요. 상황에 대해 무슨 새 소식이라도 가져오셨는지.

팔레올로그. 황제 폐하께서 이렇게 저와 허심탄회한 대화를

　　나누어주시니 한없이 감사할 따름입니다.

니콜라이. 말씀하십시오.

팔레올로그. 폐하, 폐하와 러시아를 구하십시오!

* Maurice Paléologue(1859~1944). 프랑스 외교관, 역사학자. 제1차 세계대전 당시 주
러시아 프랑스 대사였다.

황제. 왕비 앞에서 말씀하셔도 좋소, 말씀하시오……. 혹
시…… 혹시……. 혹시 무슨 일이 생겼습니까?

팔레올로그. 최근에 입수한
정보에 의하면 프랑스 정부는
상황이 복잡해지기 시작하는 것에
심각하게 우려하고 있습니다……. 독일이
오스트리아를 지지하는 것으로 보입니다……. 오스트
리아…….

보좌관. 국방부 장관께서
오셨습니다.

국방부 장관. 더 이상은 한시라도
최소한 부분적인 징집 동원을 미룰 수가 없습니다. 황
제 폐하께서는
이 한없이 무거운 책임을 어깨에 짊어지실 수
없는지요.

팔레올로그. 폐하!
징병해야 합니다. 프랑스는
확실한 보장이 필요합니다!

국방부 장관. 징병을 더 이상 미루면 그로 인해
국가에 대한 통제력을 상실할 수 있습니다.

황제. 징병하라고, 징병하라고,
만약에 내가 징병하면, 저들도 마찬가지로
징병할 것이고, 그러면…….

(매우 긴 침묵)

(라스푸틴 등장)

제2장 기획. 부분 13

니콜라이가 나를 비밀 자문 자격으로 빌헬름2세에게
보낸다. 목적은 황제에게서 인간을 해방시키는 것이
다 — 그가 빌헬름2세이기를 그만두도록.
왕궁은 똑같은 채 남아 있다 — 다만 지배자들만 바뀐다.
빌헬름은 마침내 나를 받아들인다.
군인-보초병.
창밖에는 군중. 고함 소리. 명령. 북소리. **돌풍. 두려움.**
뷜로프,* 베트만홀베크, 크론프린츠,** 폰 플레스.
빌헬름은 무너진다 — 도망치기를 간절히 원한다.
자문 회의.
빌헬름은 장관들이 겁에 질려 서술한 결단을 겁에 질
린 채 받아들인다.
병사를 황제에게 접근시키다, 병사를 황제 앞에 대령시
키다, 병사와 황제 사이에 **창조되고 있는 비밀**이 있다.

---

* 베른하르트 뷜로프(Bernhard Heinrich Karl Martin von Bülow, 1849~1929). 독일의
정치가. 1900~9년 독일제국의 외무부 장관이었다.
** '황태자'라는 뜻의 독일어.

젊은이는 늙은이를 창조하고
낮은 계층이 높은 계층을 창조한다.
병사가 그를 황제로 붙잡아두고
역사의 힘을 바꾸게 한다. ?-?-?
나는 개인적이고 비밀스러운 알현을 요구한다.
장관들의 의견에도 불구하고 황제가 동의한다.
나는 빌헬름에게 도망치라고 설득한다.

제2막. 부분 12

(나는 궁에 들어섰다. 나를 맞이하러 황제의 친구 두 명이 나왔다. 폰
오일렌부르크 대공*과 폰 플레스 대공이다. 둘 다 대단히 겁에 질려
있다.)

플레스. 징집.
오일렌부르크. 징집? 그게 피할 수 없는 일이라 생각하나?
　혹여 어떻게든 안⋯⋯?
플레스. 비겁해지려는 건가?
오일렌부르크. 아냐, 아냐.
플레스. 하지만 그런데도 공포가 네 주위를 둥둥 떠다니고
　전율이 너를 덮치는구나, 너 폰 오일렌부르크 대공이

* 오일렌부르크의 대공 필리프(Phillip von Eulenburg, 1847~1921). 독일의 정치인,
외교관.

여. 언제나 오일렌부르크 가문은 부드럽고 하얬지.

　　겁쟁이 오일렌부르크가 공포에 질려 떠는구나!

오일렌부르크. 폰 플레스 대공, 대공, 나는 그런 표현에 항의

　　하겠소. 내가 플레스 대공에게 한 방 먹이도록 몰고 가

　　지 마시오!

플레스. 너의 그 비겁함에 한 방 먹여라!

　　너의 무기력함에 결투를 신청해! 그래서 대공

　　폰 오일렌베르크가

　　겁쟁이 오일렌부르크를 죽이도록 해라! 우리는 우리 안

　　의 나약함을

　　죽여야만 해!

　　우리가 남자가 되어야만 하는

　　시간이 다가온다!

오일렌부르크. 남자!

　　나, 난 남자가 되고 싶지 않아!

플레스. 하느님 맙소사 대공 입 다물어! 누가 듣겠어!

오일렌부르크. 누가 듣겠어……?! 오, 이 대체 무슨 밤인가,

　　무슨 밤인가, 무슨 밤인가!

　　밤이 나를 부수는구나……! 저 맨발로 듣고 있는 자는

　　누구인가…….

플레스. 혹시 저 사람이 그 니콜라이 황제가 보낸 사절이자

　　비밀 자문인가……?

　　(둘 다 나에게 다가왔다 — 그런 바로 그 순간에 창문 너머에서 찢어

　　지는 듯한 군중의 목소리가 들려 나는 여기에 매우 동요하였다)

541

오일렌부르크. 친애하는 친구여!

우리가 보니 당신 내면에 어떤 특징이 있어서, 그것은

특정한 인간성을 표출할 수 있을 듯하며, 그것은

한없이 중요한 일에 대하여 여기서 나타나야만 하는

인간성이지

어떤 특정한 인간의 이름으로…….

플레스. 선생이 혹시 니콜라이 황제 폐하께서 보내신 사절

인가?

오일렌부르크. 아, 저렇게 강박적으로!

(나는 무서웠다. 그러나 게임에 뛰어들고, 결투를 청하는 장갑을 받

아들여야 했다 — 왜냐하면 저것은 어떤 대응하는 의미가 담긴 알파

벳이었기 때문이다……)

나. 말씀대로 저는 비밀 사절이며

비공식적인 자문입니다 — 실례합니다 —

부디 들어가게 해주십시오……. 바라건대

독일 황제를 직접 알현할 수 있게

들여보내 주십시오. — 중요한 일입니다!

한없이 중요한 일입니다!

오일렌부르크. 한순간도 낭비하지 맙시다!

플레스. 천천히, 천천히! 알현의 절차를

어길 수는 없소, 황제께서 사절을 곧 받아들이실 수 있

는지

누가 알겠소. 어찌 됐든

황제께 알립시다!

나. 지금 당장

　 황제를 뵈어야 합니다.

오일렌부르크. 빨리, 빨리!

플레스. 서두를 필요 없소

　 그보다는 천천히 합시다!

　 (그리고 갑자기 문을 통해 안쪽으로 독일 황제가 그 유명한 콧수염

　 을 달고 나타난다 — 폰 힌덴부르크 장군*과 폰 루덴도르프 장군**을

　 동반했다)

황제. 몇 개 사단인가?

힌덴부르크. 7개 사단.

루덴도르프. 10개 사단.

황제. 11개 사단.

루덴도르프. 13개 사단.

힌덴부르크. 15개 사단.

황제. 우리는 일어날 수 있는 모든 일에

　 준비가 되어 있어야 해!

　 (그리고 천둥이 내리쳤다! 나는 상당히 겁먹었다. 어디서 저 번개가

　 내리쳤지? 그사이에 모두가 비명을 지르기 시작했다. 이 무슨 밤인

　 가! 무슨 밤인가? 무슨 밤이지?)

루덴도르프. 솜.***

---

* 파울 폰 힌덴부르크(Paul von Hindenburg, 1847~1934). 프러시아와 독일의 장군,
정치가.
** 에리히 루덴도르프(Erich Ludendorff, 1865~1937). 독일의 장군. 힌덴부르크와 함께
제1차 세계대전에서 독일의 전세를 총지휘했다.
*** Somme. 프랑스 북부 지역. 제1차 세계대전 당시 중요한 전투가 벌어졌던 요충지였다.

힌덴부르크. 베르됭.*

황제. 아르덴, 슈맹 데 담.**

오일렌부르크. 폐하, 누군가 찾아왔습니다

　　보아하니 누군가의 이름으로 찾아온…….

플레스. 니콜라이의 비밀 사절이 찾아왔습니다.

황제. 그를 응접할까? 한없이 중대한 결정이다. 황실 자문

　　회의를

　　열어라……. 하느님! 하느님! 지금까지 한 번도

　　이토록 압도적으로 중대한 결정을 해야 하는

　　짐을 졌던 자문 회의는 없었다. 여러분! 우리의 결정에

　　평화와 전쟁이 달려 있을 수도 있습니다. 이것이 마지

　　막 가능성이고 — 건널 수 있는 마지막 다리입니다.

루덴도르프. 저 사절이, 그 비밀 자문이

　　무엇을 제안하려는지, 무엇을 말하려는지 알려진 바 있

　　습니까?

황제. 아니, 없소, 나의 사촌 니키, 나에게 알려준 것은 단

　　하나, 평화를 구하고 징집을 멈추기 위한 목적으로 왔

　　다는 것뿐이오.

플레스. 폐하, 그를 받아들이신다면 그 응접은 나약함의 징

---

* Verdun. 프랑스 동북부의 소도시. 제1차 세계대전 중에 수많은 사상자를 냈던 대규모 전투가 벌어졌다.

** Ardennes. 벨기에와 룩셈부르크에 걸쳐 있는 삼림 지역. 슈맹 데 담(Chemin des Dames)은 '숙녀들의 길'이라는 뜻으로 프랑스의 파리에서 북부 지역으로 가는 최단 거리 직선 도로의 이름. 18세기부터 존재했으나 제1차 세계대전 당시 이 도로를 따라 세 개의 전투가 벌어져 이름을 알리게 되었다.

표로 읽힐 것입니다! 바로 그 때문에 전쟁으로 이어질 것입니다! 그게 저 러시아 황제가 술수를 부리는 목적입니다!

오일렌부르크. 제가 지적하고 싶은 점은 저 사절이 맨발이라는 것인데, 독일의 황제 폐하께서 맨발의 사절을 응접하시는 것이 걸맞은 일인지 모르겠습니다!

힌덴부르크. 어찌 됐든 징집을 멈출 수는 없어요.

플레스. 하지만 그를 응접하지 않는다면요?

오일렌부르크. 그가 실제로 뭔가 평화의 가능성을 가지고 왔다면?

힌덴부르크. 저 사절은 응접하지 맙시다!

황제. 경들의 조언은
　　마치 술 취한 것처럼 비틀거리는군
　　저주받을 원숭이들!
　　경들은 아무것도 몰라요!
　　나에게 떠넘기고!
　　빨리, 시간을
　　낭비할 수 없소, 시간이 흐르지 않소!

힌덴부르크. 15분!

루덴도르프. 15분!

황제. 빨리, 하느님 맙소사, 빨리! 각자
　　투표하시오! 수석 보좌관 경!

플레스. 살아 계신 하느님의 이름으로
　　우리에게 투표를 강요하지 말아주십시오

저희도 모르니까요.

오일렌부르크. 저희도 모릅니다, 폐하,

저희도 몰라요.

황제. 나를 혼자 남겨두지 마시오!

자문 위원회. 하지만 저희 또한 모릅니다!

힌덴부르크. 13분!

황제. 하느님 맙소사 나도 마찬가지로 몰라요!

이젠 아무것도 알 수 없어! 난 독일의

황제이고 프러시아 왕인데. 난

프리드리히대왕*과 위대한 선제후의 자손인데.

나는 기름 부음을 받았고 왕의 자격을 얻었으니, 내 손 안에

평화나 혹은 전쟁이 있고, 나는

지배자다 — 내가 지배한다 — 내가 지배한다 — 그런데 하지만

나도 몰라……. 어쩌면

겁내지 않는 게 나을까…… 평화 따윈 짓밟고……

공격하는 게

그건 최소한 분명하니까! 하지만 어째서,

어떻게 된 일이지, 내가 — 내가

결정해야 하다니! 하느님! 이건 그러니까, 한계가

가깝다는 거야, 왜냐하면 이 모든 것이

---

* 18세기 프로이센의 지배자. 선제후는 신성로마제국의 황제 선거권을 가졌던 독일의
제후들을 말함.

내게는 환상적으로 보이니까

플레스. 우리가 졌다! 황제가 무너진다!

황제. 입 다물어, 입 다물어, 거짓말이야!

너의 황제는 무너지지 않았다. 너의 주군, 너의 지배자는

주군이다! 모두 조용하시오, 배신자들

비겁자들! 난 겁내지 않아!

난 겁내지 않아!

(나에게)

원하는 게 뭐야?

나. 사절 자격으로

찾아왔습니다. 하지만 일대일로

말씀드려야만 합니다.

황제. 누구하고?

나. 그러니까…….

황제. 나하고?

나. 예.

황제. 무엇에 대해서?

나. 무엇에 대해서요?

오일렌부르크. 하느님 맙소사, 안 됩니다

폐하, 그와 개인적으로

말씀을 나누시다니요.

플레스. 우리 없이.

그건 안 됩니다!

황제. 겁내는 건가?

내가 경들에게서 도망칠까봐?

나. 일대일이어야 합니다

　반드시 일대일로⋯⋯.

　일대일⋯⋯.

황제. 무엇에 대해서?

나. 모든 사람들 앞에서 말씀드릴 수는 없습니다⋯⋯.

오일렌부르크. 폐하 주의하십시오

　저 맨발은 폐하께 한옆으로 뭔가 점잖지 못한 것을,

　폐하를 곤란하게 할 만한 것을 제안할

　준비가 되어 있습니다. 그는 그 목적으로

　여기에 나타났습니다.

제3막. 부분 15

비톨트. 나는 지금 시인들 사이에 있다

　바르샤바 제미안스카 거리의 커피숍에

　이쪽은 오트비노프스키,* 이쪽은 피앵타크**

　이쪽은 바쥐크,*** 그리고 저쪽은 슈비아테크****

* 스테판 오트비노프스키(Stefan Otwinowski, 1910~76). 희곡작가, 언론인. 시인은
아니었음.
** 스타니스와프 피앵타크(Stanisław Piętak, 1909~64). 시인, 작가.
*** 아담 바쥐크(Adam Ważyk, 1905~82). 시인, 작가, 번역가.
**** Światek. '공동체'라는 의미의 폴란드어.

그리고 아담 마우에르스베르게르*

— 우리 불쌍한 아담, 하, 하,

무슨 말을 하고 있어?

마우에르스베르게르. 우리 사이에 재능은 많지만

뭔가 촌스러운 데가 있어

뭔가 시골스럽고, 어딘가 작아

그리고 어딘가 가난하지. — 우리가 쓰는

모든 것이 가난하고

맨발이야!

비톨트. 어쩌면 그 맨발이야말로

우리의 장점이고 힘이겠지.

마우에르스베르게르. 널 이해 못 하겠어, 내 친구 비톨트

왜냐하면 탁자 위에서 너는 그렇게

화려하고 재치가 넘치고 자신의 혈통을

자랑스러워하지. 그런데 탁자 아래에서는

맨발이야!

비톨트. 형제들 우리는 모두

맨발 아닌가!

모두. (맨발을 탁자 위로 올리며) 사실이야!

(비에니아바-드우고쇼프스키** 등장)

---

* 아담 마우에르스베르게르(Adam Mauersberger, 1910~88). 폴란드 역사학자,
문예비평가, 수필가, 번역가. 실제 곰브로비치의 친구이기도 했다. 시인은 아니었다.
** 볼레스와프 비에니아바-드우고쇼프스키(Bolesław Wieniawa-Długoszowski,
1881~1942). 폴란드의 군인, 외교관. 유제프 피우수드스키의 개인 보좌관을 지냈으며
프리메이슨의 일원이었고 의사이며 시인이기도 했다. 뛰어난 재능만큼 요란한 행적과

비에니아바-드우고쇼프스키. 난 박차를 달았다!

　　난 창기병, 난 기병이다!

모두들. 넌 어째서 맨발이지?

비에니아바-드우고쇼프스키. 혹시 곰브로비치 씨?

비톨트. 바로 그렇습니다.

비에니아바-드우고쇼프스키. 선생에 대한 이야기도 들었고

　　전쟁 동안 해내신 역할도 알고 있습니다. 얼마나

　　무거운 책임을 지셨는지 내가 압니다. 비참하고

　　타락한 인간! 우리의 아름다움, 창기병의 미(美)를, 깃발을

　　당신은 더럽히려 하지.

　　곰브로비치 선생!

비톨트. 바로 그렇습니다.

비에니아바-드우고쇼프스키. 그대의 노력은 버리시오, 왜냐하면 나는 창기병이니까

　　내가 매혹하겠어! 나는 희롱하고

　　그리고 사랑할 거야!

　　나는 나 자신과 사랑에 빠졌다!

비톨트. 이렇게 방문해주시는 영광을 입게 된 연유는 무엇입니까?

비에니아바-드우고쇼프스키. 나의 상관이며 원수(元帥)이신

　　유제프 피우수드스키 장군께서 선생과

거침없는 성격으로 유명했다.

벨베데르*에서 이야기하고 싶다고 하셨소. 선생은
벨베데르로 호출을 받았소.

비톨트. 어떤 목적으로?

비에니아바-드우고쇼프스키. 그분이 당신의 조언을 필요로 하
　　니까. 당신의
　　전례가 없이 꿰뚫는 듯한 통찰에 대한 소식이 흠, 흠,
　　벨베데르에 알려졌소. 그래서 벨베데르에서
　　당신과 어떤 일에 대해 이야기를 좀 하고 싶어 하오. ―
　　저쪽 탁자 옆에 두건 달린 외투를 입고 앉아 있는 사람
　　보이시오……?

비톨트. 저건 누구죠?

비에니아바-드우고쇼프스키. 피우수드스키.

비톨트. 그 역사적인 분.

비에니아바-드우고쇼프스키. 바로 그분이오! 피우수드스키! 저
　　분이 폴란드요! 민족의 천재!

비톨트. 저 사람에게서 위대한 힘이 맥박 치지만, 저분은
　　위대함에 헌신했어요.
　　위대함!
　　위대함!
　　저 사람을 대하는 나의 태도가 대체
　　어때야 하는 거지?
　　그를 지지해야 하나, 아니면 그에게 반대해야 하나?

---

* Belweder. 바르샤바에 있는, 19세기 초에 건축된 궁전. 현재 대통령 관저로 사용된다.

그의 어떤 부분이 어딘가 어긋나 있어.

피우수드스키. 실례하겠소. 선생의 비밀스러운 정체를

내가 알고 있습니다.

선생은 아마도 역사학자이지요?

비톨트. 어느 정도는

피우수드스키. 피우수드스키는

내면에 힘겨운

딜레마를 겪고 있고

힘겨운 고통 속에서 결정을 연마해내지요.

비톨트. (어째서 이 사람은

자기가 자신이 아닌 것처럼 말하지?

어째서 자신을 강제로 들이대고 자기 자신 앞에

무릎을 꿇지?)

피우수드스키. 질문은 이거요.

내겐 한편으로는 어두운 사상을

만들어내는 이웃이 있고, 다른 편의 이웃은

우리를 삼켜버릴 수도 있소. 나의 유일한 생각은

폴란드를 지키는 것이오. 그래, 그래, 맨발

우리 맨발 친구, 보아하니 거기 뭔가

당신에겐 보이고 느껴지는 듯한데, 뭐라고 조언하시겠소?

비톨트. 신발 벗어!

피우수드스키. 몇 번 벗었었지,

왜냐하면 마차를 타고 있거나 마차 밑에 들어가 있었

으니까. 벗을 수도 있소.

비톨트. 그러시다면 한 번

　　춤추면서도 노래도 한 곡 해보시지요.

피우수드스키. 오 안 돼! 내 이 자식을!

　　경비! 경비!

비톨트. 아니면 어떻게

　　발가락으로 머리를 한번

　　긁어보시든가? 아니면 예를 들어

　　깃털처럼 가벼워져 보시든지!

피우수드스키. 망할 놈! 넌 피우수드스키를

　　뭘로 바꾸려는 거냐? 내가 국가다,

　　내가 민족이다!

비톨트. 유제크! 유제크!

피우수드스키. 뭐? 뭐?

비톨트. 넌 약해!

피우수드스키. 입 다물어 저주받을 놈아!

비톨트. 넌 약강(弱强)해!

피우수드스키. 오, 오, 오!

비톨트. 힘을 갖기 위해 힘이 있는 척해서,

　　넌 권력의 방 바로 앞 복도에 있어! 정말 못 보는 거냐

　　이 모든 것이 얼마나 약한지? 내 충고를 원해?

　　있는 것을

　　방어하지 않기 위해 노력해라

　　현실에서 떨어져 나와서

　　창조에 몸을 맡겨

우리는 폭풍우 치는 이상한 시대로 들어선다

어둡고 예측 불가능하고 한계가 없지. 당신들의

이제까지의 방법으로는 절대 안 돼.

피우수드스키. 꺼져, 꺼져라! 맨발! 비밀 임무를 띠고

아돌프 히틀러에게 가서 우리에 대해 마음을 풀라고

내가 말했다고 전하시오. 난 보낼 사람이 아무도 없어

요. 나 자신은 안 갈 거요, 히틀러를 찾아가기 싫으니

까. 그에게 5년간 불가침조약을

제안하시오. 어쩌면 지킬지도 몰라!

대체 뭘 할 수 있지?

할 수 있을 만한 모든 것은 다 나빠…… 그리고 약

해…… 그리고 무기력해…….

가라, 가라, 가라!

헤이 힘들어, 힘들어!

비에니아바-드우고쇼프스키. 위대한 남자야!

스와보이-스쿠와드코프스키. 이건 역사적이야!

비톨트. 히틀러는 존재하지 않아,

히틀러는 없어.

아 히틀러가 없다는 사실을

드러낼 수만 있다면!

피우수드스키. 이 저주받은 민족,

나의 너무 약한 도구.

비에니아바-드우고쇼프스키. 이건 역사적이야!

스와보이-스쿠와드코프스키. 위대한 남자야!

비톨트. 유일하게 우리를 해방시킬 수 있는 것은

우리가 갇혀 있는

이 감옥에서 탈출하는 것.

도망쳐라!

피우수드스키. 비겁자!

비톨트. **도망쳐라!**

부수고 나가!

몸을 피하라!

우리는 함정에 빠졌어

우리는 파괴의 형벌을 받았다!

우리를 구해줄 유일한 것은

우리 자신에게서 도망치는 것

피우수드스키. 히틀러에게 가라!

헤이, 리마누프 숲이 안개에 가렸네!

그렇지만 나는 크라쿠프로 가야 하네!*

부분 16. 오페레타 I

알베르티나. 난 혼자예요. 집은 무너졌어요. 부모님은 살해

당했고 자매들도 마찬가지예요. 난 아무도 없어요.**

---

* 마지막 두 줄은 폴란드의 상징주의 시인 스타니스와프 비스피안스키(Stanisław Wyspiański, 1869~1907)가 1901년에 지은 제목 없는 시의 도입부.

** 이 책 459쪽에서 언급된 알베르틴카는 알베르티나의 애칭이다.

알베르트. 나도 그래요!

알베르티나. 당신에겐 내가 있잖아요 ― 나에겐 당신이 있고!

(그의 목을 껴안고 매달리려 한다)

알베르트. 안 돼, 안 돼, 안 돼!

알베르티나. 알베르트! 내가 혼인의 베일을 쓰고
결혼식 올리기를 원했던 처녀였을 때
나를 갖는 걸 원하지 않았더라도,
이제 난 황폐해졌고
반(半)나체에, 당신처럼 누더기예요. 이제
우리를 위한 교회는 없어요! 어째서
나를 갖지 않는 거죠?!

알베르트. 안 돼, 무얼 준다 해도,
난 당신을 가질 수 없어, 맞아 그래,
그거야.
우리 뭔가를 통해 맺어지자,
하지만 뭘로? 하지만 뭘로? 하지만 뭘로?

(둘이 노래한다)

우리는 집이 없네, 과연 누가 우리를
받아줄까
그리고 과연 누가 우리를 어디로든
데려가줄까?

이전에 있었던 것의 잔해 위에

앞으로 있게 될 것에 우리는 숨을 불어넣네,
지금 당장은 어쨌든 아무것도
없어…….

힌덴부르크. 저 젊은이들의
집도 없고 갈 곳도 없는 모습이 내 심장을
동시에 슬픔과 힘으로 채우는구나.

앵무는 포유류에 속하느니라

鸚鵡는 포유류에 속하느니라.
鸚鵡는 포유류에 속하느니라.
鸚鵡는 포유류에 속하느니라.
— 이상,「오감도」제6호 중에서

물론 앵무는 조류이므로 포유류에 속하지 않는다.
　이유 없는 반복, 그리고 기존에 정립된 의미의 파괴는
모더니즘의 커다란 특징이다.

헨리크. 결혼식?
아버지. 결혼식.
어머니. 결혼식.
헨리크. 결혼식?
아버지. 결혼식.
어머니. 결혼식.
고관대작. 결혼식.
어머니. 결혼식.
고관대작. 결혼식.
헨리크. 결혼식?
—「결혼식」제1막 중에서

피룰레트. (비밀스럽게) 옷을 벗어…….

샤름. (비밀스럽게) 옷을 벗어…….

피룰레트. (도전적으로) 난 바지를 벗겠어!

샤름. (도전적으로) 난 바지를 벗겠어!

피룰레트. 패스.

샤름. 패스.

—「오페레타」 제2막 중에서

"이게 대체 뭐하는 짓이지?"라는 생각이 든다면 작가의
의도를 올바로 이해한 것이다. 해답은 중요하지 않다. "도
대체 뭐야?"라는 그 의문 자체가 목적이다.

미성숙의 작가

비톨트 곰브로비치(Witold Gombrowicz, 1904~69)는 폴
란드 모더니즘의 거장이며 유일무이하게 남은 고전적인
현대 작가이다. "고전적 현대 작가"라는 표현은 모순인
것 같지만, 작가의 일생과 작품 경향을 살펴보면 그렇게
밖에 표현할 수 없다.

폴란드는 1795년부터 1918년까지 러시아제국과 오
스트리아·헝가리제국, 프로이센왕국 등 인접 국가들에
의해 3차에 걸쳐 분할 점령당해 123년간 식민지 상태에
서 고통받았다. 그러다가 1914년 제1차 세계대전이 일어
났고, 이후 1917~8년 러시아에서 공산혁명이 일어나 러
시아제국이 사라지고 소비에트연방이 들어섰으며 1918

560

년 오스트리아·헝가리제국이 멸망하면서 폴란드는 독립을 맞이하였다. 이후 제2차 세계대전이 일어나기까지, 1919~20년부터 1939년 사이의 약 20년 동안을 폴란드 역사에서는 두 전쟁 사이의 시기라 하여 전간기(戰間期, Inter-war period)라 칭한다. 이 시기는 폴란드 현대사에서 가장 자유로운 시절이었으며, 신생 독립국가의 생명력 넘치는 분위기 속에서 문학을 비롯하여 미술, 음악 등 각종 예술이 꽃을 피웠던 때이기도 하다. 곰브로비치는 지금까지도 이러한 폴란드 전간기 모더니즘의 거장으로 꼽히고 있다.

곰브로비치는 부유한 하급 귀족 가문의 막내로 태어났다. 곰브로비치 가문은 폴란드 동남부에 영지를 가지고 있었는데, 비톨트 곰브로비치가 일곱 살 되던 무렵에 가족이 바르샤바로 이사했다. 곰브로비치는 바르샤바에서 기숙사 체제의 고전적인 남자 고등학교를 졸업하고 바르샤바 대학에서 법률을 전공했으며, 졸업 후에 파리에 유학을 가서 국제 관계학을 공부했다. 폴란드로 돌아온 후 그는 전공을 살려 법원에 취직하려 했으나 여의치 않았고, 이 시기에 바르샤바 문학계 인사들과 교류하게 된다. 그리고 곰브로비치는 결국 1933년 『성장기의 회고록(Pamiętnik okresu dojrzewania)』이라는 단편집으로 문학계에 데뷔하면서 안정된 법률 계통의 커리어에 작별을 고하였다.

데뷔작의 제목에서도 볼 수 있듯이 청소년기, 성장

기, 미성숙함과 유치함은 곰브로비치가 일평생 천착했던 주제였다. 곰브로비치는 이러한 미숙함과 유치함 속에서 인간 본연의 솔직함과 고정되지 않은 무한한 가능성을 발견하였다. 그러나 작가의 태도는 언제나 반어적이라서, 주인공을 포함하여 유치하고 미성숙하며 자기중심적인 측면을 기탄없이 드러내는 등장인물들의 우스꽝스러운 모습을 잔인할 정도로 과감하게 묘사하고 거침없이 비웃기도 한다. 1937년에 발표된 소설 『페르디두르케(Ferdydurke)』는 곰브로비치의 대표작 중 하나로서 노골적으로 이러한 성향을 보여준다. 이 작품에서는 30세의 성인인 화자가 고등학교 시절로 돌아가서 남자 기숙학교에서 여러 가지 어처구니없는 모험과 부조리한 사건들에 휘말리면서 신분, 연륜, 지위를 가진 자들의 허위나 위선, 그리고 미성숙과 유치함이 가지는 순수함과 가능성을 대비시킨다.

　　미성숙과 유치함에 대한 천착은 미완성 희곡인 「역사-이야기(Historia)」에도 드러난다. 가족의 이야기를 본명까지 그대로 사용하여 허구의 세계에 옮긴 이 작품에서 주인공 "비톨트"는 이유 없이 맨발로 다니기를 고집하기 때문에 고등학교 졸업 시험에 해당하는 "성년 시험"이 아니라 반대로 "미성년 시험"에 합격한다. 그러나 바로 그 미성숙함 때문에 비톨트는 제1차 세계대전 발발 직전에 독일 황제 빌헬름2세에게 비밀 사절로 파견된다. 맨발의 비톨트는 여기서 궁정의 자문 위원들도, 장군들도, 심지어 황제 자신도 전쟁이 무엇인지, 자기들이 무슨 짓을 저지르고 있는지 전혀 아무것도 알지 못한다는 어이없는 진실을 폭로한다. 「역사-이야기」는 완결된 줄거리보다는 메모나 구상에 더 가까운 부분들만 조각조각 남아 있는 작품이지만, 미성숙함, 엉뚱함, 유치함이 결국 세상의 가장 깊은 진실에 맞닿아 있다는 작가의 관점은 이런 미완성 부분에서도 일관되게 확연히 드러난다.

　　맨발 아래의 권위
『페르디두르케』에 이어 1938년에 발표된 희곡이 「이보나, 부르군드의 공주(Iwona, księżniczka Burgunda)」이다. 이 작품에서도 주요 등장인물들은 왕과 왕비, 그리고 왕위를 이을 왕자와 그들을 둘러싼 궁궐 내의 조신과 고관대작 등, 권력과 지위를 가지고 화려하게 살아가는 최고 상류 계층이지만 그들의 내면은 유치하고 불완전하기 짝이 없다. 왕은 기회만 되면 음담패설을 늘어놓으며 재미있어 하고 여자의 방을 엿보고 싶어하는 등 제멋대로 행동하는 사춘기 소년 같은 인물이다. 왕비는 겉으로는 체통을 지키고 품위 있게 이성적으로 행동하는 것 같지만 그 품위와 체통에 얽매여 타인을 짓누르고 권위적으로 행동하며, 혼자 있을 때는 시를 쓰면서 역시 사춘기 소녀처럼 유치한 자기만의 드라마에 빠져서 산다. 그리고 필리프 왕자도 마찬가지로 단순히 주위 사람들의 반대에 반항하고 싶은 마음에 이보나를 억지로 궁으로 데려와서 멋대로 약혼을 해버리는 자기중심적이고 미성숙한 인물이다.

　이처럼 허위와 위선, 폭력에 가까운 억압적 권위, 그리고 유치하고 미성숙하며 비이성적인 인물들에 둘러싸인 주인공 이보나는 작가의 묘사에 따르면 굉장히 못생겼고 여성으로서 매력이라고는 전혀 없으며 행동도 느리고 전체적으로 기이하며 불쾌한 분위기를 풍기는 인물이다. 그리고 억지로 내뱉는 한두 문장을 제외하면 극이 진행되는 내내 거의 말을 하지 않는다. 다시 말해 이보나는 인간으로서나 여성으로서나 자신을 둘러싼 억압과 무례, 비이성과 부조리와 미성숙함에 반응을 하지 않거나 혹은 대항할 방법이 없는 것이다. 바로 그 때문에 이보나를 둘러싼 인물들은 그녀 앞에서 아무 거리낌 없이 자신의 유치하고 추악하고 폭압적이고 때로는 우스꽝스럽고 불쌍한 모든 측면들을 내보인다. 그리고 못생기고 행동도 느리고 말도 제대로 하지 못하는 이보나보다도 열등한 인간임을 은연중에 폭로하고 인정하는 상황에 처하게 된다.

　왕자. (조금 당황하여 이보나에게) 이분은 국왕이고, 아버님이고, 폐하이시고, 이쪽은 어머님, 왕비 전하…….
　　고개 숙여, 숙여!
　이보나. (무시)
　왕비. (서둘러서) 필리프, 우리는 감동했단다……. 참으로 다정한 사람이로구나. (이보나에게 입 맞춘다) 새아가, 우리가 너에게 아버지와 어머니가 되어주

마. 우리 아들의 은총 가득한 정신이 우리를 기쁘게 했으니 그 애의 선택을 우리는 존중하겠다. 필리프, 언제나 위를 향하고, 아래로 내려가서는 안된다!

시종장. (조신들에게 신호한다) 아아아!

조신들. 아아아!

—「이보나, 부르군드의 공주」 제1막 중에서

왕비의 아무 의미 없는 미사여구에 대하여 조신들은 시종장의 신호에 따라 정해진 감탄을 내뱉고, 왕과 왕비와 왕자는 모든 사람을 자신의 아래로 보고 자동적으로 모두가 고개를 숙이며 자신들의 권위를 인정할 것을 기대한다. 그러나 이보나는 이 모든 것을 무시한다.

여기서 중요한 사실은 그녀가 작가의 표현대로 "혈액순환이 느려서" 사고와 행동이 모두 느리기 때문에 상황을 이해하지 못한 것인지 아니면 자신을 억지로 데려온 왕가의 권위를 인정하고 싶지 않아서 인사하기를 거부한 것인지 불분명하다는 사실이다. 바로 이 때문에 왕가의 권위는 스스로 무너진다. 이보나 앞에서 상류층의 권위는 용기를 내어 영웅적으로 반항해야만 하는 거대하고 강하며 추상적인 세력이 아니다. 그보다는 지능이나 정신상태가 의심스러운 못생기고 평범한 여자 앞에서 어쩔 줄모르는 사람들이 억지로 주장하는 우스꽝스럽고 볼품없는 것으로 격하되어 버린다.

그러나 결국 이보나는 필리프 왕자에게 버림받고 생선 가시가 목에 걸려 죽는다는 갑작스럽고 부조리한 종말을 맞이한다. 그리고 이보나를 궁에 데리고 와서 유치한 방식으로나마 선대가 휘두르던 권위와 그 이면의 위선에 도전하려던 필리프 왕자는 결국 부모인 왕과 왕비 앞에 무릎을 꿇으면서 연극이 막을 내린다. 이렇게 생각할 때, 우스꽝스럽고 황당한 장면들도 많이 섞여 있으나 이 작품은 근본적으로 비극이다.

구세계의 그림자

여기서 또 하나 주목할 점은 곰브로비치 작품 세계 속 주인공들의 신분이다. 왕과 왕비, 그리고 아들인 왕자와 그 왕자의 약혼녀라는 구도는 「이보나」뿐 아니라 「결혼식(Ślub)」(1953)에도 유사하게 나타난다. 「오페레타(Operetka)」(1966)에는 왕과 왕비는 아니지만 그와 비슷하게 대공과 그의 아내인 공주, 그리고 대공의 아들 샤름 백작이 등장한다. 「역사-이야기」에는 예외적으로 실존 인물들이 등장하는데, 이들 역시 러시아의 마지막 황제였던 니콜라이2세와 독일의 마지막 황제 빌헬름2세, 그리고 이 황제들의 궁정에서 활동했던 실제 고위 군 장성이나 궁 내부의 주요 인물들이다. 이처럼 곰브로비치의 작품 속에는 왕이나 왕비, 그리고 공작부터 남작까지 각종 작위를 가진 귀족이나 고관대작들이 유난히 많이 나타나는 편이다.

이것은 일차적으로 곰브로비치 자신이 부유하고 신

분 높은 집안의 자제로 태어났고, 기숙사제 고등학교와 바르샤바 대학을 거쳐 프랑스 파리에서 유학을 하는 전통적인 유럽 엘리트 교육을 받으며 성장했기 때문이다. 그러나 그보다 더 큰 이유는 그가 1939년 7월 아르헨티나의 부에노스아이레스로 향하는 여객선 흐로브리(Chrobry)호에 올랐기 때문이다. 그리고 1939년 9월 1일 독일이 폴란드를 침공하면서 제2차 세계대전이 발발하였고, 이로인해 곰브로비치는 아르헨티나에 발이 묶여버렸다.

곰브로비치가 여객선에 탑승했던 이유는 폴란드에서 제작한 태평양 횡단 여객선을 직접 타보고 기사를 써서 폴란드 신문에 기고하기 위해서였다. 독일의 폴란드 침공은 폴란드의 일반 시민들로서는 전혀 예상치 못했던 기습 공격이었기 때문에 곰브로비치가 전쟁을 피해서 미리 도망친 것은 아니었다. 그러나 외국에 나가 있는 사이에 나라가 침략을 당했으니 남미에 발이 묶인 그의 심정은 분명 참담했을 것이다. 곰브로비치가 뜻밖에 먼 나라에 발이 묶여서 체류 기간을 연장하고 어떻게든 먹고살 길을 찾기 위해 동분서주하는 모습은 소설 『대서양 횡단선(Trans-Atlantyk)』(1953)에 희화적으로 묘사되어 있다.

『대서양 횡단선』은 17세기 폴란드 수필가의 문체를 패러디하여 문장 하나하나가 몹시 특이하다. 게다가 폴란드인 교민 사회를 적나라하게 희화화하고 폴란드인 유력 인사의 아들과 아르헨티나인 동성애자의 관계를 암시하는 등 국적과 신분과 지위를 가리지 않고 모든 등장인물에 대하여 곰브로비치 특유의 전방위적이고 무차별적인 풍자와 조소를 퍼부어, 길지 않은 분량임에도 대단히 인상적인 작품이다.

폴란드는 오랜 식민지 시대를 거친 까닭에 독립운동 등의 정치적인 이유 혹은 생활고 등의 경제적 이유로 외국에 이주한 교민 숫자가 상당히 많으며, 남미에도 19세기 중반 이후부터 폴란드인들이 이주하여 교민 사회가 형성되어 있었다. 『대서양 횡단선』에는 이러한 아르헨티나의 폴란드인 교민들 중에서도 영사와 대사 등 외교관을 비롯하여 상류층의 유력 인사들이 다수 등장한다.

그러나 지금 조국 폴란드는 침략당했으며 수도 바르샤바가 잿더미가 되었고 600만 명이 가스실의 이슬로 사라진 데다 전 국토가 강제 노동 수용소로 전락했는데 바다 건너 안전한 남의 나라에 숨어 있는 영사나 대사가 무슨 소용이며 비겁하기 짝이 없는 엘리트 계층이 대체 무슨 쓸모가 있단 말인가. 곰브로비치의 눈에는 "귀족 놀이"를 하며 시간과 돈을 낭비하는 것이 고상한 삶의 방식인 양 착각하는 폴란드인 교민 사회의 소위 상류 계층이 몹시 못마땅하고 수치스럽게 보였던 모양이다. 『대서양 횡단선』에서 그는 이전부터 가지고 있던 상류층의 위선과 허위에 대한 반감과 미성숙함에 대한 천착, 그리고 "폴란드인"이라는 자신의 국가적, 민족적 정체성에 대한 깊이 있는 고찰을 더하여 부에노스아이레스에서의 생활을 더없이 우스꽝스럽고 부조리하게 묘사하였다.

상류층에 대한 풍자, 특히 국가나 사회 전체가 위기에 처했을 때 자신의 안위만 챙기기 바쁜 비겁한 엘리트에 대한 조소는 「오페레타」에도 그대로 드러난다. 이 작품에서는 혁명이 일어나자 히말라이 대공과 공주, 그리고 교구장 사제 등 사회의 지도층들은 목숨만 건질 수 있다면 기꺼이 치욕적인 모습으로 변장을 하고 숨기에 바쁘다.

> 피오르. (펄쩍 뛰어 물러서며) 누구?
>
> 대공-전등. 전등이요.
>
> 피오르. 대공 아닙니까!
>
> (…)
>
> 대공-전등. 여기 옆에요. 선생은 못 알아보시나요? 탁자인 척하고 있어요.
>
> 피오르. (탁자에서 펄쩍 뛰어 물러난다. 탁자는 사실 네발로 엎드려 화려한 식탁보를 덮고 숨은 공주다) 아!
>
> ―「오페레타」 제3막 중에서

사회의 상류 계층이며 지도층에 속하는 대공은 전등으로, 그의 부인인 공주는 탁자로 위장하여 혁명을 피했고, 정신적이고 영적인 지도층에 속하는 교구장 사제는 여성으로 변장하여 목숨을 보전했다. 한편 구걸하던 거지는 「오페레타」의 앞부분에서 귀족들이 지껄이던 특유의 무의미하고 고상한 척하는 대사인 "블로톤 경의 조그만 의자!"를 무심결에 내뱉고는 겁에 질려 도망쳐버린다.

그러나 이처럼 풍자와 조소를 퍼붓고 희화화하는 곰브로비치 또한 태생부터 바로 자신이 비웃는 상류 계층에 속한 사람이었다. 스스로 이런 사실을 잊지 않았으며 자기 자신에 대한 조소 또한 숨기지 않았으나 태생과 성장 과정은 어쩔 수 없었다. 게다가 곰브로비치는 제2차 세계대전도, 이후 1948년부터 소련에 의해 강제로 공산화되어버린 폴란드도 경험하지 않았다. 이 때문에 아이러니하게도 귀족계급과 상류층을 그토록 혐오했던 곰브로비치는 폴란드 현대문학 작가 중에서 제1, 2차 세계대전이 유럽을 휩쓸기 전, 혈통으로 구분되는 귀족과 상류 계층이 잔존했던 구세계에 대하여 아마도 가장 생생한 기억과 현실적인 감각을 간직한 작가로 남게 되었다.

곰브로비치는 다시는 조국으로 돌아가지 않았다. 공산화된 폴란드 정부에서 세상 모든 것과 모든 사람을 풍자하고 조롱하는 그를 몹시 싫어했다. 그리고 무엇보다도, 제2차 세계대전과 그 뒤를 이은 공산화와 함께 그가 알던 진짜 조국 폴란드는 사라졌기 때문이었을 것이다.

곰브로비치는 전쟁이 끝난 뒤에도 아르헨티나에서 오래 살다가 1963년에야 유럽으로 돌아왔다. 당시의 서베를린에서 1년을 지내고, 이듬해 프랑스 남부 지역에 정착해 말년을 보냈다. 그렇게 30년간 외국을 떠돌면서도 곰브로비치는 평생 모든 작품을 오직 폴란드어로만 집필했다.

비현실, 광기, 기괴함(grotesque)

곰브로비치의 거의 모든 작품을 읽으면서 독자가 예외 없이 가장 처음 던지게 되는 질문은 "이 사람(들) 제정신인가?"이다.

이는 사실 아주 중요한 질문으로, 곰브로비치의 등장인물들조차 스스로 던져보는 질문이기도 하다. 「결혼식」의 헨리크는 프랑스의 전쟁터에 있었던 자신이 폴란드의 고향 집으로 돌아와 있는 상황이 꿈인지 환상인지 끊임없이 의심한다. 마음 깊은 곳에서 자신이 처한 상황이 현실이 아니라고 믿기 때문에 헨리크는 아버지에 대항해 반역을 일으키고 친구인 브와지오에게 자살을 강요하는 등 마구 폭압적으로 행동한다. 그의 명령에 따라 브와지오가 자살해서 시체가 발견되었을 때에도 헨리크는 상황을 현실로 받아들이지 않으려 한다.

> 헨리크. 대체 누가 이걸 믿을 것인가? 이건 단지 꿈일 뿐이야. 게다가 특이할 정도로 인위적이고. 하지만 그래도 그가 저기 누워 있어.
>
> 한편 그녀는 저쪽에 서 있고….
>
> 그리고 나는 여기 있지….
>
> (잠시 후)
>
> 그러면 이젠 나 자신에게 결혼식을 치러줄 수 있겠구나!
>
> ―「결혼식」 제3막 중에서

571

헨리크가 친구의 시신이 발견되었는데도 자기 결혼식부터 생각하는 이기적인 태도를 보이는 것은 그가 진심으로 이 상황을 현실로 인정하지 않기 때문인지, 아니면 마니아를 자기 것으로 하고 싶어서 일부러 이 상황이 꿈이라고 고집을 부리는 것인지 분명하지 않다. 모든 상황이 꿈이나 환상이라면 일단 헨리크는 무슨 일이 일어나든 아무 책임도 지지 않아도 된다. 모두 꿈일 뿐이니까. 그리고 동시에 그는 자신이 꾸는 꿈의 주체이다. 자기 꿈속이니까 자기 멋대로 행동해도 되고, 자기 꿈이니까 스스로 다음 줄거리를 만들어갈 자유가 주어진다.

연극 전체가 헨리크가 꾸는 꿈 혹은 그가 지어내는 환상일 것이라는 해석을 뒷받침하는 것은 시시때때로 터져 나오는 "오, 헨리크!"라는 탄성이다. 폴란드 이름 헨리크(Henryk)는 영어의 헨리(Henry)에 해당되므로 이 탄성은 "오, 헨리!"로도 들을 수 있다. 그리고 오 헨리(O. Henry, 본명 윌리엄 시드니 포터[William Sydney Porter, 1862~1910])는 재치 있는 단편소설로 유명한 미국의 소설가이다. 주인공을 실존했던 소설가의 필명으로 부른다는 것은 그 주인공 또한 이야기를 지어내고 있다는 가능성을 시사한다.

그러나 주정뱅이들이 광란하고 마니아가 비현실적이고 연극적인 태도로만 말하더라도 헨리크가 처한 상황은 현실이다. 브와지오는 죽었고 헨리크의 결혼식 행진은 장례 행렬로 변하면서 극이 끝난다.

이처럼 꿈과 현실이 뒤얽혀 구분할 수 없는 채 이야기가 전개되거나 등장인물들이 같은 대사 혹은 행동을 반복하여 몽환적인 분위기를 연출함은 부조리극의 중요한 특징이다. 부조리극의 대표적인 작품으로는 물론 사뮈엘 베케트(Samuel Beckett)의 「고도를 기다리며(En attendant Godot / Waiting for Godot)」(1952년 프랑스어판 출간, 1953년 공연)가 유명하다. 「결혼식」은 「고도를 기다리며」가 공연된 해에 발표되었으나, 곰브로비치는 이미 1938년작 「이보나, 부르군드의 공주」에서 볼 수 있듯이 베케트보다 훨씬 이전에 부조리극의 대표적인 여러 기법들을 선보였다. 반복되는 대사와 어딘지 비현실적인, 혹은 초현실적인 분위기 속에서 난데없는 슬랩스틱코미디와 웃을 수도 울 수도 없는 기괴함이 전부 뒤섞인 채 이야기 자체의 논리에 따라서 달려가는 것이 바로 부조리극이다.

왕자. (…) (이보나에게) 좀 앉지 그래, 영원히 서 있을 수는 없잖아.

이보나. (땅바닥에 앉으려고 한다)

찌릴. 거기 말고!

손님들. 하, 하, 하!

신사 1. 저는 맹세코 거기에 의자가 있는 줄 알았어요.

숙녀 1. 있었는데 도망갔네요.

손님들. 하, 하, 하! 마술이군! 운이 나빠!

시종장. 다들 진정, 진정하세요. (의자를 들이민다) 조심하세요!

찌릴. 꽉 잡아요, 또 도망가지 않게!

시종장. 아가씨는 부디 잘 조준해서 앉으세요!

왕자. 잘 조준해 봐요, 소중한 아가씨.

　(이보나 앉는다)

　그렇지!

　(왕자를 제외하고 모두 앉는다)

숙녀 1. (왕자에게만 몰래, 친근하게) 정말이지, 왕자님, 죽
　　을 지경이에요! 죽겠어요! 터지겠어요!

숙녀 2. (왕자에게 몰래) 터질 것 같아요. 숨 넘어가겠어
　　요! 이건 가장 세련된 종류의 개그예요, 소위 몸
　　개그라고 하는— 왕자님이 몸 개그에 이렇게 재
　　능이 있는 줄 몰랐어요. 저길 좀 보세요 하, 하, 하!

왕자. (손님들의 웃음에 말려들어) 하, 하, 하!

—「이보나, 부르군드의 공주」 제2막 중에서

인용된 대사 중 "몸 개그"는 곰브로비치가 만들어낸 단
어인 "mopsowanie"를 번역한 것이다. 위에서 보듯이 상
상의 의자가 "도망가서" 이보나가 땅바닥에 앉으려 했다
고 설명하거나, 의자를 들이대고 (신체 부위 중 그다지 영
예롭지 못한 부분인) 엉덩이를 "잘 조준"하라고 강조하는
등 말 그대로 몸동작을 통해 연출된 우스꽝스러운 상황을
말하고 있다.

　그러나 이 장면에서 독자가 마냥 웃을 수만은 없는

것은 이 장면에 등장하는 숙녀들과 조신 등 궁정의 귀족들이 '품위 없이' 땅에 앉으려 했다는 이유만으로 이보나를 조롱하고 있기 때문이다. 당사자는 전혀 개그를 의도하지 않았고 그러므로 별로 재미도 없는데 모두가 달려들어 한 사람을 괴롭히며 즐거워하는 장면을 보면 웃음이 나면서도 한편 스스로 그 웃음이 불편하거니와 어찌 보면 저 사람들 제정신인가, 뭐가 우습다고 저렇게 비웃나 하는 생각이 들 수도 있다.

불편한 웃음, 남을 조롱하는 사람을 오히려 정신병자로 만들어버리는 조롱과 풍자. 곰브로비치의 작품들에는 언제나 칼이 들어 있다. 그리고 그 칼날은 언제나 힘있는 자, 신분과 지위가 높은 자, 위에서 아래를 내려다보는 자들에게 향해 있다.

후작 부인. 글루글루글룻!

사장. 플룻플랏!

장군. 플랏플룻!

대공. 플롯플릿. (공주에게) 다들 서로 유창하게 이야기하고 있소, 그저 무슨 말인지 알 수가 없을 뿐이지.

(후작 부인이 끔찍하게 펄쩍 뛰어 옆으로 돈다)

공주. 왜 저렇게 뛰는 거죠?!

장군과 사장. (미친 듯이) 플라플라플라플라플라플라우우우우우우우우!

—「오페레타」제2막 중에서

이 장면에서 후작 부인을 위시하여 사장과 장군 등 히말라이 대공의 무도회에 참석한 상류층은 모두 미치광이로 묘사된다. 패션쇼를 위해서라고는 하지만, 자루를 뒤집어 쓰고 자신들조차 "무슨 말인지 알 수가 없는" 언어로 기괴한 소리를 지르며 "끔찍하게 펄쩍 뛰는" 모습은 제정신이라고 생각할 수 없다. 우습기도 하지만 또 동시에 혐오감이 들고 불쾌한 모습이다. 이런 혐오감과 불쾌함, 불편함, 즉 기괴함(grotesque)과 온몸을 던져 뛰고 부딪치고 넘어지는 "몸 개그"는 본래 부조리극의 특징이다. 그러나 그 웃음과 기괴함이 언제나 일정 비율로 섞여 있는 것은 곰브로비치만의 독특한 조롱과 풍자 때문이다. 웃음이 나오지만 편하게 웃을 수 없고, 혹은 얼굴을 찡그리면서도 웃을 수밖에 없다.

즐기기

곰브로비치가 누군가 자신의 작품을 이렇게 "해설"하고 있다는 사실을 알았다면 몹시 싫어했을 것이다. 아마 해설을 쓴 번역가를 죽도록 조롱해서 다시는 해설 따위 쓸 수 없게 만들었을 것 같다.

부조리극은 본래 그 이야기 자체의 논리를 따라 전개된다. 그 논리는 말 그대로 "부조리"하기 때문에, 일상적이고 현실적인 논리에 따라 이해하기는 불가능하다. 헨리크의 아버지는 주정뱅이가 "손꾸락"으로 건드리는 것을 어째서 그토록 두려워하는가? 알베르틴카는 어째서 모든 여성이 원할 만한 화려한 옷을 거부하고 나체를 꿈꾸는가? 샤름과 피룰레트는 어째서 끊임없이 괴상망측한 방식으로 대결을 벌여야만 하는가? 대답은 ―'그냥 그렇기 때문이다'. 그냥 그렇다는 사실을 받아들이고, 거기서부터 이 미치광이 같은 이야기가 어떻게 돌아가는지 그냥 보면서 즐기면 된다. 이 장면에서는 웃어야 한다거나 저 장면에서 분개해야 한다는 법도 없다. 어디가 웃기고 어디가 슬프고 어디가 끔찍한지는 각자 알아서 느끼면 된다.

부조리 작품의 의미는 보는 사람의 인상에 따라 가지각색으로 다시 태어난다.

鸚鵡는 포유류에 속하느니라.
鸚鵡는 포유류에 속하느니라.

"앵무"가 대체 무엇이고 "포유류"라는 단어는 또 무엇을 뜻하는지 독자가 근본적으로 혼란스러워하기 시작할 때, 모더니스트 작가는 비로소 만족한 웃음을 지을 것이다.

정보라

비톨트 곰브로비치 연보

1904년 — 8월 4일, 폴란드 동남부 산도미에시 근처의 작은 마을 마워쉬쩨에서 부유한 귀족 가문 4남매의 막내로 출생. 본명은 마리안 비톨트 곰브로비치(Marian Witold Gombrowicz).

1911년 — 가족이 바르샤바로 이사.

1923년 — 바르샤바에서 남자 기숙 고등학교(김나지움) 졸업, 바르샤바 대학교 입학.

1926년 — 바르샤바 대학교 법학과 졸업.

1928년 — 파리 국제 관계 대학원(Institut des Hautes Études Internationales)에 유학.

1930년 — 법원에 취업하는 데 실패, 문학에 관심을 갖기 시작함.

1933년 — 첫 단편집 『성장기의 회고록(Pamiętnik z okresu dojrzewania)』 출간.

1937년 — 장편 『페르디두르케(Ferdydurke)』 출간.

1938년 — 희곡 「이보나, 부르군드의 공주(Iwona, Księżniczka Burgunda)」 발표.

1939년 — 장편 『악령 들린 사람들(Opętani)』 발표. 언론인 자격으로 폴란드 여객선 흐로브리(Chrobry) 호의 출범을 취재하기 위해 탑승, 해외 체류 중 제2차 세계대전 발발로 귀국할 수 없게 됨. 부에노스아이레스에 정착. 은행원 등으로 일하며 가난하고 힘겨운 생활 속에서 집필.

1953년 — 장편 『대서양 횡단선(Trans-Atlantyk)』, 희곡 「결혼식(Ślub)」 발표.

1955년 — 은행을 사직하고 전업 작가의 길을 택함.

1957년 — 『일기: 1953~6년』, 단편집 『바카카이(Bakakaj)』 발표.

1958년 — 『페르디두르케』가 프랑스어로 번역됨.

1960년 — 장편 『포르노그라피아(Pornografia)』 발표.

1962년 — 『일기: 1957~61년』이 파리에서 출간됨.

1963년 — 유럽으로 귀환. 포드 재단(Ford Foundation)의 지원으로 당시 서베를린에 거주.

1964년 — 프랑스 파리 근방으로 이주. 같은 해 10월에 프랑스 남부의 방스(Vence)로 다시 이주.

1965년 — 장편 『코스모스(Kosmos)』 발표.

1966년 — 『일기: 1961~6년』, 희곡 「오페레타(Operetka)」 발표.

1968년 — 회고록 『증언(Testament)』 발표. 리타 라브로스(Rita Labrosse)와 결혼.

1969년 — 7월 24일, 프랑스 방스에서 사망.

워크룸 문학 총서 '제안들'

일군의 작가들이 주머니 속에서 빚은 상상의 책들은 하양
책일 수도, 검정 책일 수도 있습니다. 이 덫들이 우리 시대의
취향인지는 확신하기 어렵습니다.

'제안들'은 계속됩니다.

제안들 8

비톨트 곰브로비치
이보나, 부르군드의 공주 /
결혼식 / 오페레타

정보라 옮김

초판 1쇄 발행. 2015년 1월 30일

발행. 워크룸 프레스
편집. 김뉘연
인쇄 및 제책. 스크린그래픽

ISBN 978-89-94207-50-6 04800
978-89-94207-33-9 (세트)
15,000원

워크룸 프레스
출판 등록. 2007년 2월 9일
(제300-2007-31호)
110-034 서울시 종로구
자하문로10길 11, 2층
전화. 02-6013-3246
팩스. 02-725-3248
이메일. workroom@wkrm.kr
www.workroompress.kr
www.workroom.kr

이 도서의 국립중앙도서관
출판시도서목록(CIP)은 서지정보유통
지원시스템 홈페이지(seoji.nl.go.kr)와
국가자료공동목록시스템(www.nl.go.kr/
kolisnet)에서 이용하실 수 있습니다.
CIP제어번호: CIP2015000891

옮긴이. 정보라 — 연세대학교 인문학부를 졸업했다. 미국 예일 대학교 러시아
동유럽 지역학 석사를 거쳐 인디애나 대학교에서 슬라브어문학 박사 학위를
받았다. 현재 연세대학교 노어노문학과에서 강의를 하며 슬라브어권의 알려지지
않은 작품들을 번역하는 일에도 힘쓰고 있다. 옮긴 책으로 보리스 싸빈꼬프의
『창백한 말』, 안드레이 플라토노프의 『구덩이』, 미하일 불가코프의 『거장과
마르가리타』, 타데우슈 보롭스키의 『우리는 아우슈비츠에 있었다』, 로드
던세이니의 『얀 강가의 한가한 나날』, 마르틴 하르니체크의 『고기』, 브루노 슐츠의
『브루노 슐츠 작품집』, 밀로시 우르반의 『일곱 성당 이야기』 등이 있다.